suhrkamp taschenbuch 2808

»Wenn jemand uns zusammen träumt, dann treffen wir uns«, schrieb die russische Lyrikerin Marina Zwetajewa am 2. August 1926 an Rainer Maria Rilke. Im Frühjahr des Jahres hatte der Briefwechsel des seelenverwandten Paars begonnen. Zu einem Treffen zwischen den beiden kam es nicht mehr. Rilke starb am 29. Dezember 1926. Für Marina Zwetajewa, die sich gefühlsmäßig ganz auf eine Begegnung im Frühjahr eingestellt hatte, war sein Tod ein grausamer Schlag. »Ich will nicht, daß sein Tod gewesen ist«, schrieb sie noch im Januar 1932 an Rilkes Tochter Ruth. Das »Buch der Liebe« dokumentiert den leidenschaftlichen Briefwechsel des Dichterpaars.

Rainer Maria Rilke, geboren am 4. Dezember 1875 in Prag, ist am 29. Dezember 1926 in Valmont (Schweiz) gestorben.
Marina Zwetajewa, geboren am 8. Oktober 1892 in Moskau, nahm sich am 31. August 1941 in Jeluga das Leben.

Rainer Maria Rilke
und
Marina Zwetajewa

Ein Gespräch in Briefen

Herausgegeben von
Konstantin M. Asadowski

Suhrkamp

Aus dem Russischen übersetzt von Angela Martini-Wonde.
Übersetzung des *›Neujahrsbriefs‹* von Felix Philipp Ingold

suhrkamp taschenbuch 2808
Erste Auflage 1998

Druck: Nomos Verlagsgesellschaft, Baden-Baden
Printed in Germany
Umschlag nach Entwürfen von
Willy Fleckhaus und Rolf Staudt

1 2 3 4 5 6 – 03 02 01 00 99 98

Inhalt

Orpheus und Psyche

Vorwort

Durch alle Welten, durch alle Gegenden, an allen Weg-Enden
*Das ewige Paar der sich-Nie-Begegnenden.**

Marina Zwetajewa[1]

Dieses Buch ist kein ganz gewöhnliches. Die in ihm vereinigten Dokumente gehören zum Besten europäischer Kultur und bilden in ihrer Gesamtheit eine lebhafte, markante, ja wohl einzigartige Episode in der Geschichte der deutsch-russischen Literaturbeziehungen. Zugleich ist das Buch ein Selbstbekenntnis. In ihm offenbart sich in ganzer Größe die ungestüme und rebellische, die »geflügelte« Seele Marina Zwetajewas, der bedeutenden russischen Lyrikerin des 20. Jahrhunderts. Es ist ein Buch über die Liebe, die Zwetajewa für Rainer Maria Rilke empfand und die ihrerseits ihr eigenes Werk förderte.

Zwetajewa vergötterte und rühmte Rilke wie keinen anderen ihrer Zeitgenossen. Der »deutsche Orpheus«, schrieb sie von Rilke an ihre tschechische Bekannte Anna Tesková, »das ist Orpheus, der dieses Mal in Deutschland erschienen ist. Nicht *Dichter** (Rilke) – *Geist der Dichtung**.«[2]

Als Rilke die Stimme Zwetajewas vernahm, war er von der Gewalt und der Echtheit ihrer Intonation ergriffen, von ihrer Leidenschaftlichkeit überwältigt. Er, der Rußland und die russischen Menschen über alles liebte, strebte – ein halbes Jahr vor seinem Tode! – Zwetajewa entgegen, wohl weil er in ihr ein geheimes und ihm verwandtes Element spürte. »Ich bin die letzte Freude Rilkes«, versicherte Zwetajewa (und hat sich darin vermutlich nicht getäuscht), »und seine

* Die mit * markierten kursivierten Wörter oder Wortgruppen sind hier und im Folgenden im Original deutsch geschrieben.

letzte *russische* Freude, sein letztes Rußland und seine (letzte) Freundschaft.«[3]

Das Verhältnis, das Zwetajewa und Rilke vom Frühjahr bis zum Sommer 1926 verband, läßt sich nicht in die Grenzen so traditioneller Begriffe wie die des »Briefwechsels«, des »Kontakts«, der »Freundschaft« einpassen (auch Zwetajewa sah das so).[4] Ihr Gespräch in Briefen, das die Dichter in den wenigen Monaten des Jahres 1926 miteinander führten, ist ganz vom Atem hoher Lyrik durchwoben; mitunter scheint es »unirdisch«, »überirdisch«. Vieles, worüber sie in ihren Briefen sprechen, erinnert an unsichtbare Schallwellen, die von Dichter zu Dichter laufen und nur von den Kammertönen zartfühlender Seelen aufgefangen werden. Kein Zufall ist es, daß Rilke schon in der ersten Zeile, die er an Zwetajewa gerichtet hat, von dieser Körperlosigkeit sprach und davon, wie wenig wahrnehmbar ihr Aufeinander-Zustreben sei:

Wir rühren uns. Womit? Mit Flügelschlägen ...

Doch bei aller »Beflügeltheit« klingt in den Zurufen Zwetajewas und Rilkes ein tragischer Ton mit. Heftige Aufschwünge in den Bereich des Geistes laufen stets Gefahr, nicht mehr zum Boden der Realität zurückzufinden. Sich von den Fesseln der »körperlichen« Hülle zu befreien, wonach vor allem die »Psyche« Marina Zwetajewa strebte, ist selbst für vergeistigte romantische Naturen unmöglich. Die Geschichte der Beziehung Zwetajewas und Rilkes veranschaulicht großartig den ursprünglichen und uralten Widerspruch zwischen »Dichter« und »Mensch«. Gelang es auch den beiden großen Dichtern, einander in der geistigen Sphäre nahe zu kommen, die Wirklichkeit zerstörte ihren zarten Bund, machte ihre rosigen »irdischen« Hoffnungen zunichte ... Die Begegnung der Dichter im Geiste und ihre Nicht-Begegnung im Leben ist das zutiefst schmerzliche

Hauptthema dieses Buches, sein Leitmotiv und der leidvolle dramatische Knoten.

Wo beginnt der Weg Zwetajewas? Wo sind die Quellen ihrer rebellischen, ungestümen romantischen Einstellung? Die Antwort auf diese Fragen kann nicht eindeutig sein. Doch muß zuallererst, wenn man von den unzweifelhaften und starken »Einflüßen« spricht, denen Zwetajewa seit ihrer frühen Kindheit ausgesetzt war, Deutschland genannt werden, die romantische deutsche Welt.

Die Liebe zu Deutschland war Zwetajewa von ihrer Mutter Maria Meyn (1868-1906) anerzogen worden, die väterlicherseits aus einer baltischen Familie stammte. »Von Mutter habe ich Die Musik, Die Romantik und Deutschland geerbt. Einfach – Die Musik. Mein ganzes Ich«, erinnert Zwetajewa.[5] 1914 erzählt sie dem Schriftsteller Wassili Rosanow: »Mutters Jugend war wie auch die Kindheit einsam, schmerzlich, aufrührerisch, tiefverborgen. Die Helden: Wallenstein, Possart, Ludwig von Bayern [...] Die Dichter: *Heine**, *Goethe**, *Schiller**, *Shakespeare**. – Mehr ausländische Bücher als russische. [...] Der ganze Geist der Erziehung – deutsch.«[6]

Davon berichtet auch Anastassja Zwetajewa (geb. 1894), die jüngere Schwester Marinas, in ihren Erinnerungen: »Voll leidenschaftlicher Liebe zu ihrem Vater erzählte Mutter von ihren gemeinsamen Reisen ins Ausland, von einer Reise am legendenumwobenen Rhein entlang, der zwischen bergigen Ufern dahinfließt, von alten Burgen auf steilen Felsen, von jenem Ort, wo die Lorelei sang. Von ihr wußten wir bereits durch Heines berühmtes Lied. Der grüne, schäumende Rhein wurde uns vertraut.«[7] Im Hause der Zwetajewa gab es, wie in vielen Familien der russischen Intelligenz jener Zeit, Gouvernanten; es kamen Lehrer und Repetitoren. Den Mädchen war von Kindesbeinen an der Klang der deutschen und französischen Sprache vertraut. Anastassja Zwetajewa erinnert sich an eine der Gouvernanten, an Auguste Iwanowna, »eine hochgewachsene Deutsche mit einem Haarbüschel auf dem Kopf«, die den Mädchen populäre deutsche Lieder vorsang.[8] Später gab eine andere Gouvernante auf die Schwestern acht, die »Deutschrussin« Maria Genrichowna, mit der diese Freundschaft schlossen.[9] »Die ersten Sprachen«, erinnert Zwetajewa in ihrer Autobiographie aus dem Jahre 1940, »waren deutsch und russisch, zum 7. Jahr – französisch.«[10]

Früh öffnete sich für Marina Zwetajewa die Welt der romantischen deutschen Literatur, zunächst in den Übersetzungen Wassili Shukowskis, danach in deutschen Originalen. Maria Meyn hat ihren Töchtern häufig aus den Werken von E.T.A. Hoffmann (den »Nußknacker«), von Wilhelm Hauff (»Lichtenstein«), von de la Motte-Fouqué (»Undine«) vorgelesen. Mit den Jahren lernte Marina andere deutsche Schriftsteller kennen und schätzen: Goethe, Hölderlin. Als sie 1926 einen Fragebogen beantwortete, hat sie die seit ihrer Kindheit geliebten Bücher und Namen in folgender Reihenfolge aufgeführt: »›*Undine*‹* (frühe Kindheit), Hauffs ›Lichtenstein‹ (Backfischalter). ›Aiglon‹[11] von Rostand (frühe Jugend). Später und bis heute: *Heine**, *Goethe**, *Hölderlin**.«[12]

Eine Lungenkrankheit veranlaßte Maria Meyn, zusammen mit ihren Töchtern im Herbst 1902 Rußland zu verlassen. Drei Jahre lang lebten sie im Ausland – in Italien, in der Schweiz und in Deutschland. Die Mädchen wurden zur Schule in das katholische Pensionat der Schwestern Lacaze in Lausanne geschickt; hier verbrachten sie mehr als ein Jahr. Dann siedelte die Familie nach Deutschland über, nach Freiburg, die Ärzte hatten der Mutter zur Höhenluft des Schwarzwalds geraten. In dem Freiburger Pensionat der Schwestern Brinck, wo Marina und Assja wohnten, herrschte eine andere Atmosphäre, als in dem Pensionat Lacaze, sie war langweilig, unfreundlich, erstickend. »Das

Pensionat Brinck war ein Verlies«, erinnert Anastassja Zwetajewa.[13]

Doch gerade im Schwarzwald verliebte sich die junge Marina ein für alle Male in Deutschland. »Wie habe ich«, erinnert sich Zwetajewa viele Jahre danach, »mit Sehnsucht! bis zum Wahnsinn! – den Schwarzwald geliebt. Die goldfarbenen Täler, die widerhallenden, schaurig-behaglichen Wälder – gar nicht erst zu reden von den Dörfern mit ihren Aufschriften auf den Wirtshausschildern: *›Zum Adler‹, ›Zum Löwen‹**.«[14] Im Schwarzwald versinkt sie von Kopf bis Fuß in die ihr schon vertraute deutsche Sprache, in die Welt deutscher Legenden und Überlieferungen, Märchen und Volksweisen. In Langenhart, erzählt Anastassja Zwetajewa, ging Marina »jetzt mit Begeisterung in der Lektüre der deutschen Bücher auf«[15]. »Ich schreibe deutsche Gedichte«, erwähnt Marina Zwetajewa im Zusammenhang mit ihrem Aufenthalt im Schwarzwald in ihrem »Biographischen Fragebogen«. Später spiegeln sich die Freiburger Eindrücke in einigen Gedichten, die Zwetajewa in ihren ersten Gedichtband »Abendalbum« (Moskau 1910) aufgenommen hat: »Märchenhafter Schwarzwald«, »Wie wir *Lichtenstein*«[16] und »Abreise«.

Die germanophilen Neigungen Zwetajewas wurden zwischen 1900 und 1910 noch intensiver durch die Nähe zum Moskauer Verlag Mussaget, einem geistigen Zentrum der russischen Symbolisten, in ihrer zweiten Generation. In den Periodica des Verlags (in den Zeitschriften Logos, Werke und Tage), im Wirken seines Leiters E. Medtner, in den schöpferischen Absichten solcher Schriftsteller wie Andrej Belyj oder Wjatscheslaw Iwanow hatte die deutsche Kultur (vor allem die Philosophie) einen bestimmenden Stellenwert. Und wenn Rilke auch nicht zu den deutschen Schriftstellern gehörte, die die Mussageten besonders fesselten, sein Name wurde dennoch immer wieder in ihrem kleinen Kreis erwähnt.

Vermutlich hat der Schriftsteller und Philosoph Fjodor Stepun (1884-1965), der schon in diesen Jahren von Rilke fasziniert war, sie in der Redaktion des Mussagets kennengelernt.[17] In seinen Alterserinnerungen entwirft er ein ausdrucksvolles, ein wenig outriertes, doch im Ganzen glaubwürdiges Porträt von Marina Zwetajewa: »Marina war mit Geschmack, doch unordentlich gekleidet. An allen Fingern ihrer ungepflegten Hände trug sie Ringe mit bunten Steinen. Ringe waren ihr kein weiblicher Schmuck, viel eher eine Art von Talisman oder einfach etwas sehr Schönes, das man gerne vor Augen hat. Wir sprachen von romantischer Dichtung, von Goethe, Madame de Staël, Hölderlin, Novalis und Bettina von Arnim. Ich hörte aufmerksam zu und wußte nicht, worüber ich mehr staunen sollte: über die echt weibliche Einfühlungskraft, mit der Marina inmitten dieser ihr geistesnahen Menschen so lebte, als seien es Zeitgenossen, oder über ihren souveränen Verstand, seine aphoristische Beschwingtheit, seine muskulöse Männlichkeit. Trotz dieser schönen Gaben lag in Marinas Art zu denken, zu fühlen und zu reden, etwas, das nicht ganz angenehm berührte: ein unausrottbarer Egozentrismus in all ihren geistigen und seelischen Regungen. Auch wenn sie nichts von ihrem Leben erzählte, sprach sie stets von sich. Es klang so, als ob sie noch als kleines Mädchen auf Puschkins Knien sitzend seine ungebärdigen Locken um ihre Fingerchen gewickelt, als ob Schukowski auch für sie, wie einst für Puschkin, eine Gänsefeder aus Goethes Besitz mitgebracht hätte, ja, als ob sie erst gestern bei Sonnenuntergang mit Novalis in einem Park spazierengegangen wäre, der vielleicht nirgends auf Erden existierte, in dem sie aber jeden einzelnen Baum kannte und liebte.«[18]

Stepun hat in seinem Bericht den Zwetajewa auszeichnenden Zug genau erfaßt: den Hang zur Phantasie, ihr Bestreben, das Imaginierte als Wirkliches auszugeben. »Die Einbildungskraft herrscht über die Welt«, diese Worte

Napoleons hat Zwetajewa als Motto einem der Teile ihres »Abendalbums« vorangestellt. Und in einem ihrer Briefe bekannte Marina Zwetajewa, ihr Gedächtnis sei »identisch mit der Phantasie«.[19]

Die Begeisterung, fast Besessenheit von Deutschland, brach bei Zwetajewa in den Jahren 1914 bis 1915 kurz nach Ausbruch des Ersten Weltkrieges in aller Heftigkeit durch. Als die antideutsche Hysterie, die Rußland damals ergriffen hatte, ihren Höhepunkt erreichte, schrieb sie ein Gedicht über Deutschland – eine offene Herausforderung an die vorherrschende Meinung und ein Tribut der überschwenglichen Dankbarkeit an das geliebte Land.

> [...]
> wo du doch, Deutschland, meine Liebe,
> wo du doch, Deutschland, bist mein Wahn.
>
> Wie sollte ich denn bloß dich lassen,
> mein so *gehetztes Vaterland*,
> wo schmalgesichtig durch die Gassen
> von Königsberg geht jetzt noch Kant,
>
> wo einen neuen Faust im Gehen
> umhegt, sein Stöckchen schwingen läßt
> *Geheimrat Goethe** in Alleen
> von einem andern kleinen Nest.
>
> [...]
> Kein Land so klug, so wunderbar ist,
> wohlduftend wie von Spezerein,
> es kämmt ihr goldenes Lockenhaar sich
> die Lorelei am ewigen Rhein.[20]
>
> Moskau 1. Dezember 1914

In diesen Versen darf nach keinem anderen Inhalt als dem poetischen gesucht werden. Zwetajewa war nicht im geringsten bestrebt, das Kaiserdeutschland mit seinem militärischen Geist zu rühmen (ihr, der Dichterin war jegliche »Politik« vollkommen fremd, jegliches Staatsbewußtsein). Gegenstand ihrer Vergötterung blieb stets das andere Deutschland – »das zauberhafte und weise«, das Land Goethes und Kants. Sie hebt hervor, daß sie »ihr« Deutschland hat.

An Deutschland wenden sich noch einige andere, spätere Gedichte Zwetajewas.[21] Unablässig macht sie sich auch mit der Literatur dieses Landes vertraut. In ihren Werken und Briefen, insbesondere in den 20er und 30er Jahren, erwähnt Zwetajewa Namen und zitiert Zeilen von Emil Ludwig, August von Platen, Adelbert von Chamisso, Joseph Victor Scheffel, Theodor Storm und Friedrich Nietzsche ... Der Schriftsteller Marc Slonim, der Zwetajewa in dieser Zeit nahe stand, erinnert sich: »Die Dichtung kannte sie gut, sie las sehr viel. Die deutsche Sprache war ihr vertraut. Die deutsche Dichtung kannte sie zur Vollkommenheit.«[22]

Die leidenschaftliche Begeisterung für Deutschland hat auch das Werk Zwetajewas schöpferisch geprägt. Man braucht nur an das Poem »Der Rattenfänger« (1925) zu erinnern, in dem sie verschwenderisch deutsche Wörter und Realia benutzt und sie kunstvoll ausschmückt, oder an den Essay »Die zwei Erlkönige« (1933).[23]

»In mir sind viele Seelen. Doch meine Hauptseele ist deutsch.« Dieses Bekenntnis Zwetajewas datiert aus dem Jahre 1919, als sie unter den schweren Bedingungen der Nachkriegszeit, im vom Hunger heimgesuchten und verwüsteten Moskau, ihre geheimen Gedanken über Deutschland in ihrem Tagebuch notiert.[24] Und in diesen Aufzeichnungen begegnet erstmals der Name Rilke.

In welchem Jahr mag Zwetajewa Rilkes Gedichte kennengelernt haben? Es können nur Mutmaßungen dazu angestellt werden. Zwei Bücher von Rilke zumindest hat sie noch in Moskau vor ihrer Abreise ins Ausland gelesen: »Die Aufzeichnungen des Malte Laurids Brigge« (in russischer Übersetzung) und »Die Weise von Liebe und Tod des Cornets Christoph Rilke«.[25] In den erwähnten Tagebuchauszügen »Über Deutschland« aus dem Jahr 1919 wertet Zwetajewa Rilke als »das beste Deutschland« – solch ein Urteil läßt natürlich eine genauere Kenntnis seines Werkes vermuten.

Boris Pasternak war es, der entschieden dabei mitgewirkt hat, daß Zwetajewa und Rilke sich kennenlernen konnten. Ihre Bekanntschaft aus der Ferne kam im Sommer 1922 zustande, als Zwetajewa, die gerade Rußland verlassen hatte, in Berlin lebte. Die wenigen Monate, die sie in dieser Stadt verbrachte, waren überaus fruchtbar für sie. Sie hatte viel Umgang mit den russischen Schriftstellern, die sich damals in der deutschen Hauptstadt aufhielten (mit Andrej Belyj, Ilja Ehrenburg und anderen); auf Anfrage eines Verlegers fing sie mit der russischen Übersetzung der »Florentinischen Nächte« von Heinrich Heine an.[26] Hier erhält sie, Ende Juni 1922, einen Brief von Boris Pasternak aus Moskau: Pasternak, der ihren Gedichtband »Werstpfähle« (Moskau 1922) gelesen hatte, war von den Gedichten Zwetajewas tief erschüttert. In dem Brief erwähnt Pasternak den Dichter Algernon Swinburne, seinen Abgott dieser Jahre, und nennt den Namen Rilkes: »... Und selbst wenn Sie ihn nicht kennen, meinen Abgott«, schreibt Pasternak über Swinburne, »hat er Sie durch Nebeneinflüsse erreicht, und ihm ist wohl bei Ihnen, teure Marina Iwanowna, wie es Byron einst wohl war bei Lermontow, wie es Rußland wohl in Rilke ist ...«[27]

Ariadna Efron, die Tochter Marina Zwetajewas, erinnert sich daran, wie »betäubt« ihre Mutter von diesem Brief war – »von dieser Stimme – die fast die ihrige« war.[28]

In dieser Zeit beginnt die langjährige (Brief-!)Freundschaft zwischen Zwetajewa und Pasternak, die Mitte der 20er Jahre besonders leidenschaftlich wurde, und dann allmählich erlosch. Zwetajewa hielt Pasternak für den ersten Dichter Rußlands und für den einzigen, der ihr wirklich nah war und sich an dichterischer Kraft mit ihr messen konnte. »Uns verbinden gemeinsame deutsche Wurzeln«, schrieb Zwetajewa an den Dichtervater und Künstler Leonid Pasternak, »irgendwo tief(verborgen) in der Kindheit, ›*O Tannenbaum, O Tannenbaum*‹*, – dort setzen alle Triebe an. Und ein und dieselbe Einsamkeit.«[29]

Mit Boris Pasternaks Brief nimmt wohl auch die aufrichtige und andauernde Begeisterung Zwetajewas für die Gedichte Rilkes ihren Anfang. In jedem Fall entgeht von nun an alles, was mit seinem Namen verbunden ist, nicht mehr ihrer Aufmerksamkeit. Insbesondere konnte Zwetajewa nicht umhin, über die Worte Pasternaks, »wie es Rußland wohl in Rilke« sei, nachzudenken. Mit ihnen wollte Pasternak jene große, nicht abklingende Liebe gegenüber Rußland zum Ausdruck bringen, die sich Rilkes seit 1899 bemächtigt hatte, als er das erstemal nach Rußland gereist war und Moskau und Petersburg besucht hatte. Pasternak kannte diese Seite aus des deutschen Dichters Leben gut, da sein Vater, Leonid Pasternak, einer der engen russischen Freunde Rilkes war.[30]

Es ist schwer zu sagen, wie oft der Name Rilke in den übrigen Briefen aus dem Zeitraum von 1922 bis 1925 zwischen Pasternak und Zwetajewa vorkommt, denn ihre Korrespondenz ist bis zum gegenwärtigen Zeitpunkt nur teilweise bekannt.[31] Als Zwetajewa im August 1922 Berlin verließ, nahm sie – laut ihrem Brief vom 9. Mai 1926 – die Werke Rilkes mit nach Prag. In dem gleichen Brief teilt Zwetajewa mit, sie habe in Prag zum erstenmal die *Frühen Gedichte* gelesen.[32] Gegen 1923 ist Zwetajewa nicht mehr nur Leserin, sondern eine überzeugte Anhängerin Rilkes, was in einem Brief an Konstantin Rodzewitsch (1895-1988) um die Mitte der 20er Jahre deutlich wird, dem Helden ihrer tiefsten und bedeutendsten Werke, der Poeme »Vom Berg« und »Vom Ende«. Allem Anschein nach knüpft sie an ein schon begonnenes Gespräch über Rilke an, wenn sie schreibt: »... Es geht nicht darum, in der Dichtung beschlagen zu sein, – Sie waren für Rilke nicht vorbereitet, Rilke kam und *nahm* Sie, die Dichter – das fesselt, man bereitet sich nicht für sie vor und handelt mit ihnen nicht ...«[33] Spiegeln diese Worte nicht die persönliche Erfahrung Zwetajewas wider, die von der Dichtung Rilkes schon gefesselt, ergriffen war?

Anfang August berichtet Zwetajewa Pasternak von dem Gerücht, Rilke sei so gut wie tot. In seinem Antwortbrief bittet Pasternak sie, die Nachricht zu überprüfen und die Umstände zu präzisieren. Der Inhalt des weiteren Briefwechsels im Jahre 1925 ist nur bruchstückhaft bekannt, doch ist das falsche Gerücht zweifellos unverzüglich widerrufen worden.

Im Dezember 1925 wurde Rilke 50 Jahre alt. Unter den Glückwunschbriefen befand sich auch einer von Leonid Pasternak, der nach der Revolution mit seiner Familie in Berlin lebte. Unter anderem schrieb der Künstler: »Wenn Sie wüßten, wie meine Kinder jede Ihrer Strophen, jede Ihrer Zeilen lieben! Besonders mein ältester Sohn Boris – ein berühmt gewordener und in Rußland geachteter junger Poet – ist Ihr glühendster Anbeter, Ihr ernsthaftester und aufrichtigster Verehrer – wohl auch Ihr Schüler und einer der ersten, der Ihr Schaffen propagierte, als man Sie in Rußland noch nicht kannte.«[34]

Herzlich und innig reagierte Rilke auf diesen Brief. »Und nun will ich gleich versichern, wie [...] alles, was das alte Rußland betrifft (die unvergeßliche heimliche ›сказка‹*), und wie alles, woran Sie mich in Ihrem Schreiben erinnern,

* Märchen.

mir nah, lieb und heilig geblieben ist, für immer eingelassen in die Grundmauern meines Lebens!« Als er von seinem Pariser Aufenthalt (von Januar bis August 1925) erzählt, schreibt er: »[...] ich habe dort alte russische Freunde wiedergesehen und neue gefunden, und der junge Ruhm Ihres Sohnes Boris hat mich von mehr als einer Seite her angerührt. Auch war es, dem Datum nach, das letzte, was ich dort zu lesen versuchte, Gedichte von ihm, sehr *schöne* (in einer kleinen Anthologie von Илья Эренбургъ [...]) Nun rührt es mich, zu wissen, daß nicht allein *er*, Boris, der schon erkannte Dichter einer neuen Generation, nicht aufgehört hat, von mir zu wissen und mit meinen Arbeiten Umgang zu haben, sondern daß auch für alle Ihrigen meine Existenz ein Gegenstand des Herzens und der Teilnehmung geblieben ist [...].«[35] Boris Pasternak erinnerte sich mehrfach daran, wie er aus dem Brief seines Vaters zum ersten Mal davon erfuhr, daß Rilke ihn als Dichter kennengelernt habe. So schrieb er im Nachwort zu dem »Geleitbrief« (1931), der als postume Ansprache an Rilke verfaßt ist:

»Wie gut erinnere ich mich an jenen Tag. Meine Frau war nicht zu Hause. [...]

In diesem Augenblick klingelte es draußen, ich öffnete, man überbrachte mir einen Brief aus dem Ausland. Er war vom Vater, ich vertiefte mich in seine Lektüre.

Am Morgen jenes Tages hatte ich zum erstenmal das ›Poem vom Ende‹ gelesen. Man hatte es mir zufällig gegeben, in einer der handgeschriebenen Moskauer Abschriften, ohne zu ahnen, wieviel mir die Autorin bedeutete [...] Und so war ich, nachdem ich das Poem am Morgen gelesen hatte, ganz benommen von seiner ergreifenden dramatischen Kraft. Als ich darauf mit Rührung Vaters Mitteilung über Ihren fünfzigsten Geburtstag las und von der Freude, mit der Sie seine Glückwünsche entgegengenommen und beantwortet hatten, stieß ich plötzlich auf den damals für mich noch dunklen Nachsatz, daß ich Ihnen bekannt sei. Ich wandte mich ab vom Tisch und stand auf. Das war die zweite Erschütterung des Tages. Ich ging zum Fenster und weinte. [...]

Draußen verdichteten sich die bleichen beredten Dämmerungen des sich neigenden Februar. Zum erstenmal in meinem Leben kam es mir in den Sinn, daß Sie ein Mensch sind und ich Ihnen schreiben könnte, welch übermenschliche Rolle Sie in meinem Dasein gespielt haben. Bis dahin war mir ein solcher Gedanke nie gekommen. Jetzt setzte er sich plötzlich in meinem Bewußtsein fest. Bald darauf schrieb ich Ihnen. [...]«[36]

Dieser – einzige! – Brief Boris Pasternaks vom 12. April 1926 an Rilke beginnt mit dem Ausruf: »Großer, geliebtester Dichter!« Indem er Rilke für die »bodenlosen Wohltaten« seiner Dichtung dankt, gesteht Pasternak seinem Abgott, daß er ihm »mit dem Grundzuge des Charakters, mit der Art meines Geistesdaseins« verpflichtet sei, er versucht von seinem eigenen Weg zu erzählen, von der Erfahrung als Mensch und Künstler, der an sich die »erhabene Tragik der Revolution« erfahren habe. In dem Brief kommt die Sprache auch auf Marina Zwetajewa.

»Denselben Tag, wie die Nachricht über Sie«, erzählt Pasternak Rilke, »erhielt ich auf den hiesigen Seitenwegen ein Poem, so wahr und echt geschrieben, wie hier in USSR jetzt keiner von uns schreiben wird. [...] Die Dichterin ist Марина Ивановна Цветаева, eine Dichterin von Geburt, ein großes Talent vom Schlage einer Desbordes-Valmore[37]. Sie lebt in der Emigration in Paris.[38] Ich möchte o bitte bitte verzeihen Sie mir die Kühnheit und die scheinbare Zudringlichkeit, ich möchte, ich dürfte wünschen, daß sie für ihren Teil etwas der Freude ähnliches erlebte, die sich über mich, dank Ihnen ergoß. Ich stellte mir vor, was für sie ein Buch von Ihnen, vielleicht die ›Duineser Elegien‹, deren Namen ich nur vom Hörensagen kenne, mit Ihrer Aufschrift, wäre. [...]

Sie heißt Марина Ивановна Цветаева und lebt in Paris: 19me arr., 8, rue Rouvet. [...]«[39]

Darüber hinaus enthält der Brief wichtige Zeilen, in denen Pasternak beteuert, Zwetajewa liebe Rilke »nicht weniger und *nicht anders*« als er selbst, und daß sie in dem gleichen Maße berechtigt sei, sich als einen Teil der Dichterbiographie Rilkes zu sehen. Schwerlich hat Pasternak übertrieben: Seine Erwähnung, Zwetajewa liebe Rilke, geht vermutlich auf ihre Briefe zurück.

»Ich liebe Sie, wie die Dichtung geliebt werden will und soll«, beendet Pasternak seinen Brief an Rilke, »wie die Kultur im Gange ihre eigenen Höhen feiert, bewundert und erlebt. Ich liebe Sie und kann stolz darauf sein, daß ich Sie durch diese Liebe nicht erniedrige, weder ich noch meine größte und wahrscheinlich einzige Freundin, die ich schon nannte.

Wollten Sie auch mich durch Ihr Autograph beglücken, so möchte ich Sie bitten, dieselbe Zwetajewsche Adresse zu benutzen. Man kann nicht sicher sein über Postsendungen aus der Schweiz.«[40]

Beiden Bitten Pasternaks kam Rilke, kaum hatte er den Brief erhalten, unverzüglich nach: Er schickte die Bücher nach Paris an Zwetajewa und schrieb Pasternak zur Antwort: »Daß Sie mir so großen Ertrag Ihres Gemüts zuwenden können, ist ein Ruhm Ihres fruchtbaren Herzens.« Pasternak erhielt den Brief am 18. Mai. Zwetajewa hatte ihn, schon völlig begeistert von der eigenen Korrespondenz mit Rilke, die ihr Boris Pasternak »geschenkt« hatte, an ihn übersandt.

Gleichzeitig mit dem Brief an Zwetajewa, dem die Zeilen an Pasternak beigelegt waren, sandte Rilke ihr am gleichen Tag zwei seiner Bücher: »Duineser Elegien« (1923) und die »Sonette an Orpheus« (1923). In dem ersten Buch stand die Widmung:

Марине Ивановне Цвѣтаевой

Wir rühren uns. Womit? Mit Flügelschlägen,
mit Fernen selber rühren wir uns an.
Ein Dichter einzig lebt, und dann und wann
kommt, der ihn trägt, *dem*, der ihn trug, entgegen.
Rainer Maria Rilke

(Val-Mont, par Glion
Canton de Vaud, Suisse,
im May 1926)

und in den »Sonetten an Orpheus« –

»Der Dichterin Marina Iwanowna Zwetajewa
Rainer Maria Rilke
(3. May 1926)«[41]

Die Bücher und der Brief waren aus der Schweiz an die von Pasternak genannte Adresse geschickt worden. Doch hielt sich Zwetajewa zu diesem Zeitpunkt nicht in Paris auf, sondern verbrachte einige Monate in der Vendée, an der Atlantikküste, in dem Dorf St. Gilles-sur-Vie, das in den 20er Jahren ein von russischen Parisern häufig aufgesuchter Ort war. Zwetajewa liebte die Vendée (hatte sie doch in ihrer Jugend für das royalistische Frankreich geschwärmt[42]); im April 1926 schrieb sie Pasternak überschwenglich von dem Ort, den sie für die Sommerferien ausgesucht hatte. Anderthalb Monate nachdem sie in St. Gilles eingetroffen war, berichtet sie Anna Tesková enthusiastisch: »Die Bevölkerung ist hinreißend: freundlich, fröhlich, leicht lebt es sich. Trachten und Kopfputz wie vor einem Jahrhundert. In unserem St. Gilles gibt es eine Kirche aus dem XIII. Jahrhundert.«[43]

Viereinhalb Monate verbrachte Zwetajewa mit ihren Kindern in St. Gilles – von Ende April bis Mitte Oktober 1926; Ende Mai – Anfang Juni gesellte sich Sergej Jakowlewitsch Efron, Zwetajewas Mann, zu der Familie. Auf eben diesem »atlantischen« Hintergrund entwickelt sich der Brief-Dialog mit Rilke. Der erste Brief muß höchstwahrscheinlich auf den 7./8. Mai datiert werden (der Poststempel zeigt den 8. Mai), auch wenn im Brief selbst ein anderes Datum steht (der 9. und 10. Mai), das bewußt von Zwetajewa abgeändert war.[44]

Gleich zu Beginn ihres Briefes formuliert Zwetajewa das, was sie vor allem an Rilke begeisterte und bezauberte: »Sie, die verkörperte Dichtung«. Die Dichtung als das höchste und ewige geistige Prinzip, das »durch die Zeiten«, dank ihrer »Träger–Dichter« besteht, wird zu einem der Hauptthemen in dem Briefwechsel Rilkes und Zwetajewas. Schon Boris Pasternak hatte dieses Thema angesprochen, als er Rilke vom Dichter schrieb, »der in der Dichtung enthalten ist und durch die Zeiten verschiedene Namen führt«. In der Widmung, die er für Zwetajewa auf den Vorsatz der »Duineser Elegien« geschrieben hatte, greift Rilke diese Worte Pasternaks auf, die seinen eigenen Gedanken inniglich entsprachen. In diesen vier Zeilen hat Rilke eigentlich das Bild des Reiters versteckt, das er zuvor im XI. Sonett des Ersten Teils der »Sonette an Orpheus« beschworen hatte:

> Sieh den Himmel. Heißt kein Sternbild ›Reiter‹?

und das symbolisch für die Zweieinheit der Dichtung und des sie »tragenden« Wesens steht. Feinfühlig reagiert Zwetajewa auf diese Zeilen und versucht, schon in ihrem ersten Brief, den »Mensch-Rilke« und den »Geist-Rilke« voneinander abzugrenzen, der »noch größer ist als der Dichter«. »Sie sind [...]«, wendet sie sich Rilke zu, »das, woraus die Dichtung entsteht, und das größer ist als sie (Sie).« (S. 45) Es ist klar, daß Zwetajewa hier ihrerseits das Gespräch über das

Wesen der Lyrik, das den Dichter »trägt«, fortsetzt. Das Thema des Reiters (das heißt des »Mensch-Dichters«) kehrt auch in ihrem Brief vom 12. Mai wieder: Nachdem sie die »Sonette an Orpheus« gelesen hatte, hebt sie genau das XI. Sonett des Ersten Teils hervor und rückt die von Rilke geschaffene eigentümliche Figur in die Nähe des heiligen Georgs aus ihren frühen Gedichten.[45]

Auch Zwetajewas Äußerungen, Rilke sei »eine Naturerscheinung [...], das verkörperte fünfte Element: die Dichtung selbst« (S. 45), lassen aufmerken. Als »Naturerscheinung« hatte Zwetajewa schon am 11. Februar 1923 Pasternak bezeichnet.[46] Der Begriff »Natur« kommt bei ihr häufig vor. Geistig geprägt an der Jahrhundertwende, machte sie sich die Geistesrichtung der neoromantischen Epoche zu eigen: den »Seelen«-Kult, die Rebellion gegen das Vorherrschen des Verstandes usw. Ganz im Geiste der Zeit war sie geneigt die »Natur« mit besonderen Eigenschaften zu versehen: sie zu »spiritualisieren«, zu vergeistigen. Eine natürliche Erscheinung der so verstandenen Natur (das heißt, der »lebendigen Natur«!) war für Zwetajewa die »Seele«. »Natur« und »Seele« bilden nicht selten in ihren Überlegungen eine Ganzheit. »Außer der Natur, d. h. der Seele, und außer der Seele, d. h. der Natur – rührt mich nichts an«, schreibt sie am 12. Dezember 1927 an Anna Tesková.[47] »Der Dichter ist Natur und nicht Weltanschauung«, formuliert sie knapp ihr Credo in einem ihrer Briefe an Vera Bunina, der Frau des Schriftstellers Iwan A. Bunin.[48] Marina Zwetajewa betrachtete es als ihre Pflicht, die Seele zu achten und zu rühmen. Es schien ihr, als werde die Seele von der alltäglichen Wirklichkeit beengt, beleidigt, entwertet, wehrlos. Der Welt des Tagaus und Tagein, also der kleinbürgerlichen Trägheit, der Alltäglichkeit, dem einförmigen Leben (der »Welt der Körper«, wie Zwetajewa sie nannte) stellte sie die poetisch erhabene »Welt der Seelen« gegenüber. Sie pries die Psyche in ihren Gedichten, nannte einen ihrer Gedichtbände »Psyche. Romantik« (Berlin 1923) und gab sich selbst den Namen »Seele« (so in dem Brief vom 2. August an Rilke).

»Die Psyche (die unsichtbare!) lieben wir ewiglich«, erklärte sie dem Schriftsteller Alexander Bachrach, »denn das *Abgewandte* in uns liebt – allein die Seele!«[49] Diese Worte zeigen deutlich, Zwetajewas Verständnis von »Liebe« ist untrennbar mit der Idee von der »Seele« verbunden. Liebe, genauer das, was gemeinhin Liebe in der »Welt der Körper« heißt, lehnt Zwetajewa entschieden ab. Mehr als einmal hat sie erklärt, die »Seele« und die »Liebe« ließen sich nicht in Einklang bringen, ihre »Nicht-Liebe zur Liebe«. »Liebe ehre und liebe ich nicht«, schrieb sie an Rilke am 3. Juni. »Nicht wollen« ist eines der Leitmotive ihrer Briefe an ihn. In dem Brief an Boris Pasternak vom 10. Juli 1926 spricht Zwetajewa vom »unersättliche[n] Haß Psyches auf Eva, von der [d.h. von Eva] in mir nicht das geringste ist. Hingegen von Psyche alles.«

Die Welt der *wahren* Liebe ist daher für Zwetajewa jene, in der es zu einer Verschmelzung der Seelen kommt, jedoch nicht der Körper. Und diese überhöhte geistige Welt versucht sie, in ihrem Werk zu vergegenwärtigen. Deshalb verläuft ihr Gespräch mit Rilke von Anfang an auf der »Liebes«-Bahn. Hingerissen von dem, was ihr die Einbildungskraft diktierte, gab Zwetajewa, wenn sie sich an konkrete Menschen (an Boris Pasternak, Alexander Bachrach, Anatoli Stejger) wandte, ihrer Beziehung zu ihnen immerfort eine andere Bedeutung, übertrug sie auf eine andere – die emotional-poetische – Ebene. Sie ging mit ihnen eigenwillig (gebieterisch und manchmal kapriziös) um, und begeisterte sich immer mehr an den Peripetien des nichtexistenten, von ihr erfundenen »Romans«. Nicht zu Unrecht schreibt Alexander Bachrach über sie: »Ihr war der Mensch, dem ihre Gefühle zu dem einen oder anderen Zeitpunkt entgegenstrebten, weniger wichtig als der heftige Erguß dieser Empfindungen aufs Papier. [...] Die Menschen, mit denen Zwetajewa eine tiefere Beziehung unterhielt, ›erfand sie‹, sie erzeugte sie kraft ihrer Phantasie, erschuf sie mit ihrer Laune, und schenkte ihrer wirklichen Natur kaum Beachtung.«[50] Dabei interessierten Zwetajewa natürlich nur die geistigen, jedoch nicht die »irdischen Zeichen« ihrer Gesprächspartner – das in ihnen Unsichtbare, nicht Fühlbare, das Unerreichbare. »Ich weiß nicht, wer Sie sind, ich weiß nichts von Ihrem Leben, ich bin Ihnen gegenüber vollkommen frei, ich spreche mit einem Geist«, schrieb sie Alexander Bachrach in einem ihrer ersten Briefe.[51]

Hin und wieder protestierte Zwetajewa gegen die vereinfachende Trennung des Menschen in »Seele« und »Leib«, doch konnte sie dieser »grausamen Antinomie«[52] nicht entgehen. Ohne die allgemein üblichen Erscheinungen der Liebe zu leugnen (Küsse, Umarmungen), strebt sie gleichsam danach, die körperliche Hülle von ihnen abzuziehen, sie von den »irdischen Banden« zu befreien – von den Fesseln der erstarrten Materie und der niedrigen Sinnlichkeit. Zwetajewa ist, wenn man es so ausdrücken kann, für den Händedruck ohne Hände, für den Kuß ohne Lippen. Die »Hände« aber, und die »Lippen«, die sie in poetische Begeisterung versetzen, waren unsichtbar, »imaginär«. In einem ihrer Gedichte stehen die Verse:

> Dort, wo das Wasser rückwärts fließt,
> Am Ufer eines Flusses
> Ergreift die Scheinhand fest
> Den Schein einer andern Hand.[53]

In ihren Briefen an Rilke (wie auch in anderen) geschieht eben diese Berührung nichtexistierender imaginärer Hände – die Berührung »im Wort«, die Begegnung im Geiste. Solch eine Begegnung ist für Zwetajewa übrigens nicht nur ein Spiel der Phantasie, sondern eine unwiderlegbare Gegebenheit, eine Tat, nicht weniger glaubwürdig als der feurigste Kuß. »Liebe lebt von Worten«, versichert sie Rilke (am 22. August 1926). Hier erklärt sie auch, sie erwarte von ihm nur *Worte* – nichts weiter. Das emotional-sinnliche Pathos der Zwetajewaschen Briefe wird auf diese Weise zum reinen Seelenaufschwung. Der Eros in der Beziehung Zwetajewas und Rilkes, der in ihren Briefen deutlich wahrnehmbar wird, ist körperlos, veredelt – ein Eros, der nur in Worten lebt. Wenn Zwetajewa zu Rilke, »ich liebe Dich«, sagt, dann legt sie in diese Worte das ganze Erleben ihrer Liebe, deren gesamte empirische, »dionysische« Wesenheit. Ihrer Liebe zu Rilke, wie intensiv auch die »irdische« Färbung sein mag, verleiht sie in der »irrealen« Sphäre Ausdruck, im Raum der »Seele«. Und je leidenschaftlicher, sinnlicher die Sprache Zwetajewas aus der herkömmlichen Sicht (vgl. ihren Brief vom 2. August 1926) wird, um so erhabener ist sie vom poetischen Blickpunkt aus.

Es ist natürlich nichts anderes als die hohe Romantik mit der für sie charakteristischen Auffassung von der Liebe zum Unerreichbaren, nicht Existierenden, zum »Fernen«. Ein solcher Dualismus geht davon aus – was *hier* unmöglich ist, ist *dort* möglich. In einem ihrer Briefe an Anatoli Stejger lesen wir: »Vergessen Sie nicht, daß die uns scheinende Unmöglichkeit eines Dings, das erste Merkmal seiner Natürlichkeit, seiner Selbstverständlichkeit ist – in der anderen Welt.«[54] Die Natürlichkeit, also die Freiheit, die Möglichkeit der vollkommen geistigen Selbstaussage (Selbstbekundung) besaß immer eine Anziehungskraft für solch rebellische, brodelnde Naturen, die wie Zwetajewa von geistigen Flammen und »göttlicher Gabe« erfüllt sind. Entspringt nicht aus dieser Quelle der Zustand von den zwei Welten – eines der Grundmerkmale der romantischen Weltanschauung?

Der Briefwechsel zwischen Zwetajewa und Rilke ist ein Phänomen besonderer Art. Es ist nicht angebracht, ihn in traditioneller Weise als »epistolarische Prosa« zu bezeichnen. Zwetajewa, die sich kopfüber in jede neue Freundschaft stürzte, sie mit ihrer ganzen Leidenschaftlichkeit, mit Ungestüm und Raserei bedachte, sie blieb überall und vor allem Dichter. Ihren Briefen (in jedem Fall vielen von ihnen) verlieh sie einen künstlerischen Charakter, machte aus ihnen ein Werk, in dem sie »die Seele entblößte«. Alle ihre Briefe an Rilke gehören einer ungewöhnlichen und nichttraditionellen Gattung an, die am ehesten als epistolarische Lyrik bezeichnet werden sollte.

Gefühlstiefe Frauenbriefe sind in der Literaturgeschichte bekannt. Einige ihrer Vorgängerinnen hat Zwetajewa genannt, zum Beispiel Jeanne Julie Eleonore de Lespinasse. Vieles hat sie auch mit Maria Baschkirtzewa (1860-1884) gemeinsam, von deren Tagebüchern sie in der Jugend hingerissen war. Eine besondere, gleichgestimmte Nähe verbindet Zwetajewa jedoch mit Bettina von Arnim. Die Struktur, die Intonation, selbst einzelne Redewendungen aus den Briefen Zwetajewas erinnern zwangsläufig an »Goethes Briefwechsel mit einem Kinde«. Kein Zufall ist es, daß Rilke Zwetajewa in dem Brief vom 28. Juli mit dem Wort »wunderbare« versah – Bettine, die er kannte und hochschätzte, nannte er wunderliche.[55] Ähnlich wie Bettina von Arnim, die vollkommen frei mit den Briefen Goethes verfuhr, hat Zwetajewa einzelne Briefzeilen Rilkes umgedichtet, sie sprach sogar von einem »siebten« Brief an sie, den es in Wirklichkeit nie gegeben hat.

Wie schon erwähnt, war Rilke anfangs von der »wunderlichen« Marina bezwungen und brachte ihr tiefstes Vertrauen und große Anteilnahme entgegen. Zwischen den beiden Dichtern entsteht sofort das Gefühl des vollkommenen gegenseitigen Einverständnisses, das den Stil und den Charakter ihres Briefdialogs bestimmt. Der Briefwechsel Zwetajewas und Rilkes gleicht dem Gespräch zwischen Menschen, die in ein und dasselbe Geheimnis eingeweiht sind.

Der Leser muß sich lange in ihre Briefe und Verszeilen einlesen. Bestes Beispiel für den esoterischen Stil ist die großartige »Elegie« Rilkes, die er an die russische Lyrikerin richtet und die ein fester Bestandteil ihrer Korrespondenz ist. Rilke hat in dieses Werk seine geheimsten Gedanken zur Existenz und zur Natur, über die Liebe und die Dichtung, über die verlorene und zu findende Ganzheit hineingewebt. Die »Elegie« wirkt wie eine poetische »Geheimschrift«, die nur den beiden Briefpartnern völlig verständlich ist. Charakteristisches Verfahren sind Wiederholungen der Art: »Marina, wir ...«, »der Unsrigen«, usw. Sein Verhältnis zu Zwetajewa bestimmt Rilke hier als »Zeichengeber, sonst nichts«. Natürlich hat Marina Zwetajewa, als sie die »Elegie« las, gerade bei diesen Worten aufgemerkt.

Überhaupt erwecken nicht nur die »Elegie«, sondern der gesamte Briefwechsel den Eindruck, als seien die beiden Briefpartner Mittäter, Verschwörer, die etwas wissen, worauf kein anderer käme. Und beide Dichter waren sich des vertraut innigen Charakters ihres Dialogs vollkommen bewußt: Sie wahrten dieses »Geheimnis«, offenbarten es keinem im Jahre 1926, nicht einmal ihren Nächsten. Jeder erblickte im anderen den wahren Dichter, ihm im Geiste verwandt und ebenbürtig an Kraft. Es war ein Austausch und Wettstreit zwischen Gleichen, nach dem sich Zwetajewa eigentlich immer gesehnt hatte. »Von denen, die mir an Kräften ebenbürtig sind«, erklärte sie neun Jahre später, »sind mir nur Rilke und Pasternak begegnet.«[56]

Doch hat sich Rilkes Verhältnis zu Zwetajewa in den dreieinhalb Monaten, von Anfang Mai bis Mitte August, verändert. Der Wendepunkt in ihrer Beziehung war offensichtlich Zwetajewas Brief vom 2. August. Ihre Zügellosigkeit und Maßlosigkeit, ihre Abneigung, Umstände und Verhältnisse in Betracht zu ziehen, ihre Absicht, das »einzige Rußland« für Rilke sein zu wollen und Boris Pasternak in den Hintergrund abzuschieben, all das schien Rilke ungerechtfertigt und sogar grausam. Auf die beiden letzten Briefe Zwetajewas hat Rilke nicht reagiert, auch wenn er in Sierre, wo er bis Ende November lebte, und in dem Sanatorium Val-Mont, wo er sich im Dezember erneut aufhielt, noch Briefe beantwortet hat.

Fast acht Monate lebte Zwetajewa mit dem Traum, Rilke zu treffen. Glaubte sie an die Möglichkeit einer Begegnung? Es scheint: Sie glaubte daran und auch wieder nicht. Wie Zwetajewa sich diese vorgestellt hat, zeigt das Poem »Versuch vom Zimmer« (Mai/Juni 1926), in dem sie die irreale Begegnung mit dem »Freund« im Hotel »Rendezvous der Seelen« schildert.[57] »Ich erzählte ihm einfach, ihm, dem Lebenden, zu dem ich mich *auf den Weg machte*!« erläutert Zwetajewa den Sinn des Poems in ihrem Brief an Boris Pasternak am 9. Februar 1927. »Wie wir uns nicht begegneten, wie wir uns *anders* begegnet sind.« Der natürliche Wunsch Zwetajewas, Rilke zu sehen, mußte in Widerspruch mit ihrer Überzeugung geraten, die »Nicht-Begegnung« Liebender sei vom Schicksal vorherbestimmt. Das Drama »getrennter Paare«, die entfernt voneinander leben und nicht zusammenkommen können, findet sich nicht selten in Marina Zwetajewas Werk. »Nicht ists bestimmt, daß der Starke dem Starken/ Sich schon gesellt im Diesseits der Welt«, rief Zwetajewa aus, als sie sich in ihrem Zyklus »Zwei« (1924) an Boris Pasternak wandte. Möglicherweise schien ihr der Bund mit Rilke, eine ebenso fortgesetzte »Trennung« zu sein, ein ebenso unvermeidbares sich »Verfehlen« (»So verfehlen wir – uns«).[58]

Die eigentliche Dramatik dieser Begegnung, die nie stattgefunden hat, besteht indessen nicht darin, was Zwetajewa von ihr gedacht hat, sondern in dem unüberwindlichen Mißverhältnis, das sich gegen Herbst 1926 zwischen den hehren Absichten der russischen Dichterin und der vorgegebenen Realität herausbildete. Rückhaltlos hatte sich Zwetajewa der von ihr geschaffenen Atmosphäre des geistigen

Austauschs hingegeben und das »übersehen«, wovon Rilke ihr am 17. Mai schrieb – von seinem schweren, tödlichen Leiden. Die behutsamen Versuche Rilkes, ihr in den folgenden Briefen zu bedeuten, was ihm geschah, kränkten sie, und sie faßte sie als den Wunsch des Dichters auf, sich um seines seelischen Komforts willen, gegen ihre Gefühle abzuschirmen. Psyche vernahm nur den Ruf Orpheus', die Stimme des leidenden kranken Menschen hingegen erreichte ihr Ohr nicht.

Der Tod Rilkes war für Zwetajewa ein entsetzlicher Schlag, von dem sie sich nie mehr zu erholen imstande war. Dieses Ereignis erschütterte sie nicht nur und kehrte ihr ganzes Inneres um, sondern bestimmte in vielem (auf Jahre hinaus) ihre seelische Befindlichkeit und möglicherweise auch ihre schöpferische Entwicklung.[59] »Seit jener Zeit [nach 1926]«, sagte sie einmal, »hat es in meinem Leben nichts mehr gegeben. Einfacher: Ich habe niemanden geliebt – all die Jahre – die Jahre – die Jahre.«[60]

In der Tat: Alles, was Zwetajewa so teuer war (Deutschland, die Dichtung, die deutsche Sprache) und das, wie ihr schien, für einen Augenblick in Rilke Gestalt angenommen hatte, in seinen Gedichten, Briefen und in seiner Persönlichkeit, hörte plötzlich auf zu existieren. Es schwand ihre Hoffnung, bald mit dem geliebten Dichter zusammenzutreffen, und ihre Pläne, denen sie innerlich große Bedeutung beigemessen hatte, wurden zunichte. »Boris, nie werden wir zu Rilke fahren. Jene Stadt – gibts nicht mehr«, ruft sie wehmütig am 1. Januar 1927 in ihrem Brief an Boris Pasternak aus.[61]

Diesem nach Moskau geschickten Brief legte Zwetajewa einen von ihr auf deutsch geschriebenen »Postumen Brief« an Rilke bei. Einzelne Motive ihres Briefwechsels klingen in ihm noch an und neue zeichnen sich ab, die danach in den »Neujahrsbrief« eingehen, der unmittelbaren und stärksten

Reaktion Zwetajewas auf den Tod Rilkes, ein Klagelied oder Requiem, das sie 40 Tage nach Rilkes Tod am 7. Februar 1927 beendete.[62] Die Verzweiflung Zwetajewas, ihre tiefe Trauer treten in diesem komplexen Werk mit entwaffnender Einfachkeit zu Tage. »[...] Schlag zwölf – und kaum ein/ Daseinsgrund für mich. Neujahrsgetöse./ Nichts, was mich vom innern Reime erlöste:/ Rainer – keiner.« Der Text des »Neujahrsbriefs« ist untrennbar mit den Umständen und Details des Briefwechsels verbunden, er paraphrasiert und führt ihn fort. Das Wesentliche in dieser »Epistel« ist jedoch Zwetajewas Bestreben, Rilke unsterblich zu machen, genauer »den Tod zu töten«, so zu tun, als sei Rilke nicht tot. »Ich will nicht dass sein Tod gewesen ist«, schreibt sie am 24. Januar 1932 an Rilkes Tochter. Der »Neujahrsbrief« ist von diesem »ich will nicht« durchdrungen. Rilke lebt, glaubt Zwetajewa, er ist überall und in allem anwesend, der einzige Ort, wo er nicht ist, ist das Grab.[63]

Diese paradoxe Ansicht entspricht ganz dem Geiste Zwetajewas, die an die Allmacht des Todes nicht glaubte, sondern daran, daß man ihn dank der Kraft der Liebe und des Wortes überwinden könne. Den Tod der Menschen, die ihr nahe standen, hat sie oft zum Anlaß genommen, um über sie zu schreiben und, indem sie ihre geistige Gestalt festhielt, ihre Existenz zu verlängern, sie zu »beleben«, auferstehen zu lassen. So geschah es zum Beispiel mit Maximilian Woloschin, mit Andrej Belyj und der Schauspielerin Sofia Holliday (»Erzählung von Sonečka«) wie auch mit anderen, die Zwetajewa in ihren Erinnerungsessays dargestellt hat. Sie alle, die verstorben waren, lebten fürderhin, weil sie in ihr lebten, denn Zwetajewa *wollte* an sie nicht als Tote denken.

Ganz ähnlich hat sie den Tod von Alexander Blok empfunden, den sie von den zeitgenössischen Dichtern am meisten liebte und im Mai 1920 in Moskau gesehen und gehört hatte, doch mit dem sie nie persönlich bekannt wurde. Zwetajewas Beziehung zu dem toten Blok stimmt in vielem mit ihrem Verständnis vom Tode Rilkes überein: von ihm wollte sie ebenso wenig wie von einem Toten sprechen, sie verglich ihn mit einem Halbgott, mit einem Engel und mit Orpheus, und wähnte, natürlich im Geiste, engen Kontakt mit ihm zu haben. »Nach Bloks Tod«, schrieb sie am 10. September dem Literaturkritiker Alexander Bachrach, »bin ich ihm immer wieder auf allen nächtlichen Brücken von Moskau begegnet, ich *wußte*, daß er hier herumläuft und – vielleicht – wartet, ich war seine größte Liebe, selbst wenn er mich nicht kannte, die große Liebe, die ihm beschieden war und – unverwirklicht blieb.«[64]

»Ich denke manchmal, ein Ende – gibt es nicht«, gestand Zwetajewa.[65] »Tod« und »Leben« sind bei ihr so eins, daß sie ihren landläufigen Sinn verlieren. Dies wird auch deutlich im »Neujahrsbrief«: »Tod und Leben – zwischen Gänsefüßchen« oder »Tod und Leben, lächelnd ausgesprochen –«. Zwetajewa ignoriert den Tod, sie will sich seine verbürgten Rechte nicht eingestehen. In dem Brief an Ruth Sieber-Rilke nennt sie den Tod einen »Zufall« oder einen »Überfall«, durch den sie sich nicht »zwingen oder leiten lassen« will (ähnliche Ansichten finden sich auch in anderen Briefen Zwetajewas). Es ist wahrscheinlich, daß sich diese Deutung vom Tod mit Rilkes Tod noch verschärft hat, der ihr nicht Mensch zu sein schien, sondern ein unsterblicher Geist.

Leben lebt nicht, ›tot‹ heißt nie – *gestorben*,

ruft Zwetajewa im »Neujahrsbrief« aus. Ähnlich, wie sie ihre »Nicht-Begegnung« mit dem Dichter zur »Begegnung«[66] umgedeutet hatte, genauso zog sie es nach 1926 vor, von ihm wie von einem »Lebenden« zu sprechen, also im Präsens und nicht in der Vergangenheitsform. »Ich bin überzeugt«, schreibt sie an Anna Tesková, »daß R[ilke] Sie geliebt hätte – weshalb ›geliebt hätte‹ – liebt.«[67]

Ariadna Tschernowa, die mit Zwetajewa befreundet war und dem »Neujahrsbrief« eine Einzelrezension gewidmet hat, unterstreicht: »Das Poem ist nicht nur ein Neujahrsgruß an Rilke, die Liebe gegenüber dem Verstorbenen und das Entzücken an ihm: Es ist ein tief philosophisches Werk über Leben und Tod, ihr Ersatz durch ein Drittes (durch ihren Sinn). Der Tod ist für die Schriftstellerin die unmittelbare Findung ihrer selbst, kein Fortgang aus dem Leben, sondern eine neue erweiterte Existenz in ihrer ursprünglichen Bedeutung ...«[68]

Diese eigenwillige Sicht von Rilkes Tod prägte auch Zwetajewas Überlegung, wann seine Briefe an sie postum publiziert werden dürften. Wie aus ihren Briefen, die bereits nach 1926 verfaßt wurden, ersichtlich wird, legte sie größten Wert auf die Autographen Rilkes, die ihr gehörten. Trotz der Bitten der Verwandten, die Rilkes Briefe für eine spätere Publikation sammelten, mochte sich Zwetajewa nicht von dem, was sich in ihren Händen befand, trennen. Ein Ausdruck von Eifersucht (»die nach dem Tod *geheiligte*«[69]) natürlich: die Abneigung mit anderen ihren »Besitz« zu teilen. »Wie kann man, wenn man einen Menschen liebt, ihn an alle hergeben ...«, entrüstete sich Zwetajewa.[70] Das Unvermögen, Gefühle »zu teilen«, war eine auffällige Eigenschaft Zwetajewas, und es ist kein Zufall, daß sie in ihrem Essay »Einige Briefe von Rainer Maria Rilke« diesen Zug bei Bettina von Arnim hervorhebt.

Zum anderen war Zwetajewa der aufrichtigen Meinung, eine Publikation (in jedem Fall eine frühzeitige) der Rilkeschen Briefe an sie bedeute »Verrat«, die Anerkennung seines tatsächlichen Todes – seines Nicht-Daseins. Das empörte Zwetajewa, rief in ihr das Gefühl von Bitterkeit und Verwunderung wach. Sie versuchte, sich auf Rilke selbst zu berufen: »Hätte er einen Tag nach dem Tod die Briefe seiner Freunde veröffentlicht?«[71]

Ohne den Gedanken zu verwerfen, irgendwann einmal

die Briefe Rilkes veröffentlicht zu sehen, betrachtete sie dies als »eine Frage der Zeit«. Und legte den »Zeitpunkt«, zu dem die Briefe Rilkes an sie abgedruckt werden könnten, selbst fest: In fünfzig Jahren. Diese Willensäußerung hat sie in dem Essay »Einige Briefe von Rainer Maria Rilke« und in ihrem ersten Brief an Nanny Wunderly-Volkart vom 2. April 1930 kundgetan. Hier übertrug sie die Frist von 50 Jahren auch auf ihre eigenen Briefe an Rilke. Nanny Wunderly-Volkart, die Rilkes letztem Willen entsprechend Testamentsvollstreckerin war und sein literarisches wie auch epistolarisches Erbe verwaltete, folgte Zwetajewas Wunsch. Als sie die Briefe Zwetajewas an Rilke der Schweizer Nationalbibliothek in Bern gab, versah sie sie mit dem Vermerk: »Diese Briefe von *Marina Zwetaïewa-Efron* an R. M. Rilke sollen von heute an gerechnet auf ihren Wunsch, erst in fünfzig Jahren zur eventuellen Veröffentlichung kommen oder dem R. M. Rilke-Archiv gehören.«[72]

Der Briefwechsel zwischen Zwetajewa und Nanny Wunderly-Volkart dauerte über drei Jahre an und ist eine der fast unbekannten Seiten in der Biographie der russischen Dichterin. Was das auslösende Moment dieser Korrespondenz gewesen sein mag, läßt sich schwer sagen. Ihre freundschaftliche Beziehung scheint, den Anfangszeilen des ersten Briefs von Zwetajewa nach zu urteilen, mit Nanny Wunderly-Volkarts Frage begonnen zu haben: Wie sie mit ihren Briefen an Rilke verfahren solle. Nanny Wunderly-Volkart war ein teilnahmsvoller Mensch. Als sie von der Notlage Zwetajewas erfuhr, bemühte sie sich, ihr zu helfen. Obendrein schickte sie ihr die neuen Ausgaben der Werke Rilkes, seine Briefe, die dessen Tochter und deren Mann, Carl Sieber, seit 1929 herausgaben.[73] Am 17. Oktober 1930 erzählt Zwetajewa Anna Tesková: »Ich habe mich – aus der Ferne – mit einer alten (an Jahren, nicht im Herzen) Bekannten Rilkes angefreundet, sie lebt in der Schweiz«.[74] Als Zwetajewa die 1929 bis 1931 vom Insel-Verlag herausgegebenen Briefbände Rilkes kennenlernte, wurde in ihr der Wunsch wach, eine französische Übersetzung der Stellen anzufertigen, die von Rußland handelten. Leider ist der Wunsch nicht verwirklicht worden.[75]

Der Kontakt mit Menschen, die im Umkreis Rilkes gelebt hatten, war Zwetajewa ein Bedürfnis. »So hast du, Rainer, mich mit allen verschwistert, die dich verloren«, ruft sie in »Dein Tod« aus, und das war keine leere Phrase. Sie machte die russische Sekretärin Rilkes, Jewgenija (Genia) Tschernoswitowa, ausfindig und traf sich mit ihr (auch wenn die Begegnung, wie aus den an Nanny Wunderly-Volkart publizierten Briefen ersichtlich wird, enttäuschend war). Ebenso suchte sie die Bekanntschaft einiger französischer Schriftsteller, die Rilke gekannt hatten, darunter die mit Charles Vildrac, André Gide, Natalie Clifford Barnay und Anne de Noailles. Als sie sich 1930 an Charles Vildrac wandte, schrieb sie ihm unter anderem: »Es verbinden mich mit Ihnen *Verwandtschafts*bande: Lieben Sie doch Rußland und Pasternak; und, was das Wichtigste ist, Rilke, der nicht Dichter ist, sondern die *Dichtung an sich*.«[76] Mit allen ihren Bekannten sprach Zwetajewa immer wieder über Rilke – mit einer unablässigen, unverhohlenen Begeisterung. An solch eine Begegnung im Jahr 1936 erinnert sich die Schriftstellerin Sinaida Schachowskaja: »Ich sehe Marina Zwetajewa in ihrer ärmlichen Wohnung in dem Pariser Vorort Vanves. Wir stehen in der Küche. Marina Zwetajewa kocht aus irgendeinem Grund in einem kleinen Topf Eier und spricht über Rilke. Fasziniert lausche ich dem unnachahmlichen Rhythmus und der einzigartigen Bedeutung dessen, was sie sagt, erinnere mich jedoch nicht im geringsten daran, was sie über Rilke sagte. Ich erinnere mich nur an das Gesicht von Marina Zwetajewa und an diese ungeheuren Höhen, zu denen sie mich mit solch einer unbändigen Kraft mit hinaufzog, ohne zu ahnen, daß ich außerstande war, ihr zu folgen.«[77]

Alles was mit Rilke, mit der Erinnerung an ihn, mit seiner Persönlichkeit, seinem Äußeren verbunden war, zog Zwetajewa unwiderstehlich an: »Schreiben Sie alles von Rilke auf! Sie kannten ihn doch, als er jung war«, bat sie Leonid Pasternak.[78] Mit der gleichen Bitte wandte sie sich an Jewgenija Tschernoswitowa[79]: »Nehmen Sie die gewaltige und heroische Tat auf sich: Rufen Sie sich diese beiden Monate von der ersten Sekunde an in Ihr Gedächtnis zurück, vom ersten Eindruck, das Aussehen, die Stimme beim ersten Mal und so fort«. Freudig und erregt reagierte sie auf die Briefe von Nanny Wunderly-Volkart, Ruth Rilke und zuallererst auf den von Tschernoswitowa. Als sie die Erinnerungen von Marie von Thurn und Taxis gelesen hatte, schrieb sie ihr spontan einen begeisterten Dankesbrief.

Schon vor der Bekanntschaft mit Nanny Wunderly-Volkart verschlang Zwetajewa die Literatur, die nach Rilkes Tod in westeuropäischen Ländern über ihn erschien. Natürlich auch alle Artikel, die in den russischen Emigrantenzeitschriften erschienen.[80] Für ihre Übersetzung im Januar 1929 der sechs Briefe Rilkes und seines Briefes »An die Unbekannte« ins Russische, hat sie zumindest drei Quellen benutzt: »Das Inselschiff. Eine Zweimonatsschrift für Freunde des Insel-Verlages«, Zweites Heft, Ostern 1927, die Pariser Zeitschrift »Nouvelle Revue Française« und schließlich Edmond Jaloux' Rilke-Buch.[81] Darüber hinaus hatte sie, wie ihre Briefe an Nanny Wunderly-Volkart belegen, die Bücher von Lou Andreas Salomé, Marie von Thurn und Taxis und Carl Sieber gelesen.

In ihren literarischen Essays und Briefen zitiert Zwetajewa (insbesondere in den 30er Jahren) gern einzelne Zeilen aus den Gedichten oder aus der Prosa Rilkes. So führt sie in dem Brief an R.N. Lomonosowa vom 3. April 1930 die bekannten Worte aus den »Aufzeichnungen des Malte Laurids Brigge« an: »Er war ein Dichter und haßte das Ungefähre.«[82] In ihrem Essay »Epos und Lyrik des zeitgenössischen Rußlands« (1923) zitiert sie, wenn auch ungenau, Verse des Gedichtes »Im Saal« aus den »Frühen Gedichten«.[83] In den Briefen an Anna Tesková wiederholt sie, nicht lange vor ihrer Rückkehr nach Rußland, einige Male den von ihr geliebten Vers in dem Gedicht »Im Dome« aus dem Gedichtband »Larenopfer«, in von ihr abgewandelter Fassung: »Mit heimatlichem prosim.«[84] Schließlich nimmt Zwetajewa in einem Brief vom 14. September 1940 an die Lyrikerin Wera Merkurjewa (1876-1943), der möglicherweise nie abgeschickt wurde, Rilkes Worte an Lou Andreas-Salomé vom März 1904 auf, über die unvergeßliche Osternacht, die sie beide einst im Moskauer Kreml erlebt hatten.[85]

Zwetajewa wurde nicht müde, Rilke zu rühmen, sie schrieb von ihm als dem »großen Dichter der gesamten Zeitgenossenschaft«,[86] wie auch von dem »größten Dichter, der jemals war und sein wird«.[87] Das Bild des Sänger-Orpheus' wuchs in ihrem Bewußtsein nach und nach zum Bild des Gottmenschen an, der in die Welt als Dichter trat und als großer allumschließender Geist erscheint, und dem gewachsen zu sein, den Menschen noch bevorsteht. »Rilke ist ein Mythos, der Beginn eines neuen Mythos vom nachkommenden Gott«, schreibt sie in ihrem Essay über den Dichter. Im übrigen entsteht dieser »Mythos« mit Hilfe ihrer aktiven Mitwirkung. In dem Essay »Die Kunst im Lichte des Gewissens« (1932) schließt sie ihre Überlegungen, nachdem sie drei Typen des Dichters, »Ein bedeutender Dichter. Ein großer Dichter. Ein hoher Dichter«, einander gegenübergestellt hatte, mit den Worten ab: »Die einzige Ausnahme ist Rilke, ein Dichter, der nicht nur in gleicher Weise hoch und groß ist (das kann man auch von Goethe sagen), sondern von jener Ausschließlichkeit der Höhe, die hier nichts ausschließt. Gerade, als hätte Gott, der anderen Dichtern des Geistes das Eine gab und dafür alles andere nahm, diesem einen alles belassen. Als Zugabe.«[88]

»Die Kunst im Lichte des Gewissens« ist gedanklich und chronologisch mit dem Essay »Der Dichter und die Zeit« (1932) verbunden, in dem sie das Gespräch über die Bedeutung und den Sinn des dichterischen Schaffens, über das »Zeitgemäße« in der Kunst wieder aufnimmt und eine interessante und überraschende Gegenüberstellung von Rilke und Majakowski vornimmt: »Ich gelange zu der für mich schwierigsten Frage: Ist denn Rilke – dieser selbst unter Fernen Ferne, unter Hohen Hohe, unter Einsamen Einsame – ist er für unsere Tage charakteristisch? Wenn – woran nicht der geringste Zweifel sein kann – Majakowski für unsere Tage charakteristisch ist.

Rilke ist weder Auftrag noch Ertrag unserer Zeit, sondern ihr Gegengewicht.

Kriege, Schlachthäuser, zerfetztes Fleisch und – Rilke.

Um Rilkes willen wird der Erde unserer Zeit vergeben werden.

Als Gegenteil, das heißt als Unerläßlichkeit, das heißt als Gegengift für unsere Zeit konnte Rilke nur in ihr geboren werden.

Darin besteht seine Zeitgenossenschaft.

Die Zeit hat ihn nicht bestellt, sondern provoziert.

Der Auftrag der Massen an Majakowski: sprich, daß man *uns* erfährt!, der Auftrag der Massen an Rilke, sprich, daß *wir uns* erfahren! Beide haben ihren Auftrag erfüllt. Niemand wird Majakowski einen Lehrer des Lebens nennen, so wie niemand Rilke – einen Wortführer der Massen.

Rilke ist für unsere Zeit ebenso unerläßlich wie ein Priester auf dem Schlachtfeld: um für die einen wie die anderen, für sie und für uns zu beten: um Erleuchtung für die noch Lebenden und um Vergebung für die Gefallenen.«[89]

Es kann behauptet werden, kein einziger russischer Schriftsteller (nicht einmal Boris Pasternak) war von Rilke so grenzenlos begeistert. Einen »eifersüchtigen Diener des Rilke Kults«[90], nannte 1937 Georgi Adamowitsch, der in

Paris lebende russische Dichter und Kritiker, Marina Zwetajewa. Und das war keineswegs übertrieben. Tatsächlich machte Zwetajewa alles, was in ihren Möglichkeiten lag, um Rilke zu »preisen«, um ihm ein »Denkmal« zu errichten, ähnlich wie Bettina von Arnim mit ihrem Brief-Buch Goethe ein Denkmal errichtet hat oder ihrer Jugendfreundin Karoline von Günderode. »Jene Pflicht auch der Liebe«, ruft Zwetajewa in »Einige Briefe von Rainer-Maria Rilke« aus, als sie an Bettina zurückdenkt. »Rühmen. Errichten.«

Bedauerlicherweise hat es für Zwetajewa kaum Möglichkeiten gegeben, den »Ruhm« Rilkes zu mehren. Das Leben in der Emigration war für sie schwer. Die Lebensnot wie auch der von Zwetajewa so gehaßte »Alltag« lenkten sie von ihrer schöpferischen Arbeit ab. Nur mit Mühe gelang es ihr, eigene Werke drucken zu lassen, was in ihren Briefen an Nanny Wunderly-Volkart besonders deutlich wird. Das in ihren Briefen aus dem Jahr 1932 geäußerte Vorhaben, Rilke ins Französische zu übersetzen, fand kein Echo bei den Erben des Dichters. Nach 1933 erwähnt sie ihre auf Rilke bezogenen Absichten nicht mehr.

Ihr Kontakt mit Nanny Wunderly-Volkart läßt nach und bricht bald vollständig ab. Entscheidend ist hierfür allem Anschein nach ihr Brief vom 22. November 1932 an Nanny Wunderly-Volkart, in dem sie sich ungerechtfertigt schroff über das Buch von Carl Sieber äußert.[91]

Doch gab es auch andere Gründe, die Zwetajewa daran hinderten, ein »Denkmal zu errichten«: die familiären Katastrophen (ihr vom Geheimdienst angeworbener Ehemann schien an einigen politischen Morden beteiligt zu sein und sah sich 1937 gezwungen, in die Sowjetunion zu fliehen); ihre abgekühlten Beziehungen zu Pasternak, schließlich die fortwährende Inanspruchnahme durch Arbeit und die Notwendigkeit, mit Schreiben Geld zu verdienen. Auch die gesamteuropäische Situation war von Bedeutung, vor allem die Veränderungen in Deutschland, die Zwetajewa schmerzlich wahrnahm. Besonders heftig hatte sie die seit 1938 wachsende Bedrohung der Tschechoslowakei durch die Deutschen durchlitten. *»Ich fühle die Tschechoslowakei mit dem freien Geist, über den die Körper keine Gewalt haben«*, schrieb sie am 23. Mai 1938 an Anna Tesková.[92] Wie die Stelle zeigt, verbindet sich der Begriff »Geist«, auch »Seele«, nun mit der wehrlosen kleinen Tschechoslowakei, die Zwetajewa während ihres Lebens dort, vom Sommer 1922 bis Herbst 1925, liebgewonnen hatte. Die Okkupation dieses Landes durch die Deutschen bedeutete für sie den vollkommenen Zusammenbruch ihres einst so leidenschaftlichen, unbändigen Germanophilentums.[93]

Als sie im Juni 1939 von Frankreich nach Rußland zurückkehrte – ihrem tragischen Untergang entgegen –, da nahm Zwetajewa die ihr teuersten Dinge, Manuskripte und Bücher mit sich. Darunter all das, was sie mit Rilke verbunden hatte: seine Bücher, die Briefe und Photographien. »Seine Bücher nehme ich mit«, schrieb sie am 31. Mai 1939, zwei Wochen vor der geplanten Abreise, Anna Tesková.[94] Außerdem nahm Zwetajewa alle die an sie gerichteten Briefe Boris Pasternaks mit nach Rußland.

Vor ihrer Evakuierung nach Jelabuga sonderte Zwetajewa im August 1941 einen Packen aus ihrem Archiv heraus, in dem sie all die Materialien vereinte, die Zeugnis von dem unvergeßlichen Ereignis ihres Lebens abgaben: die Briefe Rilkes an sie, seine Photographien, die Bücher mit Widmungen, und ebenfalls Boris Pasternaks Briefe von 1926. Dieses wertvolle Paket überließ sie A. P. Rjabinina zur Aufbewahrung, die leitende Lektorin in einem der Moskauer Verlage war und Zwetajewa mit Übersetzungsarbeiten, ihre Hauptverdienstquelle seit der Rückkehr nach Moskau, betraut hatte. Die von ihr sorgfältig abgeschriebenen Kopien der Rilkebriefe verblieben in ihrem Archiv, die Autographen hatten in ihren Augen offensichtlich jedoch einen besonders verläßlichen Aufbewahrungsort verdient. Zwetajewa hatte sich in ihren Erwartungen nicht getäuscht. Rjabinina bewahrte die ihr anvertrauten Papiere und Photographien auf und händigte sie viele Jahre später den Erben Boris Pasternaks aus. Auf dem Paket stand von Zwetajewa geschrieben: »R.-M. Rilke und Boris Pasternak (Gilles, 1926)«.[95] Fünfzig Jahre nach Rilkes Tod konnten seine und die Antwortbriefe Zwetajewas einem großen Leserkreis zugänglich gemacht werden. Zum bevorstehenden hundertsten Geburtstag Marina Zwetajewas (am 26. September 1992) erscheinen die hier zusammengetragenen Dokumente, die von ihrer unauslöschlichen Liebe zu dem »deutschen Orpheus« berichten. Vor uns liegt ein Buch, das vom Schicksal zweier großer Dichter berichtet, von ihrer Zuneigung und der gegenseitigen Nähe, von den Möglichkeiten der lyrischen Selbstoffenbarung und deren Grenzen, von den Höhenflügen und Abstürzen der lyrischen Seele. Die Begegnung Marina Zwetajewas mit Rilke, die »im Geiste« sich vollzog, währt auch heute noch und ist ein Tatbestand der Weltkultur.

Konstantin M. Asadowski

Erstes Kapitel

Rainer Maria Rilke
und Marina Zwetajewa.
Briefwechsel

Marina Zwetajewa.
Briefe an Boris Pasternak
und Jewgenia
Tschernoswitowa

Rainer Maria Rilke an Marina Zwetajewa

Actuellement: Val-Mont par *Glion*
S/Territet (Vaud) Suisse,[1]
am 3. May 1926

Liebe Dichterin,

ich erhalte in *dieser* Stunde einen mich unendlich ergreifenden, von Freude, vom strömenden Gefühl übergehenden Brief von Boris Pasternak.[2] Alles, was sein Schreiben an Bewegtheit und Dankbarkeit in mir aufregt, soll, so verstehe ich aus seinen Zeilen, zunächst zu *Ihnen* gehen und über Sie, durch Ihre Vermittelung, weiter zu ihm! Die beiden Bücher (meine zuletzt erschienenen), die diesem Briefe folgen, *sind für Sie, sind ihr Eigenthum.*[3]

Zwei weitere Exemplare folgen, sowie ich welche habe: diese späteren sollen dann an Борисъ Пастернакъ weitergehen, wenn die Zensur das zuläßt.[4] Ich bin so erschüttert durch die Fülle und Stärke seiner Zuwendung, daß ich mehr heute nicht sagen kann: aber das beiliegende Blatt schicken Sie dem Freunde von mir nach Moskau zu! Als einen Gruß. Muß ich erzählen? Sie wissen, daß ich Boris' Vater, Leonid O. P., von Moskau her (über 26 Jahre!) zu meinen getreuen Freunden rechnen darf.[5] Nach langer, langer Unterbrechung hat mich in diesem Winter (zu Anfang des Winters) ein seiniger Brief, von Berlin her, gefunden, – und ich habe mit der ganzen Freude, die dieses Einander-wiederfinden mir bereitet hat, geantwortet.[6] Aber es hätte nicht der Nachricht von Леонидъ Оссиповичь bedurft, um mir mitzuteilen, daß sein Sohn ein namhafter und starker Dichter geworden war: davon hatten mir Freunde schon (voriges Jahr in Paris) Proben vorgelegt gehabt, die ich mit Rührung und Ergriffenheit gelesen habe (denn ich lese noch Russisch, wenngleich immer erst nach einiger Einfindung und Übung; Briefe immerhin noch leicht!).[7] Ein Aufenthalt in Paris, im vorigen Jahr, durch fast *acht* Monate, hat mich mit russischen Freunden, die ich fünfundzwanzig Jahre nicht gesehen hatte, wieder in Umgang gebracht.[8] Aber warum, so muß ich mich jetzt fragen, – warum ist es mir nicht vergönnt gewesen, Ihnen zu begegnen, Марина Ивановна Цвѣтаева?[9] Nach Boris Pasternaks Brief muß ich glauben, daß uns beiden eine solche Begegnung zur tiefsten innersten Freude ausgefallen wäre. Wird sich das jemals nachholen lassen?! Rainer Maria Rilke

P.S.: Französisch ist mir *ebenso* vertraut wie Deutsch; ich merke das an für den Fall, daß Ihnen diese Sprache, neben der Ihrigen, geläufiger sein sollte.

Marina Zwetajewa an Rainer Maria Rilke

St. Gilles-sur-Vie, am 9. May 1926[10]

Rainer Maria Rilke!

Darf ich Sie so anrufen? Sie, die verkörperte Dichtung, müssen doch wissen, dass Ihr Name allein – ein Gedicht ist. Rainer Maria, das klingt kirchlich – und kindlich – und ritterlich. Ihr Name reimt nicht mit der Zeit – kommt von früher oder von später – von je*her*. Ihr Name hat es gewollt, und Sie haben den Namen gewählt. (Unsere Namen wählen wir selbst, was kommt – das folgt).[11]

Ihre Taufe war der Prolog zum ganzen Ihnen, und der Priester, der Sie taufte, wusste wahrlich nicht, was er that.[12]

Sie sind nicht mein liebster Dichter (»liebster« – Stufe), Sie sind eine Naturerscheinung, die nicht mein sein kann und die man nicht liebt, sondern besteht, oder (noch zu wenig!) das verkörperte fünfte Element: die Dichtung selbst, oder (noch zu wenig) das, woraus die Dichtung entsteht, und das grösser ist als sie (Sie).[13]

Es handelt sich nicht um den Mensch-Rilke (Mensch: das, wozu wir gezwungen sind!), – um den Geist-Rilke, der noch grösser ist als der Dichter und der eigentlich für mich Rilke heisst – Rilke von übermorgen.[14]

Sie müssen sich $\left.\begin{matrix}\text{aus}\\ \cdot\\ \text{mit}\end{matrix}\right\}$ meinen Augen sehen: Ihre Grösse durch ihre Grösse, wenn ich Sie ansehe: Ihre Grösse – durch die ganze Ferne.

Was nach Ihnen ein Dichter noch thun kann? Einen Meister (wie Goethe z.B.) überwindet man, aber Sie überwinden – heisst (würde heissen) die Dichtung überwinden. Ein Dichter ist der, der das Leben überwindet (überwinden soll).

Sie sind eine unmögliche Aufgabe für künftige Dichter. Der Dichter, der nach Ihnen kommt, muss *Sie* sein, d.h. Sie müssen noch einmal geboren werden.

Sie geben den Worten ihren *ersten* Sinn, und den Dingen – ihre *ersten* Worte (Werte). Z.B. wenn Sie grossartig sagen, sagen Sie von *grosser Art*, so wie es gemeint war bei der Entstehung. (Jetzt ist »grossartig« nur so ein hohles Ausrufungszeichen).

Russisch hätte ich Ihnen das alles klarer gesagt, aber ich will Ihnen nicht die Mühe geben sich hineinzulesen, ich will lieber die Mühe nehmen mich hineinzuschreiben.

Das erste, was mich in Ihrem Brief auf den höchsten Turm der Freude *warf* (nicht – hob, nicht – stellte), war das Wort May, dem Sie mit dem y den alten Adel wiedergaben. Ma*i* mit i – so was vom ersten Mai, nicht dem Arbeiterfest, das noch einst schön wird (werden kann) – dem zahmen Bourgeoisie-Mai von Verlobten und (nicht zu arg) Verliebten.

Einige kurze biographischen (nur nothwendige) Notizen: aus der russischen Revolution (nicht dem revolutionären Russland, die Revolution ist ein Land mit seinen eigenen – und ewigen – Gesetzen!) ging ich – durch Berlin – nach Prag, Ihre Bücher mit. In Prag las ich zum erstenmal die »Frühen Gedichte«.[15] So gewann ich Prag lieb – am ersten Tag – wegen Ihres Studententums.

In Prag blieb ich von 1922-1925, drei Jahre, im November 1925 ging ich nach Paris. Waren Sie noch da?

Im Fall Sie da waren:

Warum ich nicht zu Ihnen kam? Weil Sie mein liebstes sind – in der ganzen Welt. Ganz einfach. Und – weil Sie mich nicht kennen. Aus leidendem Stolz, aus Ehrfurcht vor dem Zufall (Schicksal, eins). Aus – Feigheit, vielleicht, um nicht Ihren fremden Blick bestehen zu müssen – auf der Thürschwelle Ihres Zimmers. (Nicht fremd konnten Sie mich doch nicht ansehn! Und wenn auch – der Blick wäre ja für Jedermann, da Sie mich nicht kannten! – das heisst: *doch* fremd!)

Noch eins: Sie werden mich immer als Russin fühlen, ich – Sie – als rein-menschliche (göttliche) Erscheinung. Das ist die Schwierigkeit von unserer zu sehr individuellen Nationalität – dass alles was in uns *ich* ist bei den Europäern – Russe heisst.

(Derselbe Fall, bei uns, mit Chinesen, Japanern, Negern – sehr *weiten* oder sehr *wilden*.)[16]

Rainer Maria, es ist nichts verloren, im nächsten (1927) Jahre kommt Boris und wir besuchen Sie – wo Sie auch nur sein mögen. Den Boris kenn ich sehr wenig und liebe ihn wie man nur Nie-gesehene (schon gewesene oder noch kommende: *nach*-kommende) Nie-gesehene oder Nie-gewesene liebt. Er ist nicht so jung – 33, glaub ich, doch knabenhaft. Seinem Vater gleicht er nicht mit der mindesten Augenwimper (das beste, was ein Sohn thun kann). Ich glaub nur an Muttersöhne.[17] Sie sind auch ein Muttersohn. Ein *Mann* nach der *weiblichen* Linie – darum so *reich*. (Zwiefaltigkeit.)

Der erste Dichter Russlands ist er.[18] Das weiss ich – und noch einige, die anderen warten bis er tod ist.

Ihre Bücher erwarte ich wie ein Gewitter, das – ob ich will oder nicht – kommen wird. Fast wie eine Operation des Herzens (keine Metaphore! jedes Gedicht (Deines) schneidet ins Herz und schnitzt es nach *seinem* Wissen – ob ich will oder nicht.) Nichts wollen!

Weisst Du, warum ich Dir Du sage[19] und Dich liebe und – und – und – Weil Du eine *Kraft* bist. Das seltendste.[20]

Antworten brauchst Du mir nicht, ich weiss was Zeit ist und weiss was ein Gedicht ist. Ich weiss auch was ein *Brief* ist. Also.

Im Vaud war ich als 10jähriges Mädchen (1903) in Lausanne[21] und weiss noch viel von dieser Zeit. Im Pensionat war eine erwachsene Negerin, die französisch lernen sollte. Sie lernte nichts und frass Veilchen. Das ist meine grellste Erinnerung. Die blauen Lippen – Negerlippen sind *nicht* rot – und die blauen Veilchen. Der blaue Genfersee kommt nur nachher.[21]

Was ich von Dir will, Rainer? Nichts. Alles. Dass Du mir es gönnst jeden Augenblick meines Lebens zu Dir aufblicken – wie auf einen Berg der mich schützt (so ein steinerner Schutzengel!)[22] Bis ich Dich nicht kannte, gings, jetzt, da ich Dich kenne – bedarf es einer Erlaubnis.

Denn meine *Seele* ist gut erzogen.

Aber schreiben will ich Dir – ob Du willst oder nicht. Ueber *Dein* Russland (Tzarenkreis und anderes[23]). Ueber vieles.

Deine russische Buchstaben. *Die Rührung*. Ich, die wie ein Indianer (oder Indier?) nie weine, ich hätte fast –

Ich las Deinen Brief am Ocean, der Ocean las mit, wir lasen beide. Ob Dich so ein Mitleser nicht stört? Andere wird es nicht geben, – ich bin viel zu eifersüchtig (*in Dir* – eifrig).

Da meine Bücher[24] – lesen brauchst Du sie nicht – leg sie auf Deinen Arbeitstisch und glaub mir aufs Wort, dass sie vor mir nicht da waren (damit ist die Welt gemeint, nicht der Tisch!).

---

10. May 1926

Wissen Sie wie ich heute (am 10.) Ihre Bücher erhielt? Die Kinder schliefen noch (7 Morgens) ich stand plötzlich auf und lief zur Thüre. Im *selben* Augenblick – ich hatte schon die Hand auf der Thürklinke – pochte der Briefträger – mir gerad in die Hand.

Ich hatte nur meine Thürgeste zu enden und mit derselben, noch pochenden Hand, die Bücher – empfangen.

Ich habe sie noch nicht aufgemacht, denn dann geht der Brief heute nicht ab – und er muss fliegen.

Als meine Tochter (Ariadne)[25] noch ganz klein war – zwei, drei Jahre etwa – fragte sie mich oft vor dem Schlafengehen: »А ты будешь читать Рейнеке?*«[26]

Reinecke – so klang bei ihr, in ihrem Kinder-schnell-Gehör – Rainer Maria Rilke. Kinder haben keinen Sinn für Pausen.

Ueber die Vendée will ich Dir schreiben, meine heroische französische Heimat.[27] (In jedem Land und Jahrhundert

* Wirst Du Reinecke lesen?

mindestens eine – nicht?) Ich bin hier dem *Namen* wegen. Wenn man wie ich weder Geld noch Zeit hat, wählt man das nothwendigste: Unentbehrliche.

Die Schweiz lässt keine Russen hinein.[28] Aber die Berge sollen sich rücken (oder spalten!) – dass der Boris und ich zu Dir kommen!

Ich glaube an Berge. (Die Zeile, in meiner Umänderung – die schliesslich keine ist – denn Berge und Nächte *reimen* – erkennst Du doch?)[29] Marina Zwetajewa

Ihr Brief für Boris geht noch heute ab – eingeschrieben und allen Göttern befohlen. Russland ist für mich noch immer so eine Art Jenseits.[30]

Rainer Maria Rilke an Marina Zwetajewa

Val-Mont par Glion
S/Territet (Vaud) Suisse,
am 10. May 1926.

Marina Zwetajewa,

sind Sie nicht noch eben hier gewesen? Oder *wo* war *ich*? Es ist immer noch zehnter May, – und seltsam, Marina, Марина, *dieses* Datum schrieben Sie (vorausgeworfen in der Zeit, vorausgeworfen in den zeitlosen Augenblick, da ich Sie lesen sollte!) über die Schlußzeilen Ihres Briefs! Am zehnten meinten Sie meine Bücher, im Umwenden der Thür (wie man in einem Buche umblättert), in Empfang zu nehmen ...; am gleichen Zehnten, heute, im ewigen Heut des Geistes, heut, Marina, empfing ich Dich in meinem Gemüth, in meinem ganzen Bewußtsein, das erbebt von Dir, von Deinem Kommen, als wär Dein großer Mit-Leser, der Ozean, mit Dir, Herzfluth, über mich hereingebrochen.

Was Dir sagen? Du hast mir die Hände, gebend abwechselnd und wieder gefaltet, hast mir Deine Hände, Marina, ins Herz gehalten, wie ins Becken eines fließenden Brunnens: nun geht zu Dir, solang Du sie drinnen hältst, die verdrängte Strömung über... Laß Dir's gefallen. *Was* sagen: alle meine Worte (als wären sie in Deinem Brief gewesen, wie vor einer Szene) alle meine Worte wollen gleichzeitig zu Dir, keins läßt das andre vorüber. Drängen nicht die Leute deshalb so aus dem Theater, weil sie, nach so viel angebotener Gegenwart, den Vorhang nicht ertragen? – so ertrag ich nur schwer das wieder Verschlossen-Sein Deines Briefs (noch einmal, noch ein Mal!). Aber, sieh, auch der Vorhang ist tröstlich: neben Deinen schönen Namen, neben dieses entzückende St. Gilles-sur-vie (survie!)[31] hat jemand eine große geschmeichelte blaue »Sieben« geschrieben (so: 7!), Sieben, meine segnende Zahl.[32] Der Atlas ward aufgeschlagen (:denn Geographie ist keine Wissenschaft für mich, sondern ein sofort in Gebrauch genommenes Verhältnis) und schon bist Du eingetragen, Марина, in meine innere Karte: zwischen Moskau und Toledo irgendwo hab ich Raum geschaffen für den Andrang Deines Ozeans. In Wirklichkeit aber siehst Du die Ile d'Yeu,[33] mit der Dir zugekehrten Pointe de Corbeau... Und Ariadne (wie groß mag sie nun sein, wie hoch reicht sie zu Dir auf?) sieht mit Dir hinaus, und... »Kinder«, sagst Du, »die Kinder«, in der Mehrzahl? Und bist doch, 1903, da ich schon mit Rodin mich auseinandersetzte, erst selber noch ein kleines Mädchen gewesen, das ich nächstens in Lausanne suchen geh.[34] (Ach, die Negerin wird eher zu begegnen sein, wenn man sie mit Veilchen lockt: ich sah sie so, von René Auberjonois[35] gemalt... Wie *Dich* sehen?) Dichterin, fühlst Du wie Du mich überwältigt hast, Du und Dein herrlicher Mitleser, ich schreibe wie Du, und gehe wie Du die paar Stufen hinunter aus dem Satz in das Zwischengeschoß der Klammern, wo die Decken so niedrig sind und wo es nach früheren Rosen riecht, die nie aufhören. Marina: *wie* hab ich Deinen Brief bewohnt. Und wie erstaunlich, wenn der Würfel Deines Worts, nachdem der Wurf schon ausgerufen war, noch eine Stufe tiefer fiel, die ergänzende Zahl zeigend, die endgültige (oft noch größere).[36] Eine Naturkraft, Du Liebe, das, was hinter dem fünften Element steht, es erregend und ballend?[37] ... Und mir wieder war, als hätte aus Dir die Natur mir zugestimmt, ein ganzer jasagender Garten um einen Brunnen, um was noch? um eine Sonnen-Uhr. Wie Du mich überwächst und überwehst mit dem hohen Phlox Deines Wortsommers.

Aber, sagst Du, es handelt sich nicht um den Mensch-Rilke: auch *ich* bin zerworfen mit ihm, mit seinem Körper, mit dem sonst immer so reine Verständigung möglich gewesen war, daß ich oft nicht wußte, *wer* glücklicher dichtet: er, ich, wir beide? (Fuß-Sohlen, seelige, wie oft, seelig vom Gehen über alles, über Erde, seelig vom ersten Wissen, Vorwissen, Mitwissen über's Wissen hinaus!)[38] Und nun Zwie-tracht, doppelte Tracht, Seele anders gekleidet, Körper vermummt, anders. Seit Dezember schon in diesem Sanatorium, aber den Arzt nicht ganz einlassend, in das einzige Verhältnis von Sich zu Sich, das keinen Mittler verträgt, (keinen Zwischenträger, der Abstände unwiderruflich machte, keinen Übersetzer, der's in zwei Sprachen auseinanderbräche.) (Geduld, lange, zerrissne, wieder angeknüpfte ...) Mein Wohnsitz, *Muzot* (der mich, nach des Krieges Wirrsal und Verschüttung, gerettet hat) vier Stunden von hier: meine (darf ich Dir wörtlich antworten) ... »meine heroische französische Heimath«. Sieh sie an: Fast Spanien, Provence, Thal des Rhône. Austère et mélodieux; Hügel in wunderbarer Einheit mit dem althen Gethürm, das genau so weit noch zu ihm gehört, wie zu dem, der die Steine an Schicksal gewöhnt, übt ...[39] Rainer Maria

St. Gilles-sur-Vie, am 12. May 1926

Das Jenseits (nicht kirchlich, eher geographisch) kennst Du besser als das Hieseits, Diesseits, Du kennst es topographisch, mit allen seinen Bergen und Inseln und Burgen.[40]

Eine Topographie der Seele – das bist Du. Und mit Deinem Buch (ach, es war ja nicht ein Buch, es wurde ein Buch!) von Armuth, Pilgerschaft und Tod hast Du mehr für Gott gemacht als alle Philosophen und Prediger zusammen.[41]

Priester sind nur Störer zwischen mir und Gott (Göttern).[42] Du, Du bist der Freund, der die Freude (ob Freude?) einer grossen Stunde zwischen Zweien (den ewigen Beiden!) *tieft* und höht, ohne den man den andern nicht mehr fühlt und den man, wie man's schliesslich machen muss, *einzig liebt.*

Gott. Du allein hast Gott etwas Neues gesagt. Du bist das ausgesprochene Johanni-Jesus Verhältnis (unausgesprochen beiderseits). Doch – Unterschied – Du bist des Vaters Liebling, nicht des Sohnes, Du bist Gott-Vaters (der keinen hatte!) Johannes. Du hast (Auserwählung – Wahl!) den Vater gewählt, weil er *einsamer* war und – unmöglich zu lieben!

Kein David, nein. Der David hatte die ganze Schüchternheit seiner ganzen Kraft, Du hast Deiner Kraft – ganze Wagnis und Wagsal.[43]

Die Welt war viel zu jung. Es hat *alles* sich ereignen müssen, – dass Du kommst.

Du hast es gewagt den unmenschlichen (*durch*-göttlichen) Gott-Vater *so* zu lieben (zu sagen!) wie der Johannes den durch-menschlichen Sohn es nie gewagt hat! Johannes liebte den Sohn mit den Armen (sich ewig von seiner Liebe in Jesu Brust verbergend), mit den Augen, mit den Thaten.[44] Wort – heroïca der Liebe, die immer stumm (rein thätig) sein will.

Ob Du mich wohl in meinem schlechten Deutsch verstehst? Französisch schreib ich fliessender, darum will ich Dir nicht französisch schreiben. Von mir zu Dir darf nichts fliessen. Fliegen – ja! Und wenn nicht, – lieber stocken und stolpern.

Weisst Du, wie es mir mit Deinen Gedichten geht? Im ersten Augenblick (Augenblitz wäre und klänge besser, wär ich ein Deutscher, ich hätt es umgeändert: der Blitz geht doch schneller wie ein Blick! Und ein Augenblitz geht doch noch schneller wie ein Blitz-einfach. Zwei Schnellen in einer. Nicht?) Also, im ersten Augenblick (denn ein Fremder bin ich), weiss ich alles – dann – Nacht: nichts – dann: Gott, wie klar! – und, wie ichs fassen (nicht allegorisch, fast mit der Hand) will – verwischt: nur die gedruckten Zeilen. Blitz auf Blitz (Blitz – Nacht – Blitz) so gehts mir im Dich-Lesen. Es muss Dir so im Dich-Schreiben gehen.

»Rilke ist leicht zu fassen« – so sagen in ihrem eingeweihten Stolze die Antroposophen und andere mystische Sektanten (hab ja nichts dagegen, besser als Socialismus, – jedoch . . .) »Leicht zu fassen«. Zerstückelt, stückweise: Rilke-Romantiker, Rilke-Mystiker, Rilke-Mythen-grieche, u.s.w. u.s.w. Doch versucht euch an dem *ganzen* Rilke. Hier kann euer ganzes Hellsehen nichts. Ein Wunder braucht kein Hellsehen. Es ist da. Von jedem Bauern – mit Augen – gesehen, bestätigt. Wunder: unantastbar: unfassbar.[45]

Zwei Nächte les ich in Deinem Orpheus. (Dein Orpheus ist ein Land, darum: *in*) Und eben bekam ich aus Paris eine russische rein-liter[arische] Zeitung (unsere einzige im Ausland)[46] mit folgenden Zeilen:

»Daraus (›Dichter über Kritik‹[47] – Aufzeichnungen, Prosa) erfahren wir, dass Frau Z. noch bis jetzt über den Tod Orpheus untröstlich ist, und deren Lächerlichkeiten mehre . . .«[48]

Ein Kritiker sprach von Blok: »Die vier Jahre, die uns von seinem Tode trennen, haben uns mit seinem Tod versöhnt, ja – beinahe über ihn getröstet.«[49]

Ich parirte: »Wenn vier Jahre genug sind, um sich über den Tod eines Dichters wie Blok zu trösten, wie steht's mit Puschkin († 1836).[50] Wie stehts mit dem Orpheus? († ?) Jeder Dichter-Tod, ob möglichst natürlich, ist widernatürlich, d.h. *Mord*, darum unaufhörlich, ununterbrochen, ewig – im Moment – dauernd. Puschkin, Blok – und, um alle zu nennen – ORPHEUS – kann nie gestorben sein, weil er jetzt eben (ewig!) stirbt. В каждом любящем – заново, и в каждом любящем – вечно.* Darum – kein Trost, bis wir nicht selber ›gestorben sein‹ werden.« (Ungefähr, russisch war's besser).[51]

Das gehört natürlich nicht zu der »Literatur« (belles lettres[52]), darum wurde ich ausgelacht. Wärs ein Gedicht (ein Dichter (*ein Narr*!) der sich in Prosa schreiben untersteht!) wärs ein Gedicht, so hätten sie geschwiegen oder sogar – geseufzt. (Die alte Fabel von Orpheus und den Thieren, zu denen auch – Schaafe gehörten?)[53]

Du verstehst, dass ich unverletzbar bin, weil ich nicht Frau Z. usw. usw. bin, wie sie's doch meinen. Doch traurig bin ich: die ewig-wahre und wiederkehrende Geschichte von Dichter und Menge, die man doch so gerne los sein wollte!

Dein Orpheus. Die erste Zeile:

Da steigt ein Baum. O reine Übersteigung![54]

Das ist es ja, die *grosse Art* (grossartig). Und *wie ich das kenne*! Der Baum ist höher als er selbst, der Baum übersteigt sich selbst, – darum so hoch. Einer von jenen, die Gott – glücklicherweise – unversorgt lässt (besorgen sich selbst!)

* In jedem Liebenden – aufs Neue, und in jedem Liebenden – ewig.

und die grad in den Himmel, in den siebzigsten (wir Russen haben *sieben*!) wächst. (Быть на седьмом небе от радости. Видеть седьмой сон. Woche – alt-russisch – седьмица. Семеро одного не ждут. Семь Симеонов (Märchen). 7 – eine Russenzahl! O, noch vieles: Семь бед – один ответ,* vieles.)[55]

Gesang ist Dasein[56] (da sein, wer nicht singt ist noch nicht da, kommt noch!)

»Schwer sind die Berge, schwer sind die Meere ...«[57] (als ob Du ein Kind tröstest, ihm Muth zuredest) ... und – fast lächelnd über seine Unvernunft:

... Aber die Lüfte ... aber die Räume ...[58]

Diese Zeile ist *reine Intonation* (intention), also reine Engelsrede. (Intonation: eine intention, die Laut wurde. Verkörperte intention.)

...Wir sollen uns nicht mühn

um andre Namen. Ein für alle Male
ist's Orpheus, wenn es singt.[59]

(wenn es stirbt – unter Dichtern, das, was ich – im Seitenumwenden – meinte).

Ist es ein Hiesiger?[60] Und man fühlt schon das kommende (nahende) Nein.[61] O, Rainer, ich will nicht wählen (wählen ist wühlen und wüst sein!), ich kann nicht wählen, ich nehm die ersten besten Zeilen, die noch mein Ohr enthält. Ins Ohr schreibst Du mir, mit dem Ohr bist du gelesen.

* Vor Freude im siebenten Himmel sein. Den siebenten Traum sehen. ... die Siebentägige. Sieben warten nicht auf einen. Sieben Simeons ... Oh, noch vieles: Sieben Nöte – eine Antwort, vieles.

Dieser Stolz aus Erde[62] (das Pferd, aus der Erde gewachsen). Rainer! Ein Buch folgt »Handwerk« (Ремесло),[63] da findest Du einen St. Georg,[64] der fast Pferd ist und ein Pferd, das fast Reiter ist, ich trenn sie nicht und nenne keinen. Dein Reiter! Denn Reiter ist nicht der, der reitet, Reiter ist die beiden zusammen, eine neue Figur, etwas, was früher nicht da war, nicht Ritter und Pferd: Reiter = Pferd und Pferd = Reiter: Reiter.

Deine Blei-Aufzeichnung (obs so heisst? nein, Anmerkung wohl!) – die lieben leichten drei Worte: an einen Hund[65]. Lieber, das setzt mich mitten drinnen in meine elfjahr-Kindheit hinein, also in den Schwarzwald (mitten drinnen!). Und die Vorsteherin (Fräulein Brinck[66] hiess sie und grässlich war sie) sagt eben: »Man muss diesem Satanskind, der Marina, alles verzeihen, wenn sie nur: ein *Hund*! sagt.« (Hund – vor Entzückung und Rührung und Begierde – heulend – mit drei U – u – u. Rasse-Hunde warens nicht, Gassenhunde!)

Rainer, das reinste Glück, Beglücktsein, die Stirn auf die Hundestirn gedrückt, Aug in Aug, und der Hund, erstaunt, befremdet und geschmeichelt (passirt ja nicht alle Tage!) GROLLT. Und dann hält man ihm mit beiden Händen das Maul zu – denn beissen kann er, aus lauter Rührung! – und küsst. Küsst los.[67]

Hast Du da, wo du bist, einen Hund? Und wo bist Du? Val-Mont (Valmont) so hiess der Held des harten und kalten und klugen Buches: Laclos »Liaisons dangereuses«, das bei uns in Russland – ich weiss gar nicht warum, das moralischste Buch! – neben den Memoiren des Casanova (den ich heiss liebe!) verboten war. Ich hab nach Prag geschrieben, man soll mir meine zwei dramatischen Gedichte (Dramen sind's, glaub ich, nicht) »Abentheuer« (Henriette, weisst Du noch? sein *schönstes*, das gar kein Abentheuer war, das einzige, das kein Abentheuer war) und »Phoenix« – Kasanovas Ende.[68] Dux, 75 Jahre, allein, arm, altmodisch, ausgelacht. Seine letzte Liebe. 75 Jahre – 13 Jahre. Das musst Du lesen, das ist leicht zu verstehn (die Sprache, mein ich). Und – staune nicht – meine *germanische*, nicht französische Seele hat es geschrieben.

Wir rühren uns. Womit? Mit Flügelschlägen ...[69] Rainer, Rainer, das sagtest Du mir, ohne mich zu kennen, wie ein Blinder (ein Sehender!) aufs Gerathewohl. (Die besten Schiesser sind die Blinden!)

Morgen ist Christi Himmelfahrt. Вознесение. Wie schön! Der Himmel in diesen Worten sieht gerad wie mein Ozean aus – mit Wogen. Und Christi – fährt.

Jetzt eben kommt Dein Brief. Es ist Zeit dass meiner geht.

Marina.

Marina Zwetajewa an Rainer Maria Rilke

St. Gilles-sur-Vie, Christi Himmelfahrt
[13. Mai] 1926

... ihm
kannst du nicht grossthun mit herrlich Erfühltem ...[70]

Drum: rein-menschlich und sehr bescheiden:
Rilke-Mensch. Wie ichs schrieb stockt ich. Ich liebe den Dichter, nicht den Menschen. (Wie Du es lasest, stoktest Du). Das klingt aesthetisch, d.h. seelenlos, unbeseelt (Aestheten sind – die keine Seele haben, nur fünf (oft weniger) scharfe Sinne).[71] Darf ich denn wählen? Sobald ich liebe, kann und will ich nicht wählen (das schale und schmale

Recht!), Du bist schon ein Absolut. Und bis ich Dich nicht lieb (*weiss*) darf ich nicht wählen, denn ich hab zu Dir keinen Bezug (kenne ja Deine Waaren nicht!)

Nein, Rainer, ich bin kein Kollektionär, und der Mensch-Rilke, der noch grösser ist als der Dichter (wie mans wendet – auf eins kommt's: noch grösser!) – weil er den Dichter trägt (Ritter und Ross: REITER!) hab ich unzertrennbar vom Dichter lieb.

Mit dem Rilke-Mensch meinte ich den, der lebt, druckt, den man liebt, der schon so vielen gehört, der schon müde sein muss von der vielen Liebe. – Nur die vielen menschlichen Anknüpfungen meint ich! – Mit dem Rilke-Mensch meinte ich *das*, wo es für mich keinen Platz gibt. Darum der ganze Satz von Dichter und Mensch – reiner Verzicht, Entsagen, dass Du nur nicht denkst, dass ich mich in Dein Leben, in Deine Zeit, in Deinen Tag (Arbeits- und Gesellschaftstag) dränge, der ein für allemal geplant und verteilt ist. Ein Verzicht – dass es nachher nicht weh thuhe: der erste Name, das erste Datum, dran man sich stösst und von denen man verstossen wird. (*Vor*sicht – Verzicht!)[72]

Lieber, ich bin sehr gehorsam. Wenn du mir sagst: schreibe nicht, es regt mich auf, ich brauche mich für mich sehr.

Alles werd ich verstehn und bestehn.

Ich schreib Dir auf der Düne, im dünnen Dünengras. Mein Sohn[73] (1 J[ahr] 3 M[onate], Georg – zu Ehren unserer weissen Armee. Und der Boris glaubt ein Socialist[74] zu sein! Glaubst *Du*'s?) – also, mein Sohn sitzt auf mir rittlings (fast auf meinem Kopf!) und nimmt mir den Blei weg (schreib grad ins Heft). Er ist so schön, dass alle alten Frauen (*die* Trachten! wärst Du hier!) nur einen Ausruf haben: »Mais c'est un petit Roi de Rome!«[75] Eine *bonapartische* Vendée – seltsam? Den König haben sie schon vergessen, das Wort Kaiser klingt noch. Unsere Wirthen (Fischer und Fischerfrau, ein Mährchenpaar, zusammen 150 Jahre!)[76] wissen noch viel von dem letzten Kaiserthum.

– Kinder in Mehrzahl? Liebster, ich hab lächeln müssen. *Kinder* – das Wort dehnt sich (zwei oder sieben?) Zwei, Liebster, ein 12jähriges Mädchen und ein 1jähr[iger] Junge.[77] Zwei kleine Riesen aus dem Kinder-Walhalla. Prachtkinder wie selten. Die Ariadne wie hoch? O, fast höher als ich (bin nicht klein) und zweimal so dick (*nichts* wieg ich).[78] Hier mein Bild – Passbild – jünger bin ich und heller. Ein besseres folgt, von ganz unlängst, in Paris. Von dem Photographen Шумов, der Deines grossen Freundes[79] Werke photographiert hat. – Er erzählte mir viel von ihm. – Ich scheute mich zu fragen, ob er kein Bild von Dir hätte. – Bestellt hätt' ichs nie. (Dass ich Dich um Dein Bild – gradaus und ganz ohne Scheu! – bitte, hast Du schon verstanden.)

... der Kindheit Angst und Blau ...[80]

Das weiss ich noch. Wer bist Du? Germane? Oesterreicher? (Früher wars doch eins? Nicht sehr gebildet bin ich – bruchweise.) Dein Geburtsort? Wie kamst du nach Prag?[81] Wie – zum Tzarenkreis?[82] Das ist doch ein Wunder: Du – Russland – ich.

– Die vielen Fragen! –

Deine Erdenschicksale gehen mich *noch* inniger an als Deine anderen Wege, denn ich weiss wie's schwer ist – alles.

Bist Du lange krank? Wie lebst Du in Muzot? Die Herrlichkeit. Gross und ernst und hoch. Hast Du eine Familie? Kinder? (Glaub nicht.) Bleibst Du noch lange im Sanatorium? Hast Du dort Freunde?

Boulevard de Grancy, 3 (unweit von Ouchy, glaub ich) da findest Du mich.[83] Kurzes Haar hab ich (wie jetzt, hab mein Lebenlang kein langes getragen), und einem Jungen gleich ich,[84] einen Rosenkranz um den Hals.

Heut Nacht las ich in Deinen Duineser Elegien. Am Tag komm ich nie zum Lesen und zum Schreiben, *Tagwerk* bis in die tiefe Nacht hinein, denn nur meine zwei Hände hab ich. Mein Mann – Freiwilliger sein ganzes, junges Leben durch, kaum 31 Jahr alt (ich werde 31 im September)[85] ist sehr kränklich, und ein Mann kann doch keine Frauenarbeit thun, das sieht hässlich aus (für die Frau nähmlich) – jetzt ist er noch in Paris, kommt bald.[86] Im юнкерское училище* nannte man ihn zum Spass »астральный юнкер«.** Schön ist er: eine Leidensschönheit.[87] Meine Tochter, obwohl glücklich, gleicht ihm, der Sohn eher mir, doch beide – hell, helläugig, моя раскраска.***

Was Dir von dem Buche sagen? Die letzte Stufe. Mein Bett wurde zur Wolke.

Liebster, *alles* weiss ich schon – von mir zu Dir – aber für vieles ist es noch zu früh. Etwas muss sich in Dir noch an mich gewöhnen. Marina.

Rainer Maria Rilke an Marina Zwetajewa

Val-Mont par Glion
S/Territet (Vaud) Suisse,
am 17. May 1926

– »Марина! Спасибо за миръ!«[88]**** …

Daß Dir Deine Tochter *das* hat sagen können, Marina, und in schwerer Zeit! (Wer, in den Tagen meiner Kindheit, welches Kind – in Österreich mindestens, in Böhmen, hätte den innern Andrang des Zustimmens gefunden, *so* zu spre-

* Kadettenkorps
** Astral-Junker
*** mein Farbton
**** »Marina! Danke für die Welt!«

chen?)... Meine Tochter vielleicht, hätte mir's sagen mögen, wenn ihr das Wort und sein Ansprechen dringender gewesen wäre; aber die einzige Zeit eigentlich, die ich wirklich mit ihr war, lag überhaupt *vor* aller Wörtlichkeit, so von ihrer Geburt bis über ihren ersten Geburtstag hinaus: dann schon löste sich, was an Haus, Familie und Gründung, ein wenig gegen meinen Willen, entstanden war, auf; auch die Ehe, obwohl nie gesetzlich aufgehoben, gab mich an mein natürliches Einzeldasein zurück (nach kaum zwei Jahren),[89] Paris begann: das war 1902. Nun ist meine Tochter längst verheiratet, irgendwo auf einem Gut in Sachsen, das ich nicht kenne; und meine Enkelin, Christine, die ich auch nur von vielen kleinen Augenblicksbildern her vermuthe, hat ihr zweites Jahr seit dem November überschritten, wächst schon weit in ihr drittes hinein[90] ... Aber das alles ist eine andere Ebene als die, auf der Muzot steht, das ich, seit 1921 (wo die wunderbarsten Umstände, nein, das Wunder selbst, es mich hat finden und festhalten lassen)[91] immer allein bewohne (von Freundes-Besuchen ab und zu abgesehen, die aber selten sind) so allein, wie ich immer gelebt habe, ja noch mehr: in einer oft unheimlichen Steigerung dessen, was Alleinsein heißt, in einer zum Letzten und Äußersten hingerissenen Einsamkeit (:denn, früher, Alleinsein in Paris, in Rom, in Venedig – wo ich viel gewohnt habe, ohne es zu sein –, in Spanien, in Tunis, in Algier, in Ägypten... in der eindringlichen Provence..., war doch Teilhaben, Einbezogen- und Einerzogen-Sein): Muzot aber, auffordernder als alles, ließ nur die Leistung zu, den Absprung, senkrecht ins Offene, die Himmelfahrt der ganzen Erde in mir[92] ... Liebe, was muß ich Dir sagen, da Du die Elegien in Händen hast, da Du die Elegien in *Deinen* Händen hast und über Deinem mitwissend an sie anschlagenden Herzen...

Diese Gedichte waren (1912) in nicht minder groß gegebener Einsamkeit, an der Adria, in dem alten (im Krieg zerstörten) Schloß Duino (nahe Triest) begonnen, in Spanien, und Paris später fanden sich Zeilenstücke ein, und alles wäre wohl 1914 in Paris zur Leistung zusammengeschossen, wenn nicht die große Unterbrechung der Welt eingefallen wäre, die mich hatte erstarren und anstehen lassen. Jahre. Was ich aus diesem langen Wesenswinter möchte gerettet haben, ich selber wußte es nicht, als ich endlich (1919) in die Schweiz mich flüchten konnte, als auf einen Boden, wo ein Natürliches und Argloses noch maaßgebend war ...; erfuhr es erst 1921, auf Muzot, im ersten dort einheimischen einsamen Jahr, als die durch die Umstände verhaltene Natur meines Gemüths in wenigen Wochen das unerhörte Wachsthum erst des Orpheus (jeder Theil in drei Tagen!), dann der Elegien in seine vollendete Jahreszeit trieb, gewaltsam, mich fast zerstörend durch die Leidenschaft des Ausbruchs, und doch mit soviel Zartheit und Fügung sich gebahrend, daß keine (denk!) nicht eine *vor*entstandene Zeile nicht in den Platz einbezogen worden wäre, in dem sie natürliche Stufe war und Stimme unter den Stimmen.[93] Wie das anheilte, das Vorige mit schon etwas alternder Bruchstelle dem Glühenden so innig angelegt, so wieder aufglühend aus Nachbarschaft und unendlicher Verwandtheit, *so* daß nirgends eine Naht sichtbar blieb! Jubel und Sieg, Marina, ohne Gleichen! Und *dazu* war dieses Übermaaß von Einsamkeit nöthig in seiner Tötlichkeit. Aber dann, liegt es daran, daß ich, über das Geleistete, Bestandene hinaus, die unmöglichen Bedingungen einer gesteigerten Abgeschiedenheit einzuhalten versuchte (nicht aus Eigensinn oder um dadurch der Gnade[94] ein übriges abzuringen, sondern weil ja das Hereinlassen des »Anderen«, das Leben aus ihm und für ihn, sofort (oder gleich hinter dem Sofort) Konflikte und Aufgaben mit sich bringt, die ich fürchten mußte in einer Zeit, da ich viel zu überaus *Alles* vollbracht hatte, um dann nur einfach die Leistung zu wechseln), liegt es daran (:denn die Arbeit selbst, unsere große hinreißende Arbeit, rächt sich ja nicht; auch wo sie uns über uns hinausreißt, läßt sie ja nicht Ermüdete, Erschöpfte zurück, sondern von Lohn überstürzte), liegt es daran, daß ich, mechanisch, zu lang die gleichen besonderen Bedingungen der Abgeschlossenheit, in einer heroischen Thalschaft, unter dem fast sonnenzornigen Himmel eines Weinlands ertrug – zum ersten Mal, seit ich lebe, und auf eine tückische Art hat sich mein eigenes Alleinsein, mit einem physischen Stachel wider mich gekehrt, mir das Mit-mir-selber-sein verdächtig und gefährlich machend und ängstlich mehr und mehr durch die körperlichen Störungen, die nun *das* übertönten, was die mir je und je ursprünglichste Stille war.[95] Daher mein Hiersein in Val-Mont, zum dritten Mal jetzt (nach zwei kürzeren Aufenthalten in 1924 und 1925),[96] daher mein langes Verweilen in Paris (Januar bis Mitte August 1925),[97] wo ja wirklich das Gegen-Theil und Gegen-Spiel des auf Muzot gebotenen Lebens in allen Erscheinungen und Wendungen zugelassen schien; daher mein Zögern, mich mit aller, in mich gefallenen und in mir wuchernden Gefahr wieder in meinen festen Thurm zurückzuziehen ... Was die Ärzte meinen? Eine Erkrankung des Nervs, den man den »Grand Sympathique« nennt, jenes großen schönen Nervenbaums, der, wenn nicht unsere Früchte, so doch (vielleicht) das blendendste Blühn unseres Wesens trägt .....[98]

[...] Störungen mehr subjektiver, als eigentlich sachlich oder organisch feststellbarer Art, (vorläufig wenigstens), Beeinträchtigungen jenes körperlichen Sich-nicht-Fühlens, aus dem der Einklang mit unserer stofflichen Betheiligtheit (an uns) so unwillkürlich hervorgeht; Unzustimmungen des Leibes, die mich um so rathloser machen, als ich mit ihm, seit einer gewissen Wendung meines Daseins (die, um 1899 und 1900, mit meinem Wohnen in Rußland zusammenfiel), ohne Arzt, in einer so vollkommenen Übereinstimmung zu leben gewohnt war, daß ich ihn oft für ein Kind meiner Seele hätte halten können: leicht und brauchbar wie er war und mitnehmbar bis ins Geistigste hinein, wie oft aufgehoben, mit Gewicht begabt nur noch aus Courtoisie und sichtbar nur noch, um das Unsichtbare nicht zu erschrecken! So innig *mein*; Freund, wirklich mein Träger, der Hälter meines Herzens; fähig aller meiner Freuden, keine herabsetzend, jede mir eigenthümlicher aneignend; sie mir schenkend genau im Durchschnittspunkt meiner Sinne. Als *mein* Geschöpf mir bereit und aufgedient zu meinem Gebrauch; als Vor-geschöpf mich überwiegend mit aller Sicherheit und Herrlichkeit der Herkunft. Genial, von Jahrhunderten erzogen, großartig in der heiteren Unschuld seines Nicht-Ich's, rührend in seiner Lust, dem »Ich« in allen seinen Übergängen und Schwankungen treu zu sein. Einfältig und weise. *Was* verdank ich *ihm*, der mich, auf Grund seiner Wesenheit, bestärkt hat im Entzücken an einer Frucht, am Wind, am Hingehen übers Gras. Ihm, durch den ich verwandt bin mit dem Undurchdringlichen, in das ich nicht einbrechen kann und mit dem Strömenden, das abfließt von mir. Und noch durch sein Schwersein, sternkundig. Also: ein Kummer, dieses Zerwürfnis mit ihm, und ein zu neuer Kummer, um darin schon versöhnlich zu sein. Und der Arzt *kann* nicht verstehen, was mich in diesen Hemmungen, die ja, ob sie gleich durch den ganzen Körper hin ihre Filialen haben, erträglich sind, so wesentlich, so central betrübt . . . . .

Alles das von *mir*, Du liebe Marina, verzeih! Und verzeih auch das Gegentheil, wenn ich auf einmal unmittheilsam bleiben sollte, was Dich nicht aufhalten dürfte, *mir* zu schreiben, sooft's Dich ankommt, zu »fliegen«. Dein Deutsch, nein, »stolpern« thut es nicht, es fällt ab und zu schwerer auf, wie die Schritte von einem, der eine Steintreppe von ungleich tiefen Stufen abwärts kommt und nicht ermessen kann, im Herabsteigen, wann sein Fuß in's Aufruhn geräth, jetzt schon oder plötzlich erst weiter unten als er dachte. Welche Stärke Du hast, Dichterin, auch in dieser Sprache Deine Absicht zu erreichen, genau zu sein und Du.

Dein Gang, der an die Stufen anklingt, Dein Ton, *Du*. Dein Leichtsein, Dein beherrschtes, geschenktes *Gewicht*.[99]

Aber weißt Du, daß ich mich überschätzt habe? Weil ich Gontscharoff[100] noch vor zehn Jahren, fast ohne Dictionnaire, russisch las und russische Briefe immer noch verhältnismäßig leicht lese und mir einen ab und zu in *das* Licht halte in dem alle Sprachen *eine* Sprache sind: (und diese, Deine, die russische, ist ohnehin so nah, *alle* zu sein!)[101], konnte ich mich überschätzen ...: Deine Bücher, trotzdem Du mich führst an fremderen Stellen, sind mir schwer,[102] – ich hab zu lange nicht konsequent gelesen, immer nur Einzelnes, wie (in Paris) einige Verse von Boris, in einer Anthologie.[103] Könnt ich Dich lesen, Marina, wie Du mich liest! Trotzdem, die zwei kleinen Bücher begleiten mich vom Tisch ans Bett und haben vieles vor den einfach lesbaren voraus.

Daß ich Dir mein Paß-bild schicken sollte, davon hält mich nicht Eitelkeit ab, sondern wirklich die Einsicht in seinen Blitzlichtzufall. Aber ich hab's zu Deinem Bild gelegt: gewöhn Dich vor der Hand im Bilde dran: ja? Rainer.

Nächstens muß ich für einen Tag nach Muzot,[104] dort hol ich Dir ein paar kleine ungefähr gültige Bilder aus dem vorletzten Jahr. Ich vermeide alles Photographiert- und Gemalt-Werden: Шумовъ hat kein Bild von mir gemacht.

– Schick mir bald das andere Deinige! –

St. Gilles-sur-Vie, am 3. Juni 1926

Vieles, ja, alles bleibt im Heft. Dir nur die Worte aus meinem Briefe an Boris Pasternak:

»Als ich Dich immer fragte, was wir denn zusammen treiben würden im Leben, antwortetest Du einmal: ›Wir gehen zu Rilke.‹ Und *ich* sag Dir, dass Rilke überbürdet ist, dass er nichts, niemanden braucht. Es geht von ihm die Kälte des Habenden, in dessen Eigenthum ich schon eingeschlossen bin. Ich hab ihm nichts zu geben, alles vorweggenommen. Er braucht mich nicht und Dich auch nicht. Stärke, immer anziehend, lenkt ab. Etwas in ihm (wie es heisst, weisst Du) will nicht abgelenkt werden. Darf nicht.

Diese Begegnung ist mir ein Schlag ins Herz (Herz schlägt nicht nur, wird auch geschlagen, – so oft es nur höher schlägt!) Desto mehr, dass er völlig Recht hat, dass ich (Du) in unseren besten Stunden dasselbe sind.«[105]

Ein Satz in Deinem Brief: »... wenn ich auf einmal unmittheilsam bleiben sollte, was Dich nicht aufhalten dürfte, *mir* zu schreiben, sooft's ...«[106]

Gleich wie ich las: – dieser Satz bittet um Ruhe. Ruhe geschah. (Du bist doch ein bisschen ausgeruht?)

Weisst Du, was das alles bedeutet: Ruhe, Unruhe, Bitte, Erfüllung usw. Hör, ich glaub plötzlich ganz recht zu wissen.

Vor dem Leben ist man *immer* und *alles*, wie man lebt – ist man *etwas* und *jetzt*. (Ist, hat, – gleich!)

Meine Liebe zu Dir zerstückelte sich in Tage und Briefe, Stunden und Zeilen. Daher die Unruhe. (Daher batest Du um Ruhe!) Brief heute, Brief morgen. Du lebst, ich will Dich sehen. Eine Ueberpflanzung aus Immer ins Jetzt. Daher die Pein, das Tage-Zählen, jeder Stunde Unwert, die

Stunde nur noch als Stufe – zum Brief. Im anderen *sein* oder den anderen *haben* (oder haben wollen, überhaupt – *wollen*, eins!)[107] Wie ichs merkte schwieg ich.

Jetzt ists vorbei. Mit dem Wollen bin ich schnell fertig. Was ich von Dir wollte? Nichts. Eher – um Dich. Vielleicht, einfach – zu Dir. Ohne Brief wurde schon – ohne Dich. Weiter – ärger. Ohne Brief – ohne Dich, mit Brief – ohne Dich, mit Dir – ohne Dich. *In* Dich! Nicht *sein*. – Sterben![108]

So bin ich. So ist die Liebe – in der Zeit. Undankbar und selbstvernichtend. Liebe ehre und liebe ich nicht.[109]

В великой низости любви – *[110]

so eine Zeile von mir. (La grande bassesse de l'amour, oder – noch besser – la bassesse suprême de l'amour.)

Also, Rainer, vorbei. Ich will nicht zu Dir. Ich will nicht wollen.[111]

Vielleicht – einmal – mit dem Boris (der von weitem, ohne eine Zeile von mir, alles »gespürt« hat! Dichterohr!) – aber wann – wie ...[112] Nicht eingreifen!

Und – dass Du mich nicht für niedrig hältst – nicht der Pein wegen schwieg ich, – wegen der Hässlichkeit dieser Pein!

Jetzt ist's vorbei. Jetzt schreib ich Dir. Marina

* In der großen Niedertracht der Liebe.

Rainer Maria Rilke an Marina Zwetajewa

Château de Muzot
S/Sierre (Valais) Suisse,
am 8. Juny 1926 (abends)

So hat mein kleines Wort, da Du's vor Dir aufrichtetest, diesen großen Schatten geworfen, in dem Du mir unbegreiflich ausbliebst, Marina! Unbegreiflich und nun begriffen. Daß ich ihn schrieb, meinen Satz, kam nicht von einem wie Du an Boris berichtest, ... Überbürdetsein, ach, frei, Marina, frei und leicht, nur (das meinst Du ja auch) so unvorsehlich angerufen! Nur so gar nicht unvorwissend. Und, seit einer Zeit, vermuthlich vom Physischen aus, so ängstlich, es könnte jemand, es könnte ein Liebes, Leistung oder Wendung von mir erwarten, und ich versagen, hinter dem Erwarteten zurückbleiben. Dabei gelingt mir immer noch das Schwerste ohne Anlauf, aber plötzlich fürcht ich die Nothwendigkeit (auch die innere, auch die glückliche) eines Briefs, wie eine steileste Aufgabe vor mir: unüberwindlich.

Ob alles so sein muß, wie Du's einsiehst? Wahrscheinlich. Dieses in uns Vorweggenommene: soll man's beweinen, überjubeln? Ich schrieb Dir heut ein ganzes Gedicht[113] zwischen den Weinhügeln, auf einer warmen (leider noch nicht ständig durchwärmten) Mauer sitzend und die Eidechsen festhaltend mit seinem Aufklang. Du siehst, ich bin zurück.[114] Aber in meinem alten Thurm müssen erst Mauerer und andere Handwerker sich ausüben. Keine Ruhe nirgends und Kälte und Nässe in diesem Weinland, das sonst seiner Sonne sicher war.

Nun da wir beim »Nichtwollen« sind, verdienen wir einige Milderung. Hier meine kleinen Bilder.[115] Schickst Du mir »trotzdem« einmal das andere Deine?: ich mag die Freude darauf nicht rückgängig machen. Rainer.

Elegie

an Marina Zwetajewa-Efron

O die Verluste ins All, Marina, die stürzenden Sterne!
Wir vermehren es nicht, wohin wir uns werfen, zu welchem
Sterne hinzu! Im Ganzen ist immer schon alles gezählt.
So auch, wer fällt, vermindert die heilige Zahl nicht.
Jeder verzichtende Sturz stürzt in den Ursprung und heilt.
Wäre denn alles ein Spiel, Wechsel des Gleichen,
Verschiebung,
nirgends ein Name und kaum irgendwo heimisch Gewinn?
Wellen, Marina, wir Meer! Tiefen, Marina, wir Himmel.
Erde, Marina, wir Erde, wir tausendmal Frühling, wie
Lerchen,
die ein ausbrechendes Lied in die Unsichtbarkeit wirft.
Wir beginnens als Jubel, schon übertrifft es uns völlig;
plötzlich, unser Gewicht dreht zur Klage abwärts den Sang.
Aber auch so: Klage? Wäre sie nicht: jüngerer Jubel nach
unten.
Auch die unteren Götter wollen gelobt sein, Marina.
So unschuldig sind Götter, sie warten auf Lob wie die
Schüler.
Loben, du Liebe, laß uns verschwenden mit Lob.
Nichts gehört uns. Wir legen ein wenig die Hand um die
Hälse
ungebrochener Blumen. Ich sah es am Nil in Kôm-Ombo.
So Marina, die Spende, selber verzichtend, opfern die
Könige.
Wie die Engel gehen und die Türen bezeichnen jener zu
Rettenden,
also rühren wir dieses und dies, scheinbar Zärtliche an.
Ach wie weit schon Entrückte, ach, wie Zerstreute, Marina,
auch noch beim innigsten Vorwand. Zeichengeber, sonst
nichts.

Dieses leise Geschäft, wo es der Unsrigen einer
nicht mehr erträgt und sich zum Zugriff entschließt,
rächt sich und tötet. Denn daß es tödliche Macht hat,
merkten wir alle an seiner Verhaltung und Zartheit
und an der seltsamen Kraft, die uns aus Lebenden zu
Überlebenden macht. Nicht-Sein. Weißt du's, wie oft
trug uns ein blinder Befehl durch den eisigen Vorraum
neuer Geburt... Trug: uns? Einen Körper aus Augen
unter zahllosen Lidern sich weigernd. Trug das in uns
niedergeworfene Herz eines ganzen Geschlechts. An ein Zugvogelziel
trug er die Gruppe, das Bild unserer schwebenden Wandlung.
Liebende dürften, Marina, dürfen soviel nicht
von dem Untergang wissen. Müssen wie neu sein.
Erst ihr Grab ist alt, erst ihr Grab besinnt sich, verdunkelt
unter dem schluchzenden Baum, besinnt sich auf Jeher.
Erst ihr Grab bricht ein; sie selber sind biegsam wie Ruten;
was übermäßig sie biegt, ründet sie reichlich zum Kranz.
Wie sie verwehen im Maiwind! Von der Mitte des Immer,
drin du atmest und ahnst, schließt sie der Augenblick aus.
(O wie begreif ich dich, weibliche Blüte am gleichen
unvergänglichen Strauch. Wie streu ich mich stark in die Nachtluft,
die dich nächstens bestreift.) Frühe erlernten die Götter
Hälften zu heucheln. Wir in das Kreisen bezogen
füllten zum Ganzen uns an wie die Scheibe des Monds.
Auch in abnehmender Frist, auch in den Wochen der Wendung
niemand verhülfe uns je wieder zum Vollsein, als der
einsame eigene Gang über der schlaflosen Landschaft.

R.

(Geschrieben am 8. Juni 1926)

St. Gilles, 14. Juny 1926.

Hör, Rainer, von Anfang an, dass Du's weisst. Ich bin schlecht. Der Boris ist gut. Und, meiner Schlechtheit wegen, schwieg ich – nur so Phrasen über Dein Russenthum, mein Deutschthum, etc. Und auf einmal die Klage: »Warum schliesst Du mich aus? Ich lieb ihn ja ebenso wie Du.«[116]

Was ich fühlte? Reue? Nein. *Nie.* Nichts. Ohne Gefühl zu werden, wurde es zur That. Ich schrieb ihm Deine zwei ersten Briefe ab und schickte sie.[117] Was konnt ich mehr? O, schlecht bin ich, Rainer, keinen Mitwissenden, wenn es Gott selber wäre.

Ich bin Viele, verstehst du? Unzählige, vielleicht! (Unersättliche Unzahl!) Keiner soll vom anderen wissen, das stört. Wenn ich mit meinem Sohn bin, muss der (die?) nein – das, was Dir schreibt und Dich liebt nicht dabei sein. Wenn ich mit Dir bin – usw. Ausschliesslichkeit und Abgeschlossenheit. Ich will sogar in mir keinen Mitwissenden haben, nicht nur – um mich. Darum bin ich im Leben – verlogen, (das heisst verschwiegen und, zum Sprechen aufgefordert, – verlogen) obgleich ich in einem anderen Leben für wahr gelte und es bin. Ich kann nicht theilen.[118]

Und getheilt hab ich (es war zwei-drei Tage vor Deinem Brief). Nein, Rainer, ich bin nicht verlogen, ich bin zu wahr. Wenn ich die einfachen, erlaubten Worte Briefwechsel – Freundschaft – darüber würfe, alles wär ja gut! Aber ich weiss, dass Du nicht Briefwechsel und nicht Freundschaft heisst. Ich will im Leben der Menschen das sein, das nicht weh thut, darum lüg ich – allen, ausser mir selbst.

Falsche Lage mein ganzes Leben durch. »Denn dort bin ich gelogen, wo ich gebogen bin.«[119] *Gelogen*, Rainer, nicht verlogen!

Wenn ich einem Fremden die Arme um den Hals leg, ist's natürlich, wenn ich's erzähle, ist's unnatürlich (für mich selbst!) Und wenn ich's bedichte, ist's doch natürlich. Also die That und das Gedicht geben mir Recht. Das Zwischen beschuldigt mich. Das Zwischen ist Lüge, nicht ich. Wenn ich die Wahrheit (Arme um den Hals) berichte, ist's Lüge. Wenn ich's verschweige, ist's Wahrheit.

Ein inneres Recht auf Geheimhalten. Das geht niemanden an, selbst den Hals nicht, um den sich meine Arme legten. *Meine* Sache. Und bedenk doch, dass ich eine Frau bin, verheiratet, Kinder, etc.

Verzichten?[120] Ach, so dringend ist's nie, dass es sich lohne. Zu leicht verzicht' ich. Im Gegentheil, wenn ich eine Geste thu, freu ich mich, dass ich eine Geste *noch* thu. Meine Hände wollen so selten!

Tief in mich einsenken und nach Tagen oder Jahren – einmal – unversehens – als ein Wasserspiel wiedergeben, die Tiefe zur Höhe geworden, verschmerzt, verklärt. Doch nicht erzählen: hab dem geschrieben, hab den geküsst.

»Freu Dich doch, bald genug ist's aus!« – so spricht meine Seele zu meinen Lippen. Und einen Baum umarmen oder einen Menschen – für mich ist's eins. *Ist* eins.[121]

Das ist die eine Seite. Jetzt die andere. Der Boris hat Dich mir *geschenkt*. Und, kaum *erhalten*, will ich Dich für mich allein *haben*. Hässlich genug. Und schmerzlich genug – für ihn. Darum schickte ich die Briefe.

Deine lieben Bilder. Weisst Du, wie Du auf dem grossen aussiehst? Auf der Lauer stehend und plötzlich angerufen. Und das andere, kleinere – ein Abschied ist's. Ein Abreisender, der noch einmal, scheinlich flüchtig – die Pferde warten schon – seinen Garten übersieht, wie ein beschriebenes Blatt, bevor es abgeht. Nicht sich losreissend – loslösend.

Einer, der eine ganze Landschaft[122] – sanft – fallen lässt. (Rainer, nimm mich mit!)

Helle Augen hast Du, wasserhell – wie Ariadne,[123] und die Furche zwischen den Brauen (senkrecht!) hast Du von mir, die hatte ich schon als Kind – immer die Brauen zusammengezogen, von Denken und Zorn.[124]

(Rainer, ich hab Dich lieb und will zu Dir.)

Deine Elegie. Rainer, mein lebenlang verschenkte ich mich in Gedichten – allen. Dichtern auch. Doch ich gab immer zu viel, ich übertönte immer die mögliche Antwort. Die Antwort erschrak. Ich nahm den ganzen Widerhall vorweg. Darum schrieben mir Dichter keine Gedichte (schlechte – auch keine, weniger wie keine!) – und ich lächelte immer: sie lassen's dem, der nach hundert Jahren kommt.[125]

Und, Rainer, Dein Gedicht, Rilke's Gedicht, des Dichters, der Dichtung – Gedicht. Und, Rainer, – mein Stummsein. Umgekehrte Lage. Rechte Lage.

Ach, ich lieb Dich, anders kann ich's doch nicht nennen, das erste beste und doch das *erste* und *beste* Wort.

Rainer, gestern abend ging ich noch hinaus, Wäsche abnehmen, denn Regen kam. Und nahm den ganzen Wind, – nein, den ganzen Nord in die Arme.[126] Und er hiess Du. (Morgen wird's der Süd sein!) Nach Haus nahm ich ihn nicht, er blieb auf der Schwelle. Ins Haus ging er nicht, doch nahm mich aufs Meer mit, sobald ich einschlief.

– Zeichengeber, sonst nichts. –[127]

Und das, von den Liebenden, von ihrem Einge- und Ausgeschlossen-Sein[128] (»Von der Mitte des Immer . . .«)[129]

Und die lange leise Mond-Wanderschaft.[130]

Und doch heisst es nicht anders, als: ich liebe Dich.

Marina.

Lieber! Ein Wort will ich Dir schenken, vielleicht kennst Du's nicht.

Weh ist ein wahres Wort, weh ist ein gutes Wort, weh ist ein gnadenreiches Wort.[131]

(Hl. Kunigunde, XIII. Jahrh.)[132]

Das Bild hab ich noch nicht, sobald ich's bekomme, schick ich's Dir. Schreibe mir von Muzot – sind die Maurer weg? Und ist die Sonne da? Wir haben keine sonnige Stunde. Die ganze Sonne möcht' ich Dir zuschicken; an Deinem Stück Landschaft festnageln.

Ja! Rainer! Wenn ich etwas über Dich schrieb, hiess es: *Über* dem Berge.[133]

Der erste Hund, den Du nach diesem Briefe streichelst, *bin ich*. Pass auf, was er für Augen macht.

Marina Zwetajewa an Rainer Maria Rilke

St. Gilles-sur-Vie, den 6. Juli 1926

Lieber Rainer,

Goethe sagt irgendwo, dass man nichts Bedeutendes in einer fremden Sprache leisten kann, – und das klang mir immer falsch. (Goethe im ganzen klingts immer recht, nur als Summa gültig, darum thu ich ihm jetzt unrecht.)[134]

Dichten ist schon übertragen, aus der Muttersprache – in eine andere, ob französisch oder deutsch, wird wohl gleich sein. Keine Sprache ist Muttersprache. Dichten ist nachdichten.[135] Darum versteh ich nicht, wenn man von französischen oder russischen etc. Dichtern redet. Ein Dichter kann französisch schreiben, er kann nicht ein französischer Dichter sein. Das ist lächerlich.

Ich bin kein russischer Dichter und staune immer, wenn man mich für einen solchen hält und als solchen betrachtet.

Darum wird man Dichter (wenn man es überhaupt *werden* könnte, wenn man es schon nicht allem voraus *seie*!) um nicht Franzose, Russe etc. zu sein, um alles zu sein. Oder: man ist Dichter, weil man kein Franzose ist. Nationalität – Ab- und Eingeschlossenheit.[136] Orpheus sprengt die Nationalität, oder dehnt sie so weit und breit, dass alle (gewesene und seiende) eingeschlossen sind. Schöner Deutscher – da! Und schöner Russe!

Doch jede Sprache hat etwas nur ihr Gehörendes, was *sie* ist. Darum klingst Du französisch anders, als deutsch, – deswegen hast Du doch französisch geschrieben! Deutsch ist tiefer als französisch, voller, gedehnter, *dunkler*. Französisch: Uhr ohne Nachklang, deutsch – mehr Nachklang als Uhr (Schlag). Deutsch wird noch einmal, noch immer, unendlich vom Leser nachgedichtet, französisch ist da. Deutsch – *wird*, französisch – *ist*. Undankbare Sprache für Dichter, – deswegen schriebst Du sie ja. Fast unmögliche Sprache!

Deutsch – unendliche Versprechung (das *ist* doch Gabe!), französisch – endgültige Gabe. Platen schreibt französisch.[137] Du (Verger) schreibst deutsch, d.h. – Dich, den Dichter. Denn deutsch ist doch der Muttersprache am nächsten. Näher als russisch, glaub ich.[138] Noch näher.

Rainer, ich erkenne Dich in jeder Zeile, doch klingst Du kürzer, jede Zeile ein abgekürzter Rilke, etwa wie ein Konspekt. Jedes Wort. Jede Sylbe.[139]

Grand-Maître des absences –[140]

das hast Du herrlich gemacht. Grossmeister würde nicht so klingen! Und – PARTANCE – (entre ton trop d'arrivée et ton trop de partance ...[141] das kommt von weit her, – darum geht es so weit!) von Maria Stuart's:

Combien j'ai douce souvenance
De ce beau pays de France ...[142]

Kennst Du diese ihrigen Zeilen:

Car mon pis et mon mieux
Sont les plus déserts lieux?[143]

(Rainer, was herrlich französisch klingen würde, ist / wäre } das
Lied vom Fähnrich!)[144]
Den Verger[145] hab ich dem Boris abgeschrieben.

»Soyons plus vite
Que le rapide départ« –[146]

das reimt mit meinem:

Тот поезд, на который все –
Опаздывают...*
(Vom Dichter)[147]

Und: »pourquoi tant appuyer«[148] mit M-elle de Lespinasse: »glissez mortels, n'appuyez pas!«[149]

Weisst Du, was Neues in diesem Buche ist? Dein Lächeln. (»Les Anges sont-ils devenus discrets!«[150] – »Mais l'excellente place – est *un peu trop* en face...«)[151]
Ach, Rainer, die erste Seite meines Briefes könnte ganz wegbleiben. Heute bist Du:

... Et pourtant quel fier moment
lorsqu'un instant le vent se déclare
pour tel pays: consent à la France.[152]

Wär ich Franzose und schrieb ich über Dein Buch,

»consent à la France« –

so wäre das Epigraph.

Und jetzt – von Dir zu mir:

* Jener Zug, zu dem alle zu spät kommen...

Parfois elle paraît attendrie
qu'on l'écoute si bien, –
alors elle montre sa vie
et ne dit plus rien.[153]

(Du, die Natur!)

Doch bist Du *auch* Dichter, Rainer, und von Dichtern will man *de l'inédit*. Darum schnell einen grossen Brief, für mich allein, sonst stell ich mich dümmer, als ich bin, und bin »beleidigt«, »in meinen besten Gefühlen betrogen«, etc., und Du schreibst mir doch (um Ruhe zu haben! und weil du *gut* bist!)

Darf ich Dich küssen? Es ist doch nicht mehr als umarmen, und umarmen ohne küssen ist doch fast unmöglich!

Marina

[Nachschrift]
Auf dem Briefeinschlag:
Env. Muzot S/Sierre (Valais) Suisse.
Muzot hat Dein Buch gedichtet. Darum schickt er es, ohne
Deiner }
Dich } zu erwähnen.[154]

Rainer Maria Rilke an Marina Zwetajewa

Z. Zt.: Hôtel Hof-Ragaz,
Ragaz (Suisse),
am 28. July 1926.

Du wunderbare Marina,

wie in Deinem ersten Brief, so bewundere ich in jedem seither Dein so genaues Suchen und Finden, Deinen unerschöpflichen Weg zu dem, was Du meinst, und, immer, Dein Rechthaben. Du hast recht, Marina, (ist das nicht selten bei einer Frau?) solches im-Recht-sein im gültigsten, im sorglosesten Sinn. Dieses Recht-haben nicht irgendwozu, kaum irgendwoher; sondern so rein bedürfnislos aus dem Ganzen, aus dem Vollzähligen heraus hast Du recht, und dadurch immerfort Recht aufs Unendliche.[155] Sooft ich Dir schreibe, möchte ich schreiben wie Du, *mich sagen auf Du*, mit Deinen gleichmüthigen und dabei so fühlenden Mitteln. Wie eines Sternes Spiegelbild ist Dein Aussagen, Marina, wenn es im Wasser erscheint und vom Wasser, vom Leben des Wassers, von seiner flüssigen Nacht gestört wird, unterbrochen, aufgehoben und wieder zugelassen und dann tiefer in der Fluth, wie schon vertraut mit dieser Spiegelwelt und, nach jedem Wegschwinden, wieder da noch tiefer in ihr! (Du großer Stern!)[156] Weißt Du den Heimweg des jungen Tyge de Brahê,[157] zur Zeit, da er eigentlich noch nicht Astronomie treiben durfte, sondern von der Universität Leipzig zu den Ferien nachhause gekommen war, auf eines Oheims Gut..., und dort zeigte es sich, daß er den Himmel (trotz Leipzig und Jurisprudenz!) schon so genau kannte, so auswendig wußte (pense: il savait le ciel par coeur!), daß ein einfacher Aufblick seines mehr ausruhenden als suchenden Auges ihm den neuen Stern schenkte, im Sternbild der Leyer: seine erste Entdeckung in der gestirnten Natur. (Und ist's nicht, oder täusch ich mich, eben *dieser* Stern Alpha in der Leyer »visible de toute la Provence et des terres méditerrannées«, der jetzt bestimmt scheint, nach Mistral zu heißen?[158] Genügte das übrigens nicht, uns diese Zeit anzuvertrauen, daß *das* wieder möglich ist: der Dichter unter die Sterne geworfen: Tu diras à ta fille un jour, en t'arrêtant à Maillane: voici »Mistral«,[159] comme il est beau ce soir! Endlich über die Straßentafeln hinaus, der »Ruhm«!)

Aber Dich, Marina, hab ich nicht mit freiem Aug' gefunden, Boris hat mir das Telescop vor meinen Himmel gestellt..., erst jagten Räume durchs Aufschaun und dann, plötzlich, standst Du, rein und stark, mitten im Feld, dort, wo die Strahlen Deines ersten Briefs Dich mir zusammennahmen.

Der jüngste Deiner Briefe ist nun seit dem 9. July bei mir: wie oft hab ich schreiben wollen! Aber mein Leben ist so merkwürdig schwer in mir, oft rück' ichs nicht von der Stelle; die Schwerkraft bildet, scheints, eine neue Beziehung aus zu ihm, – seit meiner Kindheit hatt' ich kein so unverschiebbares Gemüth; aber damals war die Welt angezogen und drückte auf einen, der selber wie ein irgendwo abgerissener Flügel war, aus dem Federchen um Federchen ins Vague entkam; jetzt bin ich selbst das Schwere, und die Welt ist wie ein Schlaf rings herum und der Sommer so eigenthümlich zerstreut, als dächte er nicht an seine eigenen Dinge ...[160]

Du siehst, ich bin wieder fort aus meinem Muzot: hier, in Ragaz, die ältesten und einzigen Freunde zu sehen, die ich noch von Österreich her zu mir bezogen halte[161] ... (wie lange noch?: denn ihr Alter überholt mich bei Weitem ...) und mit ihnen kam, unerwartet, eine ihrige russische Freundin, ein russischer Mensch, denk, *wie* mich das anging![162] Nun sind sie alle fort, aber ich bleibe noch ein wenig um der schönen aquamarin-klaren Heilquellen willen. Und Du?

Rainer.

»Car mon pis et mon mieux
sont les plus déserts lieux«:[163]

Hast Du mir geschenkt; ich schreibs in mein Taschenbuch.

St. Gilles-sur-Vie, am 2. August 1926

Rainer, Deinen Brief bekam ich an meinem Namenstag 17/30 July, denn eine Heilige hab ich auch, obwohl ich mich als Erstling meines Namens fühle, wie Dich als Erstling des Deinigen.[164] Der Heilige, der Rainer hiess, hiess gewiss anders. *Du* bist Rainer.

Also an meinem Namenstag das schönste Geschenk – Dein Brief. Ganz unerwartet, wie jedesmal, ich werde mich nie an Dich (wie an mich!) gewöhnen, auch an das Staunen nicht, auch an den eigenen Gedanken an Dich nicht. Du bist was ich heut Nacht träumen werde, was *mich* heut Nacht träumen wird. (Träumen oder geträumt sein?) Eine unbekannte ich in einem fremden Traum.[165] Ich erwarte Dich nie, ich erkenne Dich immer.

Wenn jemand uns zusammen träumt – dann treffen wir uns.

Rainer, ich will zu Dir auch der neuen mich wegen, der, die nur mit, in Dir entstehen kann. Und dann, Rainer (»Rainer« – das Leitmotiv zum Briefe) – sei mir nicht bös, *ich* bins ja, ich will mit Dir schlafen – einschlafen und schlafen. Das herrliche Volkswort, wie tief, wie wahr, wie unzwiedeutig, wie genau das, was es sagt. Einfach – schlafen. Und weiter nichts. Nein, noch: den Kopf in Deine linke Schulter eingegraben, den Arm um Deine rechte – und weiter nichts. Nein, noch: und bis in den tiefsten Schlaf wissen, dass Du's bist. Und noch: wie Dein Herz klingt. Und – Herz küssen.[166]

Manchmal denk ich: ich muss den Zufall ausnützen, dass ich noch (doch!) Körper bin. Bald hab ich keine Arme mehr. Und noch – es klingt wie Beichte (was ist Beichte? mit seinen Schwärzen prahlen! Wer könnte von seinen Leiden sprechen ohne begeistert, das heisst glücklich, zu sein?!) –

also, mag es *nicht* wie Beichte klingen: die Körper langweilen sich mit mir. Sie spüren was und glauben mir (dem meinigen) nicht, obwohl ich alles thu wie alle. Zu ... uneigennützig, vielleicht, zu ... wohlwollend. Auch zutraulich – *zu!* Zutraulich sind Fremde (Wilde), die von keinem Gebrauch und Gesetz wissen. *Hiesige* trauen nicht! Alles dies gehört nicht in die Liebe, Liebe hört und fühlt nur sich selbst, sehr örtlich und pünktlich, *das* kann ich nicht nachmachen. Und – das grosse Mitleid, wer weiss woher, unendliche Güte und – Lüge.

Ich fühle mich immer älter. Zu ernst – das Kinderspiel, ich nicht ernst genug.

Den Mund hab ich immer als Welt gefühlt: Himmelsgewölbe, Höhle, Schlucht, Untiefe. Ich habe den Körper immer in die Seele übersetzt (*ent*körpert!), die »physische« Liebe – um sie lieben zu können – so verherrlicht, dass plötzlich nichts von ihr blieb. Mich in sie vertiefend, *sie* ausgehöhlt. In sie eindringend, *sie* verdrängt. Nichts blieb von ihr, als ich selbst: Seele (so heiss ich, darum das Staunen: Namenstag!)

Liebe hasst den Dichter. Sie will nicht verherrlicht werden (»selbst herrlich genug«!), sie glaubt sich ja ein Absolut, einziges Absolut. Sie traut uns nicht. In ihrem Tiefsten weiss sie, dass sie nicht herrlich ist (darum so herrisch!), sie weiss dass alle Herrlichkeit – Seele ist, und wo Seele anfängt, endet der Leib. Eifersucht, Rainer, reinste. Dieselbe wie von Seele zu Leib. Ach ich bin immer auf den Leib eifersüchtig: *so* besungen! Die kleine Episode von Francesca und Paolo.[167] – Armer Dante! – Wer denkt noch an Dante und Beatrice? Auf die menschliche Komödie bin ich eifersüchtig. Seele wird nie so geliebt wie Leib, höchstens – gelobt. Mit tausend Seelen wird der Leib geliebt. Wer hat sich je um eine *Seele* verdammt? Und wenn einer auch möchte – unmöglich: eine Seele bis zum Verdammnis lieben – heisst schon Engel sein. Um die ganze

Hölle sind wir betrogen! (...trop pure – provoque un vent de dédain!)[168]

Warum ich Dir dies alles sage. Aus Angst, vielleicht, – Du hieltest mich für allgemein-leidenschaftlich (Leidenschaft – Leibeigenschaft). »Ich liebe Dich und will mit Dir schlafen«, die Kürze ist der Freundschaft nicht gegönnt. Aber ich sage es mit anderer Stimme, fast im Schlaf, fest im Schlaf. Ich klinge ganz anders als Leidenschaft. Wenn Du mich zu Dir nähmest, nähmest Du zu Dir – les plus déserts lieux. Alles, was *nie* schläft, möchte sich in Deinen Armen ausschlafen. Bis in die Seele (Kehle) hinein – so wäre der Kuss. (Feuerbrand nicht: Untiefe).

Je ne plaide pas ma cause, je plaide la cause du plus absolu des baisers.

Du reisest immer, Du lebst nirgends, und mit Russen triffst Du zusammen, die nicht ich sind. Hör, dass Du's weisst: im Rainerland vertrete ich allein Russland.[169]

Rainer, was bist Du eigentlich? Kein Deutscher, obwohl – ganz Deutschland! Kein Böhme, obwohl in Böhmen geboren (NB! in einem Lande geboren, das noch nicht da war, – das stimmt), kein Oesterreicher, denn Oesterreich *war*, und Du – *wirst*! Ist das nicht herrlich? Du – ohne Land! »Le grand poète tchéco-slovaque«, wie es in den pariser Zeitschriften stand. Rainer, am Ende bist Du Slovaque? Ich muss lachen.

Rainer, es wird Abend, ich liebe Dich. Ein Zug heult. Züge sind Wölfe, Wölfe sind Russland. Kein Zug – ganz Russland heult nach Dir. Rainer, sei mir nicht bös, bös oder nicht, heut Nacht schlaf ich mit Dir. Ein Riss in der Dunkelheit, weil es Sterne sind, schliess ich: Fenster. (Ans Fenster denk ich, wenn ich an Dich und mich denk, nicht ans Bett.) Die Augen weit offen, denn draussen ist es noch schwärzer, als innen. Das Bett ist ein Schiff, wir gehen auf Reisen.

... mais un jour on ne le vit plus.
Le petit navire sans voiler,
Lassé des océans maudits,
Voguant au pays des étoiles –
Avait gagné le paradis
(Kinderlied aus Lausanne)[170]

Antworten brauchst Du nicht – weiterküssen. M.

[Nachschrift]
Vom Rechthaben (im-Recht-Sein). »Unnatürlich ist auch Natur« (Goethe),[171] das hast Du wohl gemeint? (Natur: Recht).[172] Die déserts lieux hab ich vom Boris geschenkt und schenke sie Dir.

Marina Zwetajewa an Rainer Maria Rilke

St. Gilles, den 14. August 1926

Lieber Freund,

Ob Du meinen letzten Brief erhalten hast? Ich frage Dich, weil ich ihn in einen abgehenden Zug warf. Der Briefkasten sah unheimlich genug aus: drei Finger Staub und mit einem riesigen Gefängnis-Schloss. Der Wurf war schon geschehn als ich es feststellte, die Hand ging zu schnell – der Brief wird wohl liegen bleiben – bis zum jüngsten Gericht.

Ungefähr vor zehn Tagen. Inhalt? Brief *ist* Inhalt, *hat* also keinen, doch um nicht zu genau zu sein: etwas vom Schlafen, Deinem und meinem (et le lit – table évanouie ...[173])

Ein Bett – um { Dinge zu ahnen / Wunder zu sehn },
einen Tisch – um { sie zu verwirklichen / sie zu thun }.

Bett: Rücken, Tisch: Ellenbogen. Der Mensch *ist* Bett und Tisch, braucht also keine *haben*.[174]

(Der andere Brief klang ganz anders, und der Zug der ihn ... trägt und begräbt – heulte und pfiff ganz anders als ein Passagierzug, wenn ich ihn hörte, wüsst ich gleich ob der Brief noch drinnen ist.)

Lieber Rainer, der Boris schreibt mir nicht mehr. Im letzten Brief schrieb er: alles was in mir nicht Willen ist, ist Dein und heisst Du. – Willen heisst seine Frau und sein Sohn, die jetzt im Auslande sind.[175] Als ich von diesem seinem zweiten Auslande erfuhr, schrieb ich: zwei Briefe aus dem Auslande – lass das sein! Zwei Auslande giebt es nicht. Ausland und Innland – ja. *Ich* bin Ausland! *Bin* und teile nicht.[176]

Mag die Frau ihm schreiben und er – ihr. Mit ihr schlafen und mir schreiben – ja, ihr schreiben und mir schreiben, zwei Briefumschläge, zwei Adressen (ein Frankreich!) – durch die Handschrift *verschwistert* ... Ihr zum Bruder – ja, sie zur Schwester – nein.

So bin ich, Rainer, jede Menschen-Beziehung – Insel, und immer versunken – mit Haupt – und Haut – und Haar.[177]

Mein gehört im Menschen Stirn und etwas Brust, Herz gönn ich leicht. Brust gönn ich nicht. Ich brauche ein Gewölbe zum klingen, Herz klingt dumpf.

Rainer, schreib mir eine Postkarte, nur zwei Worte: Zug-Brief erhalten oder – nicht erhalten. Dann schreib ich Dir einen langen Brief.

Rainer, diesen Winter müssen wir zusammenkommen, irgendwo in der französischen Savoye, ganz nah an der Schweiz, irgendwo wo Du noch nie warst (ob so ein *nie* vorhanden ist? Zweifle).[178] In einem kleinen Städtchen, Rainer. So lange Du willst: so kurz Du willst. Ich schreib es Dir ganz einfach, weil ich weiss, dass Du mich nicht nur sehr lieben wirst, sondern Dich meiner sehr *freuen* wirst. (Freude – anziehend *auch* für Dich.)

Oder im Herbst, Rainer. Oder im Frühjahr. Sage: ja, dass ich vom heutigen Tag an eine grosse Freude hab, etwas zum danach-ausschauen (umsehen?)*

Weil es sehr spät ist und ich sehr müde bin umarme ich Dich. Marina.

* Vergangenheit steht noch bevor ...[179]

Rainer Maria Rilke an Marina Zwetajewa

Hôtel Hof-Ragaz,
Ragaz (Canton de H. Gall), Suisse,
ce 19 Août 1926

Der Zug, Marina, dieser Zug (mit Deinem vorigen Brief), dem Du nachträglich gemißtraut hast, ist athemlos auf mich zugefahren; der unheimliche Briefkasten war alt, wie Kamele und Krokodile alt sind, von Jugend auf durch Altsein geschützt: zuverlässigste Qualität. – Ja und Ja und Ja, Marina, alle Ja zu was Du willst und bist, so groß, zusammen, wie das Ja zum Leben selbst ...: aber in dem sind ja auch alle die zehntausend Nein, die unvorhersehbaren.

Wenn ich weniger sicher bin, ob dieses uns ineinander gewährt sei, daß wir wie zwei Schichten, zwei Lagen, dichtzart, zwei Hälften eines Nest's wären (wie gern wüßt' ich jetzt wieder, wie Nest russisch heißt[180] (vergessen!), des Schlaf-Nests, in dem ein großer Vogel, ein Raubvogel des Geistes (nicht blinzeln!) sich niederläßt ..., wenn ich weniger (als Du) sicher bin ... (? liegt's an dem eigenthümlich anhaftenden Schweren, das ich durchmache und oft kaum mehr zu überstehen meine, so daß ich von den Dingen, die kommen wollen, jetzt nicht sie selbst, sondern eine genau besondere Hülfe erwarte, einen Beistand nach Maaß?) ..., so bin ich doch nicht minder (nein: erst recht) bedürfend, ein Mal *so* mich aus dem Tiefsten, aus dem Brunnen der Brunnen zu er-holen. Aber Angst dazwischen vor den vielen Tagen, mit ihren Wiederholungen, bis dahin, Angst (plötzlich) vor den Zufällen, die nichts davon wissen und ununterrichtbar sind.

... Nicht bis in den Winter! ...[181]

... »Antworten brauchst Du nicht ...«,
schlossest Du. *Konnt'* ich nicht, vielleicht: denn wer weiß, Marina, war mein Antworten nicht *vor* Deinem Fragen da? In Val-Mont damals schon hab ich sie auf den Karten gesucht: cette petite ville en Savoye ..., nun sprichst Du's aus! – Rück's aus der Zeit, mach's gewährt, als ob's schon gewesen sei: dacht' ich, da ich Dich las ... Und da schriebst Du auch schon, rechts an Deinen Briefrand: Vergangenheit steht noch bevor ...[182] (Magische Zeile, aber aus so bangem Zusammenhang.)

Nun vergiß, Liebe, blindlings, was da gefragt war und geantwortet, stells (was es auch wird sein dürfen) unter den Schutz, unter die Macht der Freude, die Du bringst, die ich brauche, die ich bringe vielleicht, wenn Du des Bringens Anfang machst (der schon gemacht ist).

Daß der Boris im Schweigen bleibt, kümmert und bekümmert mich;[183] eigentlich war's so doch mein Hinzukommen, das sich quer gelegt hat vor seine große Strömung zu Dir? Und ob ich gleich versteh', was Du von den zwei »Auslanden« sagst (die sich ausschließen), find' ich Dich doch streng, beinah hart gegen ihn (und streng gegen mich, wenn Du willst, daß mir Rußland nie und nirgends sei, als durch Dich!) Aufgelehnt gegen jede Ausschließung (die aus der Liebeswurzel wächst und verholzt ...): erkennst Du mich so, *auch* so? Rainer.

St. Gilles, 22. August 1926

Rainer, sag nur immer Ja zu allem was ich will, – so arg wird's doch nicht werden. Rainer, wenn ich Dir sag: ich bin Dein Russland, sag ich Dir nur (noch einmal) dass ich Dich lieb hab. Liebe lebt von Ausnahmen, Absonderungen, Ausschliesslichkeiten. Liebe lebt von Worten und stirbt an Thaten. Zu klug – ich – um Dir wirklich Russland sein zu wollen! Redensart. Liebesart.[184]

Rainer, ich heisse anders: alles was Du bist, was Du *ist*. (*Sein* ist gelebt sein. Etre vécu. Chose vécue. Passiv.)[185]

Glaubst Du, dass ich an die Savoye glaube? Ja, wie Du, wie ans Himmelreich.[186] Einmal ... (Wie? Wann?) Was hab ich vom Leben gesehn? Meine ganze Jugend durch (vom 1917 an) – schwarze Arbeit. Moskau? Prag? Paris? St. Gilles? Gleich. Immer Herd, Besen, Geld (keins).[187] Nie Zeit. Keine Frau von Deinen Bekannten und Freundinnen lebt so, könnte so leben. Nicht mehr fegen – so heisst mein Himmelreich.[188] Schlicht genug? Ja, weil mein Erdreich – schlecht genug! (Rainer, schrieb ich deutsch: fegen – Fegfeuer (das herrliche Wort) fegen hier, Fegfeuer da, bis ins Fegfeuer hinein gefegt, etc. *So* schreib ich, vom Worte zum Ding, die Worte nachdichtend. So schreibst Du, glaub ich.)[189]

Also, Lieber, keine Angst, und nur immer {da / ja} zu jedem {gib / mein} – ein Bettlertrost, unschuldig, ohne Folgen. Meistens fällt meine bittende Hand doch aus – und die Gabe – in den Sand. Was ich von Dir will? Was ich von der ganzen Dichtung und von jeder Gedichtszeile will: die Wahrheit {eines / dieses} Augenblicks. Weiter geht Wahrheit nicht. Verholzt nie – verascht – immer. Nur das Wort, was für mich schon Ding ist – will ich. Thaten? Folgen?

Ich kenne Dich, Rainer, wie ich mich kenne. Je weiter von mir – desto weiter *in* mich. Ich lebe nicht in mir, ausser mir. Ich lebe nicht in meinem Mund, und der der mich küsst trifft *mich* nicht.

Savoye. (Nachdenken): Zug. Fahrkarte. Gasthaus. (Gott gelobt, kein Visum!) Und ... leiser Ekel. Etwas vorbereitetes, erobertes, ... erbetteltes. *Du* musst vom Himmel fallen.

Rainer, ganz ernst: wenn Du mich wirklich, mit Augen, sehen willst, musst *Du* handeln, d.h. – »In zwei Wochen bin ich da und da. Ob Du kommst?« Das muss von Dir kommen. Wie das Datum. Wie die Stadt. Sieh Dir die Karte an, vielleicht muss es eine grosse Stadt sein? Denk nach. Kleine Städte führen manchmal irre. Ja, noch eins: Geld hab ich keins, das wenige was ich erarbeite (meiner »Neuheit« wegen nur in »neueren« Monatsschriften gedruckt, und deren, in der Emigration, nur zwei)[190] – wie erhalten – entschwunden, ob Du für uns beide genug haben wirst? Rainer, ich schreib und muss lachen: ein sonderbarer Gast!

Also, Lieber, wenn Du's einmal wirklich willst, schreibst Du mir (etwas vorher, denn ich muss jemanden finden, der mit den Kindern bleibt) – dann komm ich. In St. Gilles bleib ich bis 1–15 Oktober. Dann – nach Paris, wo alles von Anfang an: kein Geld, keine Wohnung, nichts.[191] Nach Prag geh ich nicht zurück, die Böhmen sind mir böse, dass ich so viel und heiss über Deutschland geschrieben und so fest über Böhmen geschwiegen hab. Und 3½ Jahre lang doch von den Böhmen »subsidiert« (900 Kř. monatlich).[192] Also, 1–15 Oktober – Paris. Eher als im November kommen wir nicht zusammen. Aber – irgendwo im Süden könnte es doch auch sein? (Frankreich gemeint.) Wo, wie und wann (vom Nov. an) Du willst. Dir in die Hände gelegt. Kannst sie ja auch ... entzweien. Mehr oder minder lieben werd ich Dich ja doch nie.

Ich freue mich *sehr* auf Dich, wie an ein ganzes, *ganz* neues Reich.

Vom Boris. Nein, ich war im Rechten. Seine Antwort war die eines befreiten Atlas. (Der trug ja einen Himmel sammt Einwohnern! Und, seiner Bürde entledigt, glaub ich, *auch* geseufzt!) Jetzt ist er von mir frei. Zu gut, zu mitleidig, zu geduldig. Der Schlag *musste* von mir kommen. (Enden d.h. tödten will keiner!) Von den zwei Auslanden wusst er schon. Ich habe nur ausgesprochen, genannt, entzaubert. Jetzt ist alles gut, die Reiche getrennt: ich im innigsten Innern – äusserstem Ausland – ganz aus der Welt.[193]

Nest heisst russisch: гнездò (Einzahl – ohne Reim!) Mehrzahl: гнезда (weiches in der Aussprache e, ë, fast o), Reim: звезды – Sterne.[194]

Wie lang bleibst Du noch in Ragaz und wie fühlst Du Dich? Was schriebst Du zuletzt?

Ja, eine grosse Bitte. Schenke mir eine griechische (deutsche) Mythologie – ohne Philosophie, ganz einfach und ausführlich: Mythen. Ich glaub, in meiner Kindheit hatt ich ein Buch von *Stoll*.[195] Bald erscheint mein Theseus (I. Teil: Theseus und Ariadne, dramatisches Gedicht). Jetzt fang ich die Phädra an (alles als Trilogie[196] gedacht: Ariadne – Phädra – Helena) und brauch eine Mythologie. Aphroditens Hass – das ist das Leitmotiv. Wie schade, dass Du mich nicht lesen kannst! Ich – vor Dir – taubstumm (taub eigentlich nicht, – stumm!)

Schenke mir die Stoll's Mythen, und mit Inschrift, dass ich mich von dem Buch *nie* trenne, willst Du?[197]

Ich umarme Dich M.

St. Gall – St. Gilles ...[198]

Marina Zwetajewa an Rainer Maria Rilke

Bellevue (S. et O.)
près de Paris
31, Boulevard Verd[198]
7. November 1926

Lieber Rainer!
Hier leb ich.
– Ob Du mich noch liebst? Marina

Marina Zwetajewa an Rainer Maria Rilke
[Postumer Brief][199]

»Das Jahr geht mit Deinem Tod? Ende? Anfang an. (Liebster, ich weiß, daß Du mich jetzt – Rainer, jetzt wein ich[200] – daß Du mich jetzt ohne Post lesen kannst, eben liesest. Lieber, wenn *Du* gestorben bist, gibt es keinen Tod, ist Leben keines. Was noch? Die kleine Stadt in der Savoye – wann? wo?[201] Rainer, und das Schlafnest? Jetzt kannst Du auch russisch und weißt, daß Nest – гнездо ist, und mehreres noch.[202]

Ich will Deine Briefe nicht nach (wieder!) lesen, denn sonst werde ich nicht »leben« wollen (»können«? »kann« alles, gilt nicht) – zu Dir wollen – nicht hier wollen.[203] Rainer, ich weiß, daß Du gleich rechts bist.[204] Deinen hellen Kopf fühl ich fast. Ob Du einmal meiner gedacht hast? Morgen Neujahr, Rainer, – 1927. 7. Deine Lieblingsziffer.[205] – Also 1875 geboren[206]

(Zeitschrift?) 51? Jung.

Arme Enkelin, die Dich nie gesehen hat.

Arme ich.

Doch – nicht traurig sein! Heut Nacht um zwölf stoß ich (oh, ganz sachte, Lärm leiden wir beide nicht) mit Dir an.[208]

Liebster, mach, daß ich manchmal von Dir träume.[209]

An ein hieriges Zusammenkommen haben wir beide nie geglaubt; – wie aufs Hier sein, ja? Du bist mir vorangegangen und ordnest – Stube nicht, Haus nicht – die Landschaft zu meinem Bewillkommen.[210]

Ich küsse Dich auf Mund? Schläfe? Stirn? Lieber Mund, (denn todt bist Du nicht) wie einen rechten Lebenden.

Liebster, lieb mich anders und mehr als alle. Sei mir nicht bös, – gewöhne Dich meiner, denn so bleibe ich.[211]

Was noch?

Zu hoch, vielleicht? Nicht hoch, nicht weit (... un peu trop en face de ce spectacle émouvant)... noch nicht, noch ganz nah, Stirn an Schulter.[212]

Mein lieber großer Junge – Du, Rainer, *schreib* mir! (Dumm genug, die Bitte?)

Freudiges Neujahr und eine schöne Himmelneujahrslandschaft.
Marina

Bellevue, 31. Dezember 1926, 10 Uhr Abends.
Rainer, Du bist noch auf Erden, kaum 24 Stunden!«

Marina Zwetajewa an Boris Pasternak

Bellevue, 31. Dezember 1926

Boris,

Rainer Maria Rilke ist gestorben. Das Datum weiß ich nicht – vor drei Tagen etwa.[213] Man kam, mich zu einer Silvesterfeier einzuladen, und hat es mir gleichzeitig mitgeteilt.[214] Sein letzter Brief an mich (vom 6. September)[215] schloß mit dem Klageruf: »*im Frühling? Mir ist lang.*[216] *Eher! Eher!**«.[217] (Wir hatten von einem Treffen gesprochen.) Auf meine Antwort erwiderte er nichts, dann aus Bellevue schon mein Brief an ihn, nur eine Zeile:

*Rainer, was ist? Rainer liebst du mich noch?**[218]

Sag Swetlow (Molodaja gvardija), daß sein »Granada«[219] – mein Lieblings- – fast hätte ich gesagt: mein bestes Gedicht in all diesen Jahren ist. Bei Jessenin hat es nicht eines davon gegeben.[220] Sag das übrigens nicht weiter – Jessenin soll in Frieden ruhen.

Sehen wir uns irgendwann?[221]

– Auf sein neues Jahrhundert, Boris![222]

M.

Marina Zwetajewa an Boris Pasternak

Bellevue, 1. Januar 1927

– Du bist der erste, dem ich unter diesem Datum schreibe.

Boris, er ist am 30., nicht am 31. Dezember[223] gestorben. Noch ein Fehlschlag des Lebens. Die letzte engherzige Rachsucht – an dem Dichter.

Boris, nie werden wir zu Rilke fahren.[224] Jene Stadt – gibts nicht mehr.

Boris, bei uns sind die Pässe jetzt billiger (das habe ich tags zuvor gelesen). Und heute nacht (in der Neujahrsnacht) träumte ich von einem Ozeandampfer (ich war an Bord) und von einem Zug. Das bedeutet, daß Du zu mir kommst und wir gemeinsam nach London fahren werden. Bau auf London, bau London.[225] Ich glaube seit langem daran. Vögel an der Zimmerdecke, der Schneesturm im Samoskworetschje, erinnerst Du Dich.

Ich habe Dich nie gerufen. Nun ist die Zeit da.[226] In dem riesigen London werden wir allein sein. Deine und meine Stadt. Wir gehen zu den Tieren. Besuchen den Tower (heute Kasernen). Vor dem Tower ist eine kleine abschüssige Grünanlage, menschenleer, nur ein Kätzchen schlüpft unter einer kleinen Bank hervor. Dort werden wir sitzen. Auf dem Platz exerzieren Soldaten.

Seltsam. Eben hatte ich Dir diese Zeilen über London geschrieben, ging in die Küche und die Nachbarin (wir wohnen zusammen, zwei Familien) – »Ich habe gerade einen Brief bekommen von« (sie nennt mir einen unbekannten Menschen). Ich: »Woher?« – »Aus London.«

Und heute als ich mit Mur spazierenging (am Neujahrstag, das Städtchen war ausgestorben) Staunen: *rote* Baumspitzen! – Was ist das? – Junge Triebe (der Unsterblichkeit).

Siehst Du, Boris, zu dritt[227] im Leben wäre allemal nichts zwischen uns gewesen. Ich kenne mich, ich hätte nicht anders können, als seine Hände küssen und hätte sie nicht küssen mögen – sogar in Deinem Beisein, ja fast in meinem. Es risse mich hin, würde mich aufsprengen, mich kreuzigen. Boris, weil es trotz allem noch *diese* Welt ist. Boris! Boris! Wie gut ich jene kenne! Aus Träumen, aus des Traumes

Träumerein, aus der Nicht-Gedrängtheit, Lebensnotwendigkeit der Träume. Wie wenig kenne ich diese, wie wenig mag ich sie, wie wurde ich in ihr gekränkt. Jene Welt, begreif nur, ist: Licht, Erleuchtung, Dinge, *anders* erleuchtet, mit Deinem Licht, mit meinem.

In *jener Welt*[228] – so lange es diese Redensart gibt, wird es auch das Volk geben. Doch um Völker geht es mir jetzt nicht.

– Um ihn. Sein letztes Buch war ein französisches, »Vergers«.

Er war der Geburtssprache müde geworden.

(Müd bin ich eurer, Feinde, eurer, Freunde,
Und der Willfährigkeit russischer Sprache ... 1916)[229]

Er war der Allmacht müde, er wollte erneut Schüler sein und griff nach der für den Dichter undankbarsten Sprache – nach der französischen (»poésie«) – er konnte wieder, konnte nochmals, ermüdete sofort. Es ging nicht um die deutsche Sprache, sondern um das Menschliche. Die Sehnsucht nach dem Französisch erwies sich als Sehnsucht nach den Engeln, nach dem Jenseitigen.[230] Mit dem kleinen Band »Vergers« versprach er sich mit Engelszunge.

Siehst Du, ein Engel ist er,[231] immerzu spüre ich ihn hinter der *rechten* Schulter (meine Seite nicht).[232]

Boris, ich bin froh, daß er als letztes von mir hörte: – Bellevue.[233]

Ist es doch sein erstes Wort von dort, wenn er auf die Erde hinabsieht! Doch Du mußt unbedingt kommen.

Lieber Boris!

Ich schicke Dir einen Brief von Swjatopolk-Mirskij, dem ich Deine Adresse nicht gegeben habe. Ich bitte auch Dich, sie ihm nicht zu geben. Das hat innere Gründe (der böse Blick und so fort), aber gewichtige, glaub mir. Ist es Dir peinlich, durch meine Vermittlung zu schreiben (seis drum. Das beste wäre: Ich als Prellbock), dann gib die Adresse des Schriftstellerverbandes oder die des Dichterverbandes oder irgendeiner anderen Organisation an. Er sucht mit solch einer Leidenschaft um Deine Adr[esse] (die private) an, daß *ich sie ihm in keinem Fall geben darf*. Zudem: ist die Wolchonka, Haus 14, Wohnung 9 meine, *die teile ich nicht*. Wenn wir uns treffen, werde ich Dir alles erzählen, und Du wirst begreifen.

Einstweilen muß es Dir genügen, daß ich, als er vor ein paar Tagen zu Besuch bei mir war, mit dem Ärmel Rilkes Bild in der Zeitung verdeckte. Deine Wolchonka und Rilkes Gesicht – von gleicher Art. Verrat mich nicht!

Ich umarme Dich und warte auf Deinen Brief.[234] M.

12. Januar 1927

Absichtlich schrieb ich auf sein Couvert, um den Willen zu versiegeln (seinen – wegen der Adresse), Deinen – um sie ihm nicht preiszugeben.

Marina Zwetajewa an Jewgenia Tschernoswitowa[235]

[um den 15. Januar 1927]

Liebe Freundin, ich antworte Ihnen, noch wirkt der Schlag Ihres Briefes.

Von Rilkes Tod erfuhr ich am 31., am Neujahrsabend, von einem zufälligen Bekannten,[236] und hörte es irgendwie mit den Ohren, irgendwie mit den Ohren, das heißt, an den Ohren *vorbei.* Das Begreifen kam später, wenn man seine wirksame und herausfordernde Nichtanerkennung als das Begreifen des Phänomens bezeichnen kann. Ihr Brief[237] erreicht mich mitten im höchsten (und mühseligen) Arbeitseifer an meinem Brief – an ihn, der nicht möglich ist, weil alles gesagt werden muß.[238] *Ich lebe* – mit diesem Brief seit dem 31. Dezember, seinetwegen habe ich von der »Phädra« abgelassen (vom 2. Teil des »Theseus«, die als Trilogie geplant ist – jedoch aus Aberglauben – – –).[239] Diesen Brief werde ich wohl nie abschließen, denn wenn die »Neuigkeiten« von innen heraus ... Auch hält mich seine Öffentlichkeit (des Briefes) davon zurück. Ein offener Brief von mir – an ihn. (Sie kannten ihn und werden mich vielleicht kennenlernen.) Ein Brief, den *alle* lesen werden, außer ihm! Übrigens, schreibt er ihn vielleicht stellenweise selbst – diktiert ihn. Mögen Sie eine Wahrheit über Gedichte? Jede x-beliebige Zeile ist Zusammenarbeit mit den »höheren Mächten«, und der Dichter ist *viel*, wenn ein Sekretär! – Haben Sie, ganz nebenbei, mal über die Schönheit dieses Wortes nachgedacht: Sekretär (secret)?

Rilkes Rolle hat sich nur insofern geändert, solange er lebte, hat er mit den – h zusammengearbeitet, und jetzt ist er – selbst eine »höhere Macht«.

– Betrachten Sie das alles nicht als *russische Mystik*. Es geht doch um *irdische* Dinge. Und die *himmlischste* der Eingebungen ist nichts, wenn sie nicht in Irdisches umgewandelt wurde.

Sehr wichtig ist für mich: woher haben Sie meine Adresse? Aus Bellevue habe ich ihm nur einmal geschrieben – eine Ansichtskarte, ohne Absender[240], nach Muzot. Meinen letzten Brief (aus der Vendée) hat er nicht beantwortet, er ging nach Ragaz, wissen Sie, ob er angekommen ist? Noch etwas: hat er irgendwann einmal meinen Namen erwähnt und wenn ja, dann wie, bei welchem Anlaß? Erst vor kurzem habe ich Boris Pasternak nach Moskau geschrieben: »Ich habe Rilke an irgendeiner Windung des Alpenwegs verloren ...«[241]

Jetzt – das *Wichtigste*: Sie haben zwei Monate mit ihm verbracht, gestorben ist er jedoch erst vor zwei Wochen. Nehmen Sie die gewaltige und heroische Tat auf sich: Rufen Sie sich diese beiden Monate von der ersten Sekunde an in Ihr Gedächtnis zurück, vom ersten Eindruck an, das Aussehen, die Stimme beim ersten Mal und sofort.[242] Nehmen Sie ein Heft und tragen Sie alles ein – zuerst ohne System, jedes Wort, jeden Zug, jede Kleinigkeit. Wenn Sie es dann zusammenhängend niederschreiben – wird sich alles an seinem Ort einfinden. Es ist ja fast noch ein Tagebuch – um zwei Monate verspätet. Beginnen Sie *auf der Stelle*. Fehlt die Zeit bei Tag, dann eben – nachts. Widerstehen Sie dem geheiligten, göttlichen Gefühl der Eifersucht, *Abstand* (von ich, mir, mein) ist noch göttlicher. Entsinnen Sie sich des Buches von Eckermann, es ist das einzige, das uns den lebendigen Goethe schenkte.[243]

Ich fürchte, ich werde weinen, wenn ich die Mythologie erhalte.[244] Bislang – nicht eine Träne: es fehlen die *Zeit* dazu, der *Ort* (bin dauernd unter Menschen), vielleicht aber, ehrlich gesagt, auch die Lust: *Unlust* – zu sein. Weinen heißt – anerkennen. Solange ich nicht weine – ist er nicht gestorben.

Ich habe ihn nie gesehen, und dies ist für mich ein Verlust

– im Geiste (gibt es denn so was?). Für Sie ist es der Verlust des Gewesenen, für mich – des Nichtgewesenen. Mit ihm verlor ich die Savoye – wohin ich niemals fahren werde –, die am 31. Dezember mitsamt den Alpen verschwand – spurlos in der Erde. Einige Orte auf der Landkarte will ich nicht ansehen – wie eigentlich überhaupt nichts mehr.

Fügen Sie alldem hinzu, daß ich keiner Kirche angehöre [...]

Marina Zwetajewa an Boris Pasternak

Bellevue, 9. Februar 1927

Lieber Boris,

Dein Brief ist ein leeres Blatt, das heißt, er ist aus hohem geistigen Anstand heraus geschrieben, der die geheime Unlust, den Widerstand gegenüber dem Brief bezwingt. Übrigens – nicht einmal geheime, da *von* der ersten Zeile an: »dann schweige ich wieder.«[245]

Solch ein Brief unterbricht nicht das Schweigen, sondern offenbart, benennt es nur. Ich habe nicht im geringsten das Gefühl, daß es solch einen (Brief) gab. Deshalb ist alles im Lot, wie auch ich, die hartnäckig auf meiner Beziehung zu Dir besteht, in der mich schließlich der Tod R[ilkes] bestätigte. Sein Tod ist das Recht auf meine Existenz mit Dir, Recht ist zu wenig, sein eigenhändiger Befehl dazu.

Die Brutalität des Schlages habe ich nicht empfunden (Deines »wie unbarmherzig sind wir verwaist«[246] – hier ist übrigens meine erste Zeile und Antwort auf die Nachricht:

Neunundzwanzigster, mittwochs, an einem düsteren
Klaren? – keine Nachricht gibt's! –

Nicht nur du und ich verwaisten
An diesem vor-vorletzten
Morgen ... –)

Was ich empfand, erfährst Du aus dem gestern (am 7., an seinem Tag) abgeschlossenen (am 31., am Tag der Mitteilung angefangenen) Brief an ihn, den ich Dich bitte, da persönlich, nicht weiterzuzeigen.[247] Die Gegenüberstellung von R[ilke] und M[aja]kowskij ist für mich bei aller (?) Liebe (?) für den letzteren – Lästerung. Lästerung – das habe ich vor langem festgestellt – eine hierarchische Nichtübereinstimmung.[248]

Etwas ganz Wichtiges, worüber ich schon längst sprechen wollte. Der Vers über Dich und mich – der Anfang des »Versuchs vom Zimmer« – erwies sich als ein Vers über ihn und mich, *jede Zeile*.[249] Es geschah eine eigentümliche Unterschiebung: Das Gedicht wurde in den Tagen der größten Konzentration auf ihn geschrieben, gerichtet war es jedoch – im Bewußtsein und Willen – an Dich.[250] Es erwies sich – wenig von ihm! – über ihn – jetzt (*nach* dem 29. Dezember) das heißt, als eine Vorwegnahme, das heißt als Einsicht. Ich erzählte ihm einfach, dem Lebenden, zu dem ich mich *auf den Weg machte*! – wie wir einander nicht trafen, wie wir uns anders begegnet sind. Von daher auch die eigenartige, mich damals bekümmernde ... Feindseligkeit, Absonderung, Absage jeder Zeile. Es hieß »Versuch vom Zimmer«, und von jeder Zeile sprach ich mich – mit jeder Zeile – los. Lies es aufmerksam durch und lies Dich in jede Zeile ein, *überprüf* es. In diesem Sommer habe ich insgesamt drei Sachen geschrieben:

1) »Statt eines Briefes« (an Dich), 2) »Versuch vom Zimmer« und »Die Treppe«[251] – das letztere, um mich von der Konzentration auf ihn freizumachen – hier, in den Tagen, seinetwegen, meinetwegen, wegen unseres noch: Lebens und (wie sich herausstellte!) des Todes morgen – des hoff-

nungslosen. »Die Treppe« hast Du wahrscheinlich gelesen? Da Asja[252] sie gelesen hat. Hol es Dir bei ihr, berichtige die Druckfehler.

Hol es Dir bei S[elinskij][253], falls er noch in Moskau ist, und wenn nicht – bestell Dir – die 2. Nummer der Wersty, mein »Theseus« – die Tragödie – der 1. T[eil] ist darin.[254] Seit dem Herbst schreibe ich an dem zweiten, unterbrochen wurde er jedoch durch meinen Brief an R[ilke], den ich erst gestern beendet habe. (In Wehmut.)

Dank für das Wohlgefallen an Mur.[255] Schmeichelhaft ist es (für das Herz.) Ja! In Deinem Brief ist ein: Klangspuk, bei mir im »Theseus« aber: »Spiele sind Spuk und Freude – Klang«. Was für eine Kraft gewinnt, nebenbei, das Wort Spuk, wenn ihm der Klang vorausgeht, mit welcher Kraft ist dieser Klangspuk versehen – hast Du darüber nachgedacht?

Der letzte Meilenstein auf Deinem Weg zu ihm: den Brief an ihn haben sie wohl unverschlossen geschickt, um den Kritiker in Hierarchie und den Fürsten – in Höflichkeit – zu unterweisen.[256] (Eine Anmerkung zur Hierarchie: Ein Dichter kann mit einem Kritiker keine Geheimnisse vor einem Dichter haben. Ich verwende sonst nie Namen, doch – in solch einem Kontext – klingen die unseren.) Deinen Brief an ihn, der offen ist, werde ich natürlich – nicht lesen.

Nun, das Allerwichtigste. Heute (am 8. Februar) hatte ich meinen ersten Traum von ihm, in dem *nicht* nur »nicht alles Traum war«, sondern *nichts*. Ich konnte lange nicht schlafen, las ein Buch, entschied dann aus einem unerfindlichen Grunde bei Licht zu schlafen. Und hatte gerade die Augen geschlossen, als Alja (wir schlafen zusammen, bisweilen auch noch mit Mur zu dritt) sagte: »Zwischen uns der silberne Kopf.« Kein silberner – ein grauer, aber irgendwie silbern – Metall, so habe ichs verstanden. Und ein Saal.

Auf dem Fußboden Lichter, Kerzenleuchter, der ganze Boden war damit ausgesteckt. Mein Kleid lang, man mußte zwischen ihnen hindurchlaufen, ohne sie zu berühren. Tanz der Kerzen. Ich schlängle mich hindurch, streife nichts – viele Menschen in Schwarz, ich erkenne R. Steiner (den ich einmal in Prag gesehen habe[257]) und errate, daß ich auf einer Versammlung Eingeweihter bin. Ich gehe auf einen Herrn zu, der in einem Sessel sitzt, in einiger Entfernung. Ich sehe ihn an: Und er mit einem Lächeln: *Rainer Maria Rilke.** Und ich, nicht ohne Heftigkeit und Tadel: »*Ich weiß!**« Ich entferne mich, gehe wieder auf ihn zu, schaue mich um: es wird schon getanzt. Ich lasse ihn etwas zu jemandem ausreden, genauer, ihn etwas von jemandem bis zu Ende hören (ich erinnere mich, eine ältere Dame in einem braunen Kleid, exaltiert) und führe ihn an der Hand fort. Noch was vom Saal: er ist lichterfüllt, nicht die Spur Düsterkeit und alle Anwesenden sind überaus lebhaft, obschon ernst. Die Herren altväterlich in Gehröcken, die Damen, meist ältere – in Schwarz. Mehr Männer. Einige unbestimmbare Priester.

Ein anderer Raum, ein gewöhnlicher. Bekannte, Verwandte. Ein allgemeines Gespräch. Einer in der Ecke, weit entfernt von mir, ist jung, der andere daneben – ein Hiesiger. Auf dem Schoß habe ich einen brodelnden Kessel, werfe einen Span hinein (anschauliches Schiff und Meer). »Sehen Sie mal, und die Menschen wagen es doch, auf eine Meerfahrt zu gehen!« – »Ich liebe das Meer, meines: das Genfer.« (Ich, in Gedanken: wie genau, wie persönlich, ganz Rilke): – »Das Genfer – ja.[258] Doch das wirkliche, vor allem den Ozean, hasse ich. In *St. Gilles* ...« Und er *mit Nachdruck**: »In *St. Gilles* ist *alles* schön« – offenbar setzt er *St. Gilles* – mit dem Leben gleich. (Was er übrigens schon früher getan hat, in einem seiner Briefe: »*St. Gilles – sur – Vie* (*survit*)«[259] – »Wie konnten Sie meine Gedichte nicht verstehen, Sie sprechen doch so wunderbar russisch?« –

»Jetzt.« (Die Genauigkeit dieser Antwort und die Naivität der Frage wirst Du begreifen, wenn Du den »Brief« liest.) Alle, die mit ihm sprachen – wandten sich mir mit einer leichten Drehung zu: »Ihr Bekannter ...«, ohne seinen Namen zu nennen, ohne ihn preiszugeben. Kurzum, ich war bei ihm zu Gast, und er bei mir.

Schlußfolgerung: wenn ein so ruhiges, leidenschaftsloses, selbstverständliches, außer-körperliches Gefühl für den »Toten« möglich ist – heißt das, es existiert, heißt das, es wird es auch dort geben. Was soll da Furcht? Sich erschrekken. Ich bin *nicht* erschrocken, sondern hatte erstmals in meinem Leben eine so reine Freude an einem Toten. Ja! Noch etwas: das Gefühl der Verwesung (wenn es das gibt) ist es offensichtlich mit der (ungefähren) Dauer des Verwesens verbunden; R. Steiner, zum Beispiel, der vor zwei Jahren starb, ist schon überhaupt nicht tot, durch nichts, niemals.

Diesen Traum fasse ich als ein reines Geschenk von R[ilke] auf, wie auch den gesamten gestrigen Tag (den 7. – sein Datum), der mir *alle* (etwa 30) unausgeführten, nicht verwirklichten Stellen des »Briefes« schenkte. Alles war auf seinem Platz – mit einemmal.[260]

Aus Erfahrung weißt Du, daß es Stellen gibt, die schwerfallen, widerstehen, unmöglich sind, für die man *taub wird.* Und nun – 24 solcher Stellen an einem Tag. Das ist mir noch nie widerfahren.

Ich lebe durch ihn und mit ihm. Ohne zu scherzen, der Unterschied der Himmel[261] bekümmert mich – seiner und meiner. Meine sind nicht höher als die dritten, seine, fürchte ich, die letzten, das heißt – ich muß noch viele, viele Male, er – viel – einmal. Meine ganze Sorge und Arbeit von heute an wird es sein – das nächste Mal (sein letztes) nicht zu verfehlen. Die Brutalität der Verwaistheit[262] – vor welchem Hintergrund? Der Zärtlichkeit von Sohnesschaft, von Vaterschaft?

Das erste Zusammentreffen des Besten *für mich* und des Besten *auf Erden*.[263] Ist es denn nicht natürlich, daß dies verging? Für was hältst *Du* das Leben?

Für Dich ist sein Tod nicht in der Ordnung der Dinge, für mich ist sein Leben – nicht in der Ordnung, in einer anderen Ordnung, die andere Ordnung.

Noch ein Wichtiges. Wie kam's, daß Du zum Mittelpunkt des Briefes das Nebensächliche Deines und meines – für eine Stunde, für ein Jahr, für eine Dekade – Einander-Verfehlen nahmst, und nicht unsere – Trennung von ihm – für das ganze Leben, auf Erden. Mit einem Wort, Du hast mit der letzten Zeile Deines letzten Briefes begonnen und nicht mit der ersten – aus meinem (vom 31.).[264] Dein Brief ist Fortsetzung. Ist das nicht seltsam? Kann denn etwas noch dauern? Boris, erkennst Du denn nicht, daß jenes Verfehlen, jegliches, solange wir am Leben sind, schon zerstörte – Einzelheit ist. Dort hat er »beschlossen«, »gewollt«, »gewünscht«, hier: stieß es einem zu.

Oder ist dies – bewußt? Die unbewußte Furcht vor dem Leiden. Dann erinnere Dich an sein *Leid**, an den Klang dieses Wortes, und übertrag ihn auch auf mich, die nach *solch einem* Verlust durch nichts mehr zu verwunden ist, es sei denn – durch noch so einen. Das heißt – hab keine Angst davor zu schweigen, fürchte Dich nicht davor zu schreiben, das alles ist nun mal, solange Du lebst, unwichtig.

Hat Dich die Schilderung seiner Beisetzung erreicht?[265] Ein wenig habe ich über seinen Tod erfahren: er starb am Morgen, man schreibt mir – fast friedlich, ohne ein Wort, indem er dreimal seufzte, als ahne er nicht, daß er sterbe (das glaube ich!).[266] Bald werde ich eine Russin treffen, die während der beiden letzten Monate seine Sekretärin war.[267] Ja! Zwei Wochen danach erhielt ich von ihm ein Geschenk – eine deutsche Mythologie von 1875 – aus seinem Geburtsjahr.[268] Das letzte Buch, das er las, war *Paul Valéry**.[269] (Denk an meinen Traum.)

Ich lebe in grauenhafter Enge, zwei Familien in einer Wohnung, eine gemeinsame Küche, zu dritt in einem Zimmer, ich bin nie allein, ich leide.[270]
Wer von den russischen Dichtern (hier gibt es keine) hat ihn beklagt?[271] Hast Du dem Autor von »Granada« meinen Gruß ausgerichtet? (Seinen Namen habe ich vergessen.)

Neue Lieder erdacht
hat das Leben seither.
Kameraden, grämt euch
um jenes nicht mehr.
Laßt Freunde, das nutzlose
Sehnen sein! ...
»Granada, Granada,
Granada mein!«[272]

Die Emigrantenpresse hetzt die Wersty[273] wie verrückt. *Viele* reichen nicht einmal mir die Hand. (Ch[odassewitsch] allen voran.)[274] Wenn es Dich interessiert, schreibe ich darüber ausführlicher. –

Zweites Kapitel

Marina Zwetajewa.
Neujahrsbrief
Dein Tod
Einige Briefe von
Rainer Maria Rilke

Neujahrsbrief

Glückwunsch! Neu das Jahr – das Licht – die Heimat![1]
Erster Brief – an Dich, der jetzt ein Heim hat
– Dach und Fach. Der Ort – ein wahrer Garten?
(Kraut! – Wer kaut da?) – trauter Klang: Fanfaren –
Wie in Äols leerem Turm[2] – ein Dröhnen.
Erster Brief – an Dich – aus meinem schönen
Mutterland, wo ich seit gestern, ohne
Dich, vergehe – Stern, den ich bewohne,
Unter Sternen ...[3] Ein Gesetz gebietet:
Die Geliebte – jede – wird beliebig,
Einzigartige – nie dagewesen.
Und die Deine? Willst Du's – von mir – wissen?
Weder Sturz noch Rutsch noch Flut – kein Biegen.
Plötzlich war er da – ein Mann, beliebig[4] –
(Du allein bist – der Geliebte.) – Klage! –
Nachruf? – »Aktualitäten«, »Tage«[5] –
Tot? – Wo? – Im Gebirge. (Fenster, Tannen
– Laken, Bett.) – Sie lesen Zeitung? Wann denn
Also der Artikel? –Nein. – Doch ... – Warten
Sie mal ... (Christus werd' ich nicht verraten.)
– Bin im Kurhaus. (Paradies – gemietet.[6])
– Wann? – Vorgestern, gestern – weiß nicht. – Sieht man
Sich im »Alcazar«?[7] – Nein! (Es verbergen?)
– Kinder! (Alles – bloß kein Judas werden.)

Glückwunsch! (Denn das Jahr begann schon morgen!)
Weißt Du, was ich tat, als mir zu Ohren
Kam, daß ...?[8] Tss ... tss ... Ja, ich tratsche jetzt
ein bißchen.
Tod und Leben – zwischen Gänsefüßchen,
So als wären's leere Reden, Hülsen.
Nein, ich habe nichts getan, es tat sich

Ganz von selbst – kein Schatten, und es hallt nicht.
Reine Tat!
Und Du – wie war die Reise?
Sag, wie brach dein Herz – war's bloß ein Reißen?
Wie im Trab auf edlen Vollblutpferden,
Die noch schneller sind als Adler: edler,
Sagst Du – hat's den Atem Dir verschlagen?
Berg und Tal – egal, die Russen-Adler[9] tragen
Den, der's wagt, hoch über alle Schranken.
Jene Welt – für uns, die Blutsverwandten:
Jene Welt – Du warst in Rußland – reifte
Hier. Von da nach dort – ein sanftes Gleiten! ...
Tod und Leben, lächelnd ausgesprochen –
Ich. Du lächelst auch ... fühlst dich betroffen!
Leben, Tod – markiert mit einem Sternchen:
Anmerkung von mir (die Nacht – mein Schwärmen:
Statt der Kuppel des Gehirns – gestirnte
Hemisphäre!)
Denk dran – wenn bestimmte
Lettern aus dem Russischen entschwirrt sind,
Um sich flugs im Deutschen einzunisten –
So gewiß nicht deshalb, weil der Westen
Alles eint und Tote alles fressen,
Ohne mit der Wimper ...! – sondern deshalb,
Weil – gelernt mit dreizehn[10]: nie vergessen –
Jene Welt nicht *-los* ist: sprachbesessen.[11]

Also frage ich nicht ohne Trauer:
Fragst Du nicht mehr, wie's auf Russisch lautet –
*Nest**? Nur *einen* Reim gibt es für »gnjosda«
(Nester), nämlich diesen – (Sterne:) »gwiosdy«.[12]

Bin ich abgeschweift? O nein! Unmöglich,
Von Dir abzuschweifen, und – nicht nötig.
Jeder – der beliebigste – Gedanke,

Jede Silbe hat nur ein Verlangen –
Einzugehn in Dich, *Du Lieber**, gleichviel,
Was die Worte meinen (Deutsch ist reicher
Als das Russische – mir näher, näher
Noch: die Engelszungen!) – wo Du *nicht* bist:
Grab. Gewesen – nie und nimmer. Richtig ...
– Richtest Du kein Wort an mich, nicht eines? –
Wie's Dir geht? Deine Umgebung? Rainer!
Unbedingtes, ständiges Begehren –
Erste Vision – das All (zu merken –
Teil davon: der Dichter), und die letzte –
Der Planet, für Dich allein – zur Gänze!
Nicht: der Dichter und sein Staub, und keine
Scheidung zwischen Geist und Leib (für beide –
Leid), nur Du und Du, nur was Du selbst bist.
Schön, von Zeus zu stammen – freilich
Castor – Du bist Du – mit Deinem Bruder,[13]
Marmor, Gras – auf Du und Du – ein Wunder,
Weder Trennung noch Zusammentreffen,
Vielmehr beides – Ankunft, Abschied: Kräfte-
Messen – Aug in Auge, immer wieder
Ist's das erste Mal.
Dein Blick fällt – nieder –
Auf die Hand (die eigne: mit den Tinten-
Spuren), fällt aus Meilenhöhe in die
Tiefe – Du, hoch überm kristallinen
Mittelmeer und ähnlichen Terrinen –
Anfangslose Höhe ohne Ende.
So war's nicht bei mir, doch wird es, denke
Ich, so sein in meinem Vorstadtwinkel.
So war's nicht, doch ist es ein Beginnen –
Was soll dem, der Briefe schreibt, bedeuten:
Eine Woche, Zeit! – wohin *noch* äugen,
Ellenbogen auf der Logenkante,
Wenn nicht von hier unten nach dem Rang dort

Oben und von dort, schmerzwärts, nach unten?
Bellevue ist mein Ort. Ein Nest, gewunden
Aus Geäst. Blickwechsel mit dem Fremden-
Führer: Bellevue, Festung – zu erkennen
In der Ferne ist: Paris, Palast der
Gallischen Chimäre, hartes Pflaster ...
Ellenbogen auf dem Samt, dem roten,
Du wirst lachen (wer?), und ich, am Boden,
Muß es – denke ich an Deine Höhe,
Werden: Bellevue, Belvedere – Flöhe![14]

Laß mich passen. Nebensache. Dringend
Nur: Neujahr ist nah. Worauf ich trinken
Werde, und mit wem? Und was? Statt Schaumwein
Einen Wattebausch. Schlag zwölf – und kaum ein
Daseinsgrund für mich. Neujahrsgetöse.
Nichts, was mich vom innern Reim erlöste:
Rainer – keiner. Du, Aug, bist erloschen,
Leben lebt nicht, »tot« heißt nie – *gestorben*,
Heißt bloß – Dunkelheit: ich will's begreifen,
Dort, bei Dir! – Nicht Tod, nicht Leben – einfach
Etwas Drittes, Neues. Darauf (Altjahr
Ist vorbei, schon ausgelegt mit Matten
Frischen Strohs das Jahr Siebenundzwanzig
– Welch ein Glück, mit Dir zu enden: Anfang!)
Will ich mit Dir trinken am sehr großen
Tisch und leise, Glas an Glas, anstoßen![15]
Aber nicht mit deren Wirtshausgläsern,
Sondern: Leib an Leib mit Dir – dem bessern
Reim zuliebe: jenem Dritten.

Schiele

Ich zu Deinem Kreuz – und all die vielen
Orte: Vorort, Ort vor Ort! Und wem – wenn
Nicht uns beiden – winkt der Busch und wenden

Sich die Bäume zu? Die unsern – keinem
Sonst! Uns – Deine Orte (Dir die Deinen).
(Du und ich bei einem Massentreffen –
Wär's denn möglich?) Orte, angemessen
Uns allein! Monate! Wochen! Menschenleere!
Regen! Vorstadt! Morgen – unser! Herrlich –
Von den Vögeln noch nicht wachgesungen!

Habe ziemlich schlechte Sicht – bin unten,
Sicher siehst Du besser – Du bist oben:
Nichts war zwischen uns, nichts gibt's zu loben.
Rein gar nichts, und so entspricht's uns beiden[16] –
Also können wir getrost vermeiden,
Aufzuzählen, was uns widerfuhr. Nichts,
Außer ... – aber Außerordentliches
Sollst Du nicht erwarten (unrecht haben
Die, die aus der Reihe tanzen), aber
Wie – in welche – Reihe treten?

Altes
Lied: Nichts, wenn es auch, so oder anders,
Etwas ist – und sei's von fern – der Schatten
Etwa eines Schattens! Nichts – wir hatten
Keinen Tag, kein Haus – selbst Todgeweihten
Wird ein Mund geschenkt – Gedächtnisspeicher!
Sind wir allzu wählerisch gewesen?
Nur das *Jenseits* blieb uns für dies Leben,
Und so waren wir bloß Abglanz von uns
Selbst. Kein Hier – das *Jenseits:* unser Bonus!
Glückwunsch – wohnst Du doch am unbebauten
Rand der Welt! Dein Ort – die Helle, Rainer!
Außenposten der Beweisbarkeiten!
Neues Auge, neues Ohr – Glück! Rainer!
Alles – Freund, Begehren –
War für Dich Verdruß.[17]

Echo: Lust zu hören!
Hören: Echolust![17]

Auf der Schulbank: Fragen – stets die gleichen.
Wie die Berge, wie die Flüsse heißen...
Kein Tourist – ist so die Landschaft schöner?
Nicht wahr, Rainer – Paradies: ein dröhnen-
des Gebirg! Für Witwen viel zu hoch, und
Überm *einen* Paradies gibt's noch ein
Andres – ja? Terrassen! Denk ich an die Tatra,
Kann das Paradies nur ein Theater
Sein. (Vorhang ist – vor wem? – gefallen...)
Nicht wahr, Rainer – Gott *wächst* hoch als Affen-
Brotbaum![18] Nicht als goldner Sonnenkönig –
Ist Gott einzig? Hältst Du es für möglich:
Noch ein Gott – darüber?[19]
                    Schreibst Du weiter –
Dort? Du *bist*, Vers *ist*: bist selber beides
– Vers und Du! Wie schreibt es sich am hohen
Ort? Kein Tisch für Deinen Arm. Die hohle
Hand – und keine Stirn.[20]
                    Für mich – Kassiber!
Neue Reime, Rainer, magst Du lieber?
»Reim« – das heißt nichts anderes als – wenn nicht
Neue Reime – Tod!
                    Die Sprache: Kehricht!
Nichts als Gleichklang und Bedeutung – alles
Neu.
    Auf Wiedersehn![21] Ob wir einander
Treffen, weiß ich nicht, jedoch zusammen
Singen – ja! Mit der mir fremden Erde,
Rainer, mit dem Meer[22] – ich: werde!

Nur kein Abschied – schreib's gleich nieder: keiner!
Aufs Papier die neuen Klänge, Rainer!

Mit den *Gaben* auf der Himmelsleiter …
Neue Handauflegung, Rainer – weiter!

Ich – schwappt's über? – halte es in Händen.
Rhône, Raron – weiter als die Trennung
Reicht, und all die letzten Augenblicke –
Bis zu Rainer – und Maria – Rilke.[24]

Bellevue, 7. Februar 1927

(aus dem Russischen von Felix Philipp Ingold)

Dein Tod

Jeder Tod, selbst einer, der aus der Reihe herausragender noch herausragt – von deinem Tod, Rainer, spreche ich, steht immer in einer Reihe anderer Tode, zwischen dem letzten vor ihm und dem ersten danach.

Keiner hat jemals am Sarg gestanden und im Stillen nicht bei sich gedacht: »Über wem habe ich das letzte Mal so gestanden, über wem werde ich als Erstem wieder stehen?« Auf diese Weise bildet sich zwischen *deinen* Toten, den *eigenen* Toten, eine vertraute Verbindung, die nur in dem betroffenen Bewußtsein existiert, in jedem betroffenen anders. So bist du in meinem Bewußtsein zwischen A und B vor den UNBEKANNTEN getreten, im Bewußtsein eines anderen, der dich verlor, zwischen C und D und sofort. Die Summe unserer Erkenntnisse ist auch dein Umkreis.[1]

Doch nun zu dieser Verbindung. Im schlimmsten, im häufigsten Fall ist es eine äußerliche Verbindung, eine ortsgebundene, eine durch die Ordnung bestimmte, um es genau zu sagen – eine alltägliche, um es noch *deutlicher* zu sagen – die des Friedhofs, eine rein zufällige Nachbarschaft von Nummern und Gräbern. Eine sinnlose Verbindung, weshalb es keine Verbindung ist.

Ein Beispiel. Zwischen X und Y hat zu Lebzeiten nie eine Verbindung bestanden. Auch keine im Tod, es sei denn der Tod selbst, wie auch einst – das Leben. Für eine Verwandtschaft ist das eine wie das andere zu wenig. Solch ein Sarg fällt aus unserer Gräberreihe heraus, die Reihe schließt sich zu zwei, für uns wichtigen Gräbern. Durch diese Auslese entsteht auch die Reihe unserer Tode und unser Tod. Nur von diesen Toden und von denen, die unseren eigenen Tod bilden – werde ich sprechen, wenn ich von Verbindung rede.

Jeder Tod schickt uns in jeden zurück. Jeder Verstorbene gibt uns alle vor ihm und uns – ihnen zurück. Stürben die nachfolgenden nicht, vergäßen wir früher oder später die ersten. So bildet sich von Sarg zu Sarg eine wechselseitige Bürgschaft unserer Treue gegenüber den Toten. Etwas wie eine postume Existenz im Gedenken: in der Reihe unserer Gräber. Denn alle unsere Toten, mögen sie in Moskau, auf dem Friedhof des Neujungfrauenklosters,[2] in Tunesien, oder noch woanders liegen, für uns, für jeden von uns liegen sie auf einem Friedhof – in uns, mit der Zeit in einem Brudergrab. In unserem. Viele sind in einem und einer in vielen begraben. Dort, wo dein erstes Grab und das letzte zusammentreffen – auf deinem eigenen Grabstein –, schließt sich die Reihe zum Kreis. Nicht nur die Erde (das Leben), auch der Tod ist kreisförmig.

Durch unsere Lippen, die küssenden, entsteht Verwandtschaft, sie reichen einander die Hände, die geküßt werden. Durch ihre Hände, die geküßt werden, entsteht die Verwandtschaft, die Lippen suchen einander, die küssenden. Die Bürgschaft im Kreis für Unsterblichkeit.

So hast du, Rainer, mich mit allen verschwistert, die dich verloren, wie ich dich meinerseits mit allen verbrüdert habe, die ich einst verlor und allen voran – mit zweien.

Wie auf Wogen trägt uns der Tod über die Grabhügel – ins Leben.

Dein Tod, Rainer, hat sich in meinem Leben dreigeteilt, in drei gespalten. Der eine hat deinen in mir vorbereitet, der andere ihn beschlossen. Vorklang, der eine, Nachklang, der andere. Zeitlich ein wenig versetzt – ein Dreiklang. Dein Tod, Rainer, – ich spreche schon aus der Zukunft – ward mir als Dreieinigkeit gegeben.

»Alja, wie war es denn nun bei der Französin?«[3]

»Wunderbar! Mama! Das Wunderbarste war jedoch, daß wir da waren, denn wären wir nicht gekommen, wären von allen Kindern nur zwei dagewesen, zwei Mädchen – das eine groß, das andere in der ersten Klasse. Und sie hätte alles umsonst vor- und zubereitet. Und stellen Sie sich vor – ich war ja so erstaunt –, sie hat eine wunderschöne Wohnung: eine Marmortreppe mit Teppichen, das Geländer blankpoliert und irgendwelche Messingtürklingeln … Solch eine Treppe zu begehen ist angenehm, natürlich nicht für sie, denn sie wohnt in der siebten Etage und ist wahrscheinlich schon siebzig Jahre alt.

Drinnen ist es wunderschön: Bilder, Spiegel, auf den Kaminen und überall – Andenken: geflochtene, gehäkelte, alle möglichen, und alle mit Widmungen. Von den Schülern und Schülerinnen. Und Bücher, Mama! Ganze Wände voll! Und die meisten über Roland[4], Quatre fils d'Aymor[5] – und ähnliche.

Doch das Allerschönste: zwei Flügel, in einem Zimmer. Gerade, weil sie so arm ist, ist das wunderbar. Denn bei einem Reichen wäre es nicht verwunderlich. Einfach von allem in Hülle und Fülle: Servietten, Messer … Der hätte gleich zwei Flügel gekauft, und zwei noch dazu. Bei der Mademoiselle ist das jedoch ganz und gar unbegreiflich. Und dennoch vollkommen klar: aus Liebe. (Mama ich habe gerade einen seltsamen Gedanken: was, wenn sie plötzlich des Nachts kolossal wächst und allein, ohne die geringste Mühe, auf zwei Flügeln? Allein – auf zwei Flügeln – vierhändig?)

Und entsetzlich kalt ist es. Zwei Kamine brennen, dennoch ist es kalt wie draußen.«

»Erzähl doch der Reihe nach. Von Anfang an, ab eurer Ankunft.«

»Kaum waren wir eingetroffen, wurden Lelik und ich alsbald vor ein riesengroßes, altes Buch über Paris gesetzt. Dann klingelte es in einem fort und verschiedene, ehemalige Schülerinnen in Pelzmänteln trafen ein, von siebzehn bis vierzig. Auch einige Mütter. Die Mademoiselle wirkte aufgeregt und lief unaufhörlich mit Teetassen in die Küche, ich habe ihr ein wenig geholfen. Ach! Mama, wie wunderbar, daß ich die Schachtel doch nicht umgetauscht habe – entsinnen Sie sich. Sie sagten: wichtig sei das Konfekt und nicht die Schachtel. Nein, Mama, die Schachtel ist genauso wichtig – zu Weihnachten. Konfekt in der Schachtel ist ein Geschenk, nur – Konfekt ist einfach Konfekt. Und die Schachtel hat man für immer – für Briefe, Bändchen, für Allerlei. Was hat sie sich gefreut und wollte sie schon herumreichen, ich habe sie jedoch inständig gebeten, sie doch für die Fahrt aufzuheben, denn morgen fährt sie zu ihren Schwestern aufs Land. Und Lelik hat ihr Apfelsinen und Äpfel mitgebracht, wobei er vergeblich im Laden versucht hatte, Bonbons für sie zu erstehen. Er sagte, für zehn Franken hätte er viele bekommen. Seine Mutter hat es jedoch nicht erlaubt. Die Apfelsinen hat sie angeboten, die Äpfel jedoch verwahrt – wahrscheinlich, ebenso für die Schwestern. Nun reist auch sie mit Geschenken.

Mama, sie ist wohl sehr arm, noch ärmer, als wir dachten, bestimmt geht alles für die Wohnung und die Schwestern drauf – denn außer petit-beurres[6] gab es nichts zu essen. Und Kakao und Tee nach Wahl. Irgendeine junge Kusine, ebenfalls im Pelz, half ihr. Sie aber trug ihr ewiges Schwarzes, und das Samtband um den Hals, mit dem Medaillon von Jeanne d'Arc, das silberne – Sie kennen es doch? Sicherlich meint sie wie Sie, daß es nicht angebracht ist, wenn die Gastgeberin elegant gekleidet ist, da es nun einmal *ihr* Haus ist, vielleicht hat sie auch nichts anderes, ich zumindest habe sie nie in etwas anderem als in dem Schwarzen gesehen . . .«

»Und was war dann?«

»Danach schloß sich uns irgend so ein pummeliges Wesen an, das ich für ein Mädchen hielt, allerdings hatte es das Gesicht gepudert und die Lippen geschminkt, und da wußte ich nicht, was ich davon halten sollte. Wie dem auch sei, wir beschlossen, es (das Wesen) mit dem Spiel »Wer bist du?« zu unterhalten und haben ihm solch ein Vergnügen bereitet, daß es schon nach fünf Minuten verschwand, höchstwahrscheinlich, weil das kleine Mädchen – die Erstklässlerin – sie einmal: boule de graisse und die andere boule de viande genannt hat –, und wir waren auch nicht gerade zurückhaltend. Dann wurde es dunkel, und die Mademoiselle zeigte uns den Eiffelturm, der genauso fern oder nah war, wie von uns aus. Wie immer von überall her.

Mama, ich hatte großen Hunger, doch hielt ich mich zurück und habe alles in allem nur ein petit-beurre gegessen. Und Lelik eines. Jenes kleine Mädchen hingegen all die übrigen.

Dann wollten wir uns auf den Heimweg machen, doch die Mademoiselle ließ uns um nichts in der Welt fort, weil wir noch nicht getanzt hatten. Lelik und ich glaubten, wir sollten zuschauen, doch stellte sich heraus, auch wir sollten mittanzen.«

»Wie hast du denn getanzt?«

»Na so, wie man es mir gezeigt hat. Mademoiselle tanzt sehr gut, sehr leichtfüßig, aber natürlich die Tänze von früher. Als Lelik merkte, daß keiner Wengerka tanzte, schaute er mürrisch drein und erklärte, es drehe sich ihm alles im Kopf. Dennoch hat sie eine Weile mit ihm getanzt. Sie hat mit allen getanzt und war entsetzlich müde. Ach ja! Das Allerwichtigste. Über dem Sofa, im Salon, ist sie – in jung. Sie liegt im Gras und liest ein Buch, neben ihr liegen Äpfel. In einem rosafarbenen Kleid, mit Rüschen – allerliebst. Und genauso dünn, jetzt nur wegen des Alters, damals wegen ihrer Jugend. – Und die Nase ist länger. – Das hat ihre

Schwester gemalt – nicht die irre, sondern die andere –, die mit dem Spleen, die es nicht leiden kann, daß der Kehricht aus dem Zimmer gebracht wird. Sie fegt ihn zusammen und hortet ihn. Doch das Bild ist wunderschön.«

»Und wie war der Abschied.«

»Ach, nett, ausführlich. Wir haben uns geküßt, ich habe mich bedankt, sie auch. Über Ihr Büchlein hat sie sich sehr gefreut, ich glaube aber, die Widmung –, daß es für sie ist, hat sie nicht entdeckt, und dachte einfach, es sei zum Lesen. Dafür wird sie umso erfreuter sein, wenn sie sie morgen im Abteil entdeckt. Beim Abschied habe ich sie noch einmal zu unserem Weihnachtsfest eingeladen, und sie sagte, sie komme ganz bestimmt. Was wollen wir ihr denn schenken – Handschuhe oder Briefpapier?«

Handschuhe oder Briefpapier? Geld aber hatten wir, wie zum Trotz und wie üblich keines – für das übliche! – für das letzte Geschenk.

Oder vielleicht ein Notizbuch? Es gibt ganz billige. Vielleicht auch – gar nichts, ich habe keine Lust und bin nicht imstande, in der letzten Minute vor Weihnachten loszugehen? Wir haben sie einfach zum Weihnachtsfest eingeladen. Wo werden überhaupt Geschenke gemacht? Man beschenkt doch nur Kinder ... Die Brutalität der eigenen Überredungskünste und die entliehenen Argumente machten klar: ein Geschenk mußte sein. Nur was: Handschuhe oder Briefpapier?

Handschuhe hatte schon, wie sich herausstellte, die Mutter des Jungen gekauft: »Warme, strapazierfähige, die Arme besitzt ja nur ganz löchrige. Seitdem ich bei ihr war – in dieser Kälte –, wollte ich immerzu etwas Warmes für sie besorgen. Hoffentlich wird sie nicht gekränkt sein.« (Von Russen, das ist die Kränkung! Das ist soviel, als habe es ein Bettler geschenkt.)

Die Handschuhe entschieden das Briefpapier: »Zwischen

fünf bis sechs Francs, nicht teurer als sieben bis acht, im äußersten zehn. Irgend etwas Unauffälliges, für eine ältere Dame.« ...

(Eine »ältere«, auch wenn sie schon zu Staub zerfällt, eine »Dame«, obwohl Mlle Jeanne Robert.)

Trés distingué – parfaitement distingué – tout ce qu'il y a de plus distingué – on ne peut plus distingué...

(6 frs... 9 frs cinquante... 12 frs cinquante... 18 frs.)

Die Schachteln türmen sich mit einem leichten Pappknall. Die eine stattlich, die nächste bescheiden, die dritte langweilig, die vierte teuer, die fünfte teuer, die sechste teuer. Und bei jeder, jedesmal der Ausruf: »Ah, il y en a encore une que j' oublie« – die letzte ist es – genau die. (Als wollte – der Handlungsgehilfe die Genauigkeit unseres Geschmacks prüfen, ihn auf eine leichte Probe stellen –.)...

Eine hellblaue. Leinenbespannt. Mit himmelblauen Blümchen auf dem Deckel, so schlicht waren sie, daß sie nicht albern wirkten. Ohne Zacken und ohne die vermeintlich englische Aufgerautheit der Ränder. ... Viel. Preiswert.

»Rien de plus pratique et de plus dinstingué. Et pas cher du tout, Madame, quarante feuilles et quarante enveloppes. Un bon cas de profiter.«

Zu Hause, schon in der Tür:

»Alja! Ich habe das Geschenk für Mademoiselle.«

Die Schachtel – à Mademoiselle Jeanne Robert pour notre Noël russe – Ariane –, nicht die aus dem Geschäft, da sie nun einen Namen trägt, liegt unter dem Weihnachtsbaum neben dem rosafarbenen Päckchen – d'Olégue (von Lelik). Bald ist Weihnachten, bald kommt Mademoiselle. Sie ist in Rußland gewesen, war sie jedoch seit dieser Zeit (seit fünfzig Jahren) bei einem russischen Weihnachtsfest? Übrigens, besorgt, noch eine Tanne zu bekommen – in letzter Minute im Blumengeschäft beim Bahnhof –, fanden wir nicht die

Zeit, die Einladung zu bekräftigen, und sie geht nicht zur Weihnachtsfeier, sondern zu der gewohnten Unterrichtsstunde am Donnerstag, zu der ersten nach ihren (französischen) Ferien. Sie kommt zum Unterricht und gerät in eine Weihnachtsfeier. – »Und du, Lelik, darfst ihr nichts sagen, führe sie einfach herein.« – »Oder wir sagen, daß der Unterricht heute unten stattfindet. – Weil oben nicht geheizt ist.« Kurzum, Mademoiselle stand am Weihnachtsabend für die Kinder wie ein dunkler Schatten vor dem Tannenbaum. (So muß ein gerechter Mann den wartenden Engeln den Himmel verdunkelt haben, von dem er gar nicht weiß, daß er dort hingerät.)

»Gleich ist es soweit, wird es sein. Zehn Minuten vor? Oh je, noch ganze zehn Minuten.«

»Gleich muß sie kommen. Wieviel Uhr ist es? Sie kommt nie zu spät.«

»Vielleicht ist sie erst heute zurückgekommen und verspätet sich deshalb? Und bist du sicher (die Kinder zueinander), daß gerade heute die erste Stunde ist?« – »Sie hat gesagt am 5.« – »Der 5. war doch gestern, weshalb ist sie dann nicht gestern gekommen? Zu mir hat sie gesagt am Donnerstag.« – »Und mir am 5. Heute ist doch Donnerstag, also kommt sie gleich.«

Nur die beiden Geschenke blieben für sie unter dem Tannenbaum liegen.

Die Tage vergingen, Mademoiselle kam nicht. Anfangs ließ uns das keine Ruhe, dann gewöhnten wir uns – an die Unruhe. Mademoiselles Nicht-Ankunft, und sie kam das eine um das andere Mal nicht, wurde mit der Zeit für alle Bewohner des Hauses, für die Kleinen wie für die Großen, zum Kehrreim des Tages, das heißt ein Ding, das von Mal zu Mal an Bedeutung verlor. (Das selbständige, außerbedeutungsmäßige Leben des Kehrreims.) So wie es uns anfänglich verwunderte, daß Mademoiselle nicht kam, wären wir jetzt erstaunt gewesen, wenn die Mademoiselle – gekommen wäre. Das Erstaunen verkehrte einfach den Ausgangspunkt in den Angriffspunkt. Von *dort* aus wunderten wir uns. (So, Rainer, waren wir alle erstaunt, wie solch einer leben kann und nun – tot sein soll.)

Die Menschen schenken den Verbformen geringe Beachtung – sie font du sort sans le savoir. Von den persönlichen Verben, erste Form – zweite – dritte –, von den einmaligen, mehrmaligen »Mademoiselle ist nicht gekommen« bis zum ständigen »Mademoiselle kommt nicht« –, was für eine Arbeit und welch ein Weg. Mademoiselle hatte sich einfach in der Abwesenheit angesiedelt, in die sie (für uns) anfänglich rein zufällig geraten war. Kein Mittagessen oder Abendbrot verging, ohne daß einer der Erwachsenen oder Kinder, zwischen den Gerichten, im Tonfall der schon abgelagerten Verwunderung feststellte: – »Und Mademoiselle kommt nicht.« – Und dann, als hätten wir nur darauf gewartet, auf den schon ausgetretenen Wegen des Echos, im Chor: – »Vielleicht ist sie krank geworden?« – »Dann hätte sie doch geschrieben.« – »Vielleicht ist die Schwester erkrankt?« – »Dann hätte sie doch auch geschrieben.« – »Vielleicht ist sie so allein, daß sie keinen hat, dem sie schreiben kann? Dann könnte sie es auch niemandem mitteilen. Vielleicht ...«

Mademoiselle, die irgendwo krank danieder lag, blieb weiterhin krank.

Die Menschen waren alle realistisch – (die Großmutter, die Tante, der Onkel und die Mutter des Jungen, der Vater und die Mutter des Mädchens), es waren leidgeprüfte Menschen – der eine in Sowjetrußland, der andere in der Armee, die einen und anderen in der Emigration, Menschen – und das ist wichtig – mit dem blutenden Stolz, an dem man Vertriebene auch erkennt, Menschen, die sich durch ihre Kinder ersetzt haben, ihr Heute, das abgerissen und überstrapaziert ist, durch ihren Morgen – durch welchen nur! –, es waren Menschen der Zeit (die ihnen beständig fehlte) und deshalb waren sie – *in allem* – schonungslos gegenüber dem, was den Kindern eigen ist –, es waren Menschen, die mit der Kinderzeit rechneten. Und diese Zeit – eine lebenswichtige, eine Kinderzeit – verging, die Kinder, ein wenig verwirrt, da es liebe Kinder waren – liefen müßig umher, bedingt natürlich –, insbesondere das Mädchen, das auf seinen kleineren Bruder aufpaßte und den Unterricht als Erholung empfand. Der Stoff wurde wiederholt und wieder vergessen, die Bücher hervorgeholt und von neuem weggelegt. Mademoiselle kam nicht.

Das Haus war irgendwie gelähmt, schlapp, keiner – innerhalb der vier Wände – hetzte irgendwohin. – Die Milch aufstellen, denn gleich kommt Mademoiselle ... Das Eßzimmer aufräumen, denn gleich kommt Mademoiselle ... Haare waschen, da Mademoiselle gleich kommt ... In den Keller, um Kohlen zu holen, denn jeden Augenblick kommt Mademoiselle.

Das Haus war kalt, zwei Räume – waren geheizt, und Mademoiselle brachte alles, wenn sie kam, durcheinander. Einmal war das Schulzimmer hier, das Eßzimmer dort, das Nähzimmer woanders usw. Vorbei war das Nomadenleben.

Allmählich wurde klar, daß die kleine, mäuschenstille und unsichtbare Mademoiselle (sie kam zum Hintereingang herein – leise – und wie oft hieß es: »Ist Mademoiselle dagewesen?« – »Ja, sie ist schon wieder fort.«) – die Antriebskraft und das Gerüst dieses großen, im Zusammenleben zweier Familien komplizierten, willensstarken – da russischen – Hauses war.

Was taten die Menschen mit der auf die Kinder gesetzten Hoffnung? Sechs Erwachsene insgesamt. Keiner, nichts. – »Wir müssen Mademoiselle schreiben.« – Zunächst bestimmt, dann immer fragender und im Wissen – nichts geschah. Vergeblicher. Hoffnungsloser. Mademoiselle war nicht verreist, sie war zu Besuch gefahren. Wo mag sie sein, sie war verschwunden.

Als erste sagte dies wohl die Mutter des Mädchens, allerdings verschlüsselt. Es war so. Die Mutter des Mädchens nahm ein Messer (eins von zweien) aus dem Büffet und stand mit dem Rücken zur Tante des Jungen, die über dem großen Eßtisch mit einer Schere klapperte. Deshalb traf sie die folgende Frage in den Rücken.

»Also ist keiner zu der Französischlehrerin gefahren?«

»Bis zur Französischlehrerin ist es – weit!«

»Für sie ist es nicht weit, für *uns* aber ist es weit?« – im Tonfall der Tante verbarg sich die Boshaftigkeit der Tante als Triumph an Spitzfindigkeit.

»Für sie ist es nicht weit, für uns aber«, bestätigte die Mutter des Mädchens, und es fror sie bei dieser Formulierung.

»Es wäre aber doch notwendig gewesen, es hätte sein müssen«, bohrte die Tante vorwurfsvoll, betrübt, daß die Spitze nicht getroffen hatte und, meiner Ansicht nach, wenig verblüfft über die unerhörte (in dieser Deutung) Brutalität der Antwort.

»Und dennoch hätte es sein müssen, sollte es sein ...«

»Irgendwann, mal ...«, doch diese Worte konnte sie nicht hören, da sie im Mund ausgesprochen waren.

So daß es die Großmutter trotz allem als erste sagte.

»Entweder ist sie sehr krank, oder sie ist nicht mehr«, sagte sie mit dem stillen Schmerz des im voraus und danach damit *versöhnten* – alten Menschen.

»Doch ›es gibt sie nicht mehr‹, heißt noch lange nicht ausgerechnet ›sie‹ ...« Und die Mutter des Jungen sagte trotzdem als erste, am Abend jenes Tages, während des französischen Mittagessens, dem russischen Abendbrot.

»Wenn sie bis heute schweigt, ist sie entweder sehr krank – oder sie ist gestorben.«

Und – das Haus erwachte.

Die Resonanz des Todes, Rainer, hast du daran gedacht? In dem Haus, wo nach langer, zehrender, niederstreckender Krankheit schließlich einer für immer eingeschlafen ist. Jetzt müßte wohl Stille herrschen, wann denn, wenn nicht jetzt, Stille? Was denn! Dabei beginnt es doch erst!

Das Haus, in dem einer stirbt, ist still. Das Haus, in dem einer starb, ist laut. Alle Winkel des ersten sind mit totem Wasser besprengt, es schläft. Der Tod ist in jedem Spalt. In jeder kleinsten Aushöhlung des Bodens – als Kuhle. Das eine ist mit totem Wasser begossen, das andere ist mit lebendigem besprengt. Das Fläschchen mit dem lebendigen Wasser ist in tausend Stücke zersprungen, in jedem Splitter, mag er auch schneiden, ist – Leben. Im Hause eines Sterbenden weint man nicht, und wenn doch – wird es verheimlicht. In dem Haus, wo einer verschied, schluchzt man herzzerbrechend. Das erste Geräusch ist das – der Tränen.

Der *Lebenstrieb** des Todes, Rainer, hast Du daran gedacht? Einst versagten die Beine, jetzt sind die Hände überaus geschäftig, von den zweien allerdings, von den Händen und Füßen, sind die *Hände* still, die *Füße* jedoch laut. Und was gibt es stilleres – als zwei Hände mit Wasser, zum Beispiel? Doch ihre Fülle selbst – wie, wozu, woher? Er hat sich doch gerade heute um 5 Uhr nachmittags endlich von aller Not befreit, »von allem Kummer, von Zorn und Not« – endlich wurde sein Gebet erhört. Mir geben sie eine Antwort (nicht du, Rainer, die anderen): ihm – nicht, dafür – seinen Leib. Genug! Weiß denn nicht jeder insgeheim, daß der Priester, der Bestatter, der Photograph nur einen Vorwand für unsere nach Beschäftigung juckenden Hände, unser beharrliches, uns wohl zustehendes: ich bin! darstellen – unser volles Einverständnis zu leben. Nicht an den Toten, an den Bestatter klammern wir uns! In unserer Hast, den Toten zu photographieren, liegt weniger der Wunsch, ihn zu bewahren, als der Wunsch ihn auszutauschen – die lebendigen Züge – durch eine Aufnahme (die lebendige Qual ist die Erinnerung an ihn), als die Gewißheit, ihn, früher oder später, zu vergessen. Der Photoabzug ist unsere schriftliche Zusage an das Vergessen. Bewahren? Begraben!

Abgrenzen. Fürsorge. Etwas ordnen, zurechtrücken. Umgestalten, in der Sorge, daß es wie ehedem sei. Die Grausamkeit dieser Sorge. Als stünde man vor dem *alles geschehen* * – *nichts geschehen* *. Und meine Worte an dich, Rainer, doch anders. *Nichts kann dem geschehen, der geschah.* * Auf russisch heißt es genauso: mit dem, was geschah, geschieht nichts.

Abrichtung des Unbekannten. Zähmung des Todes, wie einst – die Liebe. Das übliche Vorbeitreffen im Ton. Unser, bis zur Todesstunde, *Ungeschick* in der Liebe.

... Für diesen postumen Ausbruch an Überschwang gibt es noch eine Erklärung, eine einfachere. Der Tod weilt im Haus des Sterbenden, im Haus des Verstorbenen ist der Tod schon nicht mehr. Der Tod verläßt das Haus früher als der Körper, früher als der Arzt, und sogar früher als die Seele. Der Tod tritt als erster aus dem Haus. Deshalb, ungeachtet der Trauer, ein Seufzer der Erleichterung: »Endlich!« Was? Nicht doch der Mensch, den wir liebten, – der *Tod*. Daher – soll sein Fortgang gefeiert werden, bei jenen, was schlicht und einfach die Totenfeier ist: In Hülle und Fülle essen und trinken beim Leichenschmaus (»er ißt nicht – er trinkt nicht« – also werden wir essen und trinken!), bei uns, den Späteren, besagt essen und trinken – erinnern, berichten und wiederholen bis zur Stumpfsinnigkeit – Dumpfheit – Ausgewalktheit der letzten Einzelheiten. Dort das besänftigende Essen, hier – die Beschwörung des Toten. Der dröhnende Lärm nach dem Tod im Haus. Davon rede ich.

Und die erste wirkliche Stille (das unermüdliche mittägliche Julisummen der Hummeln z - z - z in den Ohren) breitet sich erst nach dem Leichenbegängnis im Hause aus. Wenn es keinen Grund mehr für den Lärm gibt. Zurückbleiben, übrigens, die Fahrten zum Friedhof.

Und solange wir die Wege entlanggehen, lesen wir die Inschriften, vertrauen dem Wärter das Grab an und wählen unser eigenes, zukünftiges aus, den Tod, und genießen seine Abwesenheit. ...

So kommen die früheren Hausbesitzer, nachdem sie gehört haben, neue Bewohner hätten die Datscha bezogen, bleiben kurz stehen, und schlendern dann rundherum.

Jetzt – war das Haus erwacht. Daraus, daß es unverkennbar erwacht war, ging klar hervor, daß es geschlafen hatte: mit der Großmutter, mit dem Onkel, mit der Tante, mit der Mutter des Jungen, mit dem Vater und der Mutter des Mädchens, mit dem Mädchen, mit dem Jungen selbst, ganze drei Wochen lang hatte es mit allen seinen Bewohnern wie verzaubert geschlafen.

Danach, wie das Haus sich belebte, wurde klar: sie war tot.

»Mutter, ich schreibe heute der Französin.«

Brief

Chère Mademoiselle,

C'est en vain que nous vous attendons depuis longtemps. Chaque lundi et mercredi, jeudi et samedi nous vous attendons et vous ne venez jamais. Mes leçons sont écrites et apprises, celles d'Olégue aussi. Avez-vous oublié notre invitation pour l'arbre de Noël? Je crois que oui, parce que vous n'êtes pas venue chez nous l'avant-avant dernier jeudi quand nous avions notre fête. J'ai reçu beaucoup de livres: Poèmes de Ronsard[7], Œuvre de Marot[8], Fabliaux[9], le Roman du Renard[10], le Roman de la Rose[11], et surtout la Chanson de Roland[12]. Deux cadeaux vous attendent, d'Olégue et de moi.[13]

Ecrivez-nous, chère Mademoiselle, quand vous pourrez venir chez nous. Nous vous embrassons. Ariane

»Was war sie an jenem Abend müde, so müde. Die ganze Zeit über wollte ich ihr sagen: Weshalb haben Sie das alles arrangiert? Und dann noch das Tanzen... Lassen Sie uns alle gehen, und Sie setzen sich in einen Sessel am Feuer und wärmen sich, ruhen sich aus. Doch sie wollte uns um nichts in der Welt, ohne getanzt zu haben, fortlassen, Bildbände, Bewirtung, Tänze, es mußte das ganze Programm sein. Und dann noch diese Damen in ihren Pelzen, die, wer weiß warum, nach und nach hereingekrochen kamen, und ihre Wohnung mit Kälte erfüllten – die an sich schon so eiseskalt war. Sie ahnen nicht, was für eine Kälte das war. Bei uns ist es kalt, aber do-ort. Mir wurde den ganzen Abend über nicht warm.«

Langsam stiegen wir die »marmorne blankpolierte« hinauf, die Mutter des Jungen und ich. Die Treppe führte uns langsam von einem Treppenabsatz zum nächsten. Auf dem obersten vor der großen schwarzen Tür – stellten wir uns auf. Es war deutlich, daß es nirgendwohin weiterging. Zwei Türen – eine rechts und eine links. Die Französischlehrerin wohnte hinter der rechten. Schweigend klopften wir. Schweigend klopften wir abermals. Wir schwiegen immer noch. Klopften nochmals. Das Klopfen wurde seltener, die Abstände zwischen den Klopfgeräuschen größer. Das Klopfen selbst blieb an der Oberfläche der Tür, drang nicht bis zur rückwärtigen Seite hindurch, oder, wenn es durchdrang, wurde es von dem, was hinter der Tür war, erstickt, von der ganzen Leere des Hinter-der-Tür (vom Jenseitigen). Die Tür antwortete nicht. Die Tür schwieg hartnäckig.

»Laß uns zur Concierge gehen – so stehen wir womöglich noch eine Stunde lang – laß uns nachfragen, vielleicht weiß sie etwas?« – wir flüsterten nicht (da alles Ungewöhnliche – weckt), sondern sprachen mit jener übereingekommenen gedämpften Stimme, mit der man gelassen über Schlafenden und anderen spricht.

»Vielleicht sollten wir hier mal klopfen?«

Die linke Tür antwortete sofort, gab nach, ließ erst eine Petroleumlampe, dann das alte Gesicht einer Frau sehen.

»Entschuldigen Sie, gnädige Frau, wissen Sie vielleicht was von Mlle Jeanne Robert? Wir haben angeklopft, aber keine Antwort erhalten. Offenbar ist niemand zu Hause. Unsere Kinder haben bei ihr Unterricht.«

»Treten Sie ein, kommen Sie herein, ich bin so froh, über sie reden zu können. Achtundzwanzig Jahre Nachbarschaft.«

Die Lampe trat zurück, und nachdem sie sich einmal um sich selbst gedreht hatte, führte sie uns. Die Lampe mußte *es an den Tag bringen**. Die alte Frau und wir beide folgten.

»Setzen Sie sich, nehmen Sie Platz. Ich verstehe nicht ganz, Sie sagten – Ihre Kinder?«

»Ja, unsere Kinder haben Unterricht bei ihr. Wir sind Fremde. Unsere Kinder lernen bei ihr Französisch und alles mögliche. Wir wohnen in Bellevue.«

»Ach, so ist das. Je sais qu'elle prenait toujours le petit tram de Meudon. Dann ist sie also – zu Ihnen gefahren? Ein wunderschöner Ort – Bellevue, wir sind dort jeden Sonntag.«

»Ja. Und jetzt ist es schon einen Monat her, daß wir nichts von ihr wissen. Sie sollte bei unserem Weihnachtsfest sein, weil unser Weihnachten später als das Ihrige ist. 13 Tage Unterschied ... Wir hatten Geschenke vorbereitet« – als wollten wir das Nichtbekannte beschwören und – mit Glaubwürdigkeiten festnageln.

»Also war sie zu Ihrem Fest eingeladen? Wie lieb von Ihnen.«

»Ja, und ist nicht gekommen, und wir warten schon seit zwei Wochen. Meine Tochter hat ihr geschrieben« (und überhaupt nicht bedacht, daß der heute morgen geschriebene Brief in gar keinem, nicht einmal im *Lebens*fall, mit einer Antwort rechnen konnte – so weit war der Morgen vom Jetzt entfernt), »meine Tochter hat ihr geschrieben und keine Antwort erhalten. Was ist eigentlich mit ihr?«

»Mais elle est morte! – Et vous ne l'avez pas su??«

»Am 23., l'avant-veille de Noël. Tags zuvor war sie unermüdlich hin und her gelaufen, rauf und runter, rien que son petit chale sur les epaules. ›Mais vous allez prendre froid, Jeanne voyons!‹ et je lui tirais les manches sur les mains. In einem fort hat sie etwas eingekauft. Tags darauf sollte sie doch zu ihren Schwestern fahren.«

»Einen Tag davor, am 22., waren doch unsere Kinder und diese Dame hier, die Mutter des Jungen, bei ihr zu Besuch. Ja, ja, genau am 22. Sie hatte alle ihre Schüler eingeladen, und sie haben getanzt...«

»Das habe ich nicht gewußt. Wann, um wieviel Uhr?«

»Gegen vier, und fortgegangen sind sie gegen sieben Uhr. Sie war sehr lebhaft. Sie wollte sie auf keinen Fall weglassen, bevor nicht getanzt werde. Tags darauf? Ich verstehe gar nichts.«

»Ja, am 23., morgens. An einem Bruch – so eine bösartige Geschwulst. Sie wollte ja nie Bandagen tragen, denn dazu hätte sie einen Arzt gebraucht, sie aber – Sie verstehen mich – wollte sie nicht tragen. Ein alter Bruch. Dann haben Sie, als Sie hierherkamen, von nichts gewußt? Verzeihen Sie – de vous l'avoir annoncé si brutalement.«

»Ist es schon einen Monat her, seit sie gestorben ist?«

»Ein Monat. Genau heute. Sie sagen – sie hat getanzt? Womöglich hat ihr genau das geschadet. Tanzen – mit einem Bruch – ohne Bandagen...«

»Wie ist sie denn gestorben? War jemand bei ihr?«

»Niemand, sie war ganz allein. Um drei Uhr kam ihre Kusine vorbei, von Zeit zu Zeit hat sie ihr dans son petit ménage geholfen, und Jeanne hatte ihr einen Tag zuvor den Schlüssel gegeben – sie klopfte, niemand antwortete, sie ging hinein und sah. Quer über dem Bett, vollständig angezogen in Hut und Handschuhen, offensichtlich bereit, um zum Unterricht zu gehen – sie hatte doch noch eine Stunde vor ihrer Abreise zu geben, die letzte – Cette pauvre Jeanne! 64 Jahre alt – ce n'est pourtant pas vieux. 28 Jahre Nachbarschaft. On était amis, on se disait Jeanne, Suzanne ... Und all das Unglück! ... Sie wissen vielleicht? Ihre Schwester ...«

»Ist nervenkrank?«

»Ja, und das kam so plötzlich, keiner hatte es erwartet.

Und Jeanne – une fille si intelligente, si courageuse – mußte nicht nur für zwei, nein – für drei den Lebensunterhalt verdienen, da ihre dritte Schwester mit der Kranken auf dem Land lebt – c'est elle qui la garde – was kann man aber schon im Dorf verdienen, insbesondere eine Künstlerin, denn die dritte Schwester ist Malerin, eine gute Malerin. Cela a été le grand coup de sa vie. Elle aurait pu se marier, être heureuse, mais ...«

Dennoch waren sie auch bei uns ... on a eu de beaux jours ensemble! On faisait la fête. Mein Mann und mein Schwager sind Musiker, Jeanne ebenfalls. Sie haben doch die beiden Flügel in ihrem Zimmer gesehen? Der eine war für sie, der andere für die Schüler. Eigentlich ist sie ja Musiklehrerin gewesen. Und wir haben Musikabende veranstaltet, Jeanne saß am Flügel, mein Mann spielte die Geige, der Schwager die Flöte. Übrigens, ist keiner unter ihren Bekannten, der Musikunterricht möchte? Für alle Fälle gebe ich Ihnen unsere Karte.«

Der und der
Violon et Flûte
Professeur à l'Opera

Mlle Jeanne Robert, die zu dem russischen Mädchen Alja gefahren kam und nicht fragte, ob nach Villette[14] oder nach

Bellevue, Mlle Jeanne Robert, die weder Schmutz noch Regen kannte, Mlle Jeanne Robert, die für eine Stunde, die zwei Stunden dauerte, 1926 wie schon 1925 7 Franken nahm und nicht den »Verfall des Franken« berechnete, sondern seinen Überfall auf uns, l'intelligence russe, Mlle Jeanne Robert, die vor dem monatlichen Geldumschlag zurückfuhr: »Vielleicht brauchen Sie es jetzt?« – und »Cela ne presse pas« ..., Mlle Jeanne Robert, die nicht mit dem Zug fuhr, sondern mit der Straßenbahn und nicht bis Bellevue, sondern bis Meudon, um uns, der intelligence russe, viermal in der Woche 1 Franken 60 zu ersparen, Mlle Jeanne Robert, die bei dem Anblick einer Tasse Kaffee mit einem Stückchen Brot erschrak: »Wozu? Weshalb nur?« und immer wieder die Tasse leertrank, das Brot jedoch nach dem Ehrenkodex der Bedürftigen liegenließ, Mlle Jeanne Robert, die für den einjährigen Sohn des Emigranten sang:

Wanka lebte im neuen Dorf! ...[15]

– damit er nicht Rußland vergesse, und die den Namen *Mur* von Amour ableitete. Mlle Jeanne Robert, die im vergangenen Jahr zu meinem russischen Abend nicht nur gekommen war, sondern als erste eintraf[16] –

»Un moment j'ai cru entendre une marche. Etait-ce peut-être une poésie sur la guerre? On croyait entendre marcher les troupes, sonner les trompettes, galoper les chevaux ... – C'est que je suis musicienne, moi ... C'était beau, beau!«

Mlle Jeanne Robert, die zum ersten Mal den Unterrichtstag verwechselt hatte: dem Einen hatte sie gesagt am Mittwoch (den 5.), dem anderen am 6. (am Donnerstag),

Mlle Jeanne Robert, die ihre neuen Handschuhe nicht mehr erlebt hat –

Rainer Maria Rilke bist du zufrieden – mit Jeanne Robert?

Und ich richte an dich die Worte, die du einstmals an einen anderen gerichtet hast –

denn Dir liegt nichts an den Fragenden,
sanften Gesichtes
*siehst Du den Fragenden zu.**[17]

P.S. Zufällig erfuhr ich, das letzte Buch, das du gelesen hast, hieß L'Ame et la Danse.

Das heißt, wie Jeanne Robert zuletzt war.

Wanja

Der russische Junge Wanja ist tot. Das erste Mal hörte ich von dem Jungen in diesem Sommer, am Meer, von seiner Schwester. Ich saß im Sand und spielte mit meinem anderthalbjährigen Sohn. »Ich habe auch einen Bruder«, sagte meine Bekannte plötzlich, »fast genauso entwickelt wie Ihr Sohn. Papa, Mama, Onkel, danke, bitte...« – »Wie alt ist er?« – »Dreizehn.« – »Unterentwickelt?« – »Ja, und ein sehr netter, sehr lieber Junge. Wanja heißt er.«

»Ein schöner Name, sehr russisch und sehr selten, heute heißt niemand so«, sagte ich und beschränkte die Antwort auf den Namen.

Das zweite Mal hörte ich von Wanja von einer mir nahestehenden Person, die zusammen mit Wanjas Schwester an jenem Abend Wanjas Mutter besucht hatte.

»Auf dem Weg dorthin, hatte ich ein klein wenig Angst: wie sollte ich mit solch einem umgehen? Spielen? Etwas seltsam, irgendwie spürte ich die falsche Situation. Er aber beruhigte mich sofort: kaum hatte er mich erblickt – fing er an zu lächeln und freute sich: ›Onkel, Onkel!‹«

»Und wie groß ist er?«

»Groß, seinem Alter entsprechend. Und ganz und gar

nicht, als ob er nichts mitbekäme, wie ich befürchtet hatte. Die Nanja begann das Abendbrot vorzubereiten. ›Wanetschka, deck du den Tisch‹ – und er hat ihn gedeckt, nur die Teller verwechselt, die kleinen anstelle der großen. Und die Nanja vorwurfsvoll: ›Was ist denn los mit dir, Wanetschka? Doch nicht die Teller? Bist du denn verrückt?‹ Die Nanja ist wunderbar, ihr ganzes Leben hat sie ihm geschenkt. Und so leben sie, die Mutter, die Nanja, er. Durch ihn leben sie.

Ich unterhalte mich über irgend etwas mit seiner Mutter, plötzlich: ›Onkel! Onkel!‹ – ich sehe mich um: mucksmäuschenstill war er von hinten herangekommen und schaut. Und was für ein gütiges, liebes Lächeln. Ich verstehe sehr gut, daß er die Freude sein kann. Von ihm strahlt wirklich Licht aus.«

Es verging eine geraume Zeit. Und da, an irgendeinem Tag, wurde das Gerücht laut, Wanja sei erkrankt. Lungenentzündung.

Das Gerücht ließ sich nieder. Aus Meudon blies es. Der Wind kam aus dem roten Backsteinhaus, das ich vage als Wanjas kannte. Er blies in zwei Richtungen – zur Schwester nach Clamard, zu mir nach Bellevue.[18] Die Krankheit wurde seßhaft. Wanja, ans Bett geschmiedet, machte eine Reise.

Die Tage vergingen. Aus Meudon blies der Wind weiterhin. Bald war Wanjas Krankheit, den ich noch nie gesehen hatte, alltäglich, selbstverständlich in der Ordnung der Dinge, die gegen die Ordnung verstoßen.

»Wie geht es Ihrem Bruder?« – »Schlecht, er hat immer noch Fieber und bekommt die ganze Zeit Kampfer . . .«

Kampfer kannte ich aus den letzten Minuten meines Vaters, und er trug für mich den Namen – Tod.

»Bleiben Sie noch . . .« – »Nein, ich muß zur Mutter, dem Bruder geht es sehr schlecht.«

An die Mutter und die Nanja dachte ich nicht mit Mitleid, das ersetzende, sondern mit Leiden, das unersetzbar ist. Ich dachte jedoch nur von Zeit zu Zeit an sie.

Vertieft in deinen Tod, Rainer, dem ich alles einverleibte, was ich bis zu diesem Zeitpunkt erlitten hatte: den stolzen Tod der Mutter, den hoch-ergreifenden des Vaters, weitere, viele, unterschiedliche – einverleibte oder gegenübergestellte? – stutzte ich natürlich bei Wanjas Kampfer.

Zwei Zimmer mit Küche. Ein Bettlein. (Auch wenn es groß ist, ist es, da nun einmal »Onkel« – ganz klein!) Die dank der tagtäglichen Sorgen und Gottesdienste geregelte Verzweiflung der Nanja. (Und von welcher Art mußte die der Mutter sein?!) Entsetzen darüber, daß es Meudon ist und nicht Moskau (In Moskau wäre ...) Entsetzen vor den nicht zulässigen, unwillkürlichen Gedanken an den Friedhof im fremden Land ... Sie hatten ihn nach Meudon mitgebracht ... Wenn nicht nach Meudon ... Wenn sie ihn an jenem Tag nicht in den Laden mitgenommen hätten ... Wenn ...

»Wie geht es dem Bruder?« – »Sanft und schön liegt er in seinem Bettlein wie ein kleines Kind – so ergreifend ...«

Das letzte, was ich aus Wanjas Leben weiß – daß er Kaviar gegessen hat.

»Ich habe heute Kaviar gegessen. Sie haben dem Bruder davon gegeben, er hat nicht aufgegessen, ich habe den Rest gegessen. Er wollte nichts essen, der Kaviar aber hat ihm plötzlich geschmeckt ... Was war das für uns alle eine Freude ...«

Der Kaviar erinnerte mich an den Champagner kurz vor dem Tod der Mutter – sie mochte nichts, über den Champagner hat sie sich jedoch gefreut. Der Kaviar hieß auch Tod.

»Werden Sie morgen dort sein?«

»Nun, ich weiß nicht, wenn ich nicht bei der Mutter

bleibe. Dem Bruder geht es sehr schlecht, man muß auf alles gefaßt sein ...«

Zwei Tage nach dem Kaviar sagte eine der Bewohnerinnen unseres Hauses, als sie von draußen hereinkam:

»Der G-kowskij Junge ist doch noch gestorben.«

»Zwei Zimmer mit Küche.« Das Bettlein ist nicht zu sehen, nichts kann ich sehen, außer Rücken. Die Seelenmesse wird im Dunkeln gelesen. Ich stehe auf der Schwelle zwischen dem Flur und dem ersten Zimmer. Der Sarg als sei er tausend Werst entfernt, unerreichbar.

Es klingelt, immer wieder neue Menschen zum Geleit.

Der Auszug des Geistlichen, der um sich herum Leere schafft. Jene priesterliche, geheiligte. Der Kreis der Leere, der durch nichts Menschliches geschaffen wird. Der sich bewegende Kreis. Für keinen gab es Platz, er wurde es für alle. Die Dehnbarkeit des Gefäßes oder die Verdichtungsfähigkeit des Inhalts? Der Verzicht auf das Lebensnotwendige im Namen jenes, des Überflusses. Der Verzicht auf sich selbst und von allen im Namen jenes, des Einen. Und für alle ist Raum. Man muß nur verzichten – und es wird alles in Fülle geben.

»Ich empfehle Ihnen die und die Sänger ...« (sagt – der Priester).

»Und warum nicht die? ...«

»Besser die ...«

»Warum, singen sie besser?«

In der fragenden Stimme liegt Hartnäckigkeit, die mich ängstigt, denn ich will die Antwort nicht hören.

»... Ich aber habe im Gegenteil gehört, daß die besser ...«

»Sie singen recht gut, ja ...« (Da! Da ist es!) ... »Sehr unerschwinglich, die aber ...«

Im Dämmer tausche ich mit der vorübergehenden Mutter und Nanja Küsse. –

»Sie sind doch zu Fuß gekommen? Sind Sie müde? Setzen Sie sich ...«

Ohne Tränen, mit Güte.

(Oh, wunderbare, russische Würde der Trauer!)

Warum bin ich nicht herangetreten? Falsche Scham, falsche Furcht vor den Tränen über dem zum ersten Mal Gesehenen. Furcht vor der Scham und Scham vor dieser Furcht. Ich wollte, alle gingen fort, um eben dort, über ihm, den beiden von Dir, Rainer, zu erzählen, von all dem, was ich durch Dich weiß. Ich weiß, daß ich, die *zurückblieb,* in dieser Minute für sie, die geblieben sind, unersetzbar bin. Daß mein Platz – nicht ersetzt werden kann. Und verzagt, wie in der Schrift, nahm ich Abschied und ging fort.

Lieber Wanja!

– so klingt nicht das, was man hört, sondern was verkündigt wird, wie einst, das in meinem Mund verschlossene, innerliche: »Grauer Morgen« – der »Graue Morgen« von Blok.[19]

Lieber Wanja!

Wenn du uns alle jetzt, die wir hier versammelt sind, sehen könntest, das ganze überfüllte Gotteshaus, du würdest sicherlich fragen: »Was ist heute für ein Festtag«? Und du erhieltest zur Antwort: »Dein Festtag Wanja. Wir feiern dich.«

Ja, Wanja, um deinetwillen haben wir uns heute in diesem Gotteshaus versammelt, in dem du den bescheidensten Platz einnahmst. Dein Platz ist in ihm heute der wichtigste. Als sei es jetzt, sehe ich dich – ja, hier, links, in der Ecke – dein bescheidener Platz war immer der gleiche. Ich sehe dich beten und dich bekreuzigen, ich sehe dein strahlendes Gesicht, dein Lächeln ... Du warst ein beständiger und treuer Besucher der Kirche, ich kann mich keines Gottesdienstes entsinnen, in dem ich dich nicht gesehen hätte. Gewiß, du hast nicht immer die rechten Gebetsworte gesprochen, manchesmal hattest du sie vergessen, dann hast du mit deinen Worten gebetet, mit nur einem Wort: Lieber Gott!

Und was hast du diesen deinen lieben Gott geliebt, wie sehr an ihn geglaubt!

Als es dir schlecht ging, hast du mich gebeten zu kommen. Sie sagten mir, ich sei auf deine eigene Einladung hin ins Haus gekommen. Und dort, niemals werde ich das vergessen, wie du, ehe es zur Beichte kam, dich kaum merklich aufrichtetest und mit der schwachen Hand ein Zeichen gabst, damit alle Anwesenden sich entfernten. Um dich herum waren nur dir vertraute Menschen gewesen – und was konntest du schon für Sünden haben? Du aber hast gewußt, das Sakrament der Beichte vollzieht sich unter vier Augen, und mit deinem feinfühligen Herzen hast du dich auch hierin als ein treuer Sohn der Kirche gezeigt. Du hast mir nicht viel gesagt, dennoch hast du, nach dem Sündenerlaß, mit welch glücklichem Ausdruck, mit was für einem Strahlen in deinem Gesicht, wiederum die Hand gehoben, dieses Mal riefst du die Nächsten ins Zimmer zurück.

Lieber Wanja, wenn du uns jetzt von deiner Höhe aus – und du blickst von deiner Höhe herab –, alle sehen könntest, die wir deinen kleinen Sarg – umringen – und sähest unsere Tränen, unsere Trauer, was Wanja würdest du uns sagen, wolltest du wieder hierher zurückkehren? Nein Wanja, du nicht, keiner der *jene* Schönheit geschaut hat, will wieder auf die Erde zurück, und die einzigen Worte, die du uns sagen würdest, wären Worte der Dankbarkeit. Die der Dankbarkeit gegenüber den Eltern, die dich mit solch großer Liebe umgaben und besonders innige zur Nanja, mit der du, im Grunde, ein Ganzes gebildet hast.

Dank sei Dir, du trauernde alte Frau-Nanja.

Bitte für uns.

Die Mutter stand am Kopfende und – oder schien mir dies nur? – enthüllte jedes Mal ein kleinwenig des Sohnes Antlitz, sie hob über ihm kaum merklich etwas hoch, was sich dann wieder senkte. Bei jedem, der vorüberging, von neuem.

Wozu? Ist es nicht einfacher...

Es ging nicht darum, ob einfacher oder nicht, sondern darum, daß die Mutter, die es allen kundgegeben hatte, es ein letztes Mal jedem einzelnen kundtat. Nach: »schaut, das habt ihr noch nicht gesehen«, die Geburt – »schaut, ihr werdet es nicht mehr sehen«, die Beerdigung. Indem sie es zeigte, verbarg sie (das Gesicht in sich), zeigte es erneut, verbarg es wieder – immer tiefer und tiefer – bis sie es, vor allen, unter dem Deckel des Sargs verbarg, bis sie es – vor der ganzen Erde – in der Erde barg.

Die Mutter nahm den Sohn zurück in den Schoß.

In dieser Geste lag auch die schlichte mütterliche Teilnahme.

Etwas anderes. Weder Fleisch noch Stein, weder Wachs noch Metall – was anderes. Von allem Gesehenen ist es das Ungesehene. Das Gesicht, das vor mir ist, hat es nie gegeben. Das, was hier ist, existiert nicht. Ist aus anderer Materie.

Die sie unterscheidenden Besonderheiten: Das nicht Verglichen-Werden-Können und die Unmöglichkeit sich zu gewöhnen. Sich nicht losreißen können. Sich damit nicht abfinden. Eine rein äußerliche (und daher auch bedeutungsmäßige) Undurchdringlichkeit. Unteilbarkeit. Unauflösbarkeit. Das Messer zerlegt nicht, was die Axt nicht spalten kann. Das Antlitz des Toten ist kein Abdruck, sondern ein Barren gegossenen Metalls.

Alle Enden sind mit allen Enden zusammengekommen. Der Mittelpunkt.

Ein für allemal.

Das Allernaheste ist natürlich das Wachs, doch was hat man – von dem Wachs.

Wie lautet die Antwort auf das, was hier liegt? *Verzicht.*

Ich blicke auf die Hand und weiß – sie läßt sich nicht hochheben. Wie schwer das Leben wiegt – wissen wir, doch das hier ist nicht Leben, sondern der Tod. Die Hand ist nicht aus Blei gegossen, sondern schwer vom Tod. Das reine Gewicht des Todes. Der ganze Tod in jedem Finger. Man muß den ganzen Tod mit hochheben. Deshalb läßt er sich auch nicht emporheben.

Dies geschieht mit den Augen, unter den Lippen aber:

Zunächst: du tauschst keinen Kuß aus. Nicht die Lippen (das Leben) auf die Stirn (den Tod), sondern die Stirn (der Tod) auf die Lippen (das Leben). Ich bringe keine Hitze hervor, er verbreitet Kälte. Undurchlässigkeit? Wärmebeständigkeit. Wärmebeständigkeit? Kälteausstrahlung. Ich werde stehen und Wärme ausstrahlen, er hingegen wird liegen und Kälte verbreiten. Diese Kälte gibt es in der Natur nicht. Wie auch jene Dichte. Weil es das überhaupt nicht in der Natur gibt. In der anderen Natur.

Von Wärme durchdrungen: Metall, Wachs, Stein, alles. Alles nimmt sie an. Wird warm.

Die Stirn – verweigert sie.

Wanja G. – ich rufe dich zurück, wie du im Leben warst.

Das erste: die Schmalheit. Schmale Wangenknochen, schmale Lippen, schmale Schultern, schmale Hände. Weil es eng ist – ist es nicht beengt. Weil es nicht beengt ist – ist es freudig.

Das blonde Haar in der Stirn, ich überspringe all das, was dem nicht mehr Lebenden eigen war, und das zarte, ernste Knabengesicht, das ich in dieser Minute rückwärts lese: ins Leben zurück.

Das ist alles Rainer. Was aber zu *deinem* Tod?

Darauf sage ich dir (mir), daß es ihn in meinem Leben überhaupt nicht gegeben hat, denn in meinem Leben, Rainer, hat es auch dich, trotz der Savoye, L'Auberge des Trois Rois[20] und so fort, nicht gegeben. Es war: wird sein, es verbleibt. – *Ob ich an die Savoye glaub? Ja, wie an Himmelreich, nicht minder, doch nicht anders.**[21] Daran wirst du dich sicherlich erinnern?

Auch sage ich dir, nicht eine Sekunde habe ich dich als tot empfunden – und mich lebendig. (Nicht eine Sekunde habe ich mich in der Sekunde empfunden.) Wenn du tot bist – dann bin auch ich tot, wenn ich lebendig bin –, dann bist auch du am Leben – und ist es nicht ganz einerlei, wie das benannt wird!

Doch sage ich dir noch eines, Rainer – dich hat es nicht nur nicht in meinem Leben gegeben, es hat dich überhaupt nicht im Leben gegeben. Ja, Rainer, obwohl *du* warst und das *Leben*: du – deine Bücher, du – die Länder, du – die räumliche Leere an allen Punkten der Erdkugel, deine Abwesenheit allerorten, die von dir leer gebliebene halbe Welt – hat es im Leben dich nie gegeben.

Es gab – und das ist in meinem Mund der allergrößte titre de noblesse (ich sage es nicht dir, allen) – eine Erscheinung, das heißt die allergrößte Nachsicht der Seele gegenüber den Augen (gegenüber unserer Sehnsucht nach Wirklichkeit). Eine lange, beständige, geduldige Erscheinung, die uns den Lebenden Atem und Blut gab. Wir wollten dich sehen – und wir haben dich gesehen. Wir wollten deine Bücher – du hast sie geschrieben. Wir wollten dich – du warst. Er, ich, ein anderer, wir alle, die ganze Erde, unsere ganze unruhige Zeit, für die du notwendig warst. »In den Tagen Rilkes« ...

Ein Geisterseher? Nein. Du selbst warst der Geist. Die Geisterseher waren wir.

Wenn du vor einem Jahr in mein Zimmer getreten wärst,

wäre ich genauso starr vor Schreck, als trätest du – heute – ein, eher glaube ich, heute – weniger, als ein Jahr zuvor, denn dieses dein Hereinkommen wäre ... natürlicher.

Drei Wände, Decke und Boden –,
Alles wäre bereit?
Erscheine – nun![22]

Dies habe ich dir schon im Sommer geschrieben. Und war es nicht im Namen aller?

Mit unserem Willen, das heißt mit dem tragischen Rest, der von ihm verblieb, mit der gesamten Willenlosigkeit, mit der inständigen Bitte um dein *ganzes* Dich, haben wir dich auf die Erde gebannt – und dich von ihr nicht fortgelassen – bis der Augenblick kam.

Du warst der Wille und das Gewissen unserer Zeit, ihr – ungeachtet Edison, Lenin beispielsweise, ja *gegen* Edison und Lenin zum Beispiel – einziger Führer. Kein verantwortlicher Monarch warst du, sondern der Monarch der VERANTWORTLICHKEIT. (So haben wir ((die Zeit)) einst uns, all unsere Fragen Goethe überlassen, er war für uns – ob er wollte oder nicht – unsere Antwort. Du warst die Verantwortlichkeit. Deshalb habt ihr uns geschenkt: Goethe – das Licht, du – das Blut.)

*»Und Körper nur noch aus Galanterie, um das Unsichtbare nicht zu erschrecken«**[23] – das hast du von den letzten Jahren (Tage waren es dann nur) deines Körpers gesagt. Krank *oder* nicht krank – wer vermochte solches zu sagen? doch nicht ein Mensch!

Erinnere dich an deinen Malte, daran, wie alle, die durch die Straßen von Paris hinter ihm herliefen, fast schlenderten, von ihm nicht alles erbaten, sondern ihn ganz und gar. So folgten auch wir dir – bis der Augenblick kam. Entsinne dich Maltes, der durch die Wand dem Nachbarn seinen Willen anbot, dem Nachbarn, den er mit Augen nie geschaut.

Der Nachbar hatte ihn doch nicht darum gebeten. Malte aber hatte den Klageschrei – gehört.[24]

»Wer ist dein Nächster? Der dich am nothwendigsten braucht«,*[25] ist eine Deutung des Nächsten im protestantischen Religionsunterricht, die für mich die vollkommenste blieb.

Wir alle waren deine Nächsten.

Mit Bekenntnissen, Geständnissen, Reue, Fragen, Hoffnungen, kniend und mit Verbeugungen haben wir dich liebgewonnen – bis zu den Wundmalen an den Händen. Durch die das Blut heraustrat.

Blut. Das Wort ist gesagt.

Deine *Blutzersetzung** – die ich anfangs nicht begriff – wie auch! – er, der erstmals nach dem Alten Testament *Blut* sagte, *so* Blut sagte, einfach – Blut *sagte*! – ist kein Aufsatz und beweisen werde ich das nicht –, ausgerechnet *er* starb an *Blutzersetzung*,* an Blutarmut. Welche Ironie! Ganz und gar nicht Ironie, sondern meine erste, in der Erregung, Verblendung.

Er hat sein teures Blut zum Heile unseres verdorbenen vergossen. Einfach – er übertrug sein Blut auf uns.

Halt.

Ich weiß, daß die medizinische Krankheit, an der du gestorben bist, durch Blutübertragung geheilt wird, das heißt, ein nahestehender Mensch, der retten will, spendet seines. Dann nimmt die Krankheit – ein Ende. Deine Krankheit fing mit der Blutübertragung an – mit deinem – in uns alle. Krank war die Welt, der ihr nahestehende Mensch warst – du. Was wird dann den retten, der es übertrug!

Mit Dichtung hat dies nichts zu tun. »Nur ein unnötiges Schlechterwerden des Blutes«, »weshalb das Blut umsonst verschlechtern« – sagt das Leben. Die Grenze zwischen diesem »umsonst« und »unnötiges« ist das endgültige Schlechterwerden des Blutes, das heißt der Tod. Dein Tod.

Auch wenn ich das kränkende Ungefähr des Datums

nicht verzeihe – am 29. Dezember und nicht am 31., am Vorabend, ja noch der von dir geliebten eintausendneunhundert*sieben*undzwanzig, danke ich ihm, dem Leben, für die Genauigkeit der Form und der Benennung...

Rainer Maria Rilke, und das wird jeder Arzt bestätigen, starb an Blutzersetzung.

– Indem er seines übertrug. –[26]

Und dennoch, Rainer, wie herrlich dein Tod auch ist, deine rechts und links ruhenden Nachbarn in mir sind, und werden es bleiben:

Mlle Jeanne Robert, Lehrerin für französische Sprache.

und Wanja G-w, der von irgendwem verwundete russische Junge

und – streichst du die Familiennamen weg und selbst ihre Anfangsbuchstaben ist es einfach

Shanna – (das ganze Frankreich)
und
Wanja – (ganz Rußland)

Weder die Namen, die höchsten, noch die Nachbarschaften, vollkommenen, habe ich ausgewählt.

Rainer Maria Rilke, der auf dem Raron's-Felsen über der Rhône – ohne Nachbarn – schläft,
ruht in mir, seiner russischen Liebenden:
zwischen Jeanne und Wanja – zwischen Johanna und Johannes.

Bellevue, am 27. Februar 1927

Einige Briefe von Rainer Maria Rilke

Ich möchte keinen Aufsatz über Rilke schreiben. Ich möchte nicht über ihn reden, dadurch schließe ich ihn aus und entfremde ihn, mache ihn zu etwas Drittem, zu einem Ding, über das man spricht, außerhalb meiner selbst. (Solange ein Ding in mir ist, ist es – ich, sobald das Ding außerhalb ist, ist es – es, *du* – nein, du bist wieder – ich.)[1]

Ich möchte zu ihm (genauer – in ihn) sprechen, wie ich es schon im »Neujahrsbrief« und in »Dein Tod« tat, wie ich noch sprechen werde, niemals höre ich auf zu sprechen, ob laut oder vor mich hin. Was kümmert es mich, daß es die anderen hören, ich spreche nicht zu ihnen – zu ihm spreche ich. Nicht zu ihnen über ihn, zu ihm – ihn. Denn er ist doch jenes Ding, das ich ihm sagen will, er ist mir gegeben, mein ist er, meiner Liebe gehört er, außerhalb derer er nirgendwo existiert.

Auch möchte ich mit ihm sprechen – das war einmal und ist nicht mehr, denn, selbst des Traumes eingedenk, der Traum[2] ist selten ein Dialog, fast immer ein Monolog: unserer Sehnsucht nach dem Ding, oder der Sehnsucht des Dinges nach uns. Gegenseitige Träume gibt es nicht. Entweder rufe ich den anderen in den Traum, oder der andere tritt in meinen Traum hinein. Es ist die Angelegenheit von einem, und nicht von zweien. Erinnern wir uns an alle Erscheinungen aus jener Welt, vor denen wir im Leben (ungeachtet Hamlets, da – Literatur) im Leben stumm sind. Und an alle unsere Beschwörungen zu kommen, die ohne Antwort bleiben. »Ich komme, wenn ich kann«, wie wir: »ich sehe es, wenn es erscheint«, etwas im Sinne alter »Begebenheiten«. Eine Verbindung, die sich allein im Innern bewahrt und bei dem kleinsten Versuch der Verwirklichung abreißt. Ein Gespräch über eine abgerissene Leitung. Der einzige Beweis des Todes.) Und – selbst wenn es ein Dialog ist, dann sind es zwei Partituren einer Sehnsucht.

Kurzum, das Gespräch: Frage und Antwort (hier – Antwort und Antwort), meines mit Rilke ist zu Ende, und vielleicht ist dies das Einzige, was zu Ende ging.

Vor allem aber möchte ich, daß er spricht – zu mir. Das kann im Traum sein oder durch Bücher. Träume gibt es viele, auch viele Bücher – ungeahnte Träume und unveröffentlichte Briefe von Rilke. In Anbetracht des Nachhalls – reicht es auf immerdar.[3]

Von postumen Briefen. Dankbar bin ich denen, die mir die Möglichkeit gaben, sie zu lesen, ihre Dankbarkeit allerdings vernehme ich nicht, und die Art meiner Dankbarkeit – verschweige ich. (Eine Ausnahme ist – die »Unbekannte«, die mitteilte, das heißt, die das Ding schuf, das ohne sie, *im Wort*, nicht gewesen wäre – ihren Rilke, noch einen Rilke.)

Hätten sie das gestern getan? Gewichtiger als »hätten« – sie haben es nicht getan. Weshalb tun sie es dann heute? Was ist zwischen gestern und heute geschehen, das sie auf den Gedanken brachte und ihnen das Recht gab, die Briefe Rilkes der Öffentlichkeit zu übergeben? – Der Tod? – Also glaubten sie tatsächlich an ihn, haben ihn eingestanden? Ja, sie gestanden ihn ein und, indem sie dies taten, haben sie ihn sich zunutze gemacht. Es geht nicht um die Ziele – ja, so hoffen wir mal, um die alluneigennützigsten. – »Zu teilen.« – Weshalb aber hat er denn gestern, zu Lebzeiten, nicht geteilt, weshalb aufbewahrt, verwahrt?

– Das hätte Rilke verletzt. Und heute? Worin besteht um Himmels willen der Unterschied? Auf welche Weise ist eine Sache, die gestern – nahezu ein Vertrauensverrat gewesen wäre, heute hinsichtlich eben derselben Person, fast eine »heilige Pflicht«?

Eine Sache ist entweder schlecht, oder sie ist gut, ein Tag – nichts, der Tatbestand des Todes – ein Nichts, für Rilke –

hat es das Nichts nie als Nichts gegeben. Hätte er einen Tag nach dem Tod seiner Freunde ihre Briefe publiziert?

Es geht nicht um die Ziele, es geht um die Fristen. Nach fünfzig Jahren, wenn alles vorüber ist,[4] *vollständig* vorüber, und die Körper verfallen sind und die Tinte verblaßt, wenn der Adressat längst schon auf dem Weg *zum* Absender ist (*ich* – bin ja der erste Brief, der ankommt!), wenn die Briefe von Rilke einfach Rilkebriefe werden – nicht an mich – an alle, wenn ich in allem aufgehen werde, und – o dies ist das Wichtigste! – wenn ich Rilkes Briefe schon nicht mehr brauche, da er mir gehören wird – der ganze Rilke.

Man darf nicht ungefragt abdrucken. Ohne Anfrage, also vor der Zeit. Solange der Adressat hier ist, der Absender jedoch dort, kann es keine Antwort geben. Seine Antwort auf meine Frage wird die Frist sein. – »Darf man?« – »Bitteschön.« Und das wird nicht früher geschehen, denn – Gott weiß.

Sie sagen mir (und sagen sie es nicht – sage ich es mir selbst, denn unser schlimmster (bester) Gegner, der scharfsichtigste und gnadenloseste – sind wir selbst): »Rilke bestand aber doch darauf, daß seine Briefe gedruckt werden,[5] in denen er ebenso wie in seinen Gedichten ganz lebte.«...

Rilke – ja, aber du? Die Druckerlaubnis mag es ja geben, gibt es jedoch die Erlaubnis zu dem Wunsch? (»Gestatte mir, daß ich es möchte«...) Und selbst wenn es der Wunsch Rilkes ist – wie konnte es deiner werden? Und selbst wenn es die schlichte Erfüllung seines Wunsches wäre, mehr noch, dem deinen zuwider – wo ist da die Liebe?

Denn die Liebe gehorcht – und diktiert nicht allein, sie gibt nicht nur, sondern verteidigt auch.

Rilke mag es mir tausendmal erlaubt haben, mir obliegt es – zu verzichten. Und bäte mich Rilke zum tausendsten Mal, mir obliegt Verzicht. Denn der Wille meiner Liebe ist stärker als sein Wille über mich, sonst wäre es nicht Liebe: das, was größer als alles ist. (Ich nehme den für mich schlimmsten Fall: der mehrmaligen hartnäckigen Bitte Rilkes, die es natürlich nie gab, ein Versprechen war sie nur – wenn es sie gegeben hat.) Wenn ich mich also frage: gibt es die Erlaubnis zu dem Wunsch? – versichere ich: es gibt die Erlaubnis, es nicht zu wollen, die nicht Rilke – mir – gewährte, durch meine Liebe – habe ich sie von Rilke – genommen. – Gestatte mir, deine Briefe nicht nur ungedruckt zu lassen, sondern dieses auch nicht einmal zu wollen.

Doch von mir zu den anderen: Wo ist da die Liebe? Oder bist du schon so sehr Geist, daß dich auch kein Blatt Papier mehr dauert? Woher kommt diese, seit dem gestrigen Abend, katastrophale Liebe zum Nächsten – zu »teilen« –, eine Liebe, die es gestern nicht gab, da gestern nicht geteilt wurde, eine Liebe, die gestern die Liebe zu Rilke übertraf, da er noch kein »Ewiger« war.[6] Birgt diese Hast nicht auch das Element der Straflosigkeit – »er wird es nicht sehen« (der Ältere – Verstorbene – Gott), und ist nicht das, wovon ich spreche, außer der Anerkennung des Todes, zugleich auch die Nichtanerkennung der Unsterblichkeit (der Anwesenheit)?

Wie kann man, wenn man einen Menschen[7] liebt, ihn an alle hergeben, an den »Erstbesten, den Unwürdigsten«.* Wie kann man es ertragen – seine Handschrift in gedruckte Buchstaben zu übertragen – von dem Papier – auf – dieses – Papier?

Wo ist da die Eifersucht, die nach dem Tode *geheiligte*?

Es geht nicht um die Ohren, die schon deshalb nicht stören, weil sie nicht zuhören, nicht das hören, das ihre hören, sondern um die Ausrichtung meiner Rede – von ihm weg (da über ihn!), um den nackten Tatbestand der Umleitung der Rede, außerhalb ihres Inhalts. Denn: nicht nur lästernd verrät man, auch lobend verrät man – das Vertrauen dessen, der sich dir anvertraute, dich würdigte, in deinem Beisein –

* Anführungszeichen aus der Zukunft. (Anm. von M. Zwetajewa)

er selbst zu sein. Aber nicht nur sein Vertrauen – auch dein Vertrauen – zu ihm (nicht in uns sind unsere Gefühle, sondern wir sind in ihnen), der Verrat des gegenseitigen Vertrauens, das auch ein Geheimnis, das auch Liebe ist.

Jede Mutter, die nicht der Versuchung widerstand, anderen, Fremden, irgendein tiefempfundenes oder liebes Wort ihres Kindes mitzuteilen, und die daraufhin die sie warnende Herzbeklemmung in die wirren Worte kleidet: »Das war nicht gut... Wozu?... Das mußte nicht sein«,... leidet unter den Qualen des Verrats. Zu mir hat es das gesagt, und ich sage es weiter – allen. Mag es etwas Schönes gesagt haben (ich habe das Schöne wiederholt), und bin nun – ein Verräter. Denn der Verrat liegt nicht im Ziel, er ist außerhalb des Zieles, in der einfachen Tatsache der Weitergabe. Weitergeben heißt preisgeben, ebenso wie im vorliegenden Fall (den Abdruck der Briefe Rilkes) – freigeben: preisgeben heißt.

Ein schmerzhafter Begleitton zu jeder unserer Silben, das schmerzvolle Echo, mit dem Unterschied, daß es dem Klang vorauseilt – das ist das Herz. Ein umgekehrtes Echo. Kein Nachklang, kein Nebenklang, ein Voraus-Klang. Ich habe den Mund noch nicht aufgemacht, bereue aber schon – da ich weiß, ich werde den Mund öffnen und zugleich das Geheimnis eröffnen. Ein Geheimnis zu eröffnen ist einfach den Mund öffnen. Wer von uns wußte dies nicht: »als vom Berge«...

So hat Jeanne sehr – lange nichts von dem Wunder der Stimmen zu Hause gesprochen.[8]

Es gab ein Geheimnis. Das Geheimnis ist nicht mehr. Es gab einen Bund. Der Bund ist auseinander gebrochen. Durch die von der Druckerpresse geschlagene Bresche sind alle eingedrungen.

Die einzige erstaunliche Ausnahme, an die ich nicht glaube, da jede Ausnahme *aus* – eine Aufnahme *in* ist (man kann sich nicht in die Leere ausschließen), d. h. der unvermeidliche Sturz in ein anderes Gesetz – (»für ihn wurde das Gesetz nicht geschrieben«, da es ja gerade in diesem Augenblick von *ihm* geschrieben wird) – also, die einzige erstaunliche Ausnahme, d. h. – der Beginn eines neuen Gesetzes – sind die berühmten *Briefwechsel** von Bettina Brentano.[9]

Glauben wir eine Sekunde lang an die »Ausnahme«, und –

Erstens: Bettina hat keine Briefe hergegeben, sondern einen Briefwechsel, nicht eine Stimme, sondern zwei. Wenn das Verrat ist, dann ist er hier vollkommen und ganz.

Zweitens: In dem Briefwechsel mit Goethe (*Goethes Briefwechsel mit einem Kinde**) errichtet Bettina ihm, wie sie es selbst erklärte, ein Denkmal.[10] Ein Denkmal dem Greis, der sich zu dem Kind herabließ, ein Denkmal für jenen Goethe, den sie herbeirief, den sie schuf, den sie allein kannte. – Psyche, die nicht zu Amors, sondern zu Zeus' Füßen spielt, Zeus, der sich nicht über Semele beugt, sondern über Psyche. – Ihn zu rühmen, so weit es ihre eigenen (kindlichen – wie sie glaubte) Kräfte vermochten. Noch auf diese Weise zu rühmen. Erinnern wir uns des Geheimrats Goethe – und wir verstehen Bettina.

Vergessen wir auch nicht, daß der letzte Gast des sterbenden Goethe der älteste Sohn Bettinas[11] war, daß Bettina das schon lang Vergangene hergegeben hat, und das ihrige – Fast-Postume.

Das andere Buch: *Günderode** (der Briefwechsel mit der Freundin)[12] ist gleichfalls ein Denkmal, dort – dem Alter und Ruhm, hier – der Jugend und dem Schatten. Dem langen Leben. Dem frühen Tod.[13] Die Unsterblichkeit zu beleben. Den frühen Tod unsterblich zu machen. Ein und dieselbe Pflicht der Liebe. Rühmen. Errichten.

Drittens: Bettina hat den Briefwechsel mit den ihr Nächsten doch zu deren Lebzeiten veröffentlicht – mit dem Bruder beispielsweise (*Clemens Brentanos Jugendkranz**),[14] mit dem jungen Freund (*Ilius Pamphilius**)[15] schon als alte Frau, was von ihr auch nur den Schatten eines postumen Verrats nimmt.

Und – alle die Fälle in einem –, indem Bettina die Briefe ihrer Freunde bekanntgibt, spricht sie gleichsam durch sie für die Stummen. Diesen Goethe hat niemand gekannt, die Günderode kannte keiner, jenen Clemens, heutzutage ein finsterer Kirchenfanatiker – *hatte man vergessen*, so einen Ilius Pamphilius hat es einfach nie gegeben, er war gänzlich von Bettina herbeibeschworen[16] und hat sich solange in der Luft gehalten, wie sie ihn dort hielt.

Den Rilke allerdings, wie er sich in seinen Briefen gibt – haben alle gekannt, denn den anderen Rilke – den »berühmten« Rilke, den »häuslichen« Rilke, den »Literaten«-Rilke, den »Gesellschaftsmenschen« Rilke – gab es nicht. Es gab nur einen Rilke, das heißt, alle, außer dem Erwähnten, in einem. Was könnte zu all dem hinzugefügt werden? – Noch einmal – alles?

Viertens: Es fehlt ganz und gar die Idee zu teilen. Es fehlt ganz und gar die Idee von einem Zweiten (Dritten). Es kann nicht anders als fehlen, denn für Bettine war schon der Zweite zuviel – *Ich will keine Gegenliebe*!*[17] – kann man sie nach dieser Aufforderung, die sie Goethe ins Gesicht schleuderte, das heißt der Liebe selbst, des barmherzigen Wunsches verdächtigen, »teilen« zu wollen – den Geliebten, den sie nicht einmal mit dem Geliebten teilte – und nun mit dem Erstbesten.

Die Liebe duldet keinen Dritten. Bettina duldet keinen Zweiten. Goethe ist für sie – das Hindernis. Allein – zu lieben. Selbst – zu lieben. Den ganzen Berg der Liebe auf sich zu nehmen und ihn selbst zu tragen. Damit es nicht leichter werde. Damit es nicht weniger werde.

Was ist das Gegenteil von Teilen? Die Gabe! Bettina

schenkt in *Goethes Briefwechsel mit einem Kinde** ihre ungeteilte (und nur deshalb nicht geteilte) Liebe – die ganze – nicht irgendeinem, sondern in Deinem Namen.[18] Sie schenkt so, wie sie einstmals (selbst!) genommen hat. Die ganze Liebe so, wie sie einstmals – die ganze – verteidigt hat.

So wirft man den Schatz in das Feuer.

Nicht einen Gedanken an die anderen. Nicht einen Gedanken an sich. *Du. Du. Du.** Und – o Wunder – wem hatte sie das Denkmal errichtet? Dem *Kind**, und nicht Goethe. Der Liebenden und nicht dem Geliebten. Für Bettina, die von Goethe unverstanden blieb.[19] Für Bettina, die von Bettina nicht verstanden wurde. Für Bettina, die von der ZUKUNFT verstanden wurde: von R. M. Rilke.

Prahlen, sich rühmen, rühmen, loben, lobpreisen. Fangen wir von hinten an. Beginnen wir mit dem Anfang Bettinas. »Mit jedem Atemzug müssen wir Gott preisen.«[20] Bettina pries den Herrn – mit jedem Atemzug. Irgendein späterer Interpret Bettinas sagte: »Bettina hat Gott nie gefunden, weil sie ihn niemals suchte.«[21] Deshalb hat sie nicht gesucht, weil sie ihn von Geburt an gefunden hatte. Sucht man den Wald etwa – im Walde?

Und wenn Bettina Gott niemals Gott genannt hat – ist es ihm ganz einerlei, denn er weiß, daß er nicht so heißt – namenlos ist – und doch so heißt.[22] Und enthielt nicht jedes ihrer *»Du«** mehr, als ein Mensch in sich aufnehmen kann. Und hat Goethe sie nicht mit seinem Fortscheuchen und mit seinen Weigerungen unmittelbar zu Gott weggeschickt? Selbst wenn sie an ihn herankam – tat er es *nicht*. »Ich bin nicht Gott« – das ist alles, was Goethe imstande war, Bettina zu sagen. Rilke hätte gesagt: »Gott – bin nicht ich.«

Goethe hat Bettina an Bettina zurückgegeben.

Rilke hätte Bettina geleitet – weiter.

Jeder Atemzug Bettinas ist ein Lobgesang: *»Loben sollen wir«**, – hat Bettina das gesagt oder Rilke?[23]

Die Briefe von Bettina (nicht an Goethe, sondern an sie selbst) sind eines der Lieblingsbücher Rilkes, wie schon Bettina, eines der vielgeliebten, wenn nicht das geliebteste der von ihm geliebten Geschöpfe ist.[24]

Ferner – war Bettina die Erste. Und als Erste – mußte sie zahlen. Zwischen der Art ihres *»Briefwechsel mit einem Kinde«** und der Art des jetzt erscheinenden Briefwechsels von Rilke liegt ein Abgrund, breit wie das ganze Jahrhundert und tief wie das gesamte neue Bewußtsein der Menschen. Bettina wußte, worauf sie sich einließ, andernfalls hätte sie ihrem Schritt nicht den Ausruf vorweggeschickt: *»Das Buch ist für die Guten und nicht für die Bösen!«**[25] – und handelte dem zuwider. Die heutigen Adressaten wissen ebenfalls, worauf sie sich einlassen – deshalb tun sie es.

Nichts ist ein Beispiel. Auch Bettina ist kein Beispiel. Bettina hat unwiederbringlich und unwiederholbar recht nach dem harten *Ausnahme-Gesetz*, in das sie, im Augenblick ihrer Geburt, hinausschritt.

Und nun von Angesicht zu Angesicht mit Rilke: Möglicherweise hat er für alle geschrieben? – Möglich. – Doch wird es »Alle« immer geben, nicht die jetzigen Alle – die zukünftigen. Und die Fernen werden ihn, Rilke, mit seinem nachkommenden Gott[26] besser vernehmen. Rilke ist das, was noch erfüllt werden wird – in Jahrhunderten.

Die sieben Briefe, die bei mir in der Schublade liegen[27] (die das tun, was er tut, nicht er, sondern sein Körper, wie auch seine Briefe – nicht der Gedanke, sondern der Körper des Gedankens sind) – diese sieben Briefe, die bei mir in der Schublade liegen, mit seinen Postkarten und der letzten Elegie, übergebe ich den Zukünftigen –, ich *werde* sie nicht übergeben, ich übergebe sie jetzt. Wenn jene geboren werden – erhalten sie sie. Und wenn sie geboren sind – bin ich schon nicht mehr da.

Das wird der Tag der Auferstehung seines Gedankens im

Fleisch sein. Mögen sie bis zu dieser Zeit ruhen, nicht bis zum Jüngsten, sondern bis zum Lichten Gericht.

So werde ich, getreu der Pflicht und der Eifersucht, sie nicht verraten und nicht verbergen.

Heute möchte ich jedoch, daß Rilke spricht – durch mich. Das heißt schlicht und einfach – übersetzen. (Um wieviel besser ist das Deutsche – *nachdichten**! Man geht in der Spur des Dichters und bahnt von neuem den ganzen Weg, den er angelegt hat. Denn, wenn auch – *nach* (in der Spur), aber – doch – dichten! – das, was immer neu ist. *Nachdichten* – von neuem den Weg nach den augenblicklich zuwachsenden Spuren bahnen.) Doch hat Übersetzen noch eine weitere Bedeutung. Nicht nur *in* (die russische Sprache beispielsweise) übersetzen, sondern auch *über* (den Fluß). Ich übersetze Rilke ins Russische, wie er mich irgendwann einmal in jene Welt übersetzen wird.[28]

An der Hand – über den Fluß.

Ein Aufsatz über Rilke ist schon deshalb unnütz, weil er keine Aufsätze über andere geschrieben, und die über sich nicht gelesen hat. Er würde auch meinen nicht gelesen haben (wird ihn nicht lesen). Rilke und ein Aufsatz (in Deutschland werden sogar Dissertationen über ihn geschrieben) – ist unsinnig. Das Wesentliche kann nicht erschlossen werden, wenn man von außen herangeht. Das Wesentliche läßt sich allein durch das Wesentliche erschließen, von innen – nach innen – das ist kein Forschen, sondern Durchdringen. Ein gegenseitiges Durchdringen. Die Dinge in sich eindringen lassen und – dadurch – in sie eindringen. Wie der Fluß in den Fluß strömt. Der Punkt des Zusammenflusses von Gewässern, der nie ein Punkt sein kann, da das Zusammentreffen – eine Begegnung ohne Ab-

* Singen? Erzählen? Schaffen? Schöpfen? – kein Wort im Russischen ist das richtige. (Anm. von M. Zwetajewa)

schied ist, da der Rhein – den Main in sich aufnahm, wie der Main – den Rhein. Und nur der Main kennt auch die Wahrheit vom Rhein (seine, die des Mains, wie die Mosel – die von der Mosel, wie den Rhein-überhaupt – Rilke-überhaupt – zu kennen uns nicht gegeben ist.) Wie die Hand in der Hand, ja, noch mehr: wie der Fluß im Fluß.

Indem ich aufnehme, dringe ich ein.

Jedes – *Herangehen* – ist ein Fortgehen.

Rilke ist ein Mythos, der Beginn des neuen Mythos vom Gott – Nachkömmling. Noch ist es zu früh, diesen Mythos zu erforschen, der erst Wirklichkeit werden muß.

Ein Buch über Rilke – ja, irgendwann einmal, zum Alter hin (in einem Alter, das Rilke wie auch die Jugend besonders liebte[29]), wenn ich ein wenig ihm zugewachsen bin. Kein Buch der Aufsätze, ein Buch des Seins, seines Seins jedoch, des – in ihm – Seins.

Diejenigen, die von den vorgelegten Briefen berührt sind und möglicherweise kein Deutsch können (eine gute Übersetzung seiner Gedichte ins Russische gibt es nicht), verweise ich auf sein Buch »Les Cahiers de Malte Laurids Brigge« (in der wunderschönen Übersetzung von Maurice Betz,[30] die Rilke selbst durchgesehen hat) und auf den schmalen postumen Gedichtband »Vergers«, den er in Französisch gedichtet hat.

Meudon, im Februar 1929.

Dritte Kapitel

Marina Zwetajewa.
Briefe an Nanny Wunderly-Volkart
und Ruth Sieber-Rilke

An Nanny Wunderly-Volkart

Meudon (S. et O)[1] France
2, Avenue Jeanne d'Arc
am 2. April 1930

Sehr geehrte gnädige Frau,

Ein Brief der abgegangen ist gehört uns nicht mehr, obwohl Der, zu dem er ging, auch abgegangen ist.[2]

Meine Briefe an R.M.R. gehören ihm – auf Den alles horchte und Dem nichts gehörte.[3] Meine Briefe an R.M.R. *sind* schon er, der nie war, immer wurde – wird.[4]

Daher, liebe gnädige Frau, lassen Sie meine Briefe *werden*, legen Sie sie den anderen werdenden bei, lassen Sie sie fünf kurze Jahrzehnte – lang liegen. Wenn jemand in 50 Jahren nach ihnen fragt[5] – und langt – lassen Sie Ihre Nachkommenden gewähren.

So wird es gut.

Rilkes Briefe und Bücher mit Widmungen und seine – vielleicht letzte – Elegie vererbe ich dem Weimarischen Rilke-Haus[6] (warum nicht Rilke-*Hain*, da jedes Haus durch ihn zum Hain ward und wird?)[7] – mit derselben Bitte: 50 Jahre nach meinem Tod.

Liebe gnädige Frau (Sie können nicht unlieb und ungnädig sein, da Sie R. nahestanden und stehen) – es ist von mir in 1927 ein Neujahrsbrief an R. (Gedicht) und ein – wie sag ich es, R. war mein letztes Deutsch, wie ich sein letztes Russland war[8] – kurz – auch ein Brief – über seinen Tod zwischen zwei anderen: einem Altjungfern-Tod und einem Knaben-Tod[9] (so kam es) – der lange Satz! – in russischen Monatsschriften erschienen.

Mit den Versen – ich weiss eben nicht *wer* sie nachdichten könnte, in meiner Sprache gelte ich für einen der zwei »schwersten« Dichter (der andere – Boris Pasternak, der Sohn von Rilkes Jugendfreund, dem Maler Leonid Pasternak, nach mir – und nicht nach mir allein – der grösste Dichter von der russischen Zukunft)[10] – aber die anderen Seiten (Prosa, wie man es so nennt*) sind vollends übertragbar. Hätt' ich nur Zeit! (*Nur Zeit.*)[11]

Gewähren Sie mir eine Frage, liebe gnädige Frau, – was ist mit Rilkes Nachdichtung von *Igors Heehrfahrt* (alt-russischem Denkmal) geworden, von der es in seinen Briefen mehrmals die Rede ist?

Es war nämlich mein Wunsch und Wille – dass Er es einmal nachdichten würde – und drei Jahre nach seinem Abgang erfahre ich dass es vor zwanzig Jahren gethan *war*.[12] – So ein Schlag ins Herz. –

Vielleicht wird es Ihnen lieb sein zu wissen, dass ich zwei Wochen nach seinem Tod noch ein Geschenk von ihm erhalten habe: eine deutsch-griechische Mythologie – 1875 – (Jahr seiner Geburth?) – für Jugend. Er hatte es nähmlich seiner russischen Gehülfin anvertraut, und das Buch *kam* als er ging.[13]

In einigen Tagen erhalten Sie eine – leider schlechte – französische Übersetzung von meinem Vorwort zu einigen von mir ins Russische übertragenen Rilke Briefen.[14] Das Wort »Mystère« klingt französisch ganz anders als unser russisches »Tajna« oder Ihr deutsches »Geheimniss«. (Geheimrath und »conseiller privé«), wie überhaupt die Sprache kälter, heller und rollender ist.[15] Wo ich konnte, hab ich ausgebessert (gestrichen, nähmlich). Leider der ganze Ton ist gefälscht – zu ausgeschrieben, zu höflich. Ich schreibe anders.[16]

Marina Zwetajewa

* »Dein Tod«, heißt es.

– Nichts, nichts weiss ich von / über seinem Tod. Wie ging er? Wusste er? Wer war bei ihm?[17] Was war sein letztes Wort?

Nur was in Zeitschriften stand.

Und bei niemandem konnte ich nachfragen, keinen Namen kannte ich, so allein war ich mit ihm.

Liebe gnädige Frau, wenn es Ihnen nur möglich ist – sagen Sie mir alles was Sie wissen – vielleicht wissen Sie ja alles – ich weiss ja auch nicht wer Sie sind.

Nur: dass Sie ihm nahestehen.

An Nanny Wunderly-Volkart

Meudon (S. et O.)
2, Avenue Jeanne d'Arc
den 8. Juni 1930

Liebe gnädige Frau,

Nur einige Worte, dass Sie es wissen, dass ich Ihren lieben Brief erhalten habe.

Nächstens gehe ich in die Savoye – da sollten wir mit R. zusammenkommen,[18] er fragte: wann?[19] ich sagte: in Stuben sitzen mag ich nicht und im Winter friert man draussen,[20] also da gab er mir gleich zurück – und so seltsam (so *er*!) – über was ganz anderes schrieb er und plötzlich, abgebrochen:

Nur nicht bis in's Frühjahr![21]

Es war sein letzter Brief. Damals erstaunte ich: *der* kann doch mit nichts, auch mit mir nicht, solche Eile haben. Was ist? – *Das* war's.

So.

Also nächstens gehe ich in die Savoye. Und, liebe gnädige Frau, ob Sie mich vielleicht dort einmal aufsuchen möchten? Nicht weit von Chamonix, kleines Dorf. *Ich* kann nämlich nicht zu Ihnen, wie ich auch möchte, – als Russin bekomme ich kein Visa, und es ist so teuer in der Schweiz, – meine Seele müsste ja allein reisen.

Es wäre so lieb, Sie würden gewiss Freude an mir haben (*ich* rufe Sie, daher spreche ich von *Ihrer* Freude).

R. freute sich meiner so, ich war vielleicht seine letzte Frauen-und-Fremden-Freude, und noch die Volga-Welt dazu.[22]

In der Savoye bleibe ich drei Monate, mein Mann ist lungenkrank und weilt seit Dezember auf einem Sanatorium,[23] jetzt hat er uns ein ganz kleines Sommerhaus gemietet, unweit von ihm.[24] Uns: mir und den Kindern: einem Mädchen von sechzehn und einem Jungen von fünf. Ich selbst bin fünfunddreissig.[25]

Vielleicht finden Sie es möglich diese kleine Reise zu thun, sonst kommen wir *nie* zusammen. Leider haben wir nur eine Stube mit Küche, aber in St. Laurent sind gewiss Zimmer zu vermieten und essen würden wir zusammen.

St. Laurent heisst es und ist sehr schön.[26]

Sagen Sie nicht: nein, sagen Sie: ja oder: vielleicht. Nicht: nein. In drei Monaten kann sich ja so vieles ändern.

Da – mein Vorwort zu Rilkes Briefen,[27] ich hab es ausgebessert wie ich konnte, aber der Klang ist ein anderer, der ganze Ton ist verfehlt. So *nicht-ich*. So *zahm*.[28]

Es grüsst Sie von ganzem hoffendem Herzen

Marina Zwetajewa

Meine Adr[esse]:
M-me Zvétaïéva-Efron
Châtaeu d'Arcine[29]
St. Pierre-de-Rumilly[30]
Haute Savoie

Das ist die Adr[esse] von meinem Mann, meine kenne ich noch eigentlich nicht. Er überbringt mir Ihren Brief.[31] Das »Château d'Arcine« gleicht Rainer's, dasselbe Alter, dieselbe Lage.[32] Und St. Laurent liegt ganz nahe.

– *Meilen.* Meilen – weit![33]

Ob Lou Salomé's Buch ein gutes (*richtiges*) ist?[34] Ein *Er*-Buch?

Was thut R. Mutter an seinem Grab? Warum war sie nicht an seinem Bett?[35] Die arme alte Frau.

An Nanny Wunderly-Volkart

St. Pierre-de Rumilly
(Haute Savoie)
Château d'Arcine
am 5. Juli 1930

Liebe gnädige Frau!

Als ich zum erstenmal Ihren Brief las verstand ich fast kein Wort, – das war weil ich mich mit den Buchstaben abgab, d.h. mit dem Auge las. Das zweite Mal (heute) stand auf einmal alles *da*, Ihr Brief erklang, – heute las ich mit dem Gehör, ging einfach Ihrer Stimme nach. Heute sprachen *Sie* zu mir.

Ob es recht ist, alles zwischen uns, was ist und kommt und – geht, hätt ich fast gesagt. Es ist *da.* Also ist es recht. Hat es recht. (Wie ein Kind.)

Einmal schrieb mir R. (seinen ganzen Namen schreib ich ungern – zu laut, zu ausgeredet – nein, ein grosses stilles (und steiles) R. – wie sein Fels (Roc) Raron, wie seine Rhône, wenn sie vom Fels fällt, R. – sein Tauf-und-Dichtername in einem, R., einfach *er*) – also, einmal schrieb mir R. – Du hast nicht recht, Du bist im Recht (im Reiche

Recht, das sag ich).[36] Recht-haben – so etwas Zufälliges, Stückhaftes und – Selbstisches (*haben*), nein! im Rechtesein, inmitten-drinnen-immer. So recht – R. So recht – ich. Einmal, liebe gnädige Frau, sollte ich ein 12jähriges faules und reiches Mädchen – Moskau, Revolution, Hunger – französisch lehren. Also: être – avoir.

Wissen Sie, was mir die erste Unterrichtsstunde brachte? Meine eigene Erkenntnis: *Etre vaut mieux qu'avoir*. Und es freute mich unsäglich mehr (und länger!) als die 5 Pfund Kartoffel, die mir die Mutter des Kindes dazugab, weil eben: être vaut mieux qu'avoir und meine Entdeckung doch *être* war.[37]

Haben will ich nichts (ich habe keine Kinder, ich *bin* meine Kinder) nur in den Dingen *sein*, die Dinge (nicht wie Goethe, den ich wie ein helles fremdes Wunder, so einen Herrgottsleopard – liebe) nicht wie Goethe *sehen* (sein grosses Auge!) die Dinge (R. grosses Ohr: Rohr) hören, auf sie horchen, ihnen gehorchen, gehören, *die Dinge – sein.*

(R. war selbst Bettina, darum hat er sie nie gefunden.[38])

Liebe gnädige Frau, ich brauche Sie auch zum *sein*. Zu Niemanden kann ich von R. reden, das heisst – ihn weiterleben – viele Menschen in Paris kannten ihn, d.h. trafen ihn während seinem letzten Aufenthalt in Paris[39] – und alle die ihn jehmals sahen, ehrten ihn, aber Niemand entbehrt ihn so wie ich die ihn nie sah: nie *hörte*.

Ich brauche Sie, liebe gnädige Frau, nicht Sie – mich, ich komme zu Ihnen, nicht Sie zu mir. Alle Verantwortung ist *mein*.

Ihm Briefe ins Heft schreiben? Dafür werde ich nie Zeit haben und – still-reden, ohne-Worte-Reden, Nicht-Reden ist ihm doch jetzt (wie auch damals, *eben weil* er ein Dichter war) viel näher. Und schliesslich begrab, vergrab ich ihn in mir so tief, dass ich ihn selbst nicht mehr herausholen kann. So kommt's.

Etwas, nein: Alles lodert noch in mir – helle Lohe! – hoch

bis an sein Grab hinan. Sein himmelhohes Grab. In Napoleons-Grab blickt man hinunter, zum Rilke-Grab blickt man hinauf. Wie *alles* in diesem Leben – *er* ist.

in
Liebe Frau, kennen Sie die Geschichte mit } seinem
von

Testament – die Alte, die jemand aus Muzot traf und bat, der jetzige Besitzer möge doch die Drei Schlafenden nicht stören – die junge Frau die Beide (oder Niemand) wählte und jung starb und zwischen Beiden schläft.[40]

Es kommt nämlich (sagen Sie mir ob man nämlich oder nähmlich schreibt?) von der jungen Russin, der Schreiberin.[41] Kannten Sie die? – die mir sein letztes Geschenk zusandte,[42] sein Bild (Muzot – Balcon) schenkte[43] und mir viel von ihm sprach. Er freute sich ihrer Gesandheit und nahm sie immer bei der Hand, wie ein Kind, er fühlte sie als *Stamm*.

Sie las ihm meinen letzten Brief (eine Ansichtskarte war's – Meudon: La Terrasse) aus Meudon-Val-Fleury vor (3½ Jahr in Prag, seiner Geburthstadt, ohne es zu wissen) und vier Jahr in *seinem* Meudon, ohn zu wissen dass es sein war (und ist) – sein Jugend-Rodin Meudon – nur in diesem Frühjahr erfuhr ich's aus seinen Briefen.[44]

... Es war ein gedrucktes Blatt (Schreibmaschine) ich möchte es so gern haben, ob es möglich ist? (Das Testament).

Liebe Frau, Lou Salomé's Buch möchte ich so gerne lesen,[45] mir es anschaffen kann ich nicht – denn *nichts* hab ich und lebe von dem was man mir giebt – wenn Sie es mir zuschicken wollten? Auch die Prager-Jugend Geschichten,[46] die ich nur in der Vitrine sah. Von seinen Büchern hab ich nur die Elegien, den Orpheus und den Verger, die er mir schenkte, alle anderen blieben in Russland – mit *allem anderen*. Und noch die Briefe, die mir mein Mann zu Ostern schenkte.[47] Das ist alles.

Also, wenn Sie so lieb sein wollen – eine grössere Freude können Sie mir nicht bieten.

Ich umarme Sie und warte auf Ihren Brief. Marina

An Nanny Wunderly-Volkart

St. Pierre-de Rumilly (Haute Savoie)
Château d'Arcine
am 11. August 1930

Liebe gnädige Frau!

Alles erhalten, und es ist wirklich ein *Alles*, was ich erhalten habe.[48] Im Oktober erhalten *Sie* seine letzte Elegie, mit meinem immerwiederkehrenden Fremden-Namen und *seinem* Poststempel »Meudon-Val-Fleury«.[49]

Später einmal – auch die Abschrift seiner Briefe. Mit meiner Hand abschreiben ist nicht drucken-lassen, in Ihre Hände (»in die Hände von Lou . . .«)[50] senken ist nicht »veröffentlichen«: vergeuden: verraten.

Zu *Ihrem* R. werden Sie noch *meinen* haben. (Ich unterstreiche,weil ich so spreche).

Verschenkte doch Bettine – die Freigiebige, die Freiwillige der Liebe! – Goethes eigenhändige Briefe an ihren jungen Freund, der sie (Bettine und die Briefe, beide) später verriet: verlor.[51]

Sie werden mich nie verraten.

Einige Worte von Ihnen würden mich hoch erfreuen.

Händedruck und Dank für Alles. Marina

An Nanny Wunderly-Volkart

Meudon (S. et O.)
2, Avenue Jeanne d'Arc
am 17. Oktober 1930

Liebe gnädige Frau!

Wie merkwürdig trifft es sich: als ich Ihnen von der russischen Sekretärin schrieb, musste ich gleich ein anderes Blatt nehmen, denn eh ich mich bedachte, stand es: *zu gesund.* Jetzt sag ich es Ihnen doch.

Das »blonde Mädchen« (Tchernoswitowa, ein kleinrussischer Name, heisst eigentlich: die mit dem *schwarzen* Hemd) behandelte den letzten R. etwa wie die Cliché's von seinen letzten Bildnissen, die ihr eigen waren: – das ist mein und ich geb es wann ich will – und wieviel ich will – und wem ich will. Ihr zufälliges Neben-ihm-stehn (wie konnte sie einige Tage vor seinem Abgang von ihm fort?![52] Auf seinem »nous nous reverrons«[53] bauend, das ganz anderes bedeutete!) nahm – und gab – sie als Schicksal.

Ich traf sie nur ein einziges Mal und liess sie weitergehen – ohne Sehnsucht.[54]

Heute, am 17. erhielt ich Ihren Brief und die Briefe,[55] alles wurde mir aus der Savoye nachgeschickt.

Ihr Brief raucht und rauscht und glänzt – Bodensee[56] – ein Wort aus meiner Kindheit, ich war damals im breisgauer Freiburg und hatte eine Freundin – Brunhild – von dorten, das Kind sah wie ein Seefräulein aus. Ich liebte sie so sehr, dass man uns jeden Verkehr verbot.[57] Als ob ich der See – (oder ja gar *die* See!) wäre, der sie heim-mochte – von der Schul-Sand-Bank!

(Wissen Sie, dass *Marina* und Aphrodite eins sind, das wusste ich längst, jetzt wissen es Gelehrte – *die vom Meer.*[58])

Liebe Frau, als Sie so lange nicht schrieben, dachte ich: jetzt hat die Frau Angst, sie will kein grosses Gefühl, sie ist *erfüllt* – und liess Sie schweigen und hätte ohne Ihren Anruf nie geschrieben.

Es wird ein harter Winter sein – ist schon hart obwohl noch nicht Winter ist – die letzten herrlichen Juni-Tage, auf die sich man eigentlich nicht freut, weil: unverdient! – mein Mann musste vom Sanatorium fort, weil das russische Rothe Kreuz nicht mehr zahlen konnte, krank ist er noch (...[59] und Lungen-Krankheit), arbeiten kann er nicht, denn es gibt in der Emigration keine »intelligente« Arbeit – nur chauffeurs de taxi oder usine de Renault, das kann er nicht, immer müde ist er, vom Morgen an, man nähme ihn, schon des Aussehen wegen, auf keine Fabrik –[60]

Wütende, würgende Armut, geschenkte Sachen verkauf ich für 20-30 frs., die gleich weg sind. Meine Tochter strickt, aber für ein Sweater mit Ärmeln – mindestens zwei Wochen Arbeit, denn es ist noch so furchtbar viel anderes zu thun! – zahlt man nur 50 frs.[61] Ich kann nur schreiben, nur *gut* schreiben, sonst wäre ich schon lange reich. Sechs Monate lang habe ich an der französischen Uebertragung einer meiner grossen Dichtung gearbeitet – jetzt ist sie da – Le Gars – wird mit den Zeichnungen der grossen russischen Künstlerin Natalja Gontscharowa – erscheinen – aber wann und wo? Warten muss man, um nicht das Ding für ein Nichts hergeben.[62]

Mit der russischen Emigration steh ich schlecht, denn – ausserhalb.[63] Ich bin ja auch eigentlich kein Emigrant, man liess mich fort weil mein Kind (ein Mädchen von drei Jahren) vor Hunger gestorben war[64] und weil ich, nach der Aussage eines Kommunisten »weniger kleinbürgerlich war als jeglicher von uns«. – »Haben Sie jeh einen kleinbürgerlichen Dichter gekannt?« – war die Antwort. – »Nicht kleinbürgerlich, *nur* feodal« erklärte der Kommunist – und gab mir einen Pass – obwohl er sehr genau wusste, dass mein Mann vom ersten Tage an auf der weissen Armee[65] war.

Ich nahm mein gebliebenes achtjähriges Kind (das nun siebzehn ist)[66] und ging.

Also: mit der russischen Emigration steh ich schlecht, lebe nur in meinen Heften – und Pflichten – und wenn einmal meine Stimme erklingt, so ist es immer *Wahrheit*, ganz unberechnet, wie noch unlängst, als unser grosser sowietischer Dichter (von seinem Selbstmord haben Sie vielleicht gelesen? Der *herrliche* Tod![67]) Wladimir Majakowsky hier in Paris einen Vortrag hielt, eigentlich seine Verse las. Am anderen Tag erschien von mir ein offener Brief an ihn – ein Jubelruf! – Russland lebt noch! und – den Tag nachher warf man mich aus allen emigrantischen Tageblättern heraus (wo ich manchmal Verse drucken liess) – als »sowietisch gefährlich ...«, was weiss ich noch.[68] Mich, die in voller Revolution, in Moskau, im Jahre 1919, dem *schlimmsten*, von der Estrade aus, gegenüber einem Saal von 2.000 Menschen, meine Liebe zum letzten Tzaren kündete.[69]

Ganz allein steh ich, im Leben und im Wirken – wie in allen Schulen meiner Kindheit – (für die ausländischen »eine Russin«, für die russischen »eine Ausländerin«) – mit vielen Freunden, die ich nie sah und sehen werde. Ganz allein mit meiner *Stimme*.

Liebe Frau im rothen Park (meine Mutter, die jung starb, schrieb immer ro*th* und *Th*or und *Th*at, obwohl ihre Generation schon die H-Hoheit abgethan hatte[70] – meine Mutter war so ganz-allein wie ich) liebe Frau im rothen Park, grossen Dank für das grosse Geschenk. Um die Stunde, wann alle Fenster umher schwarz sind, nur eins – licht: meines – schlag ich das Buch auf und bin wieder ich: *vogelfrei*, wie es in den deutschen alten Gesetzen steht – seelenfrei.

Marina

O, die Copie von R. Testament hätte ich so gerne, ich las es nur einmal flüchtig durch, aus den Händen der Tchernoswitowa,[71] sie sagte mir, sie könne keine Copie davon gewähren, und hatte vielleicht recht.

Heute (am 18-ten) las ich schon im R.-Buch. Als er von seiner Begegnung mit Ellen Key spricht, musste ich lächeln, fast – lachen. R. – und Geiz, R. – und Franken, R. – und Omnibus. Und wie er es doch nicht verstehen (gestehen) will – und es erklärt, fast – verklärt! – und es schliesslich doch versteht (gesteht!)

(R. – und »Ideale«!)[72]

Schwer hatte er es, mit den vielen Freunden und Freundinnen, die immer zu ihm wollten, wie er selbst – *zu sich*. Die vor Liebenswürdigkeit – und Mitleid – *müde* Stimme.

Hat er nie ein Tagebuch geführt.[73] Das wäre sein eigenstes Buch – R. und er.

Ich umarme Sie

Grüssen Sie von mir ihren ältesten Baum.

An Nanny Wunderly-Volkart

Meudon (S. et O.)
2, Avenue Jeanne d'Arc
den 6. März 1931

Liebe gnädige Frau!

Es ist mir unendlich schwer Ihnen diesen Brief zu schreiben, – *Ihnen* – *diesen* – aber – ich gehe einfach zu Grunde, so still wie solche Dinge mit solchen Menschen geschehen. Als der dreizehnjährige Julian, der grosse kleine Musiker, Alexander Skriabin's Sohn in einer Dnjeper-Pfütze ertrank, hörte keiner keinen Laut, obwohl nur ein kleines Insel-

Gebüsch ihn von den Anderen trennte[74] – die Insel so gross wie meine Hand – und seine Musiklehrerin, die Pianistin Nadejda Goloubowsky sagte mir nachher, dass Julian überhaupt *nicht schreien konnte* – sie kannte den Jungen gut.[75]

So ist es mit mir und wäre auch mit mir, wenn ich nicht die Meinigen hätte, die uns anders (zum -ihrigen) machen, – darum hatte ja auch R. keine »Meinigen«.

Ganz einfach: die Menschen die mir meine 5 Pariser-Jahre lang zum Leben halfen – *gaben* – sind müde und geben nichts. – »Leider kann ich nicht mehr . . .« u.s.w. Was bleibt mir? – »Dank für das was war« – und – Stille.[76]

Meine – was man so nennt – »Angelegenheiten«. Ich habe *nichts* als meine Hände und meine Hefte. Meine ganze Arbeit von drei Jahren (»Perekop« – grosse Dichtung über den Russen-gegen Russen Krieg.)[77] »Gars« – anderes – *liegt*. Es ist keine Zeit für grosse Dichtungen. Geben Sie uns etwas »lyrisches« und nicht länger als 16 Zeilen (d. h. 16 frs). Ueber den französischen Gars – nur eine Aussage: – »*Zu* neu, zu ungewohnt, in keiner Tradition, das ist sogar kein Surrealismus«. (NB! von dem mich Gott behüte!)

Keiner will courir le risque, denn das ist ein grosses Werk – 100 und mehr Seiten, mit Gontcharowa's Illustrationen und muss *gross* ausgegeben sein.

Anerkannt und abgesagt.[78]

Wär ich allein ich liesse mich still zu Grunde gehen, – vor lauter Unschuld und erfüllter-Pflicht-Gefühl. Seit meiner kleinsten Kindheit an, that ich mehr als ich konnte.

Was ich möchte, um was ich Sie, liebe gnädige Frau, bitte: eine Monatsaushilfe, so wenig es auch wäre. Etwas was kommt, auf was, so wenig es auch wäre, man rechnen könnte – so wenig es auch dauere.[79]

Es ist nur dies eine schlimme Jahr. Mein Mann studiert die Kinematographie (Kino-opérateur, wie das doch deutsch heissen mag? prise de vues) – ernste Studien mit sicherem Erfolg, eine gute Stellung ist ihm gesichert, aber nicht eher als in 6-8 Monaten.[80] Meine Tochter ist die zweite auf ihrer Malschule (»Arts et Publicité«) und wäre auch die erste, wenn nicht »etrangère«.[81] Aber – ehe sie Geld verdient muss sie ihre Schule durchmachen, es wäre auch *zu schade*.

Ein sonderbares Haus wo alle *so*! arbeiten und keiner nichts dafür bekommt.[82]

Die kleinen Leute im Quartier (Viertel?) lieben uns und warten auf unsere Zahlungen schon Monate, *aber* es sind doch Franzosen und haben *ihre* Angelegenheiten, sie können nicht bis auf ewig warten, desto mehr dass wir jeden Lebens-Tag weiter schulden (Milch, Kartoffel, Gemüse, Kohlen). Und der Gaz wartet nicht. Die Elektrizität wartet nicht. Und der »terme« (3-monatige Wohnungszahlung) wartet nicht, d.h. nur 5 Gnaden-Tage.[83] Was weiter kommt weiss ich nicht, zu verkaufen habe ich nichts, – nur Bücher die niemand braucht. Für vier Menschen – vier Bettlacken.

Liebe gnädige Frau, wenn Sie etwas können – thuen Sie es!

Marina

An Nanny Wunderly-Volkart

Meudon (S. et O.)
2, Avenue Jeanne d'Arc
am 9. März 1931

Liebe gnädige Frau! Wie, mit welchen Worten danken? Sie geben mir viel mehr als ich bat, ich bat um etwas, Sie geben Alles, – den ganzen Terme! und es bleibt mir noch übrig um den schreiendsten Schulden die Kehle zu stopfen. (Je stiller die Gläubiger sind desto lauter brüllen die Schulden.) Am schlimmsten ist es doch wenn der Gläubiger *duldet*, da fühlt man sich eben erst verschuldet. Nicht Schuldengefühl: Schuldgefühl! Wenn mich einer anschrie – fühlte ich mich glücklich. Franzosen schreien einen nie an, für einen Russen (Rebellen) ist es schwer. Dann schreit er selbst.

Liebe gnädige Frau, niemand, auch kein Russe gar – denn wir hatten nie einen solchen Dichter (wir hatten Dichter wie die Deutschen Dichter haben und haben werden) nie hat einer über die Russen so gesprochen wie R. R. ist als Dichter genau das, was die Russen als Volk und was Russland als Land ist: ALLES.

»Der Russe ist kein Revolutionär, er ist ein Dulder« – in diesem Sinn sprach R. im Jahre 1905 über die russischen Zustände und, weiter: – »Der Dichter ist kein Umstürzler.«[84]

Und doch: *wir*. Russen und Dichter *sind* Rebellen. In einem anderen Reich. Gegen andere Gesetze.[85]

Kein Schritt kann *für* etwas sein ohne *gegen* etwas sein.

Und eben darum dass wir grosse Rebellen sind sollen wir uns mit keinen politischen Revolutionen abgeben, die immer *klein* sind, immer nur – ums liebe Brot? *nein*: ums verhasste Geld – sind.

Jetzt hören Sie, liebe gnädige Frau, eine kleine *Schicksalsgeschichte*. Als meine Mutter im Jahre 1905 (erste Revolution) in der Krym, in Yalta sterbend lag und ihr Testament diktierte,[86] waren wir, ihre zwei Töchter, Assia, 9 Jahre und ich, elf Jahr,[87] in der Stube – schrieben und zeichneten, horchten nicht und hörten doch. – »Nein!« – sagte sie – »ich will es nicht haben, dass dies alles an diesen Greuel (Revolution) verthan wird. Die Grosse (ich) wird eine Revolutionärin sein – *ist* schon! – und sobald mündig – sogleich alles an die Partei hergeben. Und die Kleine thut wie die Grosse. Das Geld soll liegen, die Kinder sollen es vor vierzig Jahren (bis vierzig ist man jung, ich weiss es, da ich 34 bin!) – nicht in die Hand bekommen.[88] Und bis vierzig ist ihr Roman mit der Revolution vorbei.«[89]

Und – das Geld, das grosse Geld blieb liegen. Und wir – Assia und ich – haben es nie gespürt. Eigentlich – nie gehabt. – So ein Traumgeld (gold!) Fast – Rheingold![90]

Wir brauchten wenig, Spartaner waren wir wie die Mutter (mutterseits von hohem polnischen Adel[91]) – nur Bücher, dafür hatten wir genug. Mein erstes Paris! 15 Jahre – allein – Sommerstudien.[92] Was brachte ich mit nach Moskau? Ein Sèvre-Stück: der kleine König von Rom, Napoleons Unterschrift (Premier Consul)[93] und die ganzen Pariser Bücher-Quais (NB! damals höchstens 100 frs. wert.) Kein einziges Kleidungsstück, ich hatte mich immer vor neuen Kleidern *geschämt*.

So gings. Dann die Kinderheirath.[94] Mit den Zinsen hatten wir noch immer übergenug. Reisen? Im Ausland immer III. Klasse. Weil andere Menschen doch in der III. *reisen*, warum nicht ich? Holtzsitze? Noch besser als der heisse rothe unheimliche Staub-Sammt.

Schliesslich – der Schluss kam schnell – als die Revolution kam verloren wir nichts – sehr wenig. Dass die Häuser weg waren? Gott sei Dank! Immer der Dvornik (Dvor: Hof, – der den Hof besorgt) mit Forderungen: der Zaum (?)[95] fällt um, der Asphalt vor dem Hause soll erneuert werden, und immer Papiere zum unterschreiben – u.s.w. Und die Wirthschafterin – und die vielen Dienstläute – und wir allein, alle miteinander – mein Mann ich und das Kind – keine vierzig Jahre alt, an dem grossen Besitz ganz unschuldig.

Als ich in der Bank ansprach (am Anfang, 1917, konnte man noch alles zurückbekommen) sagten mir die Beamten: unmöglich. Eine besondere Klause: bis 40 Jahr nicht.

Alles war weg, ganz weg. – Traumgeld! –

Das liebste ist, dass unsere Mutter, die uns Töchtern bis aufs Haar glich, uns sehr viele Stipendiaten überliess, denen wir regelmässig helfen sollten – darunter drei Revolutionäre: zwei Männer (Juden), ein junges Mädel, alle lungenkrank, – Sanatorium's Kameraden (Nervi, bei Genua) die sie während ihrer kurzen Krankheit kennen und – lieben gelernt hatte.[96]

Die hatten an dem Umsturz mehr verloren als wir, und unsere letzte Zahlung war noch im April 1917.

Einer von ihnen kam im Jahre 1918 nach Moskau zurück und starb nach zwei Monaten ganz allein, in einem requisierten Hotel-Zimmer *ohne Fenster*. Er bot mir Geld an – (ich glaub meine Mutter hatte ihn im Stillen doch geliebt, er sie – sicher) – ich *konnte* nicht, und er war zu krank und schon zu weit um es mir in die Hand zu dringen. (Er kannte mich noch als 8-jähriges Kind damals, auf der Riviera! Jetzt war ich 22 und meine Mutter – lange tot!)[97]

– Unsere erste Bewegung, die ahnendste, innigste – wenn man uns etwas giebt – ist doch immer: Nein! – beide Hände entzogen, drei Schritte zurück.

Als meine Mutter krank wurde und wir ins Ausland gingen liess sie alles – Broschen, Ringe, Ohrringe, u.s.w. – zurück, weil sie sie *nicht liebte*. (Erbe und Hochzeits-Geschenke)

Und als wir vier Jahre später – die Mutter war tod – nach Moskau zurückkamen – war alles weg, nur die Futterale.

Auf ein anderes Testament warte ich, auf *sein* Testament.[98]

Leben Sie wohl. Haben Sie Dank. Ich umarme Sie

Marina

Hatte R. die Juden gern? Machte er einen Unterschied? Judentum[99] ist doch auch ein Element (Feuer, Wasser, Luft, Erde) wie Russentum.

[Zusatz, der oben auf dem ersten Blatt des Briefes auf dem Kopf geschrieben steht:]

Ich schäme mich noch mehr zu danken als zu bitten.

Nicht weil ich *wenig* fühle, weil ich *viel* fühle.
Der Dank bleibt mir in der Kehle stecken, ich
möchte gleich weinen.

An Nanny Wunderly-Volkart

Meudon (S. et O.)
2, Avenue Jeanne d'Arc
am 11. August 1931

Liebe gnädige Frau!

Meinen herzlichsten Dank fürs herrliche Lavendelbüschlein, mag es Ihnen so wohl ergehen wie es in meinem Zimmer riecht.

Sonderbar: am Abend vor Ihrer Sendung musst ich wieder einmal so viel (und so *direkt*) an Sie denken: wo Sie seien, wie es Ihnen gehe und ob Sie sich meiner noch erinnerten, – und am Morgen – der Duft durch die Luft! Einmal schickte ich so R. – ohne weiteres – Muscheln und Meerkiesel aus der Vendée, Muschel als Anruf und Stein als Unterschrift – (dazwischen Meerrieseln!)[100] und erhielt von ihm einige Tage später seinen »Verger« mit folgender Widmung:

Marina: voici galets et coquillages
ramassés récemment à la française plage
de mon étrange cœur ... (J'aimerais que tu connusses
toutes les étendues de son divers paysage
depuis sa côte bleue jusqu'à ses plaines russes.)

R.

(Fin de Juin 1926)
Muzot[101]

Als ich später in *Ihrem* R.-Rodinbuch las: »Le poète s'exprime par des mots, le sculpteur par des actes«[102] musst ich an jene Wechsel-Sendung denken. Heute handeln *Sie* als Bildhauer! Tausend Dank und – man hat ja nie genug! – *doch* die Bitte mir einmal auch mit Worten zu sagen wie es Ihnen geht, um Sie und Ihre Seele steht, ob Sie Ihre Riesen-Kindheits-Bäume (am Bodensee?) noch einmal besucht haben,[103] – vieles und alles.

Ist kein weiterer Band von R. Briefe erschienen?[104] Leider wohl nicht – wegen der Krise. Ob seine Mutter noch am Leben ist?[105] All dies und vieles anderes noch möcht ich wissen.

Einstweilen umarme ich Sie aufs herzlichste

Marina Zwetaewa-Efron

P. S. Hoffentlich freut Sie meine kleine *Gegen-That*, ein altes, altes Stück aus der Krym (tatarisch), das ich noch aus Russland mitgebracht hab.[106]

An Nanny Wunderly-Volkart

Meudon (S. et O.)
2, Avenue Jeanne d'Arc
den 19. August 1931

Liebe gnädige Frau!

Kein Brief (Brief folgt!), schreib Ihnen tief in der Nacht – heut ist mein Mann nach 3 wöchentlichem Aufenthalt aus seinem Sanatorium zurückgekommen[107] und morgen früh reist meine Tochter zu Freunden nach der Bretagne,[108] – also ganzen Tag aus-und-eingepackt, daher ganz dumm und stumpf.

Heute traf die Feuille de recherches[109] ein, hab schon beantwortet: die Briefe werden vom Briefträger der Pförtnerin gegeben, die sie nachher austheilt. Kein Briefkasten. Wenn niemand zu haus ist, wird die Korrespondenz unter die Thür geschoben. Grad in der letzten Zeit haben wir eine neue Pförtnerin und ehe sie kam hatten wir eine zeitlang überhaupt keine, die propriétaire (mein armes deutsch! Ich schreib nur Ihnen) theilte sie selbst aus. Manchmal war es auch eine »femme de ménage« etc., überhaupt – Unordnung, ich wollte noch immer den Briefträger bitten er möge die Briefe selbst bis an die Thüre bringen, und immerfort kam etwas dazwischen – wie es immer kommt – bis etwas geschieht.

Liebe Frau, es ist tief Nacht, ich hebe den Kopf und sehe alle R. Bücher (*Ihre* R. Bücher), die über meinem grossen Tisch (meine erste und letzte Grösse[110]) zwischen einem paar Brettern stehn. – Und *alles* wird leicht, *alle* Briefe sind angelangt, selbst die nicht-geschriebenen (seinigen).

Ich umarme Sie und schreibe Ihnen bald wieder. Verzeihen Sie mir diesen Nicht-Brief, Un-Brief, Nicht-ich-Brief!

Marina

Dass Sie die tatarische Stickerei gefreut hat freut mich wieder (Gegenfreude). Heimweh – nach Dingen? Nie. Nur nach meiner eigenen Seele, zu der ich fast nie komme.

Das Ding ist wohl hundert Jahre alt, ein *alter* Baum, obwohl noch immer und für immer – Bäumchen.[111]

An Nanny Wunderly-Volkart

Meudon (S. et O.)
2, Av[enue] Jeanne d'Arc
am 29. Dezember 1931

Liebe gnädige Frau! Es trifft sich alles so sonderbar. Als ich heute endlich nach so langem Schweigen zum Schreiben komme, errichtet es sich dass dies *heute* der 29. Dezember, Rilkes Todestag ist. 1926 – 1931: fünf Jahre! Wenn man mich im tiefsten Schlaf gefragt hätte: wann war es? – gestern! jetzt eben! niemals und wird auch niemals sein und kann auch niemals sein. Und ist auch nie gewesen.[112]

Jetzt, liebe gnädige Frau, ein kleines Rilke-Ereignis. Da ich zu Haus ja nie zum Lesen (und Schreiben und mirselbst) komme, lese ich immer draussen, im kleinen elektrischen Meudon-Pariser Zug, der zu Rilkes Meudoner-Zeiten wahrscheinlich noch gar nicht da war. So wars auch diesmal. Ich las im ersten Briefbuch[113] und – ich hatte mich so tief in ihm verirrt, so ganz wie in einem Walde tief verirrt (verwahrhaftigt!), dass ich, als der Zug plötzlich stand, gar nicht wusste wo der Ausgang war. (In diesem Augenblick *war* kein Ausgang). Der Zug stand, ich rannte leise hin und her, von den ängstlichen Blicken all der anderen begleitet. Keiner sprach eine Silbe, ja keiner regte sich als hätte ich *sie* alle *die* alle in meinen Schlaf hineingezwungen.

Endlich öffnete mir einer – mit leisem Lächeln – eine Thür.

Dies alles dauerte nur eine Minute lang: volle sechzig Sekunden lang: als wieviel Herzschläge?

Diese »Geschichte« hätte ich am liebsten Rainern erzählt. Da er »nicht da ist« (wie die Thür, genau wie die Thür) schenke ich sie Ihnen, liebe Frau, zum *siebenten* (seine Lieblingszahl!) Jahre seiner Abwesenheit.[114]

Nach R. werde ich keinen lieben – wollen und können.[115]

Und doch haben wir uns nicht geliebt und hätten uns auch nie geliebt. Von dieser Nicht-Liebe spricht er in seiner letzten (Marina)-Elegie.[116]

Noch eines, grad aus meinem Notiz-Buch.

– Weil ich zu Haus keine Zeit habe – nie zu Haus (weil immer drin) *bin* – lese ich Deine Briefe immer nur im Zug oder Untergrund (das herrliche Wort!) und so wie ich mich innerlich von allem und allen – mit Dir schütze so bist Du auesserlich – Dein Buch von meinem, ja unter meinem Arm – Mantelflügelarm – Rainer – geschützt.

Liebe Frau, seit dem verlorenen Briefe weiss ich nichts von Ihnen. Wo sind Sie (ich kenne nur die eine Adresse), wie war oder wie wird der Winter? Lebt Rainer's Mutter noch?[117] Wissen Sie etwas von seiner Tochter und Enkelin?[118] (*Sein* Blut!)

Mir geht es sehr schlecht weil es *uns* sehr schlecht geht. Mein Mann arbeitet in einem privat-Geschäft, von 9 U. Morgens bis 10, ja 12 Uhr nachts und erhält dafür 260 frs wöchentlich, mit welchen er auch essen und reisen soll.[119] Das ist alles was wir haben und haben es ja nicht einmal denn jetzt eben hat er Ferien, das heisst zwei Wochen – nichts. Die einzige Monatsschrift wo ich schrieb (in der Emigration ist alles – Partei-Sache, und ich bin ja eben von keiner Partei) meine einzige Monatsschrift ist bis zu einem dünnen Heftchen zerschmolzen.[120] Meine Tochter arbeitet viel und verdient nichts. Sie ist die erste auf ihrer Schule (Arts et Publicité) die erste in drei Fächern: Illustration, Litographie, Gravure, und könnte viel verdienen wenn jemand da wäre der sich ihrer angenommen hätte.[121] Aber unser nimmt sich keiner an.

Der kleine Riese (Georg, 6 Jahr) wächst und wird ein grosser.

(Die gestrichenen Stellen sind ein Anfang von einem verunglückten russischen Neujahrsbrief.)[122]

Liebe Frau, denken Sie noch an sein Testament?[123] Heute, heute, heute ging er.

Alle meine Gesundheit- und Friedenswünsche zum Neuen 1932 Jahr!

Ich umarme Sie herzlich. Marina

An Nanny Wunderly-Volkart

Meudon-Val-Fleury (S. et O.)
2, Avenue Jeanne d'Arc
am 12. Januar 1932

Liebe gnädige Frau – und Freundin! – *Die* Weihnachtsgabe! Das Buch werde ich lang lesen, langsam lesen, so lang und langsam wie möglich.[124] Lesen? Leben.[125] Der liebe Anfang mit dem russischen Gedicht in lateinischen Lettern (ich übertrug sie aus der lateinischen Schrift wieder ins russische, *so* geschrieben klingen sie böhmisch, heimisch-böhmisch, denn Prag ist meine zweite Heimat – wie R-s erste.)[126] – Die erste Russlandreise. Der erste Rilke.[127] (1899 – ich war damals fünf Jahr)[128]

Liebe Frau. Eine für mich (vielleicht auch an und für sich) sehr wichtige Frage. Ich weiss das alles was bisher von R. im Französischen erschienen ist von Moritz Betz übertragen ist. Ueberträgt Betz auch seine Briefbücher,[129] d.h. hat er schon ein *Recht* auf die Arbeit? Könnten Sie, liebe Frau, die allem rilkischen so nahe stehen (ich kenne – kannte – nichts und niemand ausser ihn und *er ist nicht mehr da*) könnten Sie, liebe Frau, sich beim Inselverlag[130] (oder den Erben) danach erkundigen ob irgendjemand schon das Recht auf diese Arbeit (französische Uebertragung der Rilke Briefbücher) hat.

Wenn nicht – ich nähme alle drei Bände (wie alle Zukünftige(n)?) auf mich und thäte es wie R. selbst. Französisch sprech und schreib ich wie russisch, ich habe schon eine grosse meinige Dichtung (*le Gars*) *in Versen mit Reim* übertragen und vieles weiteres noch.[131] R. und *seine* Sprache kenne ich so aus dem Inneren, dass ich es besser leistete als Jeder. Um einen Dichter (jeden Dichter, geschweige – solchen!) zu übertragen, ja, eines Dichters Prosa zu übertragen, die eine Sonder-Prosa ist, muss man ein Dichter *sein*. Kein anderer kann es und darf es.[132]

Es wäre eine grosse Arbeit. Ich weiss es. Je grösser – je grösser die Freude. Mehr als eine grosse Arbeit – ein zweites Leben. Ein Innen-Leben, ein in-ihm-Leben, und doch ein Thats-Leben.

Also, liebe Frau, falls sie so gütig sein wollten, von mir und diesem meinem Antrag den Erben oder dem Insel-Verlag zu schreiben: die russische Dichterin Marina Zwetajewa, französisch wie ihre Muttersprache nicht nur schreibend sondern auch dichtend,[133] möchte Rilkes Briefbücher ins Französische übertragen und fragt, ob die Arbeit noch frei steht.

Ich könnte bereits einige Briefe übertragen – und vorzeigen. (Wem?)

Das ist mein grosser (ob erfüllbarer?) Plan. (Alle Plätze im Leben sind schon besetzt, – mit dieser Ueberzeugung bin ich geboren – aber: es bleibt doch noch das ganze Oben! Berge zuerst, Himmel zuletzt (oder zunächst?))

Zweitens. Zunächstens möchte ich aus R. Briefbüchern alles über Russland ausfinden und übertragen. R.M. Rilke et la Russie, oder: La Russie de R.M. Rilke, dies klingt und *ist* tiefer. (*Sein* Russland, wie *sein* Tod: alles und nur was sonst niemandem gehört *gehörte ihm*. *Seine* Frau – nicht, *sein* Kind – nicht, *sein* Russland – ja.) Muss ich auf diese Auswahl (und franz. Uebertragung) auch ein Recht haben?

»La Russie fut le grand événement de son être – et de son devenir« – so würde mein Vorwort anfangen. *Mein* französisch wäre genau das *seinige* deutsch.

Ich schriebe *auf Er* (wie er mir einmal, über meine – und seine – häufigen Klammern in den Briefen – lächelnd, schrieb: »So eine Kraft hast Du auch in *meiner* Sprache dass ich, sobald ich an Dich denke, immer *auf Du* schreiben muss.« (Andeutung an meine kurze Sätze und lange Klammern).[134]

Ein Buch dürfte es nicht werden, d. h. es wäre noch zu früh zu einem Buche, denn in den folgenden Bändern wird doch noch vieles über Russland stehn (und gehn – und wehn!) Dies könnte einstweilen in einer guten Monatsschrift erscheinen. Und schliesslich zu einem Buche *werden, dem* Rilke-Russlands-Buche, dass er doch schreiben wollte[135] – und sollte – und schliesslich doch schrieb. Man muss es nur zusammensetzen – und – *da ist es*!

Nicht: Rilke über Russland, nicht Rilke und Russland – *Russland in* Rilke, so erlebe ich es.

Rilkes Russland von einem russischen Dichter in seine zweite Dichtersprache – französisch – nachgedichtet. Ich glaube es würde (wird) ihn freuen.

Wenn Sie, liebe Frau, den Inselverlag oder die Erben wegen der französischen Uebertragung nachfragen wollten, könnten Sie es nicht auch wegen der russischen thun? denn ich möchte Rilke auch russisch übertragen, – die drei Bände wohl schwer, denn ich wüsste hier in der Emigration keinen Verleger für ein so grosses und ernstes Werk (im Neuen Russland – noch weniger; Rilke hätte auch *es* verstanden, es – Rilke – nicht). Ich würde es leise thun – und abwarten.

Wie mit vielen meinen eigenen Schriften. Nicht für eine schnelle Veröffentlichung, die *jetzt* (ich spreche vom ganzem Briefwerk (klingt wie Bergwerk!)) – im Augenblick unmöglich ist. Aber das Rilke-Russland könnte russisch auch schon jetzt erscheinen. Ebenso wie die französische Uebertragung – in einer Monatsschrift.

Nur wenige Russen können Deutsch und die jungen schon gar nicht.

Und – Rilke muss zu ihnen kommen, eben zu ihnen kommen. Es muss sein.

Ich spreche nur vom Uebertragungsrecht. Nicht herausgeben, nur übertragen. Und wenn es einmal so weit ist, die Arbeit zu Ende ist (der erste volle Briefband eben) wird alles weitere zwischen dem französischen Verleger und dem Insel-Verlag besprochen und bestimmt. Ich will nur sicher sein, falls ich das Recht erhalte, dass niemand ausser mir, dass ich es allein erhalte – denn sonst wird meine Arbeit zu nichts. Mit Jemandem arbeiten möchte ich auch nicht, könnte ich gar nicht. Einer schrieb die Briefe – Einer muss sie übertragen.[136]

Falls der Insel-Verlag wissen wollte, wer ich bin und was ich kann – würde ein Brief von A. Gide gelten?[137]

Ich umarme Sie und danke Ihnen unendlich

Marina Zwetajewa

P.S. Lebt Rilkes Mutter noch?[138] Kennen Sie sie? Und was ist aus Clara Westhof – der *Bildnerin* Clara Westhof – geworden?[139] Und die kleine Ruth. Und die kleine Christiane, die glaub ich jetzt neun Jahr »alt« sein muss.[140]

Hätten Sie nicht ein Bild von dem Rarons Grab?

An Ruth Sieber-Rilke

Meudon (S. et O.) Frankreich
2, Avenue Jeanne d'Arc
am 24. Januar 1932, Sonntag

Liebe Frau Ruth[141]

Es gab mir einen harten Stoss[142] als ich Ihre Unterschrift las, – weil ich noch gestern Abend in Ihre Wiege hineinsah und gar nicht wusste, »was aus ihr (Ihnen) werden wird«.[143] Und jetzt ist es – so weit hinaus – geworden. In jedem Briefe – Verse-Zeile steht die Zeit still – für immer, d.h. ist ein Etwas-ewig. (Wenn das Geschriebene *das* nicht ist, *ist* es gar nicht – und gar nichts.) Ewig fängt die kleine Ruth an.

Daher und deshalb, liebe Frau, der fast-Schrecken und das mehr-als-Staunen, da ich Ihre Unterschrift sah. Also geht die Zeit dennoch weiter. Also giebt es eine andere Zeit, die nichts weiter thut als weitergeht.

– Mit R. steht es ebenso. In seinen jungen Briefen steht der junge R. ganz still, so still wie er am Fenster stand,[144] – für immer. Und, wie ich diese Zeilen niederschreibe, kommt mir die Erkenntnis, dass R. eigentlich gar nicht ging (im Sinne von weitergehen, Fortschritt) – *nur* wuchs, wie unsere russischen Stolpniky (Stillsteher, Säulenheilige) – Männer, die fünzig Jahr lang auf einer Holzsäule stillstanden und endlich den Himmel überwuchsen.[145]

(Daß R. das *Gehen* liebte weiss ich,[146] aber wenn man im Gang seine Füsse nicht merkt, nicht fühlt, wenn man seinen eigenen Gang nur an den vorübergehenden (oder fliegenden) Himmeln und Ländern spürt, ist es wiederum Wachstum[147] – Stillstehen – Sich-weiter-senden[148])

Die Briefe möchten Sie gerne haben? – Langer, langer Gedankenstrich. – Zum Veröffentlichen oder nur zum Lesen (Erhalten).

Als ich vor vier Jahren einige seine Briefe (aus dem, glaube ich, Insel-Rilke-Gedächtniss-Buch (oder Heft)[149] und einen Frauen-Brief über ihn (»Unbekannte«/Inconnue – ob Sie den kennen, im Büchlein von Edmond Jaloux)[150] ins russische übertrug, schrieb ich ein kleines Vorwort: warum ich meine R. Briefe nicht veröffentliche. Kurz gefasst: gestern hätte ich es nicht gethan, warum soll ich es heute thun? Was ist zwischen gestern und heute geschehen, was mir das innere Recht giebt (und den Wunsch geben könnte) es zu thun? Sein Tod? Aber in mir ist sein Tod ja noch nicht vollbracht, da ich jeden Augenblick ihm etwas sagen will – und sage – sogar vom Wetter. Nach einem russischen Volksglauben weilt die Seele nach dem Leibestode noch vierzig Tag lang im Haus. Von der Tages-*Zahl* abgesehen – ist es meine Gewissheit auch.[151] Mit meiner Mutter (1905 gestorben)[152] sprech ich *nie* mehr, sie ist mir ganz zum Bild und zur Ewigkeit geworden.

Ich will mich nicht von so einem Zufall, ja Ueberfall, wie der physische Tod in meinen inneren Verhältnissen zwingen oder leiten lassen. – Drucken? Wozu? Um den Anderen Freude zu machen? Warum erfreute ich sie (dieselben!) auf dieselbe Art nicht gestern? Um die Briefe zu erhalten? Dafür braucht man sie nicht zu drucken, nur liegen (schlafen und im Schlafe schaffen) lassen.

Ich will nicht, daß sein Tod gewesen ist.

So schrieb ich vor vier Jahren[153] und so empfinde ich es noch jetzt, vielleicht wohl bis an mein Lebensende. Bis ein Ding *in* mir ist, ist es *ich*, schon ausgesprochen gehört es allen,[154] und nun gar – gedruckt? Etwas was kein Ende hat und haben konnte, da es ja keinen rechten Anfang hatte (warum – einmal später) – geht mit dem Druck der ersten (oder letzten) Zeile zu Ende. Dies ist *alles* was mir R. schrieb. Weiter schreibt mir R. nichts.

Dies sind, liebe Frau Ruth, meine Nein-Gründe.

Aber – damals sagte ich es einfach aus mir heraus, von niemand aufgefordert, mich selbst-erforschend, mir – selbst antwortend, aus dem Gewissen ins Gewissen hinein, jetzt steh ich, liebe Frau Ruth, vor Ihnen, die als sein einziges Kind (ein Sohn *konnt* es nicht werden)[155] – als sein einziges Blut (wie hoch schätzte er das Wort und Ding![156]) alles Recht auf den *ganzen* Entschwundenen haben. Ihr Recht auf ihn ist sein eigenes Recht auf sich. Ihnen geb ich seine Briefe *zurück*.

Um der Abschrift wegen sollen Sie ganz ruhig sein, liebe Frau Ruth, alles, sogar jedes gestrichene Wort, ja Buchstabe (wenn es dergleichen gäbe) wird in der Abschrift stehn wie es in der Erstschrift stand. Treu wie eine Dichterhand – in Dichterdingen.

Also, einstweilen – zum Lesen und Lieben, nicht zum Drucken. Wenn die Briefe chronologisch (Sommer-Herbst 1926)[157] an die Reihe kommen, fragen Sie mich noch einmal an, nicht wahr? Kommt Zeit, kommt Rath, vielleicht thue ich es dennoch. – Die Briefe hat noch keiner ausser mir gelesen. Nur die Elegie schrieb ich für Boris Pasternak,[158] den Sohn von R. Freunde, dem Maler Leonid Pasternak, *und den grössten Dichter Russlands* – ab.[159]

Ueber R. habe ich schon einiges veröffentlicht, *meines* zu ihm: russisch: einen Neujahrsbrief (zu seinem ersten Neujahr *dort*) – Dichtung – und lyrische Prosa »Dein Tod«, eigentlich auch ein Brief über seinen Tod in der rechts- und links Tages-Nachbarschaft von zweien anderen: dem Tode einer armen kleinen französischen Mademoiselle (Lehrerin) und dem des russischen Knaben Vanja. (Beide liebte und kannte ich, die kleine M-elle starb dicht vor ihm, der kleine junge Vanja dicht nach ihm, das waren *in mir* seine Nachbaren).

Ob Sie die beiden Schriften (in russischen Monatsschriften erschienen) besitzen wollen? Als Beitrag zu dem vielen was in seinem Andenken schon entstanden ist und noch entstehen wird? Eine Uebertragung giebt es leider nicht, doch wenn ich die Sicherheit oder nur die Hoffnung hätte dass es nicht für mich allein geschehe, könnte ich die beiden deutschen Uebertragungen übernehmen und vollbringen. Ein Dank Russlands für seine grosse Liebe, auch *so* ist es gemeint.

Von seinen Briefen.

Die erste Uebertragung, mit der ich anfangen möchte, falls der Insel-Verlag mir die Arbeit bewilligt, ist die französische und russische Uebertragung der *russischen* Auswahl aus seinen Briefbüchern. R. wollte ja immer ein Russland-Buch[160] schreiben, und *es ist ja schon geschrieben*, man soll es nur zusammenfassen. Alles, jede einzelne Zeile über Russland, würde hineingehen, nichts dürfte ausbleiben, zum Beispiel aus dem I. Bande die Einzeln-Zeile: – »Mitternacht, keine gewöhnliche Mitternacht, heute fängt in Russland das Neue Jahr an«.[161] Diese einzige Zeile giebt den ganzen R. in seinem Verhältnisse zu Russland, ich weiss nicht wie Sie es, sehr verehrte Frau, empfinden, ich empfinde es als Schauer in meinem Rückenmark – so zaubermächtig! Mir können Sie die Auswahl zutrauen.

...Und schliesslich – in jedem Band wird doch sicher etwas über Russland stehn – ist das Rilke-Russland-Buch *da* von ihm selbst geschrieben. *Seine Wolga-Welt. Das* Wort![162]

Es würde eine dem Erscheinen seiner Briefbänder parallele Arbeit sein und, mit dem letzten Band, wäre das Buch *da*. – Sind Sie, liebe Frau Ruth, mit dem französischen Titel (der auch der russische sein wird) einverstanden – La Russie de R. M. Rilke. Es klingt und ist auch tiefer als »R. M. Rilke et la Russie«. Mehr *Er*. Mehr Eins. *Sein* Russland, wie *sein* Tod. Französisch schreib ich und dicht ich wie meine Muttersprache, Sie können ganz ruhig und sicher sein.[163]

Russland ist seinem grossen Dichter und Liebendem – undankbar, nicht Russland, aber diese unsere Zeit. Das wäre nur der Anfang eines unendlichen Dankes.

(Haben Sie Geduld mit mir und meinem Briefe, – wir *mussten* lang werden!)

Wenn Sie und falls Sie mir zurückschreiben, vergessen Sie bitte nicht mir Ihre Meinung kund zu geben, ob es mit der deutschen Uebertragung meiner schon erwähnten Schriften über R. (Neujahrsbrief und Dein Tod) irgend eine Aussicht hätte.[164] Denn für mich allein würde ich es nicht thun, da ich kaum zwei Stunden im Tag fürs Schreiben frei habe und immer an etwas Eigenem arbeite – und – R. versteht ja russisch! Das thäte ich nur wenn ich die Gewissheit hätte, dass es für Andere geschieht.

Mit ehrerbietigem Gruss an Sie und Ihre Frau Mutter (*die* meinen Sie wohl wenn Sie »wir« sagen?)[165]

Marina Zwetajewa

P. S. Ich möchte so gerne ein Bild von der kleinen Christiane haben, von welcher R. (Sommer 1926) so stolz schrieb: »Sie hat schon *weit* ihr drittes Lebensjahr überschritten«.[166] Damals stand mein Sohn in seinem zweiten.

Die Briefe, die Elegie und die Bücher-Zueignungen (er gab mir Orpheus, Elegien und zuletztens »Verger«) erhalten Sie etwas später, doch ganz sicher – in treuesten Abschriften. Und *noch* – später vererbe ich alles dem Rilke-Haus, nein – dem Rilke-Hain, denn *so* muss es heissen. Goethe-*Haus*[167] und Rilke-*Hain*.[168]

An Nanny Wunderly-Volkart

Liebe, liebe Frau Nanny,

Ihre Gaben sind mir langsam nachgewandert bis sie mich, gestern, alle drei auf einmal, fanden – wie drei Engel, die einem nachgehn und es, nach Engelsart nicht eilig haben.

Glücklich bin ich unsäglich, und besser als glücklich – glückessicher, wie man es nur mit R. ist. (Glück ist auch nicht das Wort: *heimats*sicher, vielleicht? Sie verstehen mich.)

Dank, Dank, Dank.[169]

Und jetzt eine Postkarte mit einigen Worten, wie es Ihnen geht, wie der Sommer war, wie der Herbst ist, wie der Winter wird. So lange – zwei Jahre vielleicht? – habe ich Ihre liebe weite Stimme nicht mehr gehört. (Je weiter – je klingender!)

Es liebt und grüsst Sie und dankt Ihnen unendlich

Marina

France
Clamart (Seine)
10, Rue Lazare Carnot[170]
am 7. September 1933

An Nanny Wunderly-Volkart

Clamart (Seine)
10, Rue Lazare Carnot
23. September 1933

Liebe, liebe Frau,

Eine grosse, grosse Bitte.

Könnten Sie nicht diesen meinen Dankesbrief an die Fürstin Thurn und Taxis,[171] der zu mir aus Berlin und Zürich zurückgekehrt ist, nach dem Insel-Verlag schicken, vielleicht kennt man dort die Adresse, da sie ja der Fürstin Briefe veröffentlichen.[172]

Ich habe Angst es selber zu thun, da ich zum erstenmal so wenig Glück hatte. Jetzt liegt er schon eine Woche in meiner Schublade und quält mich, ich mag ihn nicht aufmachen, es ist schon etwas Schicksal auf ihm, – diese zwei Reisen und die Rückreise und das kalte gedruckte: *Unbekannt.* Wenn die Fürstin ihn erhält – muss sie ihn *so* erhalten. Daher bitte ich Sie, liebe Frau Nanny, (ich schrieb eben ihren Namen mit einem russischen N: *Нанни*, so heissen Sie, russisch geschrieben!) liebe Frau Nanny – *ihn, so wie er ist, in einen anderen Umschlag zu legen, zu betten! den Sie selbst überschreiben.* Vielleicht haben Sie eine leichtere Hand und sie bekommt ihn doch.

Seien Sie so lieb, geben Sie auch Ihre Rückadresse, dass er nicht ganz verloren geht, falls auch der Insel-Verlag nicht die Spur der Fürstin auftreiben kann. (Ich fühle, dass ich ein *furchtbares* Deutsch schreibe, aber ich schrieb schon seit Jahren keine einzige deutsche Zeile!)

Es ist mein Dank für ihr grosses, echtes Rilke-Buch,[173] – wie grösser, schlichter und echter, als der Lou Salomé[174] – ihres, nicht wahr?

Und zum Schluss – Glück und Freude zum grossen Anfang: zum neuen Menschen: zum neuen Kind! *Wer* ist es? Wie nennt man es? Vom Namen hängt *viel* ab[175] ...

Ein richtiger Brief an Sie folgt.

In Liebe und Dankbarkeit Marina

– Thurn und Taxis-Hohenlohe, nicht wahr?[176]

Anhang

Zu dieser Ausgabe

Als ich Ende 1988 in Marbach zum ersten Mal Kopien von den Briefen Marina Zwetajewas an Nanny Wunderly-Volkart, einer hilfreichen und mäzenatischen Freundin Rainer Maria Rilkes, einsehen konnte, kam mir die Idee eines Buches, das die zahlreichen Materialien vereinigen würde, die sich auf das – bereits von vielen Forschern untersuchte – Thema »Rilke und Zwetajewa« beziehen. Von der Existenz dieser Briefe hatte ich schon früher aus dem Katalog zur Rilke-Ausstellung anläßlich seines hundertsten Geburtstages erfahren, in dem auch Auszüge aus dem ersten dieser Briefe abgedruckt waren; Angaben zu dem Aufbewahrungsort der Briefe fanden sich in dem Marbacher Katalog allerdings nicht.

Nun konnte ein weiteres Kapitel zu der »geistigen Begegnung« Rainer Maria Rilkes und Marina Zwetajewas aufgeschlagen werden, dem der 1977 entdeckte, mittlerweile in viele Sprachen übersetzte, in Deutsch geführte Briefwechsel der beiden Dichter aus dem Jahre 1926 vorausging, der 1983 schon einmal im Insel Verlag Frankfurt am Main vorlag. Materialien und Einblicke aus dieser Ausgabe des Briefwechsels kehren in dem vorliegenden Band wieder, der jedoch durch neue Texte, neue Informationen und Erkenntnisse wesentlich bereichert ist. So führt das 2. Kapitel mit dem Poem »Neujahrsbrief« und den beiden Prosatexten »Dein Tod« und »Einige Briefe von Rainer Maria Rilke« Zwetajewas Dialog mit dem verstorbenen Dichter 1927 fort, der im 3. Kapitel mit den hier erstmals publizierten Briefen Zwetajewas an Nanny Wunderly-Volkart nicht abreißt.

Mein Dank gilt Herrn Professor Joachim W. Storck (Marbach) und Herrn Professor Ernst Zinn, die mir Photokopien dieser Briefe für den Druck überließen, da die ursprünglich in Zürich bei Nanny Wunderly-Volkart aufbewahrten Originale unauffindbar sind, sowie Hella und Christoph Sieber-Rilke (Gernsbach), die es ermöglichten, daß der Brief von Zwetajewa an Ruth Sieber-Rilke abgedruckt werden konnte. Ohne die hilfreiche Unterstützung von Josepha und Klaus G. Beyer (Weimar), Dr. Walter Simon (Tübingen), Professor Werner Keller (Köln), Dr. Ingeborg Schnack (Marburg), Renatá Stindlová (Prag), wie auch von dem Wissenschaftskolleg zu Berlin während meines Forschungsaufenthaltes 1990-1991, hätte das Buch in dieser Form nicht erscheinen können.

31. Juli 1991 *Konstantin M. Asadowski*

Mit Ausnahme der russischen Eigennamen erscheinen im Anhang die Zeitschriften, Gedichttitel und bibliographischen Angaben in wissenschaftlicher Umschrift.

1 Zwetajewa hat das Motto in deutsch gedichtet: »Es kam von selbst, als Zweizeiler, wie alles kommt. Ergebnis irgendeines Seufzers, dem niemals die Vorbedingung zuwächst«, erläutert sie in dem Brief vom 23.-26. Mai 1926 an Boris Pasternak (*Rainer Maria Rilke. Marina Zwetajewa. Boris Pasternak. Briefwechsel.* Hg. von Jewgenij Pasternak, Jelena Pasternak und Konstantin M. Asadowski. Aus dem Russischen von Heddy Pross-Weerth. Insel Verlag, Frankfurt am Main 1983, S. 148).

2 Marina Cvetaeva, *Pis'ma k A. Teskovoj.* Hg. von V. Morkovin. Academia, Prag 1969, S. 48.

3 Ebenda, S. 148.

4 Vgl. *Rainer Maria Rilke. Marina Zwetajewa. Boris Pasternak. Briefwechsel*, a. a. O., S. 173-175.

5 »Über Deutschland«, in: Marina Zwetajewa, *Auf eigenen Wegen.* Tagebuchprosa. Moskau 1917-1920, Paris 1934. Übersetzung und Nachwort von Marie-Luise Bott. Suhrkamp Verlag, Frankfurt am Main 1989, S. 189.

6 Vgl. Brief vom 8. April 1914, in: Marina Cvetaeva, *Neizdannye pis'ma.* Hg. von G. Struve und N. Struve. YMCA-Press, Paris 1972, S. 28.

7 Anastassja Zwetajewa, *Kindheit mit Marina.* Aus dem Russischen von Alexander Kaempfe. Ullstein, Frankfurt/Main–Berlin 1992, S. 22f.

8 Ebenda, S. 19.

9 Ebenda, S. 93.

10 Marina Cvetaeva, *Stichotvorenija i poemy.* Hg. von E. B. Korkina. Sovetskij pisatel', Leningrad 1990, S. 34 [Avtobiografija, 1940].

11 Gemeint ist das Drama »L'aiglon« (»Der junge Aar«, 1900), in dem Edmond Rostand (1868-1918) das Schicksal von Joseph François Charles Bonaparte (1811-1832) behandelt, dem Sohn von Napoleon I. und Marie Louise von Österreich, der zur Geburt den Titel »König von Rom« verliehen bekam und seit 1818 den Titel Herzog von Reichsstadt trug. Er war nicht nur einer der Lieblingshelden Zwetajewas, sie hat auch in ihrer Jugend das Drama von Rostand übersetzt.

12 Vgl. *Rainer Maria Rilke. Marina Zwetajewa. Boris Pasternak. Briefwechsel*, a. a. O., S. 86. Das Werk von Heinrich Heine kannte Zwetajewa offensichtlich schon früher. Eine ihrer Mitschülerinnen erzählte, daß Marina Zwetajewa ihr im Sommer 1906 in Tarussa

Puschkin, die deutschen Romantiker und Heine vorgelesen habe. Vgl. Veronique Lossky, *Marina Zwetajewa dans leur vie.* New York 1989, S. 30.

13 A. Zwetajewa, *Kindheit mit Marina*, a. a. O., S. 173.

14 »Über Deutschland«, in: M. Zwetajewa, *Auf eigenen Wegen*, a. a. O., S. 191.

15 A. Zwetajewa, *Kindheit mit Marina*, a. a. O., S. 170.

16 In ihrer Autobiographie (1940) schrieb Zwetajewa über ihren Aufenthalt im Schwarzwald: »Mein Lieblingsbuch aus der Zeit ›Lichtenstein‹ von W. Hauff« (M. Cvetaeva, *Stichotvorenija i poemy*, a. a. O., S. 35).

17 F. A. Stepun, *Tragedija mističeskogo soznanija*, in: Logos 1911-1912. 2-3, S. 115-140.

18 Fedor Stepun, *Das Antlitz Rußlands und das Gesicht der Revolution.* Aus meinem Leben 1884-1922. Kösel-Verlag, München 1961, S. 190f.

19 Brief an V. B. Sosinskij vom 16. September 1926, in: M. Cvetaeva, *Neizdannye pis'ma*, a. a. O., S. 231.

20 Zitiert nach *Deutsche und Deutschland in der russischen Lyrik des frühen 20. Jahrhunderts.* Hg. von D. Herrmann und J. Peters. Sonderband der *West-östlichen Spiegelungen.* Hg. von L. Kopelew. Wilhelm Fink Verlag, München 1988, S. 191f. (Die Übersetzung ist von Josef Müller.)

21 Vgl. Johanne Peters/Maria Razumovsky, »Deutschland, meine Liebe. Marina Cvetaeva«, in: ebenda, S. 179-216.

22 Zitiert nach: V. Lossky, *Marina Zwetajewa dans leur vie*, a. a. O., S. 130.

23 Ursprünglich war das Poem »Der Rattenfänger« – »Meinem Deutschland« gewidmet, was Zwetajewa später strich. Vgl. Günther Wytrzens, *Das Deutsche als Kunstmittel bei Marina Cvetaeva.* In: Wiener Slavistisches Jahrbuch. Wien–Köln–Graz 1969, Bd. 15, S. 59-70.

24 Vgl. M. Zwetajewa, *Auf eigenen Wegen*, a. a. O., S. 185-198.

25 Dieses Buch, das sie in Moskau zurückließ, schenkte Anastassja Zwetajewa 1925 Boris Pasternak und schrieb einige Widmungen hinein: »Für Boris Pasternak (seinen – Marinas – meinen *Rilke**) aus Marinas Büchern (an Marinas Statt). (Und dennoch muß man aufhören, Rilke, und Pasternak, und Marina, und sich zu lieben.) A. Z. 1925. Moskau.«

»*Kann* man jedoch, Boris, *so* über den Tod sprechen! vielleicht, das ist doch kein *Sieg* über ihn, sondern nur die äußerste Spitze des Spiels mit ihm [...] Denken Sie darüber für sich, für Rilke und mich mit Marina nach« (*Anastasija Cvetaeva rasskazyvaet*, in: Literaturnaja gazeta ((ein Gespräch mit M. Feinberg in der Sonderbeilage zu Pasternaks 100. Geburtstag)) 1990, Februar, S. 16.)

26 Die Übersetzung ist nie publiziert worden. Ob Zwetajewa sie angefertigt hat, ist unbekannt. Im Jahre 1932 schrieb sie dann »Die Florentinischen Nächte«, einen Roman in Briefen, die an den Berliner Verleger A. G. Wischnjak (1895-1943) gerichtet sind. (Vgl. Die Rückübersetzung aus dem Französischen von R. Rodina. In: Novyj mir 1985.8. S. 155-170).

27 Marina Cvetaeva, *Sočinenija v dvuch tomach*. Hg. von Anna Saakjanc. Chudožestvennaja literatura, Moskau 1988, Bd. 2, S. 612.

28 Ariadna Efron, *O Marine Cvetaevoj*. Vospominanij dŏceri. Hg. von Marija Belkina. Sovetskij pisatel', Moskau 1989, S. 114.

29 Brief vom 5. Februar 1928, in: M. Cvetaeva, *Neizdannye pis'ma*, a. a. O., S. 256.

30 Das wichtige und schon genügend erforschte Thema »Rilke und Rußland« kann in dem Vorwort nicht noch einmal ausführlich behandelt werden. Grundlagenmaterial zu den beiden Reisen Rilkes nach Rußland, über seine Beziehung zu diesem Land und zu seiner intensiven Übersetzungstätigkeit während der Jahre 1900 bis 1902 finden sich in folgenden Arbeiten: Sophie Brutzer, *Rilkes russische Reisen*. Königsberg in Pr. 1934 (Nachdruck, Wissenschaftliche Buchgesellschaft, Darmstadt 1969); Leonid Čertkov, *Rilke in Rußland*. Auf Grund neuer Materialien. Wien 1975; Patricia P. Brodsky, *Russia in the Works of Rainer Maria Rilke*. Wayne St. University Press 1984; *Rilke und Rußland*. Briefe, Erinnerungen, Gedichte, Hg. von K. M. Asadowski. Insel Verlag, Frankfurt am Main 1986; Daria A. Reshetylo-Rothe, *Rilke and Russia. A Reevaluation*. Peter Lang, New York–Bern–Frankfurt am Main–Paris 1990 (Studies in Modern German Literature, vol. 18) u. a.

31 Gemäß dem Wunsch von Ariadna Efron ist das Archiv von M. Zwetajewa, in dem die Briefe Pasternaks an sie, ihre Konzepthefte und andere Materialien aufbewahrt werden, bis zum Jahre 2000 nicht zugänglich. Auch ist ein großer Teil der etwa hundert Briefe Zwetajewas an Pasternak scheinbar unwiederbringlich verlorengegangen; unter Umständen, die Pasternak 1956 bis 1957 in seiner autobiographischen Skizze »Menschen und Standorte« beschrieben hat (Boris Pasternak, *Luftwege*. Ausgewählte Prosa. Hg. von Karlheinz Kasper. Aus dem Russischen von Elke Erb, Marga Erb, Roland Erb u. a. Verlag Philipp Reclam jun., Leipzig 1986, S. 360).

32 Gemeint sind *Die frühen Gedichte* von Rainer Maria Rilke. Leipzig

1909, die zweite Auflage des Buches »Mir zur Feier«, das Rilke 1908 und 1909 überarbeitet hatte.

33 Brief vom 23. 9. 1923, in: Marina Cvetaeva, *Ob iskusstve.* Iskusstvo, Moskau 1991, S. 390. In einem Brief an Alexander Bachrach vom 5.-6. September 1923 zitiert Zwetajewa, abgewandelt, wie sie es häufig tut, einen Vers (»wunderbare Verse«) aus Rilkes »Das Stunden-Buch«: »(»Du mußt nicht bangen Gott. Sie sagen: *mein* ...«) Sie sagen ›haben‹ und Rainer weiß, daß man eine Frau so wenig *haben* kann, wie eine Blume« (*Pis'ma M. I. Cvetaevoj k A. V. Bachrachu.* Hg. von A. Tjurin, in: Novyj žurnal (New York) 181. 1990, S. 112).

34 In: *Rilke und Rußland*, a. a. O., S. 367.

35 Ebenda S. 368 und 369. Rilke meint die von I. Ehrenburg zusammengestellte Anthologie »Portrety russkich poetov« (Berlin 1922). Neben fünf Gedichten Pasternaks hatte er auch fünf »wunderschöne« Gedichte von Zwetajewa abgedruckt, die Ehrenburg eine »lichte und fröhliche Heidin« (S. 152) nannte.

36 In: *Rilke und Rußland*, a. a. O., S. 460-462.

37 Gemeint ist die französische Lyrikerin Marceline Desbordes-Valmore (1786-1859), deren Gedichte Zwetajewa sehr hoch schätzte.

38 Am 1. November 1925 übersiedelte Zwetajewa von Prag nach Paris.

39 Pasternak hatte Rilke die Adresse von Olga E. Tschernowa-Kolbasina (1886-1964) angegeben, mit deren Familie Zwetajewa und ihre Kinder von November 1925 bis Ende April 1926 zusammen lebten.

40 Vgl. Brief vom 12. 4. 1926, in: *Rilke und Rußland*, a. a. O., S. 373 f.

41 Alle Bücher, die Rilke Zwetajewa geschenkt hat, werden heute von den Erben Boris Pasternaks verwahrt.

42 Den Aufstand des Adels aus der Vendée gegen die Französische Republik im Jahre 1793 deutete Zwetajewa in ihrem Brief vom 8. Juni 1926 an Anna Tesková als einen »großartigen Willensausbruch« (M. Cvetaeva, *Pis'ma k A. Teskovoj*, a. a. O., S. 40). Später verglich sie die Vendeé als das letzte Bollwerk der königlichen Macht mit der Bewegung der Weißen in Rußland, insbesondere mit der »Freiwilligen Armee« am Don, bei der ihr Mann gedient hatte. In dem Auftaktgedicht ihres Zyklus »Don« heißt es z. B.: »Jugend – Heldenmut – Don.«

Marc Slonim erinnert sich, daß für sie die »Aufständischen dieser Gegend während der Epoche der Französischen Revolution [...] romantische Helden waren und sie mit Vorliebe die russische Weiße Armee ›unsere Vendée‹ nannte; deshalb hat sie St. Gilles an der Küste in der Vendée zur Erholung gewählt.« (M. Slonim, *O Marine Cvetaevoj*, a. a. O., S. 145)

43 M. Cvetaeva, *Pis'ma k A. Teskovoj*, a. a. O., S. 40.

44 Vgl. Zwetajewa an Rilke, 3. Mai 1926.

45 Gemeint ist das Gedicht »Georgij« (»Der heilige Georg«) aus dem Gedichtband »Remeslo« (»Handwerk«, Moskau–Berlin 1923). Vgl. dazu auch den Brief Zwetajewas an Rilke vom 12. Mai 1926, S. 56.

46 M. Cvetaeva, *Neizdannye pis'ma*, a. a. O.; S. 277.

47 M. Cvetaeva, *Pis'ma k A. Teskovoj*, a. a. O., S. 57.

48 Brief vom 4. Mai 1928, in: M. Cvetaeva, *Neizdannye pis'ma*, a. a. O., S. 399. Vgl. auch den Essay »Die Kunst im Lichte des Gewissens« (1932), in: Marina Zwetajewa, *Ein gefangener Geist*. Essays. Aus dem Russischen übertragen und mit einem Nachwort versehen von Rolf-Dietrich Keil. Suhrkamp Verlag, Frankfurt am Main 1989, S. 70-114.

49 Brief vom 20. Juli 1923, in: *Pis'ma Mariny Cvetaevoj k A. V. Bachrachu*, in: Novyj žurnal, New York, 180. 1990, S. 228. Vgl. auch Marina Zwetajewa, *Briefe an Bachrach und Ausgewählte Gedichte*. Ausgewählt und übertragen von Irmgard Wille. Oberbaum Verlag, Berlin 1989. Da die Übersetzung auf einer früheren, recht lückenhaften Publikation der Briefe Zwetajewas an Alexander Bachrach beruht, fehlen einige der hier und weiter unten angeführten Zitate.

50 Ebenda, S. 303.

51 Brief vom 14./15. Juli 1923, ebenda, S. 309.

52 Brief vom 25. Juli 1925, ebenda, S. 315.

53 Zwetajewa zitiert die 2. Strophe aus dem Gedicht »Pomni zakon ...« (»Erinnere dich an das Gesetz ...«), in: Marina Cvetaeva, *Stichotvorenija i poemy*, a. a. O., S. 283.

54 Marina Cvetaeva, *Pis'ma k A. Štejgeru*, in: Opyty (New York) 5. 1955, S. 47.

55 Vgl. R. M. Rilke, *Die Aufzeichnungen des Malte Laurids Brigge*. In: R. M. Rilke, *Sämtliche Werke* in zwölf Bänden. Hg. vom Rilke-Archiv in Verbindung mit Ruth Sieber-Rilke, besorgt durch Ernst Zinn. Insel Verlag, Frankfurt am Main 1966, Bd. 11, S. 897. Das Wort »wunderliche« wird übrigens auch in dem apokryphen Brief Goethes vom 21. August 1808 an Bettine erwähnt (Bettina von Arnim. *Werke und Briefe*. Hg. von Gustav Konrad. Darmstadt 1959, Bd. 2, S. 156).

56 Vgl. Anm. 20 zum *Briefwechsel Rilke – Zwetajewa*.

57 Als Zwetajewa 1940 einem ihrer Moskauer Bekannten ihren »Versuch vom Zimmer« vorlas, erklärte sie, das Poem richte sich an Rilke. »Einmal hat er geschrieben, wie sein Zimmer (mit ihr) ausse-

hen werde«, erinnert sich ihr Gesprächspartner, »und dieses Poem ist ihre Antwort« (zitiert nach: V. Lossky, *Marina Zwetajewa dans leur vie*, a. a. O., S. 250).

58 Vgl. Marina Zwetajewa, *Gedichte · Prosa*. Russisch-Deutsch. Hg. von Fritz Mierau, Verlag Philipp Reclam jun., Leipzig 1987, S. 57f.

59 Seit der zweiten Hälfte der 20er Jahre schrieb Zwetajewa häufiger und bevorzugt Prosa. Zwar hört sie nicht auf, Gedichte zu verfassen, doch liegt der Schwerpunkt in ihrer Dichtung nun auf dem Poem, auf der lyrisch-epischen Dichtung. Ein Zusammenhang mit den Ereignissen des Jahres 1926 sollte hierin nicht gesehen werden, um so mehr als sich dieser Umbruch in ihrem Werk schon früher abzeichnete. Eine ganz einfache Erklärung dafür findet sich in ihrem Brief vom 28. August 1935 an Vera Bunina: »In den letzten Jahren habe ich sehr wenige Gedichte geschrieben. Weil sie sie nicht mehr genommen haben – zwangen sie mich Prosa zu schreiben. Solange die Volja Rossii [Der Wille Rußlands] noch existierte, konnte ich unbesorgt ein großes Poem schreiben, da ich wußte – sie werden es nehmen. (Sie nahmen – *alles*, und dafür bin ich ihnen mein Leben lang – und wenn es das gibt – danach – dankbar.) Als die V[olja] R[ossii] jedoch aufhörte – blieb einzig und allein Rudnjew, und der sagte sofort: ›Umfangreiche Poeme drucken wir nicht. Auf 12 Seiten müssen wir – 15 Dichter unterbringen. [...] Ich mußte jedoch – den Lebensunterhalt verdienen: *und nach außen hin* meine Existenz rechtfertigen. Und – die Prosa nahm ihren Anfang. Die ich *sehr* liebe, ich klage nicht. Doch trotz allem – ein wenig gewaltsam ist: Die Verdammnis zum Prosawort« (M. Cvetaeva, *Neizdannye pis'ma,* a. a. O., S. 502; über W. W. Rudnjew s. Drittes Kapitel, Anm. 77).
Dennoch hat das von ihr durchlittene Drama diesen Umbruch verstärkt: Die Lyrik räumte der Prosa den Vorrang ein.

60 Vgl. den Brief an Boris Pasternak vom 31. Dezember 1929, in: *Voprosy literatury* 1985.9., S. 278, sowie Zwetajewas Brief vom 29. Dezember 1931 an N. Wunderly-Volkart. Die zitierten Zeilen erinnern auch an einen früheren Brief Zwetajewas an Anna Tesková im Februar 1928: »*Lieben.* Ich liebe niemanden – schon lange nicht. Pasternak liebe ich, doch er ist weit weg, nur Briefe, nicht ein Zeichen von *dieser* Welt, und so soll es wohl sein, und wahrscheinlich auch in jener nicht! Rilke hat man mir aus den Armen *gerissen*, ich sollte im Frühling zu ihm fahren. Von den Meinen rede ich nicht, das ist eine andere Liebe, eine schmerzhafte und kummerreiche, häufig vom *Alltag* erstickt und verzerrt. Ich rede von der Liebe in Freiheit, unter dem Himmel, von der freien Liebe, von der heimli-

chen Liebe, die in Pässen nicht registriert ist, über das Wunder des Fremden. Von dem *Dort*, das *Hier* ward« (M. Cvetaeva, *Pis'ma k A. Teskovoj*, a.a.O., S. 61). Auffallend ist hier Zwetajewas Enttäuschung über ihre langjährigen, rein brieflichen Beziehungen mit Pasternak, das Gefühl ihrer Unvollständigkeit und Unzulänglichkeit.

61 Vgl. S. 93.

62 In der orthodoxen Kirche wird der vierzigste Tag als der Tag begangen, an dem die Seele des Verstorbenen die Erde endgültig verläßt. Genau an diesem Tag, am 7. Februar 1927, entwarf Zwetajewa, nachdem sie den »Neujahrsbrief« beendet hatte, in ihrem Manuskriptheft den Plan für das »Poem von der Luft«, das 1930 in der 1. Nummer der Pariser Zeitschrift Volja Rossii (S. 16-26) erschien. Der ursprüngliche Gedanke dieses Poems, dessen Bearbeitung Zwetajewa »bis zum Sommer, bis zum Jahrestag seines [d.h. Rilkes] ersten Briefs« an sie zu verlegen, entschied, war ebenfalls mit der Gestalt des deutschen Dichters verknüpft. Vgl. die Anmerkung von E. B. Korkina in: M. Cvetaeva, *Stichotvorenija i poemy*, a.a.O., S. 756.

63 Dennoch scheint das Grab Rilkes eine gewisse Anziehungskraft auf Zwetajewa ausgeübt zu haben. In Gedanken kehrt sie immer wieder zu ihm zurück, erwähnt es nicht nur im »Neujahrsbrief«, ebenso in »Dein Tod« und in ihren Briefen an N. Wunderly-Volkart. Offensichtlich kannte sie die von Rilke verfaßte Grabinschrift auswendig, die dem zweiten, zu Ostern erschienenen Heft der Verlagszeitschrift »Das Inselschiff« vorangeht.
Am 2. September 1931 schrieb ihr S. N. Andronikova-Galpern (1888-1982), mit der Zwetajewa befreundet war, aus der Schweiz, nachdem sie Raron besucht hatte: »Ich war beim Grab Rilkes und schicke Ihnen eine Aufnahme von der Kirche, bei der er begraben liegt, das Grab und die Blumen vom Grab, die ich für sie gepflückt habe« (zitiert nach: *Mir Pasternak*, Sovetskij pisatel', Moskau 1989, S. 167). Zwetajewa dankt ihr am 7. September 1931, zitiert die Grabaufschrift in Deutsch und überträgt sie ins Französische:

Rose! o pure contradiction! { Joie / Volupté }
De n'être le sommeil de personne sous tant de paupières!

»In der Tat dem Persischen so ähnlich«, schließt Zwetajewa, »die Rose und die Kürze und der Sinn.« Vgl. *Pis'ma Mariny Cvetaevoj k Salomee Andronikovoj-Gal'pern*, in: Vestnik russkogo christianskogo dviženija (Paris) 138. 1983. 1, S. 180. An die Grabaufschrift

erinnert sie auch in ihrem Essay »Der Dichter-Bergsteiger«, der dem Gedächtnis des früh verstorbenen Dichters Nikolaj Gronskij (1909-1934) gewidmet ist. »...Er [Rilke] hat in seinem Testament festgehalten, daß auf seiner Grabplatte geschrieben stehe:
*Rose, oh reiner Widerspruch, Lust niemandes Schlaf zu sein unter soviel Lidern.**
Das heißt, jener, der die Kraft und das Geheimnis der Rose in ihrer Schlaflosigkeit gespürt hat, unter der Vielzahl der Blütenblätter erhält er trügerisch ein Schlafmittel...« (M. Cvetaeva, *Sočinenija*, a. a. O., Bd. 2, S. 419-420)

64 *Pis'ma M. I. Cvetaevoj k A. V. Bachrachu*, in: Novyj žurnal, New York, a. a. O., S. 116. Schon 1921 hatte sie an Anna Achmatova geschrieben: »Den Tod von Blok empfinde ich als Himmelfahrt. Den menschlichen Schmerz schlucke ich hinunter. [...] Ich will ihn nicht im Grab, in der Morgenröte will ich ihn.« (M. Cvetaeva, *Ob iskusstve*, a. a. O., S. 378) Diese Worte nehmen schon Zwetajewas Reaktion auf Rilkes Tod im Dezember 1926 vorweg.

65 M. Zwetajewa, *Ein gefangener Geist*, a. a. O., S. 242.

66 Vgl. den Brief vom 14. Juni 1937 an A. Tesková: »...der Atlantik [...] sind für mich Murs Kindheit – und die Begegnungen mit Rilke...«, in: M. Cvetaeva, *Pis'ma k A. Teskovoj*, a. a. O., S. 153. Zwetajewa nannte ihren Sohn Georgij Efron (1925-1944) Mur.

67 Ebenda S. 71. Vgl. auch den Titel ihres autobiographischen Essays über den Dichter Maximilian Woloschin »Das Lebende über den Lebenden« (1933).

68 In: *Stichotvorenie. Poezija i poetičeskaja kritika*. I. Paris 1928, S. 16.

69 Vgl. Anm. 117 zum *Briefwechsel Rilke – Zwetajewa* sowie »Einige Briefe von Rainer Maria Rilke«.

70 Ebenda.

71 Ebenda.

72 Zitiert nach einer Kopie, die die Landes-Bibliothek Bern (Schweiz) zur Verfügung gestellt hat. Dort befindet sich noch eine zweite Notiz in der Handschrift von N. Wunderly-Volkart: »Sieben Briefe und die letzte Elegie von Rilke, die Marina Zwetajewa-Efron gewidmet ist, hat sie an das Weimarer Rilke-Archiv geschickt.« N. Wunderly-Volkart wußte von den sieben Briefen, von der »Letzten Elegie« und dem Weimarer Archiv aus Zwetajewas erstem Brief an sie und aus der französischen Übersetzung ihres Essays über Rilke.

73 Gemeint ist die Ausgabe: R. M. Rilke, *Briefe aus den Jahren 1902 bis 1906*. Hg. von Ruth Sieber-Rilke und Carl Sieber, Insel-Verlag, Leipzig 1930.

74 Brief vom 17. Oktober 1930, in: M. Cvetaeva, *Pis'ma k A. Teskovoj.* a. a. O., S. 85 f.

75 Zwetajewa war anscheinend eine der ersten Leser und Bewunderer Rilkes, die schon in jenen Jahren erkannte, welch einen bedeutenden Stellenwert Rußland und die russische Kultur im Leben Rilkes einnahmen. Wichtig ist hierfür, daß sie nur Tagebücher und einzelne Briefe Rilkes aus den Jahren 1899-1907 kannte, in denen seine Begeisterung für Rußland zum Ausdruck kam, also einen vergleichsweise kleinen Teil der Materialien, die später dazu publiziert wurden. Der Plan Zwetajewas, ein Buch mit allen Äußerungen Rilkes zu Rußland herauszugeben (vgl. die *Briefe an Nanny Wunderly Volkart und Ruth Sieber-Rilke*) ist heute weitgehend, wenn auch noch immer nicht vollständig, realisiert.

76 M. Cvetaeva, *Sočinenija v dvuch tomach*, a. a. O., Bd. 2, S. 521.

77 Zinaida Šachovskaja, *Otraženija.* YMCA-Press, Paris 1975, S. 162.

78 Brief vom 5. Februar 1928, in: M. Cvetaeva, *Neizdannye pis'ma*, a. a. O., S. 256.

79 Jewgenija Tschernoswitowa (um 1902-1974) war ungefähr von Mitte September bis Ende November 1926 als Sekretärin bei Rilke tätig.

80 In der ersten Nummer beispielsweise von Russkaja mysl' (Russischer Gedanke) waren fünf Gedichte Rilkes in der Übersetzung von Gleb Struve abgedruckt sowie sein Artikel »Rainer Maria Rilke« und schließlich seine Rezension des Sammelbandes »Reconaissance à Rilke«, der in: Les Cahiers du Mois (Paris) 1926, 23./24. erschienen war. Der Brief vom 21. Februar 1927 an Anna Tesková beweist, daß Zwetajewa die Nummer dieser Russkaja mysl' sehr genau gelesen hatte: »... Haben Sie die 1. Nummer von ›Russkaja mysl‹ gesehen? – Das einzige (und was für ein!) Licht ist der Brief Rilkes zu Mitjas Liebe. *Rilke – über Bunin* – spüren Sie den ganzen Edelmut Rilkes? Vor Rilke ist Bunin (insbesondere der späte) ein Plauderer, ein Erzähler, ein Feuilletonist« (M. Cvetaeva, *Pis'ma k A. Teskovoj*, a. a. O., S. 49; vgl. dazu auch: K. Saparov, *Rainer Marija Rilke o povesti I. A. Bunina »Mitina ljubov'«*, in: Voprosy literatury 1966.9., S. 247-249).

81 Das 2. Heft der Verlagszeitschrift ›Das Inselschiff‹ war »Dem Gedächtnis Rainer Maria Rilkes gewidmet«, es enthält u. a. Auszüge aus Rilkes Briefen an den »jungen Dichter« Franz Xaver Kappus (1883-1966).
In der Februarnummer der »Nouvelle Revue Française« war 1927 unter der Überschrift »A une amie« ein Brief Rilkes an Baladine

Klossowska (1886-1969) abgedruckt, den Zwetajewa 1929 mit der Überschrift »An einen Freund« übertrug. Dieser Text ist, wie später festgestellt wurde, eine Kontamination von Auszügen aus den Briefen von 1920 und einem Gedicht, das den Brief vom 28. August desselben Jahres beschloß.

Edmond Jaloux, *Rainer Maria Rilke.* Paris 1927. Am Schluß des Buches ist der Brief einer unbekannten Frau an E. Jaloux abgedruckt, mit dessen Übersetzung Zwetajewa ihre Zusammenstellung der Briefe Rilkes beendete.

82 *Pis'ma Mariny Cvetaevoj k R.N. Lomonosovoj* (1928-1931). Hg. von Richard Davies, in: Minuvšee. Istoričeskij al'manach (Paris) 8. 1989, S. 227.

83 Marina Zwetajewa, *Ausgewählte Werke in drei Bänden.* Hg. von Edel Mirowa-Florin. Carl Hanser Verlag, München-Wien 1989, Bd. 2 (Prosa), S. 282-328.

84 Brief vom 24. September 1938 und am 31. Mai 1939, in: M. Cvetaeva, *Pis'ma k A. Teskovoj*, a.a.O., S. 162 und 183.

85 Vgl. Marija Belkina, *Die letzten Jahre der Marina Zwetajewa.* Aus dem Russischen übertragen von Schamma Schahadat und Dorothea Trottenberg, Insel Verlag, Frankfurt am Main 1991, S. 161.

Zwetajewa hatte das Buch, R.M. Rilke, *Briefe aus den Jahren 1902 bis 1906,* in dem der Brief Rilkes an Lou Andreas-Salomé abgedruckt ist, von N. Wunderly-Volkart erhalten.

In der Wiedergabe Zwetajewas klingen Rilkes Wort so: »Als mich der große Ivan ans Herz schlug.« Bei Rilke heißt es: »Mir war ein einziges Mal Ostern; das war damals in jener langen, ungewöhnlichen, ungemeinen, erregten Nacht, da alles Volk sich drängte, und als der Иванъ Великий mich schlug in der Dunkelheit, Schlag für Schlag. Das war mein Ostern, und ich glaube, es reicht für ein ganzes Leben aus; die Botschaft ist mir in jener Moskauer Nacht seltsam groß gegeben worden, ist mir ins Blut gegeben worden und ins Herz. Ich weiß es jetzt: Христосъ воскресъ!« (Rilke, *Briefe aus den Jahren 1902 bis 1906*, a.a.O., S. 144)

86 Brief vom 28. November 1927, in: M. Cvetaeva, *Pis'ma k A. Teskovoj*, a.a.O., S. 56.

87 Brief vom 3. April 1927, in: *Pis'ma Mariny Cvetaevoj k R.N. Lomonosovoj,* a.a.O., S. 227.

88 »Die Kunst im Lichte des Gewissens«, in: M. Zwetajewa, *Ein gefangener Geist*, S. 91.

89 Ebenda, S. 64f.

90 Sisyphus [G. Adamovič], Otkliki, in: Poslednie novosti (Paris) vom 7. Januar 1937, S. 3.

91 Carl Sieber, *René Rilke. Die Jugend Rainer Maria Rilkes*, Insel-Verlag, Leipzig 1932. Brief vom 5. August 1938.

92 M. Cvetaeva, *Pis'ma k A. Teskovoj*, a. a. O., S. 159.

93 Auf die Besetzung der Tschechoslowakei reagierte Zwetajewa mit dem Zyklus »Gedichte an das Tschechenland« (1939), in dem sie das Deutsche Reich als Unterdrückerland schmachvoll brandmarkt: »An Deutschland / [...] / O Manie! O Mumie / Größenwahn! / Deutschland, / Verbrennst daran, / Wahnsinn, / Wahnsinn / Stellst du an!« M. Zwetajewa, *Ausgewählte Werke*, a. a. O., Bd. 1 (Lyrik), S. 195. (Die Übersetzung ist von Katja Lebedewa.)

94 M. Cvetaeva, *Pis'ma k A. Teskovoj*. a. a. O., S. 183.

95 Vgl. dazu *Rainer Maria Rilke. Marina Zwetajewa. Boris Pasternak. Briefwechsel*, a. a. O., S. 35-36 und 234.

Erstes Kapitel

Anmerkungen zum Briefwechsel Rilke–Zwetajewa

Von dem insgesamt in deutsch geführten Briefwechsel zwischen Rainer Maria Rilke und Marina Zwetajewa erschienen einige der Rilke-Briefe erstmals (herausgegeben von Konstantin M. Asadowski, Jewgenij Pasternak und Jelena Pasternak) in: *Neue Deutsche Literatur*, 1979 (Heft 10, S. 119-136); die Briefe Zwetajewas (herausgegeben von Ilma Rakusa und Felix Philipp Ingold) in: *Zeitschrift für slawische Philologie*, 1980 (Heft 1, S. 148-173).
Der gesamte Briefwechsel erschien 1980 in Italien (*»Il settimo sogno«*); 1983 im Insel Verlag: in: *Rainer Maria Rilke. Marina Zwetajewa. Boris Pasternak. Briefwechsel.* Herausgegeben von Jewgenij Pasternak, Jelena Pasternak und Konstantin M. Asadowski. Aus dem Russischen übertragen von Heddy Pross-Weerth.
Für die vorliegende Ausgabe wurden die Briefe Marina Zwetajewas an Rilke nach den Handschriften neu durchgesehen, die an Boris Pasternak und Jewgenija Tschernoswitowa neu übersetzt.

1 Seit dem 20. Dezember 1925 weilte Rilke im Sanatorium Val-Mont, unweit von Glion.

2 Pasternaks am 12. April 1926 in Moskau geschriebener Brief hatte einen langen Weg hinter sich, als er in der Schweiz eintraf: Pasternak hatte ihn nach Berlin geschickt, wo seine Eltern lebten, diese schickten ihn nach München an die Tochter Josephine (geb. 1900), damit auch sie den Brief lesen könne, danach ging er nach Berlin zurück und gelangte erst von dort aus in die Schweiz. (Vgl. *Rainer Maria Rilke. Marina Zwetajewa. Boris Pasternak. Briefwechsel*, a.a.O., S. 79f.)

3 Noch am gleichen Tag schickte Rilke die mit einer Widmung für Zwetajewa versehenen Bände ab: »Die Sonette an Orpheus« und »Duineser Elegien«.

4 Dieses Vorhaben hat Rilke nicht mehr ausgeführt; Pasternak bekam »Die Sonette an Orpheus« und die »Duineser Elegien« erst nach dem Tod des Dichters. Am 24. Juni 1927 bat er seine Schwester Josephine, ihm die Elegien und eine »gute Monographie« über Rilke zu besorgen. (Vgl. Boris Pasternak, *Nesvoboda prednaznačen'ja. Iz pisem*, in: Znamja 1990.2., S. 199.) Am 19. September schreibt er an den Literaturkritiker W.P. Polonskij: »Ich habe den ganzen *Rilke**,

bis auf zwei Bändchen aus der billigen *Insel-Bücherei**: »*Requiem*«* und »*Marienleben*«*. (Vgl. B.L. Pasternak, *Iz perepiski s pisateljami*. Predislovie i publikacija E.V. i E.B. Pasternakov, in: *Iz istorii sovetskoj literatury 1920-1930-ch godov. Novye materialy i issledovanija*. ((Literaturnoe nasledstvo)) 1983, Bd. 93, S. 697.)

5 Auf seiner ersten Rußlandreise war Rilke am 27. April 1899 in Moskau eingetroffen und hatte schon am nächsten Tag Leonid Pasternak dank eines Empfehlungsschreibens aus Deutschland kennengelernt.

6 Rilke hatte im Dezember 1925 einen Brief von Leonid Pasternak vom 8. Dezember erhalten und diesen am 14. März 1926 beantwortet. (Vgl. *Rainer Maria Rilke. Marina Zwetajewa. Boris Pasternak. Briefwechsel*, a.a.O., S. 57-61.)

7 In seinem Brief vom 14. März (vgl. ebenda, S. 60 und 61) teilt Rilke Leonid Pasternak mit, daß er in Paris einige Gedichte seines Sohnes in der von Ilja Ehrenburg herausgegebenen Anthologie »Portrety russkich poetov« (Berlin 1922) gelesen habe. Folgende Texte waren dort abgedruckt: »Ne kak ljudi, ne eženedel'no« (»Nicht wie Menschen, nicht jede Woche«), »Pamjati Demona« (»Dem Dämonen zum Gedenken«), »Iz suever'ja« (»Aus Aberglauben«), »Obrazec« (»Das Muster«), »Složa vesla« (»Mit ruhenden Rudern«).
Auch erwähnt Rilke in dem gleichen Brief die von Paul Valéry herausgegebene Zeitschrift Commerce, die 1925 (6. Heft) »sehr eindrucksvolle Gedichte von Boris Pasternak gebracht [hat], in einer französischen Version von Hélène Iswolsky (die ich auch in Paris gesehen habe)« (vgl. ebenda, S. 61). Die in Commerce veröffentlichten Gedichte waren: »Dušnaja noč'« (Schwüle Nacht) und »Otplytie« (Ein Schiff legt ab). Die Dichterin, Übersetzerin und Kritikerin Jelena Aleksandrowna Iswolskaja (1897-1975) war die Tochter des letzten Gesandten des zaristischen Rußland in Frankreich. Anfang der 30er Jahre war sie mit Zwetajewa befreundet gewesen, der sie später ihre Erinnerungen widmete.

8 Rilke hielt sich vom 7. Januar bis zum 18. August 1925 in Paris auf. Dort traf er vor allem Jelena Woronina (1870-1954), verheiratete Kasitzyna, wieder, die er im Mai 1898 in Viareggio kennengelernt und mehrmals in Petersburg 1899 während der Monate Mai und Juni getroffen hatte.
Am 5. März 1925 schrieb Rilke aus Paris an N. Wunderly-Volkart: »Ich habe hier nach und nach all meine *Russen* von einst wiedergefunden, [...] auch die arme Hélène Woronine [...] Zur Zeit ist sie mit ihrem Mann hier, unter den Flüchtlingen, arm (sie, die seit ihrer Kindheit an Reichtum als etwas ganz Natürliches gewöhnt war), arm, krank und alt, und wie alle Russen hier hat sie keinerlei Zu-

kunft.« (Rainer Maria Rilke, *Briefe an Nanny Wunderly-Volkart.* Im Auftrag der Schweizerischen Landesbibliothek und unter Mitarbeit von Niklaus Bigler besorgt durch Rätus Luck. Insel Verlag, Frankfurt am Main 1977, Bd. 2, S. 1047f.)

9 Eine Begegnung zwischen Rilke und Zwetajewa war zu dieser Zeit unmöglich, da sie erst am 1. November von Prag aus nach Paris übersiedelte.

10 Nach dem Poststempel zu urteilen, wurde der Brief am 8. Mai abgeschickt, ist daher wohl am 7. und 8. Mai geschrieben worden. Doch setzte Zwetajewa über den Brief das Datum vom 9. Mai und 10. Mai, da sie davon ausging, daß er an diesen Tagen in der Schweiz eintreffen werde.

11 Zwetajewa war der Überzeugung, daß vom Namen des Menschen oder des Ortes Entscheidendes abhängt.

12 Zwetajewa blieb lange Zeit nach 1918 der alten Orthographie treu, was im übrigen für viele emigrierte Schriftsteller charakteristisch war, selbst für die Mehrzahl der im Ausland gedruckten russischsprachigen Zeitschriften und Bücher. »Meine ›konter-revolutionäre Haltung‹ erstreckt sich sogar auf die deutsche Rechtschreibung: *Thor**, *That** usw.«, betont sie in einem Brief an Vera Bunin, die Frau des Schriftstellers Iwan Bunin (am 23. Mai 1928, in: M. Cvetaeva, *Neizdannye pis'ma*, a.a.O., S. 404). Vgl. auch den Brief Zwetajewas an N. Wunderly-Volkart vom 17. Oktober 1930, S. 169.

13 Vgl. dazu Zwetajewas Brief an Anna Achmatowa vom 26. April (9. Mai) 1921: »Sie sind mein liebster Dichter.« Und an Pasternak schreibt sie am 10. Februar 1923: »Sie sind der erste Dichter, den ich – in meinem Leben – sehe« (M. Cvetaeva, *Sočinenija v dvuch tomach*, a.a.O., Bd. 2, S. 470 und 476).

14 Hier, wie auch in ihrem Brief vom 13. Mai an Rilke, variiert Zwetajewa den für sie wichtigen Gedanken vom »Mensch-Dichter«, genauer vom Menschen, der »größer als der Dichter« ist. Schon im Dezember 1920 schrieb sie an Evgenij Lann: »Ihre Gedichte sind schön, doch Sie sind größer als Ihre Verse« (*Pis'ma Mariny Cvetaevoj Evgeniju Lannu*, in: *Marina Cvetaeva. Studien und Materialien.* Wien 1981, S. 170. Wiener slawistischer Almanach. Sonderband 3). Bald nach dem Tod von Alexander Blok äußert sie sich wieder ähnlich: »Größer als der Dichter: ist der Mensch.« (Zitiert nach A. Saakjanc, *Marina Cvetaeva ob Aleksandre Bloke*, in: *V mire Bloka.* Sbornik statej. Hg. von A. Michajlov und St. Lesnevskij. Sovetskij pisatel', Moskau 1981, S. 437.) Und am 10. Februar 1923 schreibt sie Boris Pasternak: »Sie sind der erste Dichter, des-

sen Gedichte weniger als er selbst sind, wenn auch größer als alle übrigen.« Schließlich am 1. September 1936 an Anatolij Štejger: »Setzen Sie den Dichter mit dem Menschen gleich [...] Nötigen sie den Dichter nicht, weder grausamer, noch verächtlicher zu reden, als der Mensch spricht...« (M. Cvetaeva, *Sočinenija*, a.a.O., Bd. 2, S. 476 und 534) Vgl. auch die Äußerung Zwetajewas über Pasternak in ihrem Brief vom 20. April 1928 an R.N. Lomonossowa: »Ja, Pasternak ist mein großer Freund, im Leben wie auch in der Arbeit. Und – was das Allerbeste ist –, man weiß niemals, wer in ihm größer ist: der Dichter oder der Mensch? *Beide sind größer*! Der allerseltenste Fall bei schöpferischen Naturen, wenn auch – meiner Ansicht nach, ein selbstverständlicher. So waren auch Goethe und Puschkin – und, in unseren Tagen, Blok« (*Pis'ma Mariny Cvetaevoj k R.I. Lomonosovoj*, a.a.O., S. 211). Rilke wird hier nicht erwähnt, höchstwahrscheinlich, weil Zwetajewa zu dieser Zeit in ihm nicht so sehr den »Menschen« oder den »Dichter« sah, als vielmehr den »Himmlischen«, die reine Geistigkeit.

15 Gemeint ist die zweite, vermehrte Ausgabe des Bandes »Mir zur Feier« (1899), unter dem Titel »Die frühen Gedichte« 1909 in Leipzig erschienen. Außerdem ist Rilkes »Das Buch der Bilder« (Insel-Verlag, Leipzig 1921) in ihrem Archiv erhalten, in das sie hineingeschrieben hatte: »Marina Cvetaeva. Prag, den 1. neu[en, nach dem neuen Stil] August 1922 – erworben am Tage der Ankunft in Prag.« (Central'nyj gosudarstvennyj archiv literatury i iskusstva ((ZGALI)) f. 1190, op. 2, ed. chr. 142)

16 »Meine *am meisten* geliebten – Chinesen und Neger«, schreibt Zwetajewa am 28. April 1934 an Vera Bunina. (M. Cvetaeva, *Neizdannye pis'ma*, a.a.O., S. 487)

17 Das Thema »Muttersohn« hat Zwetajewa wiederholt angesprochen. »Der Sohn, der geboren seiner Mutter gleicht«, schreibt sie in ihrem Essay »Der Dichter-Bergsteiger« – »ahmt sie nicht nach, sondern setzt sie aufs neue fort, das heißt mit allen Merkmalen des anderen Geschlechts, der anderen Generation, der anderen Kindheit, des anderen Erbes (denn *für mich habe ich nicht* geerbt!) – und mit der ganzen Unveränderlichkeit des Bluts. Der Sohn – ist die Potenz der Mutter« (M. Cvetaeva, *Sočinenija*, a.a.O., Bd. 2, S. 433). Und am 29. Juli 1933 schreibt sie an Anatolij Štejger: »Sie haben den unauslöschlichen *weiblichen* Stempel auf sich: die weiblichen Hände über Ihrem Säuglingsalter, eben jenen Stempel, den R[ilke] hat – er ist *nie* ein Mann geworden, obwohl er mit fünfzig Jahren starb« (M. Cvetaeva, *Pis'ma k A. Štejgeru*, in: Opyty, New York, 5. 1955, S. 49).

18 Der Gedanke, daß Boris Pasternak der bedeutendste russische Dichter seiner Zeit sei, klingt seit 1922 in allen ihren Äußerungen über ihn durch. »Pasternak ist – ein großer Dichter«, schreibt sie in ihrem Pasternak gewidmeten Essay »Lichtregen«. »Er ist im Augenblick größer als alle: die Mehrzahl der wirklichen war, einige sind, er allein wird sein« (M. Cvetaeva, *Sočinenija*, a.a.O., Bd. 2, S. 329). Und fast zehn Jahre später wiederholt sie in dem Essay »Der Dichter und die Zeit«: Er ist »der beste Dichter Rußlands« (M. Zwetajewa, *Ein gefangener Geist*, a.a.O., S. 56), wie auch im Juli 1935 in einem Brief an N. Tichonow.

19 Von diesem Brief an spricht Zwetajewa Rilke mit Du an.

20 Wenn Zwetajewa über Dichtung und von Dichtern spricht, verwendet sie häufig den Begriff »Kraft«. »An Gronskij begeistert mich die Kraft. Kraft – und Freiheit«, heißt es in ihrem Essay »Der Dichter-Bergsteiger« (M. Cvetaeva, *Sočinenija*, a.a.O., S. 432). Und in einem Brief an Dmitrij Schachowskoj bekennt sie: »Für mich ist jede Kraft unfehlbar (Unfehlbarkeit der Natur!)« (M. Cvetaeva, *Neizdannye pis'ma*, a.a.O., S. 359).

21 Vom Frühjahr 1903 bis Sommer 1904 lebten Marina und ihre Schwester Anastassja in dem katholischen Pensionat Lacaze in Lausanne am Genfer See. (Vgl. Anastassja Zwetajewa, *Kindheit mit Marina*, a.a.O. 1977, S. 143-164.)

22 Das Motiv der tiefen Ehrfurcht vor Rilkes Größe, der Blick zu ihm »von unten nach oben«, kehrt in anderen Briefen wieder. Am 23. Mai 1926 schreibt sie Boris Pasternak: »Er hat sich tief zu mir gebeugt [...]« (*Rainer Maria Rilke. Marina Zwetajewa. Boris Pasternak. Briefwechsel*, a.a.O., S. 147). Vgl. vor allem den »Neujahrsbrief«.

23 Gemeint sind »Die Zaren. Ein Gedichtkreis« aus dem »Buch der Bilder« (1902 und 1906). Diesen von Rilkes russischen Eindrücken geprägten Zyklus schätzte sie sehr. (Vgl. ihren Brief an Rilke vom 13. Mai und an Boris Pasternak vom 26. Mai 1926.)

24 Einige Tage später schickte Zwetajewa Rilke ihre »Gedichte an Blok« (Berlin 1922) und »Psyche. Romantik« (Berlin 1923). In »Gedichte an Blok« steht die auf deutsch geschriebene Widmung: »Für das Aeussere des Buches kann / ich nichts – gilt für mich überhaupt nicht! – begnüg dich mit dem *Inneren*! / Raineru Maria Rilke – / Marina Zwetaewa. / (Mein Name ist de[r] verkürzte Deine, – / merkst Du's nicht?) / St. Gilles-sur-Vie (Vendée) / den 12. May 1926. / – Ich fang mit den leichtesten Büchern / an: mit meiner Jugend.« /
In »Psyche. Romantik« schrieb sie: »Raineru Maria Rilke – meinem

liebsten / auf Erden und *nach* Erden (*über* Erden!) / Marina Zwetajewa / St. Gilles-sur-Vie (Vendée) / 12. May 1926.«
An den Rand und in die Gedichttexte hatte Zwetajewa deutsche Erläuterungen geschrieben, damit Rilke ihre Gedichte leichter lesen und verstehen konnte. (Vgl. F. Ph. Ingold, *M.I. Cvetaevas Lese- und Verständnishilfen für R.M. Rilke. Unbekannte Marginalien zu »Stichi k Bloku« und »Psicheja«*, in: Welt der Slaven 1979.2., S. 352-368.)

25 Ariadna Sergejewna Efron (1912-1975).

26 Wenn Zwetajewas Äußerung ihre Richtigkeit hat, dann muß sie das Werk Rilkes schon um 1915 gut gekannt haben.

27 Vgl. Anm. 42 zum *Vorwort*.

28 Die Beziehungen zwischen der Schweiz und der Sowjetunion waren in diesen Jahren äußerst angespannt und verhärteten sich nach dem Mord an W.W. Worowskoj in Lausanne (1923). Von 1923 bis 1927 versuchte die sowjetische Regierung sogar einen Wirtschaftsboykott gegen die Schweiz. Die Einreise von sowjetischen und russischen Bürgern war streng begrenzt.

29 »Ich glaube an Nächte« ist der Abschlußvers des Gedichts »Du Dunkelheit, aus der ich stamme« im »Stundenbuch« (Rilke, *Sämtliche Werke*, Bd. 1, S. 258), den sie in der »Povest' o Sonečke« (1937, dt. M. Cvetaeva, *Erzählung von Sonečka*. Aus dem Russischen übersetzt und mit einem Nachwort versehen von Margarete Schubert. Lilith, Berlin 1984, S. 167) wiederaufnimmt, die der russischen Schauspielerin und ihrer Freundin Sofia Holliday (1896-1935) gewidmet ist.

30 Rußland, Heimatland, »jenseits der Welt« – diese Begriffe bilden im Wortschatz Zwetajewas eine Gedankenkette. In einem Brief vom 10. Februar 1923 an Boris Pasternak heißt es: »Rußland ist für mich – un grand peut-être, fast das Jenseits« (M. Cvetaeva, *Sočinenija,* a.a.O., Bd. 2., S. 479, vgl. auch den »Neujahrsbrief«, S. 109). Diesen Gedanken führt sie in ihrem Essay »Der Dichter und die Zeit« (1932) aus: »Rußland ist nur die Grenze irdischer Verständlichkeit, hinter der Verständlichkeitsgrenze Rußlands ist die grenzenlose Verständlichkeit des Unirdischen. ›Es gibt ein Land Gott, und Rußland grenzt *daran*‹, hat Rilke gesagt, der selbst überall außerhalb Rußlands Sehnsucht nach Rußland empfand, sein ganzes Leben lang. An dieses Land Gott grenzt Rußland bis zum heutigen Tag. [...] Nicht erst jetzt, nach allem was geschehen ist, Rußland war für alles, was Nicht-Rußland ist, immer schon jenseits der Welt, egal ob mit Eisbären oder mit Bolschewiken – *jenseits*« (M. Zwetajewa, *Ein gefangener Geist,* a.a.O., S. 53f.).

In einer der »Geschichten vom lieben Gott« – »Wie der Verrat nach Russland kam« heißt es bei Rilke korrekt: »›Woran könnte Rußland an diesen beiden Seiten grenzen?‹ [...] ›Vielleicht an Gott?‹ ›Ja,‹ bestätigte ich, ›an Gott.‹ [...] Es ist da wohl ein Reich, das heißt Gott, und der es beherrscht, heißt auch Gott.« (Rilke, *Sämtliche Werke*, a.a.O., Bd. 7, S. 310)

31 Das Wortspiel soll St-Gilles-sur-Vie eine erhaben-metaphysische Bedeutung geben. Tatsächlich ist la Vie ein Fluß in der Vendée.

32 Dieser Satz Rilkes hat Zwetajewas Leidenschaft für die Zahl 7 offenbar noch mehr bestätigt, vgl. auch Anm. 55 zum *Briefwechsel Rilke – Zwetajewa*, S. 220. Späterhin hat sie die »magische« Zahl häufig mit dem Namen Rilke verbunden. So datierte sie das Poem »Neujahrsbrief« auf den 7. Februar 1927, »Dein Tod« auf den 27. Februar. In einigen Fällen hat sie die 7 willkürlich konstruiert, »sich ausgedacht«. (Vgl. ihren Brief vom 29. Dezember 1931 an Nanny Wunderly-Volkart.) Am 7. Februar 1938 schreibt sie Anna Tesková: »[...] ich liebe diese Zahl – Rilkes Lieblingszahl –« (M. Cvetaeva, *Pis'ma k A. Teskovoj*, a.a.O., S. 158); vgl. auch ihren Brief an Ariadna Berg vom 22. April 1935 (*Pis'ma Mariny Cvetaevoj k Ariadne Berg*, a.a.O., S. 29-30).

33 Ile d'Yeu – Insel vor der westfranzösischen Küste, zur Vendée gehörend.

34 In den Monaten April/Mai fuhr Rilke mehrfach von Val-Mont nach Lausanne.

35 René Auberjonois (1872-1957), Schweizer Maler, der von 1897-1914 in Paris und danach ähnlich zurückgezogen wie Rilke in der Schweiz lebte. Am 17. April 1926 hatte Rilke seine Ausstellung in Lausanne besucht.

36 Zwetajewa nimmt dieses Motiv ihrerseits auf und versuchte immer wieder ihre Art des Schreibens der von Rilke anzugleichen. (Vgl. ihre Briefe vom 12. Mai und 22. August.)

37 Mit diesem Satz reagiert Rilke auf Zwetajewas Begriffe »Kraft« und »fünftes Element« aus dem vorhergehenden Brief. Der Begriff »Natur« war für Rilke wie auch für Zwetajewa einer der grundlegendsten.

38 Rilkes Erklärung mußte Zwetajewa begeistern, die leidenschaftlich gern wanderte. »Ich bin ein geborener Läufer«, schrieb sie am 12. Mai 1934 an Jurij Ivask (*Pis'ma M.I. Cvetaevoj Ju.P. Ivasku*, a.a.O., S. 217). Vgl. auch Zwetajewas »Ode an den Fußgang« (die erste Fassung datiert vom 26. August 1931 in Meudon, die letzte vom März 1933) und Zwetajewas Brief vom 24. Januar 1932 an Ruth Sieber-Rilke.

39 Seit Rilkes erstem Aufenthalt in Sierre (Kanton Wallis) im Herbst 1920 verglich er begeistert die Gegenden entlang der Rhône mit den früher so liebgewonnenen Landschaften Spaniens und der Provence. Immer wieder beschrieb er seine Eindrücke in Briefen: »[...] denn dieses Wallis (: ja, wieso nennt mans nicht, wenn man die berühmtesten Gegenden der Erde aufzählt?) ist eine unvergleichliche Landschaft«, schrieb er unter anderem am 26. November 1921, »erst erfaßt ichs noch nicht in Wahrheit, weil ichs verglich: mit dem Bedeutendsten meiner Erinnerungen, mit Spanien, mit der Provence (der es ja in der Tat, durch den Rhône, blutsverwandt ist), aber erst seit ichs ganz um seiner selbst willen anstaune, offenbart es mir seine großen Verhältnisse und in ihnen, nach und nach erkennbar, die süßeste Anmut und die stärkste inständigste Überlieferung« (Rainer Maria Rilke, *Briefe aus Muzot 1921 bis 1926*. Hg. von Ruth Sieber-Rilke und Carl Sieber. Insel-Verlag, Leipzig 1935, S. 7, 44, auch S. 360).

40 Die Vorstellung vom »Jenseits« und von der »himmlischen Topographie« hat Zwetajewa in ihrem »Neujahrsbrief« (S. 113 f.) und in ihrem »Poem von der Luft« (1927) weiterentwickelt.

41 Zwetajewa meint »Das Stunden-Buch« (1899-1901, erste Buchausgabe 1905) und seine drei Teile: »Vom moenchischen Leben«; »Von der Pilgerschaft«; »Von der Armuth und vom Tode«.

42 »Im Priester sehe ich immer eine Rechtsüberschreitung: wer hat dich über mich gestellt? (*zwischen* Gott und mich, zwischen *jenen* und mich, *zwischen* alles – und mich). Er ist – ein Vermittler, ich aber bin – unmittelbar. Ich brauche solche wie R[ilke], wie Sie, wie Pasternak; in Gott, doch irgendwie – ohne Gott, ohne dieses Wort – Gott, ohne diese Wand (zwischen mir und dem Menschen) – Gott« (Brief vom 22. Januar 1929, in: M. Cvetaeva, *Pis'ma k A. Teskovoj*, a. a. O., S. 70).

43 David, König von Juda und Israel, ist eine der biblischen Gestalten die in der Lyrik Zwetajewas häufig vorkommen: In den Zyklen »Der Schüler« (1921), »Der Knabe« (1921), »Bäume« (1922) u. a.

44 Das Thema der »Jüngerschaft« hat Zwetajewa sehr beschäftigt; vgl. ihren dem symbolistischen Lyriker und Kulturphilosophen Wjatscheslaw Iwanow (1866-1949) gewidmeten Gedichtzyklus »An Iwanow« (1920) und »Der Schüler«, der an den Fürsten, Schriftsteller und ehemaligen Direktor des kaiserlichen Theaters, Sergej Wolkonskij (1860-1937), gerichtet ist. In dem Gedichtband »Psyche« gelten vier Gedichte (1917) dem Lieblingsjünger Johannes, der auf die Brust Christi niedersinkt. In dem Rilke geschickten Exemplar von »Psyche« steht unter dem letzten Gedicht des Zyklus fol-

gender deutscher Kommentar: »(*Wenn Johann mit Jesus ist hat er / kein Gesicht, nur den Nacken mit / den langen Haaren seh ich**)« (F.Ph. Ingold, *M.I. Cvetaevas Lese- und Verständnishilfen für Rilke*, a.a.O., S. 365).

45 Am 4. Juni 1934 schreibt Zwetajewa an Jurij Ivask: »Einfach glauben, einfach begreifen – *das Wunder* [...] *Annehmen...*« (*Pis'ma M.I. Cvetaevoj Ju.P. Ivasku*, a.a.O., S. 220)

46 Gemeint ist die Pariser Literaturzeitschrift Zveno (Das Bindeglied), von 1923 bis 1927 erschien sie wöchentlich, seit dem Juli 1927 monatlich. Leiter war der Dichter und führende Literaturkritiker im russischen Ausland Georgij Adamowitsch (1894-1972). 1923 hatte Zwetajewa in der 2. Nummer (vom 12. Februar) den »Schneesturm. Dramatische Szenen in Versen« publiziert.

47 Zwetajewas Essay »Der Dichter über die Kritik« war in der russischen Zeitschrift Blagonamerennyj (Der Wohlgesinnte, Brüssel 1926.2. ((März-April)), S. 94-125) erschienen. Ihn begleitete eine »Blütenlese«, in der Zwetajewa eine Sammlung von Zitaten Georgij Adamowitschs aus seinen im Jahre 1925 in Zveno abgedruckten »Literarischen Gesprächen« zusammengetragen und nicht gerade wohlwollend kommentiert hatte.
Zwetajewas Essay löste einen Sturm der Entrüstung in der Emigrantenpresse aus. Am 9. Mai 1926 bittet sie Anna Tesková: »Lesen Sie bitte meinen Essay ›Der Dichter über die Kritik‹ im 2. Band des ›Blagonamerennyj‹ (er ist gerade erschienen), dessentwegen sie mich in aller Eintracht hetzen: Adamowitsch, Ossorgin, S. Jablonowskij, sogar Pjotr Struve, den ich übrigens noch nicht gelesen habe« (M. Cvetaeva, *Pis'ma k Anne Teskovoj*, a.a.O., S. 38).
Alexander A. Jablonowskij (1870-1934) war Journalist und Literaturkritiker; Michail Ossorgin (eig. M.A. Iljin, 1878-1943) Schriftsteller und Pjotr B. Struve (1870-1944) Politiker und Literat.

48 Zwetajewa zitiert Georgij Adamowitsch, der in einer kurzen Notiz in Zveno auf ihre »Blütenlese« reagiert hatte. Unter anderem schrieb er: »Marina Zwetajewa zürnt mir über alle Maßen. In ihrem Zorn schulmeistert sie mich ständig. Zwetajewas Belehrungen und Anmerkungen sind der Art, daß man nicht weiß, was an ihnen mehr erstaunt: Die Gewissenlosigkeit oder die Dummheit. Sie klaubt Zeilen heraus, stellt sie zusammen, zieht Schlußfolgerungen – all das vollkommen willkürlich. Sie gibt Anweisungen, wie man Brot bäckt, urteilt über die Eigenschaften von Mineralwasser, teilt die Neuigkeit mit, daß Benediktow kein Prosaist, sondern ein Dichter war, erklärt, daß sie sich bis zum heutigen Tage nicht mit dem Tod von Orpheus abfinden könne – es ist unmöglich, alle ihre

Verschrobenheiten aufzuzählen« (in: Zveno 1926, Nr. 170 vom 2. Mai, S. 2).
Die Anrede »Frau Z.« oder »Fr. Z« kommt bei Adamowitsch nicht vor. Dafür jedoch bei Zwetajewa, die einige Male in ihrem Essay »Der Dichter und die Zeit« diese Anrede verwendet, wenn sie ironisch Reaktionen zu ihrem Werk wiedergibt. (Vgl. Marina Zwetajewa, *Ein gefangener Geist*, a. a. O.)

49 Zwetajewa zitiert aus dem Gedächtnis die Worte Adamowitschs, die sie in ihre »Blütenlese« aufgenommen hatte: »Die vier Jahre, die seit dem Todestag Bloks – am 7. August 1921 – vergangen sind, haben ausgereicht, uns an diesen Verlust schon zu gewöhnen, uns fast mit ihm zu versöhnen. Sie haben Blok jedoch nicht in die Geschichte entrückt...« (*Literaturnye besedy*, in: Zveno 1925, Nr. 132 vom 10. August, S. 2.)

50 Puschkin starb 1837.

51 Mit fast den gleichen Worten hatte Zwetajewa Adamowitschs Ausführungen in ihrer »Blütenlese« kommentiert. Genau heißt es: »Schlecht steht es dann um Puschkin († vor 94 Jahren), nicht besser um Chenier († vor 133 Jahren), ganz hoffnungslos um Orpheus († ?).
Der Tod des Dichters ist überhaupt widergesetzlich. Der gewaltsame Tod des Dichters – etwas Ungeheuerliches. Puschkin (Sammelname) wird so oft sterben, wie er geliebt wird. In jedem Liebenden – anders. Und in jedem Liebenden – ewig« (M. Cvetaeva, *Izbrannaja proza v dvuch tomach*. Hg. von A. Sumerkin und mit einem Vorwort von J. Brodskij, Russica Publishers, New York 1979, Bd. 2, S. 247, vgl. auch *Rainer Maria Rilke. Marina Zwetajewa. Boris Pasternak. Briefwechsel*, a. a. O., S. 287).
Über die »Widergesetzlichkeit« des Todes des Dichters hat Zwetajewa auch in ihrem Essay »Der Dichter-Bergsteiger« geschrieben: »Wenn jeder junge Tod, insbesondere aber der des Dichters eine Gesetzwidrigkeit ist, dann ist der Tod Gronskijs – ebenfalls in seiner Widergesetzlichkeit – rechtswidrig.« (M. Cvetaeva, *Sočinenija*, a. a. O., Bd. 2, S. 420)

52 So nannte Zwetajewa ironisch die »allgemeinzugängliche« Literatur, die sich dem Geschmack des »Durchschnittslesers« anpaßte.

53 Der Mythos vom thrakischen Sänger Orpheus kommt häufig in dem lyrischen, prosaischen und epistolarischen Werk Zwetajewas vor. Entsprechend der poetologischen Tradition verkörperte Orpheus auch für sie das lyrische Prinzip, personifizierte das liedhafte Element. Daher ist es kein Zufall, daß sie ihren Lieblingsdichter Blok mit Orpheus in dem Gedicht »Kak sonnyj, kak p'janyj«

(1921, »Wie schläfrig, wie trunken«) vergleicht. Hölderlin nennt sie in einem Brief an Gorkij im Oktober 1927 den »deutschen Orpheus« (M. Cvetaeva, *Sočinenija,* a.a.O., Bd. 2, S. 510). Und natürlich auch Rilke.

54 »Da stieg ein Baum. O reine Übersteigung!« lautet der erste Vers in den »Sonetten an Orpheus«, Erster Teil (Rilke, *Sämtliche Werke,* a.a.O., Bd. 2, S. 731).

55 Das Thema des »siebten« Himmels kehrt in Zwetajewas Gedichten immer wieder, zum Beispiel in »Ne samozvanka – ja prišla domoj« (1918, »Nicht selbsternannt – kam ich heim«, aus dem Zyklus »Psyche«), und hymnisch erklingt »die siebente Luft« und die »heilige Zahl 7« in dem »Poem von der Luft« (1927). Vgl. M. Cvetaeva, *Stichotvorenija i poemy,* a.a.O., S. 582.

56 »Gesang ist Dasein«. Aus dem III. Sonett an Orpheus, Erster Teil, in: Rilke, *Sämtliche Werke*, a.a.O., Bd. 2, S. 732.

57 »[...] schwer sind die Berge, schwer sind die Meere.« Aus dem IV. Sonett an Orpheus, Erster Teil, ebenda, S. 733.

58 »Aber die Lüfte ... aber die Räume ...«; Abschlußvers aus dem IV. Sonett an Orpheus, Erster Teil, ebenda, S. 733.

59 »... Wir sollen uns nicht mühn«; aus dem V. Sonett an Orpheus, Erster Teil, ebenda, S. 733.

60 Ungenaues Zitat. Eigentlich heißt der erste Halbvers aus dem VI. Sonett an Orpheus »Ist er ein Hiesiger?« (Erster Teil, ebenda, S. 734).

61 Vgl. Anm. 186 zum *Briefwechsel Rilke – Zwetajewa*, S. 244.

62 »[...] dieser Stolz aus Erde.« Aus dem XI. Sonett an Orpheus, Erster Teil, ebenda, S. 737.

63 Ihren Gedichtband »Remeslo« (Handwerk), Berlin/Moskau 1923 hat Zwetajewa Rilke vermutlich nicht geschickt; zumindest ist im Schweizer Rilke-Archiv kein Exemplar vorhanden.

64 Sieben Gedichte bilden den unvollendet gebliebenen Zyklus »Georgij« (Juni/Juli 1921, »Georg«), der ihrem Mann, Sergej Efron, gewidmet ist.

65 Rilke hatte in das Zwetajewa übersandte Exemplar der »Sonette an Orpheus« neben dem XVI. Sonett, Erster Teil vermerkt: »An einen Hund.« Diese Widmung hat er bewußt für den Druck nicht vorgesehen, wann immer er den Band jedoch verschenkte, hielt er es für notwendig, darauf hinzuweisen. (Vgl. Rainer Maria Rilke, *Die Briefe an Gräfin Sizzo. 1921-1926*. Hg. von Ingeborg Schnack. Insel Verlag, Frankfurt am Main 1977, S. 62-63.)

66 Pauline (und Änni) Brinck, in deren Pensionat in Freiburg Zwetajewa und ihre Schwester Anastassja vom Sommer 1904 bis Mitte des

Jahres 1906 waren, vgl. Anastassja Zwetajewa, *Kindheit mit Marina*, a. a. O., S. 173 ff.

67 Zwetajewa liebte Hunde, immer wieder spricht sie liebevoll von ihnen in ihren Briefen. In den Erinnerungen an den Lyriker und Maler Maximilian Woloschin (1877-1932) »Das Lebende über den Lebenden« beschreibt sie einen der Hunde aus Koktebel: »Es war ein krimscher Schäferhund, eher schon ein riesiger Wolf [...], der nichts und niemanden bewachte und nicht die Schafe, sondern die Menschen in Schrecken versetzte. Mich nicht. Ich packte ihn sofort, beim ersten Heranrücken seiner Stirn, mit beiden Händen um die Schnauze, die vor Knurren zitterte, und küßte ihn mitten auf die Stirn, mit dem Gefühl, als küßte ich mindestens den Ätna. Gegen Sommerende küßte ich ihn schon, ohne ihn mit den Händen festzuhalten und bekam dafür eine Pfote. Doch bei jeder Ankunft – wieder diese grollende Schnauze unter den Lefzen...« (M. Cvetaeva, *Izbrannaja proza*, a. a. O., Bd. 2, S. 59)

68 Die dramatischen Versdichtungen »Abenteuer« und »Phoenix« waren vom 27. Juli bis 27. August 1919 in Moskau entstanden. Die in Prag herausgegebene russische Zeitschrift Volja Rossii veröffentlichte »Abenteuer« 1923 in den Heften 18 und 19. Der dritte Akt von »Phoenix« erschien 1922 in dem Moskauer Privatverlag Sozvezdie (Gestirn) unter dem Titel »Casanovas Ende. Dramatische Etüde«. In ihrem Vorwort zu dieser Ausgabe, von der sie sich später »in aller Öffentlichkeit« distanzierte, da sie »von irgendwelchen Gaunern unter Betrug abgezwungen und dilettantisch gedruckt war«, charakterisiert sie ihr Stück: »Das ist kein Theaterstück, es ist ein Poem – einfach Liebe: die tausendunderste Liebeserklärung an Casanova« (M. Cvetaeva, *Sočinenija*, a. a. O., Bd. 2, S. 8 und M. Cvetaeva, *Teatr.* Iskusstvo, Moskau 1988, S. 360. Der vollständige Text erschien erstmals in Volja Rossii 1924. 8.-9. und zweisprachig im Suhrkamp Verlag Frankfurt am Main 1990 in der Übersetzung von Ilma Rakusa.)
Protagonist der beiden Stücke ist Giacomo Casanova (1725-1798), in »Abenteuer« ist es der Dreiundzwanzigjährige, in »Phoenix« der einsame, verspottete Greis, der auf dem böhmischen Schloß des Grafen Waldheim seine letzte Liebe zu der dreizehnjährigen Kindfrau Franziska in der Mitternachtsstunde des Jahres 1799 erlebt.

69 Zwetajewa zitiert den ersten Vers der lyrischen Widmung, die Rilke in das für sie bestimmte Exemplar der »Duineser Elegien« hineingeschrieben hatte. Vgl. *Vorwort*, S. 8.

70 Aus der Neunten Duineser Elegie, in: Rilke, *Sämtliche Werke*, a. a. O., Bd. 2, S. 719.

71 Ihr Verständnis von Ästhetentum hat Zwetajewa am 25. Juli 1923 in einem Brief an Alexander Bachrach dargelegt: »Vom Ästhetentum. Ästhetentum, das ist Seelenlosigkeit. Der Ersatz des Wesens – durch das Äußerliche. Der Ästhet, der am lebendigen *Gestrüpp* vorübergeht, ergötzt sich an ihm auf einem Stich. Ästhetentum; das ist die Berechnung: alles ohne Leiden hinzunehmen: ja das Leiden in Genuß zu verwandeln! Alles unter dem Himmel hat seinen Platz: auch der Verräter, auch der Gewalttäter, auch der Mörder – der Ästhet jedoch hat keinen! Er zählt nicht. Er ist aus den Elementen ausgeschlossen, er ist eine Null« (*Pis'ma Mariny Cvetaevoj k A. V. Bachrachu*, in: Novyj žurnal, New York, 180. 1991, S. 234).

72 Der Verzicht ist ein Schlüsselwort bei Zwetajewa und mit ihrem Verständnis vom Schaffen verbunden. Nur das freiwillige Entsagen des Dichters von der »Liebe« und dem »Leben« (in der herkömmlichen, empirischen Bedeutung dieser Wörter) ermöglicht es ihm, die geistige Höhe zu erreichen, wie sie es in ihrem ersten Brief an Rilke ausdrückte: »Ein Dichter ist der, der das Leben überwindet (überwinden soll)« (S. 47). In dem Essay »Der Dichter-Bergsteiger«, dort, wo sie über die Gedichte Nikolaj Gronskijs spricht, erinnert sie an den »reinen Kristall jenes von Fürst Wolkonskij entdeckten und formulierten *Siegs mit Hilfe des Verzichts*« (M. Cvetaeva, *Sočinenija*, a.a.O., Bd. 2, S. 430). »Verzicht« und »Selbstentsagung«, die sie immer wieder auch für sich beschwor, waren eine innere Reaktion auf die ihr als Dichter wie auch als Menschen eigene Leidenschaftlichkeit, Heftigkeit, Lebensfreude. Einen Widerspruch, den sie in einem »Brief an die Amazone« (1932-1934) so formuliert hat: »Alles zu sagen haben – und die Lippen nicht aufzutun. Alles zu geben haben – und die Hand nicht aufzutun. Es ist Verzicht, was Sie eine bürgerliche Tugend nennen und was – mag es bürgerlich sein oder nicht, mag es Tugend sein oder nicht – die wichtigste Triebfeder meiner Handlungen ist.« (Marina Zwetajewa, *Mein weiblicher Bruder.* Brief an die Amazone. Aus dem Französischen von Ralph Dutli. Matthes & Seitz Verlag, München 1985. S. 8)
Das Thema des »Verzichts« bestimmt immer wieder die tragische Färbung des Zwetajewaschen Werks. Mit den bekannten Versen »Auf diese Welt des Irrsinns / Gibt es nur eine Antwort – Verzicht« schließt beispielsweise das Gedicht »Klage des Zorns und der Liebe!« (März – Mai 1939) aus dem Zyklus »Gedichte an das Tschechenland«. Dieses Motiv durchzieht auch ihre Briefe an Rilke: Die Aussichtslosigkeit, sich dem »Mensch-Rilke« zu nähern, mit ihm zusammen zu sein, veranlaßte Zwetajewa für eine Zeitlang auf den Briefwechsel mit dem deutschen Dichter zu »verzichten«. Sie

nimmt ihr immer nachdrücklicher werdendes Gespräch über »Liebe« und »Pein« erst drei Wochen später, am 3. Juni, wieder auf. In der Zwischenzeit schreibt sie Pasternak am 23. Mai: »Für *mein* Deutschland wäre der ganze Rilke nötig. Wie üblich beginne ich mit dem Verzicht« (*Rainer Maria Rilke. Marina Zwetajewa. Boris Pasternak. Briefwechsel*, a.a.O., S. 148).

73 Zwetajewas Sohn Georgij wurde am 1. Februar 1925 geboren. Ursprünglich wollte sie ihn Boris nennen – »zu Ehren meines geliebten Zeitgenossen Boris Pasternak« wie sie Anna Tesková am 10. Februar 1925 schrieb. Im gleichen Brief heißt es dann allerdings: »Der Junge wird Georgij heißen und seinen Namenstag am Tag der Georgs-Ritter feiern. Georgij – der Patron von Moskau und dem Erzengel Michael ebenbürtig, der oberste Führer der Heere. Im Volk ist er der Patron der *Wölfe und Herden*. Würdigen Sie die Weite des russischen Volkes!« (M. Cvetaeva, *Pis'ma k A. Teskovoj*, a.a.O., S. 29; vgl. auch die Briefe vom 29. Februar und 10. Mai 1925 an O.E. Tschernowa-Kolbasina, in: M. Cvetaeva, *Neizdannye pis'ma*, a.a.O., S. 139f., 172).

74 Zwetajewa akzeptierte weder den Kommunismus noch den Sozialismus, auch wenn ihr Politik insgesamt gleichgültig war. In ihren Memoiren erinnert Jelena Izwolskaja daran, daß Zwetajewa »überhaupt keiner Gruppierung angehört hat. Was aber den Kommunismus anbetrifft, da kannte sie sich vorzüglich aus [...] Sie mochte den Kommunismus nicht; liebte jedoch Rußland«, in: E. Izvol'skaja, *Ten' na stenach (O Cvetaevoj)*, in: Opyty (New-York) 3. 1954, S. 157.

75 Vgl. Anm. 11 zum *Vorwort*. – Und am 12. September 1929 berichtet sie R.N. Lomonossowa von ihrem Sohn: »Schließlich – Mur (Georgij) – ›ein kleiner Riese‹, ›Mussolini‹, ›ein Philosoph‹, ›Siegfried‹, ›le petit phénomène‹, ›Napoléon à Ste. Hélène‹, ›mon doux Jésus de petit Roi de Rome‹ – lauter Reaktionen von Hinz und Kunz – von Russen und Franzosen – für mich ist er einfach nur *Mur*, der so auch sein soll...« (*Pis'ma Mariny Cvetaevoj k R.N. Lomonosovoj*, a.a.O., S. 214).

76 Ähnliches schildert Zwetajewa am 9. Mai 1926 dem Schriftsteller und Anhänger Lew Tolstojs Walentin Bulgakow (1886-1966); M. Cvetaeva, *Sočinenija*, Bd. 2, S. 506.

77 Ariadna Efron war 1926 14 Jahre alt. Da Zwetajewa sich und ihren Mann in diesem Brief, wie so häufig, um zwei Jahre jünger macht, verändert sie dementsprechend auch das Alter ihrer Tochter.

78 Vgl. hierzu auch die Beschreibung ihrer Tochter am 12. September 1929: »Dann die Tochter – Alja (Ariadna), ein Kind meiner Kind-

heit, bald 16 Jahre alt, ein wunderbares *Mädchen*, nicht *Wunder-Kind**, sondern *wunderbares Kind**, das mit mir die ganze Sowjetische (von 1917 bis 1922) Epoche durchgemacht hat. [...] Jetzt ist sie höher als ich, schön, eher ein germanischer Typ – aus *Kinder-Walhalla**« (*Pis'ma Mariny Cvetaevoj k R.N. Lomonosovoj*, a.a.O., S. 214; im September 1929 wurde Ariadna Efron 17 Jahre alt).

79 Gemeint ist Auguste Rodin, dem er »Der Neuen Gedichte anderer Teil« (1908) gewidmet hatte: »A mon grand Ami Auguste Rodin« (Rilke, *Sämtliche Werke*, a.a.O., Bd. 2, S. 556). Die Aufnahmen der Rodinschen Skulpturen machte der Pariser Photograph Pjotr Iwanowitsch Schumow (1872-1936).

80 Aus Rilkes Gedicht »Selbstbildnis aus dem Jahre 1906« (Rilke, *Sämtliche Werke*, a.a.O., Bd. 2, S. 522).

81 Rilkes Geburtsstadt ist Prag, wo er vornehmlich bis 1897 wohnte.

82 Vgl. Anm. 23 zum *Briefwechsel Rilke – Zwetajewa*.

83 Das Pensionat Lacaze, in dem Zwetajewa und ihre Schwester von 1903 bis 1904 lebten, befand sich auf dem Boulevard de Grancy 3 in Ouchy, einem Vorort (heute Stadtteil) von Lausanne, dem Zwetajewa ein Gedicht in ihrem »Abendalbum« gewidmet hat. Vom 20. August bis 30. September 1926 wohnte Rilke, wenn er nach Lausanne fuhr, in dem Hotel Savoye in Ouchy.

84 »Meine Mutter [...] war nicht groß«, erinnert sich Ariadna Efron, »163 Zentimeter, mit der Figur eines ägyptischen Knaben – breite Schultern, schmale Hüften, eine zierliche Taille« (A. Efron, *O Marine Cvetaevoj*, a.a.O., S. 33).

85 Vgl. Anm. 77 zum *Briefwechsel Rilke – Zwetajewa*.

86 Sergej Efron muß spätestens am 1./2. Juni nach St. Gilles gekommen sein, denn am 3. Juni schrieb er Dmitrij Schachowskoj: »Ich bin in St. Gilles.« (Zitiert nach: Archiepiskop Ioann Šachovskoj, *Biografija junosti. Ustanovlenie edinstva*, YMCA-Press, Paris 1977, 394). Und am 9. Juni Zwetajewa: »S[ergej] J[akowlewitsch] ist angekommen, er weilt schon die zweite Woche bei uns« (Horst Lampl, *Briefe Marina Cvetaevas an Olga Kolbasina-Černova*, in: Wiener Slavistisches Jahrbuch 22. 1976, S. 114).

87 »Sie haben ein Leidenswesen«, wiederholt Zwetajewa am 29. September 1923 in ihrem Brief an Alexander Bachrach (*Pis'ma M.I. Cvetaevoj k A.V. Bachrachu*, in: Novyj žurnal, New York, 181. 1990, S. 129).

88 Erste Zeile aus einem Gedicht Zwetajewas »Marina! Danke für die Welt! / Ein eigenwilliges Tochterwort. Und siehe – es teilte sich der Himmel / Über der Frau mit dem hellen Haar.« Abgedruckt in dem

Gedichtband »Psyche. Romantik« (1923), in der Abteilung »Gedichte an die Tochter«. Siehe auch Anm. 24.

89 Am 28. April 1901 hatten Rilke und Clara Westhoff geheiratet, am 13. Dezember kam die Tochter Ruth zur Welt. Als Rilke im August 1902 nach Paris reiste, trennte er sich für immer von der Familie.

90 1922 heiratete Ruth Rilke den Juristen Carl Sieber (1897-1945), sie zogen auf das Gut Alt-Jocketa bei Liebau, im Vogtland, nicht weit von der Stadt Plauen in Sachsen. Am 2. November 1923 wurde ihre Tochter Christine geboren, die im Dezember 1947 tragisch umkam.

91 Rilke wohnte seit Ende Juli 1921 auf Schoß Muzot. Er konnte es für sich »festhalten« dank des Mäzens Werner Reinhart (1884-1951), einem Vetter von Nanny Wunderly-Volkart, der zunächst das »Château de Muzot« für Rilke anmietete, es später dann erwarb und Rilke auf Lebenszeit überließ.

92 Immer wieder betonte Rilke, daß er die schöpferischen Leistungen der letzten Jahre seines Lebens (vor allem die »Duineser Elegien« und »Die Sonette an Orpheus«) ganz und gar seiner »einsamen« Lebensweise auf Schloß Muzot verdanke. Dennoch spürt er auch die Gefahr seines »Einsiedlerlebens«; am 14. März 1926 schilderte er Leonid Pasternak sein Leben in dem alten »Schlößchen – des XIII. Jahrhunderts«: »[...] in vollkommenster Einsamkeit mit meiner Arbeit und den Rosen meines kleinen Gartens beschäftigt. Ab und zu gehe ich von dort für einige Monate nach Paris oder Italien, wenn die übergroße Einsamkeit meines Wohnsitzes, der ich so viel verdanke, droht überlebensgroß zu werden und zur Drohung umzuschlagen« (*Rilke und Rußland*, a.a.O., S. 370).

93 Der »Erste Teil« der »Sonette an Orpheus« ist zwischen dem 2./5. Februar 1922 entstanden, die Mehrzahl aus dem »Zweiten Teil« am 15./17. Februar und am 17./19., die letzten wurden am 17./23. Februar geschrieben.
Indes die ersten beiden der »Duineser Elegien« Mitte Januar 1912 auf Schloß Duino entstanden, die dritte 1913 in Paris und im November 1915, schrieb er in München die vierte. Danach gelangen ihm nur Fragmente einzelner Elegien, die letzten sechs verfaßte er schließlich zwischen dem 7. und 14. Februar 1922 auf Muzot.

94 Den Begriff der »Gnade« verwendet Rilke in diesen Jahren nicht selten. So unterstrich er in einem Brief vom 15. April 1924 an die Baronin Dorothea Ledebur, »daß in der Kunst die ›Gnade‹ das Entscheidende ist«, und, »so darf ich versichern, mehr als das Mögliche in der so rein begünstigten Einsamkeit vollbracht zu haben« (Rainer Maria Rilke, *Briefe aus Muzot 1921 bis 1926*, a.a.O., S. 264).

95 Rilke vermutete, daß zu den Ursachen seiner für die Ärzte unerklärlichen Erkrankung auch die jahrelange, extensive Einsamkeit gehöre. (Vgl. Rainer Maria Rilke, *Die Briefe an Gräfin Sizzo. 1921-1926*, a.a.O., S. 110ff.)

96 Schon 1922 spürte Rilke sein Leiden. Es zwang ihn, den August und September des Jahres 1923 im Sanatorium Schöneck am Vierwaldstätter See zu verbringen; vom 28. Dezember bis zum 20. April 1924 war er erstmals im Sanatorium Val-Mont, oberhalb des Genfer Sees, wo er sich auch vom 24. November 1924 bis zum 7. Januar 1925 und vom 20. Dezember 1925 bis zum 1. Juni 1926 aufhielt.

97 Vgl. Anm. 8.

98 Zu der Erkrankung des Sympathicus schrieb Rilke der Fürstin Marie von Thurn und Taxis am 7. Januar 1923: »[...] aber dieses seltsame, in der Magengegend liegende Nervenzentrum des Sympathicus, nicht umsonst ›Sonnengeflecht‹ genannt, ist seit einiger Zeit von einer krankhaften Empfindlichkeit bei mir, jede Erregung oder auch nur momentan starke geistige Anstrengung ruft dort Störungen hervor, die natürlich die diesen Nerven benachbarten Theile jedesmal in die lebhafteste Mitleidenschaft ziehen, – was ich dann nur durch Aufbietung größter Energie und durch den Zwang zur Ruhe wieder besänftige« (Rainer Maria Rilke und Marie von Thurn und Taxis, *Briefwechsel*, a.a.O., Bd. 2, S. 740).

99 Vgl. Anm. 36.

100 Iwan Gontscharow (1812-1891) wurde im westlichen Ausland vor allem durch seinen Roman »Oblomow» (1859) berühmt. Soweit bekannt, hat Rilke die russischen Autoren meist in Übersetzungen gelesen. Daß er Gontscharow im Original gelesen hat, ist an keiner anderen Stelle belegt.

Auf die Erwähnung Gontscharows reagierte Zwetajewa in ihrem Brief vom 26. Mai 1926 an Boris Pasternak verärgert, denn die von Gontscharow geschilderte »niedrige« Welt der russischen Wirklichkeit schien ihr unvereinbar zu sein mit dem erhabenen und übernationalen Kosmos Rilkes. »Boris, was folgt, ist eine Gemeinheit (von mir): Meine Gedichte liest er mit Mühe, obwohl er vor zehn Jahren Gontscharow ohne Wörterbuch gelesen hat. [...] Gontscharow – mysteriös, ja? So empfinde ich es auch. Wenn es sich um den »Tzarenkreis« handelt – aus dem Dunkel der Vergangenheit – herrlich, als Oblomow – schon erheblich schlechter. Der verwandelte Oblomow Rilkes (Gen[itiv], wenn Du willst – durch Rilke) Was für eine Verschwendung! Darin habe ich einen Augenblick den Ausländer in ihm gesehen, das heißt, mich als Russin und ihn als Deutschen. – Beschämend. Es gibt eine Welt von festen (und niedrigen, fest in ihrer Niedrigkeit) Werten, von denen er, Rilke, in keiner Sprache etwas wissen sollte. Gontscharow (der seinen Platz in der Geschichte der russischen Literatur eines bestimmten Vierteljahrhunderts hat und gegen den ich, im Alltag, nichts einzuwenden habe) aus Rilkes Munde verliert mir zu sehr. Man muß barmherziger sein« (M. Zwetajewa, *Ausgewählte Werke*, a.a.O., Bd. 3, Briefe, S. 83 f.).

101 Diese Worte Rilkes nimmt Zwetajewa im Brief am »dritten Tag Ostern 1927« an Anna Tesková auf und verbindet sie mit der Frage, die ihr Rilke am 19. August stellte: »In seinem vorletzten Brief die Frage: wie heißt ›*Nest – in Deiner Sprache, die so nah ist, alle zu sein*‹* ...« (M. Cvetaeva, *Pis'ma k A. Teskovoj*, a.a.O., S. 52).

102 Rilke meint die deutschen Erklärungen, die Zwetajewa in die Bücher »Gedichte an Blok« und »Psyche. Romantik« als Lese- und Verständnishilfen hineingeschrieben hatte. Vgl. Anm. 24.

103 Vgl. Anm. 7.

104 Rilkes eintägige Reise nach Muzot fand am 21. Mai statt.

105 Zwetajewa paraphrasiert eine Passage aus ihrem Brief vom 22. Mai 1926 an Boris Pasternak. (Vgl. *Rainer Maria Rilke. Marina Zwetajewa. Boris Pasternak. Briefwechsel*, a.a.O., S. 134.)

106 In Rilkes Brief vom 17. Mai 1926.

107 Tatsächlich blieb der Begriff »sein« in anderem Kontext für Zwetajewa immer wichtiger als »haben«. (Vgl. auch Anm. 37 zu den *Briefen an N. Wunderly-Volkart.*) »Sein« ist in ihrem Wortschatz ein Synonym für »lieben«, »leben«, »existieren«, während »haben« zum Wortfeld »Besitz«, »Alltagswelt« gehört. In diesem Brief spricht sie jedoch von dem Verzicht, der Überwindung der »irdischen« Liebe und des Lebens an sich, von ihrem Drang nach »Nicht-Sein«, nach »Ewigkeit«.

108 Schon 1919 reflektierte Zwetajewa in den »Auszügen aus dem Buch ›Irdische Zeichen‹« über »Sein« und »Nichtsein im Geliebten«: »Aber da ich in dir lebe, bin ich nicht verschwunden! Aber da du in mir lebst, bist du nicht verschwunden! Das ist Sein im Geliebten, das ist ›ich in dir und du in mir‹, das ist trotz alledem *ich* und *du*, das ist nicht: zwei, die eins geworden sind. Zwei, die eins geworden sind, das ist Nichtsein. Ich sprach vom Nichtsein im Geliebten.
Zwei sind eins, das heißt: das Nichtsein im Geliebten ist nur für einen möglich. Um im anderen nicht-zu-sein, muß der andere *sein*.« (M. Zwetajewa, *Auf eigenen Wegen*, a.a.O., S. 162 f.)

»Nicht sein«, »sterben« bedeutete in Zwetajewas Logik sich ganz und gar von den »irdischen Fesseln« zu befreien, eine rein geistige Persönlichkeit zu werden, sich zu verwirklichen. Das wahre *Sein* faßte Zwetajewa hin und wieder als *Nicht-Sein* auf. »Ich würde gerne überhaupt nicht-sein«, bekannte sie am 21. November 1934 Anna Tesková (M. Cvetaeva, *Pis'ma k A. Teskovoj*, a.a.O., S. 115).

Das Thema ihres Briefs an Rilke (im anderen sein, den anderen nicht haben, »nicht wollen« etc.) klingt schon in den Briefen an Alexander Bachrach an: »Im anderen leben, ist, zu Grunde gehen. Das tut mir nicht leid, ich sehne mich allein danach, *jedoch* –« (*Pis'ma M.I. Cvetaevoj k A.V. Bachrachu*, in: Novyj žurnal, New York, 181. 1990, S. 129, am 29. September 1923). Ähnliches liest sich auch am 22. Mai 1926 in dem Brief an Boris Pasternak: »Und so wollte ich immer in allem aufgehen« (*Rainer Maria Rilke. Marina Zwetajewa. Boris Pasternak. Briefwechsel*, a.a.O., S. 134). Dort, wo, Rilke in der »Elegie« die Themen des »Nicht-Seins« und der Unsterblichkeit ansprach, betont er nicht zufällig Zwetajewas Ausdruck (nicht sein) als einen Satz: »Nicht-Sein«. Insgesamt kann angenommen werden, daß gerade diese Stelle in Zwetajewas Brief die Intention und Richtung der »Elegie« bestimmt hat. Indem Rilke über die Natürlichkeit des Liebesempfindens, von der Nutzlosigkeit der »Selbstzerstörung« und des »Verzichts« spricht, tröstet er sie gleichsam und entgegnet zugleich: »So auch, wer fällt, vermindert die heilige Zahl nicht. / Jeder verzichtende Sturz stürzt in den Ursprung und heilt.«

109 Vgl. hierzu auch Zwetajewas Brief vom 29. September 1923 an Alexander Bachrach: »In der Liebe bin ich nicht da, es ist nur ein rasendes, fassungsloses, leidendes Wesen, die Seele ohne Körper.« Und kurz danach sagt sie, Schaffen und Liebesdrang seien unvereinbar. »[...] Ich lasse mich zu sehr hinreißen. Um zu lieben muß ich vergessen (alles, das heißt, MICH)« (*Pis'ma M.I. Cvetaevoj k A.V. Bachrachu*, in: Novyj žurnal, New York, 181. 1990, S. 128).

110 Schlußzeile von Zwetajewas Gedicht »Ta že molodost' i te že dyry« (März 1920, »Dieselbe Jugend und dieselben Löcher«; in: M. Cvetaeva, *Sočinenija*, a.a.O., Bd. 1, S. 112), Rilke reagierte auf diese offensichtlich mit »Auch die unteren Götter wollen gelobt sein, Marina« in seiner »Elegie«.

111 Das Motiv »nicht wollen«, das gleichbedeutend mit dem Thema »Verzicht«, »Nicht-Liebe« etc. ist, kehrt in dem »Postumen Brief« Zwetajewas an Rilke wieder.

112 Pasternak spürte, daß Zwetajewa allein mit Rilke in Verbindung stehen wollte und ihn fast ein wenig von dem geliebten Dichter wegschob: »Ich liebe ihn nicht weniger als Du, es betrübt mich, daß Du das nicht weißt. Warum kam es Dir nicht in den Sinn, mir den Text seiner Widmungen abzuschreiben und überhaupt zu schreiben, wie alles vor sich ging und vielleicht auch einiges aus seinen Briefen. Du standest ja im Zentrum der erlebten Explosion und nun plötzlich – abseits.« (*Rainer Maria Rilke. Marina Zwetajewa. Boris Pasternak. Briefwechsel*, a.a.O., S. 140)

113 Die »Elegie für Marina«. Als Zwetajewa sie am 14. November 1936 an Anna Tesková schickte, schrieb sie dazu: »Für Sie – statt eines Briefes – die letzte Elegie Rilkes, die außer Boris Pasternak keiner gelesen hat. [...] Ich nenne sie – *Marina Elegie** – und sie schließt den Kreis der *Duineser Elegien**, und einmal (nach meinem Tod) wird sie in sie aufgenommen werden: sie beenden.
Nur – eine Bitte: *keinem* – außer Ihnen und der Schwester: *keinem*. Das ist mein Geheimnis mit R[ilke], seines – mit mir. Und zu diesem Geheimnis kehre ich immer wieder zurück, wenn die mich so unverkennbar kränken – die es nicht würdig sind, die Riemen seiner Sandalen zu lösen« (M. Cvetaeva, *Pis'ma k A. Teskovoj*, a.a.O., S. 145f.).
In einem unpublizierten Brief an Anne de Noailles vom 19. Mai 1927, den Herr Professor Nikita Struve (Paris) uns dankenswerter Weise einsehen ließ, rühmt Zwetajewa die »Duineser Elegien« als das beste Buch Rilkes und bedauert, daß viele Leser das »Buch der Bilder« vorzögen.

114 Rilke verließ Val-Mont am 1. Juni 1926 und hielt sich für ein oder zwei Tage in Bellevue (Sierre) auf. Am 2. oder 3. Juni kehrte er nach Muzot zurück.

115 Rilke schickte Zwetajewa sechs Photographien, Erläuterungen dazu hatte er in Französisch auf den Rückseiten vermerkt. Drei Aufnahmen zeigen Schloß Muzot, die vierte das Arbeitszimmer von Rilke im Schloß, auf den beiden letzten ist Rilke im Gemüsegarten des Schlosses zu sehen. Alle Bilder datieren von 1924. (Vgl. *Rainer Maria Rilke. Marina Zwetajewa. Boris Pasternak. Briefwechsel*, a.a.O., Bildteil zwischen S. 144 und 145.)

116 Vgl. Anm. 112.

117 Zwetajewa hatte die beiden ersten Briefe Rilkes für Boris Pasternak abgeschrieben und sie ihm am 18. Mai nach Moskau geschickt. Nachdem er sie erhalten hatte, schrieb ihr Pasternak am 10. Juni, der zweite Brief Rilkes (vom 10. Mai) habe jenen Zustand

der Niedergedrücktheit des Geistes vertrieben, in dem er sich zuvor befunden habe und den zum Teil die Briefe Zwetajewas ausgelöst hätten, da sie nur unklar von ihrer Beziehung zu Rilke geschrieben habe. »Es kam mir der Gedanke, daß Du ihn nicht liebst, wie es sein sollte und sein muß.« Doch seitdem er den »wunderbaren« zweiten Brief Rilkes an Zwetajewa gelesen habe, verspüre er Erleichterung. »Von dieser Antwort läßt sich leicht auf Deine Briefe an ihn schließen. Das war mir bisher die ganze Zeit über nicht gelungen, und es erstaunt mich, daß Du das nicht verstandest. Überdies, um seine Zeile über die Kraft *meines* Briefes wiederzugeben, hättest Du, wenn auch nur eine Zeile (d.h. nur irgendein Zeichen) geben sollen aus seinem Brief über Deine Kraft, aus seinem Brief über seine Kraft mit Dir. Dann hätte die Zeit sich nicht so verzerrt, wie es geschah. Immerhin, einmal bist Du schließlich doch darauf gekommen, mir zu sagen, wie groß es bei Dir ist und wie groß der Rückstoß, und das wäre von mir aus übergenug gewesen, wenn Du Dich in diesem Brief nicht über irgend etwas erzürnt und das Gesagte im ersten Ansturm von Grenzleidenschaften verdunkelt hättest. Jetzt ist *alles* von gleicher Art, einander ähnlich auf die Ausgangshöhe gehoben, frei ungezwungen im einzelnen und Seligkeit im ganzen.« (*Rainer Maria Rilke. Marina Zwetajewa. Boris Pasternak. Briefwechsel*, a.a.O., S. 169f.)

Boris Pasternak seinerseits schrieb den ersten Brief Rilkes an Zwetajewa ab und schickte ihn nach Deutschland zu seinem Vater mit den folgenden Zeilen: »Es ist quälend und widerlich, daß ich bis heute Rilke nicht geantwortet habe. Nicht, weil ich ihn nicht genügend liebe und verehre, sondern unendlich (›zu sehr‹ kann man nicht sagen, denn ihn zu sehr lieben ist undenkbar – ja und unendlich ist nur hinreichend). Obendrein ist ein Mißverständnis daran schuld, das sich einen ganzen Monat lang hinzog. Marina hat aus natürlichem Taktgefühl heraus, als sie mir seinen Brief schickte, auch nicht ein Wort von sich hinzugefügt, sie ließ uns sozusagen allein im Zimmer zurück. Und ich wußte nicht, was zwischen den beiden war. Erst jetzt, zwei Wochen später, hat sie für mich seine beiden ersten Briefe an sie abgeschrieben. Den zweiten zu zitieren, habe ich kein Recht (es ist Rilkes Antwort auf ihren Brief, nachdem er meine Bitte wegen der Bücher erfüllt hatte). Ich bin nicht imstande, ihn aufgrund der Kraft und Fülle dieses seines Briefes an sie zu zitieren, den Brief eines Dichters an einen Dichter, in dem er ihr ›Du‹ sagt und ihr einen neuen, noch unvollendeten Teil des Malte Brigge schenkt, einzigartig in der Gefühlsintensität. Da erst faßte ich auch wieder Mut, als ich sah, daß ich mich in meinem Gefühl und Vorgefühl nicht geirrt hatte. Uns verband, was verbinden sollte« (*Rainer Maria Rilke. Boris Pasternak. Marina Cvetaeva. Pis'ma 1926 goda.* Hg. von K.M. Asadovskij, E.B. Pasternak, E.V. Pasternak, Kniga, Moskau 1990, S. 141).

118 Es ist charakteristisch für Zwetajewa, nicht »teilen« zu wollen, d.h., andere Menschen in ihre Beziehungen mit Rilke einzuweihen. Vgl. ihren Brief vom 14. August an Rilke und vor allem ihren Essay »Einige Briefe von Rainer-Maria Rilke«. (Vgl. auch den Brief vom 12. Januar 1932 an Nanny Wunderly-Volkart.)

119 Verszeile aus einem Gedicht des »Stunden-Buches«, das beginnt: »Ich bin auf der Welt zu allein und doch nicht allein genug [...]« (Rilke, *Sämtliche Werke*, a.a.O., Bd. 1, S. 260). Zwetajewa hatte diese Zeile schon am 8. Januar und 14. Februar 1925 in ihren Briefen an O.E. Tschernowa-Kolbasina zitiert (M. Cvetaeva, *Neizdannye pis'ma*, a.a.O., S. 113, 135) und wiederholte sie am 4. März 1935 in einem Brief an Ariadna Berg (*Pis'ma Mariny Cvetaevoj k Ariadne Berg*, a.a.O., S. 24).

120 Vgl. Anm. 72.

121 Vgl. dazu Zwetajewas Brief vom 27. Juli 1923 an Alexander Bachrach: »Ich schreibe spät am Abend, nach einem stürmischen, klaren, windigen Tag. Ich saß – hoch oben – auf einer Birke, der Wind schaukelte die Birke und mich, ich umarmte ihren weißen glatten Stamm, ich war selig, es gab *mich* nicht mehr« (*Pis'ma M.I. Cvetaevoj k A.V. Bachrachu*, in: Novyj žurnal, New York, 180. 1990, S. 244). Der Vergleich dieser beiden Äußerungen zeigt, wie sich bei Zwetajewa die Begriffe von »Sein« und »Nichtsein« vermischen, ja sogar austauschbar sind.

Zwetajewas Einstellung zum Baum, die der gegenüber dem Menschen gleicht, reflektiert die für sie charakteristische Auffassung von der Natur als einem lebendigen Organismus. In einem ihrer Konzepthefte haben sich Entwürfe für das Gedicht »Ledjanaja tiara gor...« (»Die eisige Tiara der Berge«, aus dem Zyklus »Stichi k sirote«, »Gedichte an eine Waise«, 1936) erhalten, die dafür kennzeichnend sind: »Man könnte den Ausruf in *zwei* Bahnen lenken: – Ich hielt die Tulpe heute wie ein Kind am Kinn! 1. Freiheit mit der Natur: — Ich hielt heute den Kiefernstamm wie einen lebendigen Leib umschlungen ... Ich zog sie heute ... an die Lippen ... wie eine lebendige Hand ... (Flucht mit den Blättern.) Da – ohne alle Erklärungen: widerfuhr mir solches, daß alles sich belebte (sich vermenschlichte)« (M. Cvetaeva, *Izbrannye proizvedenija*. Moskau-Leningrad 1965, S. 761).

122 Möglicherweise dachte Zwetajewa hierbei an die beiden Schlußzeilen aus Rilkes Gedicht »Herbst« im »Buch der Bilder« (1902, 2. Auflage 1906): »Und doch ist Einer, welcher dieses Fallen / unendlich sanft in seinen Händen hält.« (Rilke, *Sämtliche Werke*, a. a. O., Bd. 1, S. 400)

123 Den Augen hat Zwetajewa immer besondere Beachtung geschenkt. Vgl. zum Beispiel das Gedicht »Dva zareva! – net, zerkala! ...« (1921, »Zwei Feuerstrahlen! – nicht doch, Spiegel! ...«) und »Die Erzählung von Sonečka«, a. a. O. Von Ariadnes Augen spricht sie in dem Gedicht »V šitoj serebrom rubašečke ...« (1919, »Im genähten Silberhemd«) wie auch in ihrer Widmung zu dem lyrischen Drama »Casanovas Ende«: »Meiner Tochter Ariadna – ihren venezianischen Augen«.

124 Dieses Motiv wird immer weiter entwickelt und klingt am deutlichsten in Zwetajewas Brief vom 2. August 1926 an.

125 Ähnliches schreibt Zwetajewa in ihrem Essay über den Dichter und Maler Maximilian Woloschin »Das Lebende über den Lebenden«, der ihr das Gedicht »K vam duša tak radostna vlekoma!« (1910, »Wie freudig strebt die Seele Euch entgegen«) widmete: »Die ersten guten Verse in meinem Leben, viele sind gewidmet worden, doch schlechte« (M. Cvetaeva, *Izbrannaja proza,* a. a. O., Bd. 2, S. 33).

126 Hier reagiert Zwetajewa wohl auf die Verse aus Rilkes »Elegie an Marina Zwetajewa-Efron« – »(O wie begreif ich dich, weibliche Blüte am gleichen / unvergänglichen Strauch. Wie streu ich mich stark in die Nachtluft, / die dich nächstens bestreift.)«

127 Zitat aus »Elegie an Marina Zwetajewa-Efron«.

128 Einen ähnlichen Gedanken skizziert Zwetajewa am 27. Dezember 1926 in einem Brief an den jungen Dichter und Literaturkritiker Daniil Resnikow, der mit einer der Töchter von Olga Tschernowa-Kolbasina verheiratet war: »[...] Der Mensch, der mich lieben *kann*, kann eine andere nicht lieben. Und – weit mehr noch – umgekehrt. Das Ausgeschlossensein besteht doch nicht nur im Ausschließen der anderen, sondern auch in dem Ausgeschlossensein aus den anderen. Mich gibt es in anderen nicht.« (*Dva pis'ma Mariny Cvetaevoj k D. Reznikovu.* Hg. von Veronika Losskaja, in: Vestnik russkogo christianskogo dviženija, Paris–New York–Moskau, 183. 1983. 1, S. 191)

129 Siehe »Elegie an Marina Zwetajewa-Efron«.

130 Siehe »Elegie an Marina Zwetajewa-Efron«.

131 Mit diesen Sätzen schließt Zwetajewa das Thema der »Liebesqual« ab, das in ihrem vorherigen Brief an Rilke vorherrschte. Von

Qual, Schmerz, Weh, die ihrer Vorstellung nach mit der Leidenschaft für einen anderen Menschen einhergehen, spricht sie auch in ihren Briefen an Alexander Bachrach im Juli und August 1923: »Meine Gefühle sind Sinnestäuschungen, und ich leide *wahnsinnig*!« (am 27. August, in: *Pis'ma M.I. Cvetaevoj k A.V. Bachrachu*, in: Novyj žurnal, New York, 180. 1990, S. 246). Ende August schickt sie dem schweigenden Briefpartner einen »Krankheitsbericht«, eine Art Tagebuch, in dem sie Tag für Tag, sich beobachtend, ihre Gefühle aufzeichnet: »Ja, ich habe verstanden! Das Schmerzhafte in der Liebe ist persönlich, der Genuß gehört allen. [...] Der Schmerz ist das *Du* in der Liebe, unser persönliches Zeichen in ihr. [...] Daher: ›tu weh, d.h. sag, daß du das bist, nenne dich.‹ Ist das richtig? Ich denke, ja« (am 26. Juli). »Der Schmerz hat schon aufgehört, ein Ereignis zu sein, er wurde Zustand. Daß Sie *waren* – glaube ich schon nicht mehr, Sie – sind mein Schmerz« (am 12. August). »Den Schmerz wollten – Sie, und mich hat er getroffen. Ist das gerecht?« (am 18. August, in: *Pis'ma M.I. Cvetaevoj k A.V. Bachrachu*, in: Novyj žurnal, New York, 181. 1990, S. 98, 104, 107). Genauso versuchte Zwetajewa, Rilke zu sagen: »Sie – sind mein Schmerz.«

132 Die heilige Kunigunde, Tochter des Grafen Siegfried von Lützelburg und mit Heinrich II. 999 verheiratet, wurde mit diesem 1002 in Paderborn zur deutschen Königin, 1004 in Rom zur deutschen Kaiserin gekrönt. Mit Heinrich gründete sie den Dom und das Bistum Bamberg, 1017 das Benediktinerinnenkloster Kaufungen, in dem sie nach Heinrichs Tod 1024 bis zu ihrem eigenen 1033 (1039?) zurückgezogen lebte. 1200 wurde sie von Papst Innozenz III. heiliggesprochen. Die von Zwetajewa zitierten Worte lassen sich nicht nachweisen.

133 Das Lexem »Berg«, das in Zwetajewas Werk, worauf Anna Saakjanc ausdrücklich verweist, »symbolisch und als Synonym für Liebe« steht, verbindet sich immer mit »der Erhabenheit, Gewaltigkeit, Unaufhaltsamkeit der Gefühle und mit der Größe des Menschen selbst« (M. Cvetaeva, *Sočinenija*, a.a.O., Bd. 1, S. 672). In einem ihrer Briefe an Jurij Ivask definiert sie ihre Vorstellung vom Berg: »Gipfel der Erde und Boden des Himmels. Der Berg ist im Himmel« (*Pis'ma Ju. P. Ivasku*, a.a.O., S. 210, am 4. April 1933). In diesem Sinne sind ihre Worte an Rilke zu verstehen.

134 Goethe gehörte zu den Lieblingsschriftstellern Zwetajewas, den sie häufig in ihren Briefen zitiert. Auch in die Vendée begleiteten

sie seine Werke: »Ganze Nächte lang lese ich Goethe, meinen ewigen Weggnossen« (H. Lampl, *Briefe Marina Cvetaevas an Olga Kolbasina-Černova*, a.a.O., S. 115, am 9. Juni 1926). Die von ihr zitierte Stelle läßt sich bei Goethe nicht finden, nur gedanklich ähnliche Passagen, beispielsweise in seinen Tagebuchaufzeichnungen »Ephemerides« aus dem Jahr 1770: »Wer in einer fremden Sprache schreibt oder dichtet, ist wie einer, der in einem fremden Hause wohnt« (Goethe, *Gedenkausgabe der Werke, Briefe und Gespräche*. Hg. von Ernst Beutler, Bd. IV, Zürich 1953, S. 970). Und in seiner »Italienischen Reise« notiert Goethe am 6. Oktober 1786: »So unübersetzlich sind die Eigenheiten jeder Sprache; denn vom höchsten bis zum tiefsten Wort bezieht sich alles auf Eigentümlichkeiten der Nation, es sei nun in Charakter, Gesinnungen oder Zuständen« (*Goethes Werke*. Bd. XI. Textkritisch durchgesehen von Erich Trunz. Kommentiert von Herbert von Einem. München 1978, S. 81).

135 Vgl. »Einige Briefe von Rainer Maria Rilke«, S. 156. – Und in einem ihrer Briefe aus dem Jahre 1936 schreibt sie: »Man versichert mir – Puschkin sei unübersetzbar. Wie *kann* er unübersetzbar sein, der das Nichtgesagte und Unsagbare in seine (allgemeinmenschliche) Sprache übersetzte, übertrug? Einen *solchen* Übersetzer muß allerdings – *ein Dichter* – übersetzen« (M. Cvetaeva, *Izbrannaja proza*, a.a.O., Bd. 2, S. 356).

136 Zwetajewa stellt hier »Nationalität« dem Allgemeinmenschlichen gegenüber, wie schon am 5./6. September 1923 in dem Brief an Alexander Bachrach: »Wer sind Sie? Was sind Sie? [...] Nationalität oder Mensch?« (*Pis'ma M.I. Cvetaevoj k A.V. Bachrachu*, in: Novyj žurnal, New York, 181. 1990, S. 110)

137 Zwetajewa kannte seit frühester Jugend das Werk von August von Platen (1796-1835), das sie »von A bis Z« gelesen habe, wie sie Jurij Ivask 1938 gestand, und sie erzählte ihm von ihrer ersten Begegnung 1912 mit dem Dichter in Sizilien, der in Syrakus begraben liegt. Ihre Begeisterung für Platen habe begonnen, nachdem sie sein Grabmal gesehen hatte (zitiert nach: M. Cvetaeva, *Lebedinyj stan. Perkop*, Paris 1971, S. 30-31). Gleichrangig mit Heine, Hölderlin und Goethe nennt sie ihn in ihrem Essay »Über Deutschland« (M. Zwetajewa, *Auf eigenen Wegen*, a.a.O., S. 185-199) und in »Ein gefangener Geist« (1934) den »adligsten« Dichter (M. Zwetajewa, *Ein gefangener Geist*, a.a.O., S. 186). Dennoch schien es Zwetajewa, daß viele seiner um klassizistische Strenge bemühten Gedichte das Wesen der deutschen Sprache verfehlen.

138 Zwetajewa meint den Gedichtband »Vergers«, den Rilke 1924/1925 in französischer Sprache verfaßt hatte und der Mitte Juni 1926 in Paris erschien. Ende Juni hatte Rilke ihr von Muzot aus ein Exemplar mit der folgenden Widmung zugeschickt. »Marina: voici galets et coquillages / ramassés récemment à la française plage / de mon étrange cœur ... (J'aimerais que tu connusses / toutes les étendues de son divers paysage / depuis sa côte bleue jusqu'à ses plaines russes.) (Fin de juin 1926) Muzot« (vgl. auch Zwetajewas Brief vom 11. August 1931 an Nanny Wunderly-Volkart).

139 Vgl. dazu den Neujahrsbrief, S. 109.

140 Anfangszeile aus dem 6. Gedicht der »Vergers« (Rilke, *Sämtliche Werke*, a.a.O., Bd. 4, S. 519).

141 Zeile aus dem 18. Gedicht »Eau qui se presse, qui court –, eau oublieuse« der »Vergers« (ebenda, S. 524).

142 Die ersten beiden Verszeilen aus der Romanze »Lebewohl, teures Frankreich«, die der schottischen Königin Maria Stuart (1542-1587) zugeschrieben werden. Auch in Zwetajewas Abschiedsgedicht »Douce France«, das sie einige Tage vor ihrer Rückkehr im Juni 1939 in die Sowjetunion schrieb, klingt die Romanze an.

143 Verse aus einem Gedicht von Maria Stuart auf den Tod ihres Mannes, den französischen König Franz II. (1559-1560). Zwetajewa kannte diese Verse aus Pasternaks Essay »Einige Grundsätze« (1919 geschrieben und 1922 veröffentlicht), den er ihr zusammen mit dem Brief vom 23. Mai 1926 schickte. Pasternak schrieb in seinem Essay über die geheimnisvolle und wunderbare Verbindung »durch die Zeiten hindurch«, die zwischen den Versen Maria Stuarts, dem ihr gewidmeten Drama »Chastelard« von Algernon Charles Swinburne (1837-1909) und ihm selbst existierten, der 1916 das Drama ins Russische übertragen hatte. »Das ist das Wunderbare. Die Einheit und die Identität des Lebens dieser drei und der gesamten Menge (derer, die die drei Epochen gesehen haben und bezeugen, Personen der Biographie, Leser) – in dem leibhaftigen Oktober eines unbekannten Jahres, der tost, erblindet und heiser wird dort, hinter dem Fenster, am Berg, in ... der Kunst.« (B. Pasternak, *Prosa und Essays*, Aufbau-Verlag, Berlin und Weimar 1991, S. 569f.) Vgl. auch den Brief Rilkes an Zwetajewa vom 28. Juli und ihren Brief an Rilke vom 2. August.

144 Gemeint ist »Die Weise von Liebe und Tod des Cornets Christoph Rilke« (geschrieben 1899, gedruckt 1904) in: Rilke, *Sämtliche Werke*, a.a.O., Bd. 1, S. 233-248. Zwetajewa kannte den »Cornet« schon vor ihrer Emigration und besaß ein Exemplar in ihrer Bibliothek.

In den dreißiger Jahren erwähnt sie den »Cornet« mehrfach. So berichtet sie beispielsweise am 27. November 1932 von »einem hiesigen jungen Dichter« (sie meint wohl Aleksej W. Ejsner, 1905-1984): »Wir haben eine gemeinsame Liebe – Rilke, mit dem Unterschied, *sein* Lieblingswerk ist der Cornet, d.h., das eigene jugendliche Alter. Bis zu dem ganzen R[ilke] muß er noch das ganze Leben wachsen, vielleicht aber auch einige« (M. Cvetaeva, *Pis'ma k A. Teskovoj*, a.a.O., S. 99). Und am 29. Juli 1936 riet sie Anatolij Štejger, nachdem sie sein »Heft über den Urgroßvater« erhalten hatte: »Schreiben Sie über ihn: *ihn*. [...] Stellen Sie ihn in die Reihe der Erscheinungen. Wer *war* – muß *immer* sein, auch das ist die Aufgabe der Dichter. Erinnern Sie sich an den Rilkeschen *Cornet*, allein R[ilke] empfand sich in ihm als Kind, fühlen Sie sich in ihrem jedoch als *Mann*« (M. Cvetaeva, *Pis'ma Anatoliju Štejgeru*, a.a.O., S. 49).

145 »Verger« ist ein Zyklus von 7 Gedichten innerhalb des Gedichtbandes »Vergers« (Rilke, *Sämtliche Werke*, a.a.O., Bd. 4, S. 531-535).

146 Zwetajewa zitiert die beiden Schlußzeilen aus dem Gedicht »Puisque tout passe, faisons«, in »Vergers« (ebenda, S. 539).

147 Verse aus dem ersten Gedicht des Zyklus' »Der Dichter« – »Poet – aus Fernen führt er her die Rede« (1923), in: M. Zwetajewa, *Ausgewählte Werke*, a.a.O., Bd. 1 (Lyrik) S. 103.

148 Ungenaues Zitat aus dem Gedicht »Vers quel soleil gravitent...« in »Vergers« (Rilke, *Sämtliche Werke*, a.a.O., S. 532).

149 Julie Lespinasse (1732-1776), französische Schriftstellerin, die dem Kreis der Enzyklopädisten nahestand und mit D'Alembert befreundet war. Bis heute sind ihre Briefe, die ihrem Geliebten, dem Grafen Guibert gewidmet sind, als Denkmal einer alles verzehrenden, unbändigen Leidenschaft bekannt. In den »Aufzeichnungen des Malte Laurids Brigge« zählt sie zu den »liebenden« Frauen und wird auch die »müde Julie Lespinasse« genannt (Rilke, *Sämtliche Werke*, a.a.O., Bd. 11, S. 925).

Als spreche sie Rilke nach, schreibt Zwetajewa am 9. September 1928 an Anna Tesková: »Haben Sie, liebe Anna Antonowa, irgendwann einmal die Briefe von M-lle de Lespinasse (XVIII. Jh.) gelesen. Wenn nicht – dann erlauben Sie mir, sie Ihnen zu schenken. Was bin ich – vor dieser *Liebenden**! (Schriebe ich keine Gedichte, wäre ich sie – und noch mehr! Und vielleicht bin ich trotz allem eine – *Geliebte**, nur von *Nicht*-Menschen!)« (M. Cvetaeva, *Pis'ma k A. Teskovoj*, a.a.O., S. 66). Es ist nicht das einzige Mal, daß Zwetajewa diesen Namen erwähnt.

Der von Zwetajewa zitierte Satz »Glissez, mortels, n'appuyez pas!« der im Französischen zu einem geflügelten Wort geworden ist, stammt jedoch nicht von Julie Lespinasse, sondern von dem Dichter und Dramatiker Pierre Charles Roy (1683-1764).

150 Gedichtanfang des 22. Gedichts in »Vergers« (Rilke, *Sämtliche Werke*, a.a.O., Bd. 4, S. 528).

151 Aus dem zweiten Gedicht des Zyklus »Printemps« in »Vergers« (ebenda, S. 543).

152 Aus dem Gedicht »Le Drapeau« in »Vergers« (ebenda, S. 548).

153 Aus »Les Quatrains Valaisans« (geschrieben 1924, 1926 erschienen im Anhang zu »Vergers« (ebenda, S. 571).

154 Hin und wieder hat Rilke auf den Briefumschlägen nur den Ort, jedoch nicht seinen Namen angegeben.

155 Rilke greift Zwetajewas Thema von »sein – haben« (vgl. Anm. 107 und 108) auf und entwickelt seine Überlegungen zu Zwetajewas »Rechtlichkeit« und »Recht« anhand des Wortspiels: »rechthaben«, »im Recht sein«, »Recht haben«. Am 22. Januar 1929 legt Zwetajewa diese Stelle so aus: »R[ilke] hat mir irgendwann einmal gesagt: *›Ich will nicht sagen, Du hast Recht: Du bist im Recht‹, im Recht – sein, im Guten – sein,** das trifft alles für Sie zu« (M. Cvetaeva, *Pis'ma k A. Teskovoj*, a.a.O., S. 71). Noch ausführlicher und willkürlicher legt sie Rilkes Worte in dem Brief vom 5. Juli 1930 an Nanny Wunderly-Volkart aus.

156 Das Motiv von den »Sternen«, das in den ersten Zeilen der »Elegie« eingeführt wird, kehrt in den weiteren Briefen Zwetajewas an Rilke wieder wie auch in dem »Neujahrsbrief« (S. 110).

157 Rilke, der von dem dänischen Astronomen Tycho de Brahe (1546-1601) und seiner Entdeckung fasziniert war, erwähnte ihn schon ausführlich am 16. Februar 1914 in einem Brief an Magda von Hattingberg (Benvenuta): »Dann denk ich an den siebzehnjährigen Tyge Brage, wie der nach Leipzig gekommen war aus seiner adligen dänischen Sippschaft, um Jura zu studieren, [...] und ein Jahr später, auf dem Gute seines Oheims Bille, langsam abends nachhause gehend, gewahrte er mit bloßem Blick den neuen Stern in der Cassiopeia, so vertraut war ihm dieses zahllose Gewölb, daß ihm das kleine stille Hinzukommen einfach sichtbar wurde, wie's dem Lehrer auffällt, wenn ein fremder, schüchterner Neuling eines Tages mit den anderen Jungen in seiner Klasse steht« (Rainer Maria Rilke. *Briefwechsel mit Benvenuta*. Hg. von Magda von Hattingberg. Vorwort und Anmerkungen von Kurt Leonhard, Bechtel Verlag, Esslingen 1954, S. 83). Magda von Hattingberg erinnert später, Rilkes »Bewunderung für Tycho Brahe, den

großen Sternkundigen [war] ein Staunen und eine freudige Würdigung dieses ihm fremden Wissens der unbegreiflichen Geheimnisse des Himmels« (*Rilke und Benvenuta. Ein Buch des Dankes,* Wilhelm Andermann Verlag, Wien 1943, S. 272).
Tycho de Brahe studierte Jurisprudenz in Kopenhagen und an der Leipziger Universität. Seit 1565 konnte er sich dank eines beträchtlichen Vermögens der Astronomie widmen. 1570 kehrte er nach Kopenhagen zurück, wo ihm sein Onkel sein Haus für astronomische Studien überließ. Am 11. November 1572 entdeckte er einen neuen Stern in der Cassiopeia, der an Helligkeit die Venus übertraf. Siebzehn Monate später war dieser Stern jedoch wieder aus dem Blickfeld verschwunden. Seine Entdeckung beschrieb der Astronom in »De stella nuova« (Kopenhagen 1573).

158 Wahrscheinlich meint Rilke die Wega, den hellsten Stern des nördlichen Sternhimmels, der sich in der Leier befindet.

159 Der neuprovenzalische Dichter und Nobelpreisträger (1904) Frédéric Mistral (1830-1914) wurde in der Stadt Maillane (Dep. Bouches-du-Rhône) geboren.

160 Rilke klagte in seinen letzten Lebensjahren immer wieder über das ihn quälende Gefühl der Schwere: »Ich kann mich gar nicht aussprechen über mein unüberwindlich Schweres« (an Clara Rilke am 17. November 1925, in: Rilke, *Briefe aus Muzot 1921 bis 1926,* a.a.O., S. 339).

161 Rilke hatte Muzot am 19. Juli verlassen und hielt sich vom 20. Juli bis 30. August 1926 in Bad Ragaz auf. Die ersten acht Tage seines Aufenthalts verbrachte er mit der Fürstin Marie von Thurn und Taxis, geb. Prinzessin von Hohenlohe-Waldenburg-Schillingsfürst (1855-1934), die dort zusammen mit ihrem Sohn und Enkel, und nach Rilkes Brief zu urteilen, auch mit ihrem Mann Fürst Alexander von Thurn und Taxis (1851-1939) zur Kur war.

162 Gemeint ist Fürstin Marija Dmitrijewna (Mima) Gagárina (geb. 1864): »Eine sehr charmante F^{stin} Gagarine ist auch hier, mit der ich gerade gestern die ›Vergers‹ gelesen habe«, schrieb Marie von Thurn und Taxis an Rilke am 14. Juli 1926 nach Muzot (Rainer Maria Rilke und Marie von Thurn und Taxis, *Briefwechsel,* a.a.O., S. 874). Und am 27. Juli schreibt Rilke Nanny Wunderly-Volkart: »J'ai beaucoup vu une amie de la Princesse qui, par comble, est *russe*, ce qui me fut d'un bienfait profond et pénetrant; malheureusement elle aussi est partie pour Paris, hier soir« (Rilke, *Briefe an Nanny Wunderly-Volkart,* a.a.O., Bd. 2, S. 1151). Danach korrespondierte Rilke mit der Fürstin Gagarina. Bei den Erben Rilkes wird ein Silberkästchen aufbewahrt, das diese Rilke

geschenkt hat; in ihm liegt der russische Text des Gebets des hl. Efrem Sirin (»Herr und Gebieter meines Lebens!«) und ein Dankesgruß für Rilke, der mit den Worten endet: »Merci pour les roses, merci pour la pensée de me faire plaisir, merci surtout pour la lumière que vous avez faites en moi. Et au revoir?«

163 Siehe Anm. 142.

164 Vgl. Anm. 11.

165 Die seit der Romantik vertraute Gegenüberstellung von »Leben« und »Traum« ist auch für Marina Zwetajewa charakteristisch. In ihrer Poetologie verhalten sich diese Antinomien annähernd zueinander wie »Seele« und »Körper«, oder »Alltagswelt« und »Sein«. »Leben« bedeutete für sie Alltäglichkeit, Tageseinerlei, »Diesseitigkeit« (auch wenn in einem anderen Kontext Leben für sie ebenso ein Synonym von Gefühl, Liebe, Fülle des Erlebens sein konnte), der Traum hingegen die Aufhebung der Versklavung, die Freiheit, das Schaffen. »Der Zustand des Schaffens ist ein Zustand des Traumerlebens«, heißt es in ihrem Essay »Die Kunst im Lichte des Gewissens« (M. Zwetajewa, *Ein gefangener Geist*, a.a.O., S. 101). Und am 1. April 1925 schrieb sie an Ariadna Tschernowa-Kolbasina »Im Leben, Adenka, kann man *ni-ch-ts – nichts**, rien. Deshalb bleibt nur die Kunst (›im Traum ist alles möglich‹)« (M. Cvetaeva, *Neizdannye pis'ma*, a.a.O., S. 150f.). Im übrigen ist der Tod als Antinomie zu Leben für Zwetajewa nicht gleichbedeutend mit Traum, dieser drückt etwas Drittes aus, einen Zwischenzustand. »Weder jene Welt noch diese – eine dritte: des Traums, des Märchens, meine«, erklärte sie Anna Tesková im Februar 1928 (M. Cvetaeva, *Pis'ma k A. Teskovoj*, a.a.O., S. 61).

Der Traum ist für Zwetajewa das Urbild einer anderen Welt, in der die Seelen leben und einander begegnen. Deshalb war der Umgang »im Traum« für sie ergiebiger und spürbarer als in der Wirklichkeit. »Meine Lieblingsform des Umgangs ist die jenseitige: der Traum: das Träumen«, schrieb sie am 19. November 1922 an Boris Pasternak (M. Cvetaeva, *Neizdannye pis'ma*, a.a.O., S. 271). Zehn Jahre später nimmt sie den Gedanken wieder auf und entwickelt ihn der Freundin Salomeja Andronikowa-Galpern: »Meine Lieblingsform des Umgangs ist der Traum. Der Traum – das bin ich in voller Freiheit (Unvermeidlichkeit), das ist jene Luft, die ich brauche, zum Atmen. *Mein* Wetter, *mein* Licht, *meine* Tagesstunde, *meine* Jahreszeit, *meine* Breite und Länge. Nur in ihm bin ich – ich. Alles Übrige ist Zufall« (am 12. August 1932, *Iz pisem Mariny Cvetaevoj k Salomee Andronikovoj-Gal'-*

pern. Hg. von G.P. Struve, in: Vestnik russkogo christianskogo dviženija, Paris–New York–Moskau, 138. 1983. 1, S. 184). Und vier Jahre später an Anatolij Stejger: »Ich will mit Ihnen nur diesen einen, nur solch einen, den namenlosen, nicht – Traum in der Wirklichkeit, sondern den Traum – im Traum, mit Ihnen will ich in den Traum eintreten – und dort leben« (M. Cvetaeva, *Pis'ma Anatoliju Štejgeru*, a.a.O., S. 59f.). Das Thema des Traums, das Zwetajewa schon am 14. Juni gegenüber Rilke anklingen läßt – (»Ins Haus ging er nicht, doch nahm mich aufs Meer mit, sobald ich einschlief«, S. 75) – findet in dem vorliegenden Brief seinen Abschluß.

In einer Reihe von Briefen beschreibt Marina Zwetajewa ausführlich und vieldeutig ihre »Träume«, bemüht, ihnen die Bedeutsamkeit eines realen Ereignisses zukommen zu lassen. Vgl. den »Postumen Brief« an Rilke und den an Boris Pasternak am 9. Februar 1927.

166 Diese Form des lyrischen Ergusses findet sich auch in Zwetajewas Werk. Beispiele hierfür sind der Abschlußvers »Und ich will zu dir an die Brust – schlafen« des Gedichts »Mirovoe načalos' vo mgle kočev'e« (1917, »In der Finsternis begann die Weltenwanderung«) oder in den »Florentinischen Nächten« (1932): »Jetzt ist es vier Uhr, ich bin bei Ihnen, die Stirn in Ihrer Schulter...«; – »Nimm mich mit dir in deinen tiefen Traum, ruhig werde ich sein, nimm nur mein Herz« (M. Cvetaeva, *Sočinenija*, a.a.O., Bd. 2, S. 256, 264). Das Wort »schlafen« hat in diesen offenen Bekenntnissen eher die romantische Konnotation von »Traum« (vgl. die vorige Anm.) denn die des »Schlafs«. Weitere Textstellen aus dem Werk Zwetajewas erhellen diesen Gedanken: »Damit also die Menschen einander verstehen, ist es nötig, daß sie nebeneinander gehen oder liegen« (Über Liebe 1918-1919), oder in den »Auszügen aus dem Buch ›Irdische Zeichen‹«: »Über Sein und Nichtsein im Geliebten.

Nie will ich an die Brust, immer in sie hinein! Nie – an sie fallen! Immer nur in sie hinein verschwinden! (In den Abgrund.)« (M. Zwetajewa, *Auf eigenen Wegen*, a.a.O., S. 124 und 162)

167 Die Geschichte von Paolo und Francesca erzählt Dante in der »Göttlichen Komödie« (1307-1321) im 5. Gesang des »Inferno«, wo ihre sinnliche »irdische« Liebe – ihre »Sünde« – verherrlicht wird. Zwetajewa versucht diese »kleine Episode«, der geistigen Liebe Dantes und Beatrices gegenüberzustellen. Ihrer Ansicht nach ist das Schicksal Paolos und Francescas den Menschen näher als die hohe, von Beatrice inspirierte Lyrik Dantes.

168 Ungenaues Zitat aus »Combien le pape au fond de son faste« in den »Vergers«. Die beiden Abschlußverse heißen eigentlich: »que, trop pure, la cathédrale / provoque un vent de dédain« (Rilke, *Sämtliche Werke*, a.a.O., Bd. 4, S. 528).
169 Anspielung auf Rilkes Erwähnung der Fürstin Gagarina am 28. Juli 1926.
170 Letzte Strophe des Kinderlieds »Il était un petit navire«, das sie auch in ihrem Poem »Vom Meer« (Mai 1926) erwähnt.
171 »Auch das Unnatürliche ist Natur. Wer sie nicht allenthalben sieht, sieht sie nirgendwo recht« (Johann Wolfgang Goethe, Zur Natur- und Wissenschaftslehre. 1. Fragment über die Natur, 1781/82. *Sämtliche Werke*. Jubiläumsausg. Bd. 39, S. 4). Zwetajewa erinnert sich sehr gut an diesen Satz von Goethe, der auch in dem ihr gewidmeten Buch von Sergej Wolkonskij *Byt i bytie. Iz prošlogo – nasstojaščego – večnogo* (Berlin 1924, S. 97-105) zitiert und ausführlich behandelt wird.
172 Vgl. Anm. 155.
173 Schlußzeile des Gedichts »Combien a-t-on fait aux fleurs« in »Vergers« (Rilke, *Sämtliche Werke*, a.a.O., Bd. 4, S. 518).
174 Vgl. Anm. 107.
175 Die Künstlerin Jewgenija Wladimirowna Pasternak, geborene Lurje (1899-1965), die erste Frau Boris Pasternaks, reiste mit ihrem Sohn für die Monate Juli und August nach Deutschland. Am 11. Juli 1926 schrieb Pasternak Zwetajewa aus Moskau: »Ich muß Dir noch was über Shenja sagen. Ich sehne mich schrecklich nach ihr. Von ihr getrennt, liebe ich sie mehr als alles auf der Welt. [...] Du mußt sie unbedingt kennenlernen. Wenn sie in Paris ist, wird der Zufall Euch sowieso zusammenführen.« Die von Jewgenija Pasternak geplante Reise nach Paris fand allerdings nicht statt.

Die zunehmenden Spannungen zwischen Zwetajewa und Pasternak in dieser Zeit, was im Wesentlichen auf die Eifersucht seiner Frau zurückzuführen war, schienen einen Abbruch ihres Briefwechsels herauszufordern. Pasternaks Brief vom 11. Juli 1926, in dem er Zwetajewa von seiner Liebe zu seiner Frau schrieb und ihr vorschlug, sich mit ihr zu treffen, hatte die Dichterin unangenehm berührt. Am 30. Juli reagierte Pasternak auf ihren vorwurfsvollen Brief (der nicht erhalten ist), ihre Korrespondenz sei in die Sackgasse geraten: »In die Pläne meines Willens gehört es, Dir nicht mehr zu schreiben und mich daran, daß es Dir unmöglich ist, mir zu schreiben, wie an ein *Versprechen* zu klammern.« Doch schon am nächsten Tag schickte ihr Pasternak einen Eilbrief: »Sei ganz ruhig, meine über alles Geliebte, ich liebe Dich unbändig, ich wurde gestern krank, als ich jenen Brief schrieb, dennoch wiederhole ich ihn auch heute. Ich kann Dir nicht erzählen, weshalb es so ist und warum.

Aber es muß so sein. Wenn das, wofür ich Deine Stimme opfere, Deine Briefe und mich ganz (außer dem Willen), da ich nur aus Deiner Anbetung bestehe – wenn das nichts Privates ist, sondern die Macht des Schicksals und der Höhe, so ist dies eine Angelegenheit des Lebens und *seine* Sache, sich zwischen uns zurechtzufinden [...].« Von diesen Spannungen berichtet Boris Pasternak am 29. Juli 1926 seiner Frau nach Deutschland: »Ich will Dein Gefühl nicht durch Eifersucht auf die Probe stellen. Ich bin jetzt vollkommen allein. Marina bat mich, ihr nicht mehr zu schreiben, nachdem ich ihr über Dich und mein Gefühl für Dich geschrieben hatte. Das wird auch Dich empören. Es ist wirklich widerlich. Als hätte ich ihr geschrieben, daß ich Dich mehr als alles auf der Welt liebe. Ich weiß nicht, wie es dazu kam. Du aber schenk dem keine Bedeutung. Weder im Guten noch im Schlechten. Sie und ich wurden nebeneinander gestellt, längst ehe wir selbst erkannten, wo wir stehen. Wir beide wurden von einer Liebe geliebt, ehe uns die Gleichartigkeit der Luft bekannt ward. Das läßt sich weder fortnehmen, noch ändern. Wir sagen einander Du und werden es auch künftig tun. In Deiner Abwesenheit konnte ich nur so zu ihr sprechen, daß sie mich bat aufzuhören. Ich habe Dich nicht verraten und Dir keinen Grund zur Eifersucht gegeben« (*Rainer Maria Rilke. Marina Zwetajewa. Boris Pasternak. Pis'ma 1926 goda*, a.a.O., S. 177).

176 Vgl. Anm. 118.

177 Ähnlich schrieb sie an D.G. Resnikow; vgl. Anm. 128.

178 Das Motiv der »Begegnung in der Savoye« wird in den folgenden Briefen häufiger und mit Details angereichert. Es kehrt wieder in Zwetajewas Briefen an Boris Pasternak, in ihrer Prosa »Dein Tod« und in den Briefen an Nanny Wunderly-Volkart.

179 Ungenaues Zitat aus Rilkes Gedicht »Ich bin derselbe noch, der kniete« im 2. Teil (»Von der Pilgerschaft«) des »Stunden-Buchs«. Genau heißt es: »Vergangenes steht noch bevor« (Rilke, *Sämtliche Werke*, a.a.O., Bd. 1, 309). Den gleichen Vers zitiert Zwetajewa am 4. Mai 1928 in einem Brief an Vera Bunina: »Wissen Sie, wie dieser Rilkevers vollständig lautet?

Vergangenheit steht noch bevor
*Und in der Zukunft liegen Leichen ...**«

(M. Cvetaeva, *Neizdannye pis'ma,* a. a. O., S. 400). Zur Vergangenheit, die in der Zukunft wiederkehrt, hat sich Zwetajewa öfters geäußert. So beendet sie am 11. Oktober 1927 den an Leonid Pasternak französisch geschriebenen Brief, nachdem sie versichert hatte, daß sie »mit allen Wurzeln der Vergangenheit angehört«, mit den Worten: »Et ce n'est que le passé qui fait l'avenir« (ebenda, S. 252).

180 Das Motiv des Nestes greift Zwetajewa in ihrem Antwortbrief vom 22. August auf und wiederholt es dann in ihrem »Postumen Brief« und im »Neujahrsbrief«.

181 Diesen Ausruf von Rilke zitiert Zwetajewa in dem Brief vom 31. Dezember 1926, als sie Pasternak von Rilkes letztem Brief an sie erzählt, aus dem Gedächtnis. Vgl. auch den Brief vom 8. Juni 1930 an Nanny Wunderly-Volkart.

182 Vgl. Anm. 179.

183 Pasternak entsinnt sich dieser Worte in seinem Brief an die Biologin Selma Ruoff, die eine große, noch ungedruckte Arbeit unter dem Titel »Rainer Maria Rilke und Boris Pasternak – eine Begegnung« (1964) verfaßt hat. »Er [Rilke] hat sich bei ihr [Zwetajewa] beklagt, daß ich ihm nicht mehr schriebe und daß ihn das kümmere und bekümmere« (in: Voprosy literatury 1972. 9., S. 171; am 12. Mai 1956).

184 Zwetajewa spielt in ihrem Brief vom Oktober 1935 an Boris Pasternak auf diese Briefstelle an: »[...] *Alle* die mir nahe standen – wenige waren es – erwiesen sich als unendlich-viel-weicher als ich, selbst Rilke schrieb mir: *Du hast recht, doch Du bist hart** und das tat mir weh, weil ich anders nicht sein kann. Jetzt, zusammenfassend, sehe ich: meine scheinbare Härte war nur – die Form, die Konturen des Wesens, die notwendige Grenze des Selbstschutzes – vor *Eurer* Weichheit, Rilke, Marcel Proust und Boris Pasternak. Denn ihr habt *in letzter Minute* – die Hand zurückgezogen und mich, die ich schon längst aus der Familie der Menschen ausgeschieden war, einer nach dem anderen in meiner Menschlichkeit allein belassen. Unter Euch, Unmenschen, war ich *nur ein Mensch*« (M. Cvetaeva, *Sočinenija*, a. a. O., Bd. 2, S. 496).

185 Manchmal bevorzugte Zwetajewa den Ausdruck vie vécue. In dem Essay »Das Lebende über den Lebenden« versuchte sie dieses »unersetzbare und nicht existierende französische Wort« zu übersetzen: »(vie vécu – gelebtes Leben, das sagt man bei uns nicht, und durchlebtes – in einer schon abgeschlossenen Vergangenheit, gibt das nicht wieder)[...]« (M. Cvetaeva, *Izbrannaja proza*, a. a. O., Bd. 2, S. 71). Und am 25. April 1925 schreibt sie

Olga Tschernowa-Kolbasina: »Ich glaube fest daran, daß jedes wahre Schreiben – aus der Erfahrung, ein vie vécue, ein *Gelegenheitsgedicht** ist« (M. Cvetaeva, *Neizdannye pis'ma*, a.a.O., S. 166).

186 Am 15. Juli 1926 schrieb Zwetajewa aus St. Gilles von ihrer »Ausrichtung aufs Himmelreich« – »dort – später, irgendwann einmal« (*Iz pisem Mariny Cvetaevoj k Salomee Andronikovoj-Gal'pern*, a.a.O., S. 167).

187 Zu Zwetajewas schwieriger Lebenssituation und den Geldnöten vgl. die Briefe an Nanny Wunderly-Volkart vom 17. Oktober 1930 und vom 6. März 1931. »In Rußland habe ich nur von 1918 bis 1920 so gelebt, dann haben die Bolschewiken *selbst* mir Lebensmittelrationen gegeben«, berichtet sie Jurij Ivask am 4. April 1933 (*Pis'ma M.I. Cvetaevoj Ju. P. Ivasku*, a.a.O., S. 212).

188 Der Konflikt zwischen Schreiben und den alltäglichen Belastungen ließ Zwetajewa nie los: »So ward das Himmelsreich – zwischen Bratpfanne und Konzeptheft«, schrieb sie am 13. Februar 1931 (*Pis'ma Mariny Cvetaevoj k R.N. Lomonosovoj*, a.a.O., S. 247).

189 Vgl. dazu Rilkes Brief vom 10. Mai an Zwetajewa und ihren Brief vom 12. Mai. An Ju. Ivask schreibt sie am 4. April 1933: »Ich schreibe ausschließlich nach dem Gehör« (*Pis'ma M.I. Cvetaevoj Ju.P. Ivasku*, a.a.O., S. 209).

190 Zwetajewa denkt wohl an die beiden russischsprachigen Zeitschriften Volja Rossii (Der Wille Rußlands, Prag, später, ab 1927, Paris) und an Versty (Werstpfähle, Paris), dessen erstes Heft im Juli 1926 erschienen war. Der Blagonamerennyj (Der Wohlgesinnte, Brüssel), in dem Zwetajewa publizierte, erschien ab der zweiten Nummer nicht mehr, da der Herausgeber Fürst Dmitrij Schachowskoj im Juli 1926 zum Berg Athos gefahren war, um die Priesterweihe zu erhalten.

191 Zwetajewa kehrte in den ersten Oktobertagen 1926 nach Paris zurück: »Am 2., am Samstag, mit Gottes Hilfe, reise ich selbst – ich und die Kinder ab«, schrieb sie dem jungen Schriftsteller Wladimir B. Sossinskij (1900-1987) in: M. Cvetaeva, *Neizdannye pis'ma*, a.a.O., S. 232, Brief vom 27. September 1926.

192 Zu Beginn des Jahres 1926 hatte Zwetajewa eine Rückkehr nach Prag erwogen, da das monatliche Stipendium, das die Regierung Masaryks den russischen Emigranten gewährte, eine Hauptquelle ihres Lebensunterhalts war. »In die Tschechei kehre ich ganz bestimmt im Herbst zurück«, schrieb sie am 18. Januar 1926 an W.F. Bulgakow (M. Cvetaeva, *Sočinenija*, a.a.O., S. 505). Am

15. Juli klagt sie Salomeja Andronikowa-Galpern gegenüber: »Aus der Tschechei bisher kein Ton. – Heute, am 15., ist Zahltag. Viele Leute haben für mich ein gutes Wort eingelegt. [...] Man schreibt mir, die Tschechen seien gekränkt, daß ich Deutschland gerühmt habe und nicht die Tschechei. Jetzt werde ich die Tschechei erst recht nie mehr ›rühmen‹ – aus Peinlichkeit. Peinlich ist es, den zu preisen, der dich unterhält. Viel leichter – den, der dich bestahl« (*Pis'ma Mariny Cvetaevoj k Salomee Andronikovoj-Gal'pern*, a. a. O., S. 168). Dennoch hält sie eine Rückkehr für möglich: »Um den 15. September herum komme ich nach Prag, für die hier noch verbleibenden 2 Monate erhalte ich die Hälfte des Stipendiums, d. h. 500 Kr[onen] anstelle 1000 Kr. [...] Ich hoffe, daß bei meiner Ankunft das frühere Stipendium wiederaufgenommen wird, von 500 Kr. können die Kinder und ich auf keinen Fall leben. Ich kläre das bis zum 15. August« (M. Cvetaeva, *Pis'ma k A. Teskovoj*, a. a. O., S. 41, am 20. Juli 1926). Um diese Zeit erfuhr sie zunächst, daß der tschechische Unterhalt ein Ende habe, schließlich wurde ihr das Stipendium, wenn auch gekürzt, dann doch für eine unbestimmte Zeit weiter ausgezahlt.

193 Anspielung Zwetajewas auf die beiden Briefe Pasternaks vom 30. und 31. Juli (vgl. Anm. 175). In dem letzten Brief Pasternaks hieß es unter anderem: »Meine gestrige Bitte bleibt in Kraft. Ich bitte Dich, schreib mir nicht. Du weißt, welche Qual es für mich sein wird, einen Brief von Dir zu erhalten und nicht zu *antworten*. Laß diesen Brief von *mir* den letzten sein« (*Rainer Maria Rilke. Marina Zwetajewa. Boris Pasternak. Briefwechsel*, a. a. O., S. 226).
Der Ende Juli abgebrochene Briefwechsel wurde von Pasternak und Zwetajewa, im unmittelbaren Zusammenhang mit Rilkes Tod, Ende Dezember wieder aufgenommen.

194 Vgl. Anm. 180.

195 Zwetajewa meint »Die Mythologie des klassischen Altertums« von G. W. Stoll (1818-1890), die in Rußland ebenso großen Erfolg hatte wie in Deutschland. Drei Jahre nach der deutschen Ausgabe existierte schon eine russische Übersetzung, die 1904 in der 4. Auflage erschien.
Mitte der zwanziger Jahre benutzte Zwetajewa »Die schönsten Sagen des klassischen Altertums« von Gustav Schwab (1792-1850) in drei Bänden, die in den Jahren 1838 bis 1840 erschienen, 1907 und 1912 bis 1914 in Rußland übersetzt vorlagen. Am 4. April 1933 gesteht sie Jurij Ivask: »Die Quellen für meine Phädra und

für meine ganze Mythologie ist die deutsche Nacherzählung der Mythen für die Jugend von Gustav Schwab« (*Pis'ma M. I. Cvetaevoj Ju. P. Ivasku*, a. a. O., S. 209).

Im Sommer 1926 benötigte Zwetajewa dringend in der Vendée die »klassischen Sagen«. Am 8. Juni bat sie Anna Tesková ihr das in Všenory (bei Prag) zurückgelassene Buch zu schicken: »Unten in dem Korb liegt eine dicke, bräunliche Mythologie, gebunden, mit Illustrationen. *Gustav Schwab. Die schönsten Sagen des klassischen Altertums**. Dieses Buch müßte extra geschickt werden, *mit der Post*, als eingeschriebene Drucksache, *nicht* als Paket. Ich brauche es dringendst, in der denkbar kürzesten Zeit für den II. Teil meines Theseus, an dem ich gerade schreibe. Ein dicker, bräunlicher, etwas zerfledderter Band. Auch steht mein Name drin mit dem Zusatz: Ein Buch fürs ganze Leben« (M. Cvetaeva, *Pis'ma k A. Teskovoj*, a. a. O., S. 40). Offensichtlich konnte Anna Tesková diesen Band nicht finden. Und da Rilke nicht auf ihre Bitte reagierte, bittet sie am 16. September Wladimdir Sossinskij, die Mythologie unter ihren in Paris, in der Wohnung der Tschernowa zurückgelassenen Sachen zu suchen, denn ansonsten könne sie nicht mit dem 2. Teil des »Theseus« beginnen (M. Cvetaeva, *Neizdannye pis'ma*, a. a. O., S. 231).

Rilke hatte Zwetajewas Bitte nicht vergessen, konnte ihr das Buch jedoch nicht mehr zusenden, das sie dann nach Rilkes Tod von Jewgenija Tschernoswitowa zugeschickt bekam. (Vgl. Anm. 244 zum Brief an J. Tschernoswitowa.)

196 Die Idee zu der Trilogie »Der Zorn Aphrodites« war Zwetajewa 1923 gekommen. Zwei Teile wurden geschrieben und publiziert: »Ariadna« unter dem Titel »Theseus« in den Versty 1927.2., und »Phädra« in den Sovremennye zapiski 1928.36. und 37. Den ursprünglichen Titel der Trilogie hat sie später in »Theseus« abgeändert (vgl. M. I. Cvetaeva, *Izbrannye proizvedenija*, a. a. O., S. 784-788).

197 Zwetajewa hat sich öfters mit der Bitte um Bücher an ihr nahestehende Menschen gewandt. So bat sie am 19. November 1922 Boris Pasternak, ihr die Bibel zu schenken, »eine deutsche, unbedingt in gotischer Schrift, keine große, aber auch keine Taschenbuchausgabe: eine normale« (M. Cvetaeva, *Neizdannye pis'ma*, a. a. O., S. 276). Am 25. September bittet sie Alexander Bachrach ihr »Die Geburt der Tragödie aus dem Geiste der Musik« von Friedrich Nietzsche zu schicken. Und am 27. Januar 1932 erwähnt sie in ihrem Brief an Anna Tesková einen jungen Dichter, einen »Rilke Leser« (vgl. Anm. 144), der versprochen habe, ihr den Roman der

von ihr bewunderten norwegischen Schriftstellerin Sigrid Undset (1882-1949) zu schicken (M. Cvetaeva, *Pis'ma k A. Teskovoj*, a.a.O., S. 98f.).

198 Ragaz, wo sich Rilke gerade aufhielt, liegt im Kanton St. Gallen. Zwetajewa wollte, indem sie die vom Schriftbild her ähnlichen Ortsnamen nebeneinander stellt, nochmals die Nähe zwischen ihr und Rilke hervorheben.

199 Als Zwetajewa Anfang Oktober aus der Vendée zurückkehrte, zog sie mit der Familie nach Bellevue, einem Vorort von Paris, der an Meudon angrenzt, auf den Boulevard Verd-de-Saint-Julien, Nr. 31. In Bellevue lebte sie bis zum Februar 1927 und schrieb hier auch ihren »Neujahrsbrief«. »Wir wohnen fast in einem Park, (der alte Palais der Marquise de Pompadour, der in den 70er Jahren übrigens von meinem *Deutschland über alles** zerstört wurde; damals war es: Preußen.) Wir haben eine freie Mansarde, die winters absolut unbewohnbar ist (ohne Heizung), im Frühling ist es jedoch wunderschön.« Doch war das Leben in Bellevue durchaus nicht friedlich. »Rein äußerlich leiden wir arg«, schrieb sie zwei Monate später wieder an Anna Tesková. »Wir werden von Kohle, Gas, Elektrizität, von der Milchfrau, von der Bäckerin gefressen. Wir ernähren uns, an Fleisch, nun schon monatelang – ausschließlich von Pferdefleisch« (M. Cvetaeva, *Pis'ma k A. Teskovoj*, a.a.O., S. 46 und 49).

200 Diesen wiederum deutsch geschriebenen Brief schickte Zwetajewa zusammen mit einem Brief für Boris Pasternak vom 1. Januar 1927 an diesen nach Moskau. Da das Original nicht ausfindig gemacht werden konnte, mußte der Brief anhand der russischen Übersetzung und einigen Notizen in ihrem Konzeptheft rekonstruiert werden.

201 »Die Tränen über R[ilke] flossen schon nicht mehr in die Tiefe, sondern in die Höhe, genau wie die Themse zur Zeit der Ebbe«, schrieb Zwetajewa an Boris Pasternak am 31. Dezember 1929 (*M.I. Cvetaeva k B.L. Pasternaku*, in: Voprosy literatury 1985. 9., S. 278).

202 Vgl. Rilkes Brief vom 19. August.

203 Vgl. Anm. 180.

204 Vgl. Zwetajewas Brief vom 3. Juni und hierzu Anm. 111.

205 Diesen Satz wiederholt Zwetajewa in ihrem Brief an Boris Pasternak, den sie tags darauf, am 1. Januar 1927, schrieb.

206 Vgl. Anm. 32.

207 Rilke wurde 1875 geboren.

208 Vgl. »Neujahrsbrief«.

209 Vgl. Anm. 165.

210 Das Thema von der »Himmelslandschaft, einer »Landschaft ohne Touristen« ist eines der Hauptthemen im »Neujahrsbrief«.

211 Vgl. hierzu den letzten Satz aus Zwetajewas Brief vom 13. Mai.

212 Vgl. Anm. 166.

Anmerkungen zu den Briefen von Marina Zwetajewa an Boris Pasternak

213 Rilke starb am 29. Dezember 1926, nachts um 3.30 Uhr. Die Beerdigung fand am 2. Januar 1927 statt.

214 Vgl. Anm. 3 zum *Neujahrsbrief*.

215 Das Datum des 6. September hat sich Zwetajewa wohl deshalb ausgedacht, weil sie hoffte, eine Antwort Rilkes auf ihren letzten Brief würde sie an diesem Tag erreichen. Von daher wird auch ihre Äußerung, sie habe von Rilke sieben und nicht nur sechs Briefe erhalten, verständlich. Vgl. beispielsweise »Einige Briefe von Rainer Maria Rilke«: »Jene sieben Briefe, die bei mir in der Schublade liegen«.

216 Günter Wytrzens, der die Kopie dieses Briefes an Zwetajewa einsehen konnte, hat darauf aufmerksam gemacht, daß es an dieser Stelle anstatt »lang« – »bang« heißt: »Mir ist bang« (G. Wytrzens, *Zu den Briefen der Cvetaeva an Pasternak*, in: Wiener Slavistisches Jahrbuch 22.1976, S. 116).

217 Dieser Satz, den Zwetajewa vollständig in Deutsch wiedergibt, zitiert ungenau Rilkes Worte aus seinem letzten Brief vom 19. August.

218 Vgl. Zwetajewas Brief an Rilke vom 7. November.

219 Das Gedicht »Granada« stammt von dem bekannten sowjetischen Dichter Michail Arkadjewitsch Swetlow (1903-1964); es erschien erstmals in der Komsomol'skaja pravda am 29. August 1926.

220 Sergej Aleksandrowitsch Jessenin beging am 28. Dezember 1925 in Leningrad Selbstmord.

221 An ein mögliches »Wiedersehen« mit Rilke »im Jenseits« glaubte Zwetajewa fest, wie auch ihr Poem »Neujahrsbrief« beweist (vgl. auch Anm. 53 zu den *Briefen an Nanny Wunderly-Volkart*, S. 284).

222 In diesem Ausruf klingt schon die erste Verszeile des »Neujahrsbriefes« an.

223 Zwetajewas Ungenauigkeit bei Rilkes Todesdatum wiederholt sich auch später noch, zum Beispiel in ihrem Brief vom 14. November 1936 an Anna Tesková (M. Cvetaeva, *Pis'ma k A. Teskovoj*, a.a.O., S. 146).

224 Zu der von Pasternak und Zwetajewa geplanten Reise zu Rilke vgl. ihren Brief vom 22. Mai 1926 an Boris Pasternak (*Rainer Maria Rilke. Marina Zwetajewa. Boris Pasternak. Briefwechsel*, a.a.O., S. 134) und Zwetajewas Brief vom 2. Juni 1926 an Rilke. Am 5. Februar 1928 schrieb sie dann an Leonid Pasternak: »Boris und ich hatten doch vor, zu Rilke zu fahren – und sind bis jetzt nicht davon abgekommen –, zu diesem Grab wird der Pfad nicht zuwachsen, wir sind nicht die ersten, wir werden auch nicht die letzten sein« (M. Cvetaeva, *Neizdannye pis'ma*, a.a.O., S. 256).

225 Zwetajewa folgte der Einladung des Literaturkritikers und -wissenschaftlers Fürst Dmitrij Swjatopolk-Mirskij (1890-1939), der von 1922 bis 1932 russische Literatur an der Londoner Universität lehrte, und fuhr für zwei Wochen vom 10. bis 25. März nach London. Swjatopolk-Mirskij hatte für sie eine Dichterlesung organisiert und zeigte ihr die Stadt: »Drei Wochen [sic!] sind wir in London herumgelaufen«, erinnert sie am 13. Februar 1931, »er wollte immerzu ins Museum, ich aber – auf den Markt, auf die Brücke, *unter* die Brücke. Dabei geschah es – daß ich ihn das Leben lehrte« (*Pis'ma M. Cvetaevoj k R.N. Lomonosovoj*, a.a.O., S. 247).

226 Am 13. Februar 1931 schrieb Zwetajewa an R.N. Lomonossowa: »Boris und ich haben nun schon acht Jahre lang (von 1923 bis 1931) eine geheime Übereinkunft: einmal einander zu begegnen. Doch die KATASTROPHE der Begegnung zieht sich immer länger hin wie ein Gewitter, das irgendwo hinter den Bergen grummelt. Zuweilen – Donnergrollen, dann ist es wieder ruhig – man lebt« (*Pis'ma M. Cvetaevoj k R.N. Lomonosovoj*, a.a.O., S. 246).

227 Als Pasternak 1944 die von dem Schriftsteller Alexej Krutschenych (1886-1968) angefertigte maschinenschriftliche Kopie dieses Briefes prüfte, die für eines der Hefte »Begegnungen mit Marina Cvetaeva« vorgesehen war, unterstrich er das Wort »zu dritt« mit Verve.

228 Den Ausdruck »In *jener* Welt«, schreibt Zwetajewa an dieser Stelle in der alten Orthographie. Die Wendung kehrt wieder in ihrem Poem »Versuch vom Zimmer« (1926).

229 Aus Zwetajewas Gedicht »Nad sinevoju podmoskovnych rošč« (»Über dem Blau der Wälder vor Moskau«) aus dem Gedichtzyklus »Stichi o Moskve« (1916, »Gedichte über Moskau«).

230 Vgl. Anm. 138 zum *Briefwechsel Rilke – Zwetajewa*. – Diesen Gedanken hatte auch der Autor der einzigen russischsprachigen Rezension zu dem Gedichtband »Vergers« geäußert: »Es dünkt uns, als sei in dem Übergang zur französischen Sprache für Rilke die Möglichkeit beschlossen, auch weiterhin Dichter zu bleiben. Alles, was er in Deutsch, im deutschen Vers ausdrücken konnte, hatte er gesagt. Der Inhalt seiner Aussagen hatte sich nicht verändert, doch die Möglichkeit des unmittelbaren Ausdrucks schien für sie ausgeschöpft, jenes Maß an Selbstverständlichkeit und Einfachheit, außerhalb derer es keine Dichtung gibt, zumindest nicht jene, nach der er sich unaufhörlich sehnte« (D. Lejs, *Franzuskie stichi Rilke*, in: Zveno, 1926, vom 14. November, S. 5).
Ähnlich äußerte sich Pasternak viele Jahre später gegenüber dem balkarischen Dichter Kajssyn Kulijew, vgl. *Rainer Maria Rilke. Marina Zwetajewa. Boris Pasternak. Briefwechsel*, a. a. O., S. 209.

231 Schon früher hatte Zwetajewa Alexander Blok mit einem Engel verglichen: »Sie glaubten – er sei ein Mensch! / Und zwangen ihn zu sterben. / Jetzt ist er tot. Für immer ... / – Beweint den toten Engel!« Das Gedicht, das Zwetajewa in ihren Zyklus »Gedichte an Blok« aufgenommen hat, ist auf den 9. Mai 1916 datiert. Daß sie 1916 Blok als einen Toten sieht, kann nur mit ihrer poetischen Phantasie erklärt werden.

232 Eine fast wörtliche Wiederholung aus ihrem »Postumen Brief« an Rilke vom 31. Dezember 1926.

233 Zwetajewa spielt mit der ursprünglichen Bedeutung des Pariser Vorortes Bellevue, wo sie damals wohnte.

234 Pasternak reagierte weder auf diese Aufforderung noch auf ihren Brief, der unbeantwortet blieb. Ihre Brief-Freundschaft, die schon einmal für ein halbes Jahr im Sommer 1926 unterbrochen war, erreichte danach nie mehr jene geistige Zündkraft. Und die Begegnung im Sommer 1935, als Pasternak mit der sowjetischen Delegation nach Paris zum internationalen Schriftstellerkongreß zum Schutz der Kultur angereist kam, war für Zwetajewa eine Enttäuschung. Anna Tesková gegenüber bezeichnete Zwetajewa sie als eine »Nichtbegegnung« (M. Cvetaeva, *Pis'ma k Anne Teskovoj*, a. a. O., 126). Ihre langjährige Beziehung mit Pasternak beschrieb sie am 25. Januar 1930 in einem Brief an ihn; siehe: Rainer Maria Rilke. Boris Pasternak. Marina Cvetaeva, *Pis'ma 1926 goda*, a. a. O., S. 230.

Anmerkungen zum Brief von Marina Zwetajewa an Jewgenia Tschernoswitowa

235 Jewgenija (Génja) Alexandrowna Tschernoswitowa (1903-1974), die 1913 zusammen mit ihren Eltern Rußland verlassen hatte, studierte in Lausanne und wurde hier wohl auch Rilke kurz vor September 1926 empfohlen. »Vor einigen Wochen«, erzählt sie Leonid Pasternak am 15. November 1926, »erfuhr ich durch die Fürstin Gortschakowa, daß Rainer M. Rilke eine Sekretärin sucht und ausgerechnet eine russische! Und so hat das Schicksal mich zu ihm gesandt – gütiges, barmherziges, großes Schicksal!« (ebenda S. 201).

Am 20. September reiste Tschernoswitowa zusammen mit Rilke nach Sierre, wo er mit der Übersetzung von Paul Valérys »Eupalinos oder Der Architekt« begann. Am 22. September schreibt er an Nanny Wunderly-Volkart, seine Sekretärin »sera, pour certaines choses, une collaboratrice excellente« (Rainer Maria Rilke, *Briefe an Nanny Wunderly-Volkart*, a.a.O., Bd. 2, S. 1160). Mitte November trifft Tschernoswitowa – aus noch nicht ganz geklärten Gründen – Vorbereitungen, sich von Rilke zu trennen, das erwähnt sie in ihrem Brief an Nanny Wunderly-Volkart am 15. November 1926 (ebenda, S. 1169f.). Dennoch bleibt sie, wohl wegen des sich rapid verschlechternden Zustands, bis zum 30. November in der Nähe Rilkes. An diesem Tag begleitet sie ihn ins Sanatorium Val-Mont, zum letzten Aufenthaltsort des Dichters. Brieflich teilt sie Nanny Wunderly-Volkart mit, daß Rilke erneut in der Klinik sei, und verläßt dann Val-Mont, wahrscheinlich auf das Drängen Rilkes hin. Am 3. Dezember 1926 schreibt Rilke der Fürstin Gagarina, Tschernoswitowa habe für ihn Rußland verkörpert und bittet sie, seiner ehemaligen Sekretärin bei der Lebenseinrichtung in Paris behilflich zu sein. Ebenso hatte Rilke sie der Fürstin Margret Bassiano (geb. 1882) empfohlen, deren Kinder Tschernoswitowa in Paris zwei Monate lang betreute (*Rainer Maria Rilke. Marina Zwetajewa. Boris Pasternak. Briefwechsel*, a.a.O., S. 249).

Tschernoswitowas Memoiren, »Les derniers mois de Rainer Maria Rilke«, sind zum 25. Todestag des Dichters in: Les Lettres (Paris) 1952.14.-16. erschienen.

Ariadna Efron hat den Text von Zwetajewas Brief an Tschernoswitowa und das Briefdatum nach dem Entwurf in einem Konzeptheft ihrer Mutter rekonstruiert. (Vgl. Novyj mir 1969.4., S. 199.)

Tschernoswitowa hat diese Publikation gelesen und in einem Brief an ihre Verwandte in Leningrad (1970) dazu beteuert, daß sie noch einen anderen Brief von Zwetajewa besäße.

236 Vgl. Anm. 4 zum *Neujahrsbrief.*

237 Tschernoswitowa hatte offensichtlich Zwetajewa mitgeteilt, daß sie die »deutsch-griechische Mythologie« an sie abgesandt hatte und schickte ihr überdies eine Photographie von Rilke, die Zwetajewa auch am 5. Juli 1930 in ihrem Brief an Nanny Wunderly-Volkart erwähnt. Eine weitere Aufnahme von Rilke schickte Tschernoswitowa in eben diesen Tagen an Leonid Pasternak, der darum gebeten hatte. (Vgl. *Rainer Maria Rilke. Marina Zwetajewa. Boris Pasternak. Briefwechsel*, a.a.O., 243 und 250.)

238 Gemeint ist das Poem »Neujahrsbrief«.

239 Vgl. Anm. 196 zum *Briefwechsel Rilke – Zwetajewa.*

240 Zwetajewa meint ihren Brief vom 22. August und ihre Postkarte vom 7. November an Rilke.

241 In den mittlerweile bekannt gewordenen Briefen Zwetajewas, die sie Ende 1926 und Anfang 1927 an Pasternak schrieb, finden sich diese Worte nicht.

242 Um dasselbe hatte Zwetajewa auch Leonid Pasternak am 5. Februar 1928 gebeten.

243 In Zwetajewas Brief vom 22. Mai 1926 heißt es: »Rilke ist ein Einsiedler. Goethe brauchte im Alter nur Eckermann (dessen Aufnahmebereitschaft für Faust II und die schreibenden Ohren). Rilke überflügelte Eckermann, er brauchte zwischen Gott und Faust II keinen Vermittler. Er ist älter als Goethe und der Sache näher« (*Rainer Maria Rilke. Marina Zwetajewa. Boris Pasternak. Briefwechsel*, a.a.O., S. 134).

244 Aus Zwetajewas Brief vom 9. Februar 1927 an Boris Pasternak wird deutlich, daß es sich um eine Ausgabe von 1875 handelte, und dem Brief an Nanny Wunderly-Volkart, vom 2. April 1930, ist zu entnehmen, daß es eine Bearbeitung für die Jugend war. Höchstwahrscheinlich hatte ihr Rilke einen der Stollschen Bände zugeschickt: »Die Götter und Heroen des klassischen Altertums. Populäre Mythologie der Griechen und Römer« (2 Bde. Leipzig ^{5}1875). Etwa »zwei Wochen nach seinem Tod«, Mitte Januar, erreichte sie das Geschenk von Rilke.

Anmerkungen zum Brief von Marina Zwetajewa an Boris Pasternak

245 Pasternaks Brief, den er am 3. Februar schrieb, begann mit den Worten: »Lieber Freund! Ich schreibe Dir von ungefähr und werde dann wieder verstummen. Doch ist auch mit Deiner Geduld nicht zu scherzen. Es fiel dichter Schnee, schwarze Fetzen an den beschlagenen Fensterscheiben entlang, als ich von seinem Tod erfuhr. Was gibt es da zu sagen! Die Nachricht machte mich krank. Es war, als stürzte ich ab und hing irgendwo, das Leben raste auf einmal an mir vorbei [...] Kannst Du Dir bei *aller* Brutalität vorstellen, wie verwaist wir beide sind? Nein, wahrscheinlich nicht, und es ist auch nicht nötig: die volle Salve Hilflosigkeit drückt den Menschen nieder. Irgendwie ist alles für mich ziellos geworden. Jetzt laß uns lange leben, verletzendlange – das ist meine und Deine Pflicht« (Rainer Maria Rilke. Boris Pasternak. Marina Zwetajewa, *Pis'ma 1926 goda*, a.a.O., S. 209).

246 Dies ist offensichtlich der Anfang eines nicht zu Ende geschriebenen an Pasternak gerichteten Gedichts, das eine Reaktion auf die Nachricht von Rilkes Tod sein sollte.

247 Gemeint ist das Poem »Neujahrsbrief«.

248 Offensichtlich hatte Pasternak in seinem Brief Rilke und Majakowskij vergleichend einander gegenübergestellt. Später hat Zwetajewa ihre Meinung geändert und in dem Essay »Der Dichter und die Zeit« (1932) einen eigenen Vergleich zwischen Majakowskij und Rilke entwickelt.

249 Das Pasternak gewidmete Poem »Versuch vom Zimmer« ist im Grunde genommen eine Variante zu dem gleichen Thema der »Begegnung im Geiste«, der Begegnung im Traum.

250 In dem Konzeptheft Zwetajewas klingen diese Zeilen ein wenig anders: »Ich habe ihm einfach erzählt, dem Lebenden, zu dem ich mich doch *aufmachte*! – über die Begegnung mit ihm – *dort*. Das Ding hieß ›Versuch vom Zimmer‹ und, an Dich gerichtet, wirkte es merkwürdig – bis zur Leidenschaft entfremdet und liebesleer« (M. Cvetaeva, *Stichotvorenija i poemy*, a.a.O., S. 754).

251 Im Sommer 1926 schrieb Zwetajewa drei Poeme: »Vom Meer« (vgl. einleitenden Kommentar zum *Neujahrsbrief*, S. 258), »Versuch vom Zimmer«, das im Mai begonnen, am 6. Juni abgeschlossen war und erstmals in Volja Rossii (1928.3.) erschien, und das

Poem »Die Treppe«, das in der Zeit vom Januar 1926 bis zum 21. Juli 1926 entstand und im gleichen Jahr im Novemberheft der Volja Rossii publiziert wurde.

252 Gemeint ist Zwetajewas Schwester Anastassja, die in Moskau lebte.

253 Kornelij Ljucianowitsch Selinskij (1896-1970) war Literaturkritiker.

254 Vgl. Anm. 196 zum *Briefwechsel Rilke – Zwetajewa.*

255 Im Sommer 1926 hatte Ilja Ehrenburg einige Photographien nach Moskau mitgebracht, auf einer war Zwetajewas Sohn Mur abgebildet.

256 Am 12. Februar 1927 schickte Zwetajewa einen Brief von Dmitrij Swjatopolk-Mirskij (1890-1939) für Pasternak nach Moskau, da sie sich geweigert hatte, ihm die Adresse Pasternaks zu geben: »Er sucht mit solch einer Leidenschaft um Deine Adr[esse] (die private) an, *daß ich sie ihm auf keinen Fall geben kann.* Zudem: ist die Wolchonka, H[aus] 14, Qu[artier] 9 – *meine, die teile ich nicht*« (Rainer Maria Rilke. Boris Pasternak. Marina Zwetajewa, *Pis'ma 1926 goda*, a.a.O., S. 207).
Pasternak schickte auch seinen Antwortbrief an Dmitrij Swjatopolk-Mirskij über Zwetajewa, doch erfolgte der weitere Briefwechsel direkt. Schon der 2. Brief des Literaturwissenschaftlers vom 14. Juni 1927 ging an die Moskauer Adresse.

257 Am 25. Juli 1923 schrieb Zwetajewa Alexander Bachrach von der »kürzlichen Begegnung« mit Rudolf Steiner, dessen Vortrag sie am 30. April 1923 in Prag besucht hatte. Noch am gleichen Tag teilte sie der Künstlerin Ljudmila Tschirikowa mit: »Heute fahre ich nach Prag zu Steiner [...] Ich möchte, wenn nicht hören, so sehen« (vgl. *Pis'ma M.I. Cvetaevoj k A.V. Bachrachu*, in: Novyj žurnal, New York, 180.1990, S. 243 und *Pis'ma Mariny Cvetaevoj*, ebenda 124.1976, S. 150).
Zwetajewas Interesse für den Begründer der Antroposophie ist nicht weiter erstaunlich. Anfang des Jahrhunderts waren die antroposophischen Ideen in Rußland in einigen Kreisen der Intelligenz intensiv verbreitet, und viele Freunde und Bekannte der Dichterin, z.B. Ellis, Maximilian Woloschin, Andrej Belyj und Assja Turgenjew, standen unter dem starken Einfluß der Steinerschen Philosophie: »Ich kannte viele Steinerianer und einige Magier«, schreibt Zwetajewa in dem Essay »Das Lebende über den Lebenden«, »und hatte immer den Eindruck: der Mensch ist das, was er weiß; hier aber war es eine Einheit. Max selbst war dieses Geheimnis, wie auch Rudolf Steiner sein eigenes Geheimnis ist

(das Geheimnis der eigenen Kraft), das weder in den Schriften Steiners noch in seinen Schülern verblieb, bei Maximilian Woloschin weder in den Gedichten, noch in seinen Freunden – das Selbst-Geheimnis, das jeder mit in die Erde nahm« (M. Cvetaeva, *Izbrannaja proza*, a.a.O., Bd. 2, S. 54f.).

258 Zum Genfer See, vgl. Anm. 21 zum *Briefwechsel Rilke – Zwetajewa*.

259 Vgl. Rilkes Brief an Zwetajewa vom 10. Mai 1926.

260 Vgl. den »Neujahrsbrief«, den sie am 7. Februar 1927 abschloß.

261 Der »Unterschied der Himmel« kehrt als ein Leitmotiv im »Neujahrsbrief« wieder.

262 Zwetajewa zitiert aus Pasternaks Brief (vgl. Anm. 245 zum *Briefwechsel Rilke – Zwetajewa*).

263 Vgl. Anm. 193 zum *Briefwechsel Rilke – Zwetajewa*.

264 Zwetajewa wirft Pasternak damit vor, der »Mittelpunkt« seines Briefes an sie sei der Ausgangspunkt ihrer beider Zerwürfnis im Juli 1926 und nicht Rilkes Tod (womit ihr Brief vom 31. Dezember 1926 begonnen hatte).

265 Ende Januar hatte Zwetajewa Pasternak einen französischen Zeitungsausschnitt geschickt, in dem die Beisetzung von Rilke beschrieben war.

266 Der Arzt Dr. Haemmerli berichtete über Rilkes Sterben; vgl. Ingeborg Schnack, *Chronik von Rilkes Leben und Werk*, Insel Verlag Frankfurt am Main 1975, Bd. 2, S. 1093.

267 Zu der Begegnung Zwetajewas mit Jewgenija Tschernoswitowa vgl. ihren Brief vom 17. Oktober 1930 an Nanny Wunderly-Volkart und die Anm. 54 dazu.

268 Vgl. Zwetajewas Brief vom 22. August 1926 an Rilke.

269 In »Dein Tod« wendet sich Zwetajewa an Rilke: »Zufällig erfuhr ich, das letzte Buch, das Du gelesen hast, hieß L'Âme et la Danse«. Paul Valérys Dialog erschien erstmals 1921, 1925 und 1926 in einer illustrierten Einzelausgabe. Rilke kannte allerdings schon die Erstausgabe, die er im Januar 1922 vollständig für Baladine Klossowska abschrieb. Während der Monate September und Oktober 1926 hat Rilke »L'âme et la danse« übersetzt, kurz danach, den gerade eben publizierten Essay Valérys »Tante Berta« (über Berthe Morizot). Bei dieser Arbeit hat ihm Tschernoswitowa geholfen. »De diction des vers« war der letzte Text Valérys, den Rilke im November 1926 gelesen hat (vgl. Karin Wais, *Studien zu Rilkes Valéry-Übertragungen*, Max Niemeyer Verlag, Tübingen S. 17 und 21).

Außerdem las Rilke im November die Werke von André Gide, Maurice Betz, Paul Drouot, und Tschernoswitowa las ihm während der letzten Monate seines Lebens die Memoiren des Fürsten und ehemaligen Direktors des kaiserlichen Theaters Sergej Wolkonskij, Auszüge aus Iwan Turgenjew, russsische Gedichte und schließlich den »Dominique« von Eugène Fromentin vor (vgl. J. Tschernoswitowa, *Les derniers mois de Rainer Maria Rilke*, in: Les Lettres 1952.14.-16., S. 218).

Zwetajewas Behauptung, Rilkes letztes Buch sei »L'âme et la danse« gewesen, ist ein Irrtum, der ihr jedoch entgegen kam, denn beide Begriffe »Seele« und »Tanz« waren für sie von besonderer Bedeutung. 1920 bezeichnete sie sich selbst, unter Anspielung auf den Symbolisten Wjatscheslaw Iwanow, als habe dieser sie so genannt, eine »tanzende Seele« (vgl. *Pis'ma Mariny Cvetaevoj Evgeniju Lannu*, a. a. O., S. 170f., am 6.-11. Dezember 1920).

270 Vgl. Anm. 199.

271 Reaktionen zum Tode Rilkes gab es fast keine in den russisch-sowjetischen Medien, mit Ausnahme einer kleinen Notiz, die ohne Autorenvermerk in der Zeitschrift Pečat' i revoljucija (Presse und Revolution) 1927.2. erschienen war. Herausgeber der Zeitschrift war W. W. Polonskij, der Sekretär der Redaktion – Ja. S. Tschernjak, beide waren mit Boris Pasternak befreundet.

Von den Emigrantenblättern war es vor allem Zveno (Das Bindeglied), wo am 16. Januar eine Art Nekrolog als einleitende Notiz zum Abdruck der »Weise von Liebe und Tod des Cornets Christoph Rilke« erschien, die aus dem Deutschen übersetzt war. In der nächsten Nummer des Zveno erschien ein ausführlicher Artikel »Zum Werk Rilkes« von Jewgenij M. Winawer, der schon früher in dieser Zeitschrift über Rilke publiziert hatte. Natürlich kannte Zwetajewa diese Artikel.

272 Vgl. Anm. 219. – Die von Zwetajewa zitierten Verse weichen vom Original ab.

273 Die erste Nummer der in Paris neugegründeten russischen Zeitschrift Versty (Werstpfähle), die von dem Fürsten Dmitrij Swjatopolk-Mirskij, von Pjotr Suwtschinskij und Sergej Efron herausgegeben wurde, und an der Alexej Remisow, Marina Zwetajewa und Lew Schestow enge Mitarbeiter waren, provozierte zahlreiche empörte Reaktionen in der Emigrantenpresse. Angriffe gegen die Zeitschrift lanzierten unter anderem Georgij Adamowitsch, Jurij Aichenwald, Iwan Bunin und vor allem die Schriftstellerin Zinaida Gippius, die die Redaktion beschuldigte, prosowjetische Stimmungen zu verbreiten.

274 Der Dichter und Literaturkritiker Wladimir Chodassewitsch (1886-1939) reagierte auf die erste Nummer der Versty mit einem umfangreichen, kritischen Artikel »Über die Werstpfähle« (abgedruckt in den Zeitgenössischen Annalen 1926.29.).

Zweites Kapitel

Anmerkungen zum »Neujahrsbrief«

Erstveröffentlichung in: Versty (Werstpfähle) 1928.3., S. 14-19. Deutsch erschien das Poem, in der Übersetzung von Felix Philipp Ingold, erstmals in: Akzente. Zeitschrift für Literatur. 36. Jg., Heft 1, Februar 1989.

Der »Neujahrsbrief«, der an ein Klagelied oder Requiem erinnert, von Zwetajewa mal als Brief, mal als Poem bezeichnet, war ihre Reaktion auf Rilkes Tod. Am 9. Februar 1927 versicherte sie Pasternak, daß sie mit dem »Brief« am Tage der Todesnachricht, d.h. am 31. Dezember 1926, begonnen und ihn am 7. Februar 1927 beendet habe, »an seinem Tag«, am 40. Tag nach seinem Tode, der mit Rilkes Lieblingszahl 7 zusammentrifft. Für Zwetajewa war es wichtig, daß gerade dieses Datum, der 7. Februar, unter dem »Neujahrsbrief« stand. Nicht ausgeschlossen ist, daß sie den Text hernach noch bearbeitet hat, denn am 21. Februar teilt sie Anna Tesková mit: »Ich habe den Brief an Rilke beendet – das Poem« (M. Cvetaeva, *Pis'ma k A. Teskovoj*, a.a.O., S. 49).

In der gleichen Nummer der Versty war noch ein zweites Gedicht, bzw. Poem, von Zwetajewa abgedruckt, das an Boris Pasternak gerichtet ist und das Datum: »Mai 1926« trägt. Es ist kein Zufall, daß sie den »Neujahrsbrief« und »Vom Meer« nebeneinander veröffentlicht hat, denn zwischen den beiden Texten besteht ein innerer Zusammenhang. Das eine wie das andere ist ein »Brief« an die von ihr geliebten Dichter. Und »Vom Meer« ist in Zwetajewas Konzeptheft »Statt eines Briefes« überschrieben, wie sie das Gedicht auch in ihrem Brief vom 9. Februar 1927 an Boris Pasternak nannte. Es ist nach Zwetajewas Definition das »Stenogramm eines Traumes« oder »eine Handvoll Spiel«, Elemente, die auch in ihren Briefen an Rilke erkennbar sind. »Vom Meer« ist an den lebenden Pasternak gerichtet, der »Neujahrsbrief« an den verstorbenen, jedoch unsterblichen Rilke.

Beide Poeme wurden in der in Paris erscheinenden russischen Zeitung Vosroždenie (Wiedergeburt) abfällig besprochen: »Zwei Gedichte dieser Dichterin (absichtlich sage ich nicht Dichter, weil die Gedichte eben damenhafte Verse sind) wurden in den ›Versty‹ veröffentlicht. Sie sind äußerst verschwommen, wortreich, nicht nur über nichts geschrieben, sondern auch mit nichts. Hysterie wird in ihnen als Inspiration und das zufällige Aneinanderreihen von Wörtern als der tiefe Aufprall der Worte und ihr Zusammenwachsen ausgegeben.

Selbstverständlich ist in den früheren Gedichten Zwetajewas wie auch heute noch ein starker Einfluß Pasternaks zu vermerken...« (N. Daškov, *»Versty« Nr. 3.*, in: Vozroždenie vom 3. Februar 1928, S. 2). Zwetajewa fühlte sich von dieser Rezension gekränkt. Noch im gleichen Monat schreibt sie nach Prag, die Versty befänden sich in der Klemme, da »eine sehr große Zahl von Exemplaren versehentlich so schlecht gesetzt waren, daß sie in die Setzerei zurückgegeben werden mußten. Deshalb der Verzug. In einigen Tagen bekommen Sie eins. In den ›Vosrosždenie‹ (ein äußerst rechtes Organ, ehedem unter Struve) sind sie schon rezensiert worden. Meine beiden Sachen ›Vom Meer‹ und der ›Neujahrsbrief‹ (Poeme) sind dort als ein Sortiment an Wörtern, als Damenhandarbeit und als ein schwacher Abklatsch von Pasternak bezeichnet worden, wie mein Werk insgesamt« (M. Cvetaeva, *Pis'ma k A. Teskovoj*, a.a.O., S. 62. Der Politiker und Literat Pjotr Struve (1870-1944) war von 1925 bis 1927 Herausgeber der Zeitschrift).

Doch gab es auch entgegengesetzte Reaktionen. Marc Slonim schrieb beispielsweise: »Das eine Gedicht Zwetajewas – ein Brief an Rainer Maria Rilke nach seinem Tode – ist großartig, erfüllt von der tragischen und finsteren Kraft – des großen, epischen Stils, es ist eines der besten Werke des Dichters aus den letzten Jahren. Das Thema der Unsterblichkeit ist in ihm mit dem Thema des Sterbens und der Vernichtung verwoben, und einige Stellen in dem Poem (anders kann dieses Gedicht nicht genannt werden) hinterlassen einen heftigen, unvergeßlichen Eindruck« (M. Slonim, *Obzor žurnalov*, in: Volja Rossii, 1928.2., S. 119).

Am ausführlichsten äußerte sich Ariadna Tschernowa zu dem »Neujahrsbrief«. »Im ›Neujahrsbrief‹ wie in vielen zuletzt entstandenen Texten Zwetajewas läßt sich eine Tendenz zur Grausamkeit der Worte und Reime erkennen, auch die, auf Bilder zugunsten von Gedanken zu verzichten, Länge und lyrisches Fließen nicht aufkommen zu lassen, was mitunter zu einer gewissen Sprödigkeit führt. Doch wenn in einigen ihrer Sachen [...] das Übergewicht an Gedanklichem über die anderen Elemente des Gedichtes derart spürbar wird, daß sie uns nicht mehr anrühren können, so ist in dem ›Neujahrsbrief‹ die Harmonie gewahrt. Die Holprigkeit der Wörter wird stets durch die erstaunliche Melodie des Rhythmus und der Klänge aufgefangen, das Vorherrschen des Gedankens ist durch den philosophischen Gehalt gerechtfertigt« (A. Černova, in: *Stichotvorenie. Poezija i poetičeskaja kritika*. I., Paris 1928, S. 14).

1980 hat Joseph Brodskij dem »Neujahrsbrief« eine Einzelanalyse gewidmet, da er dieses Poem nicht nur für einen »in vieler Hinsicht«

Schlüsseltext im Werk Zwetajewas hält, sondern »in der russischen Lyrik insgesamt« (I. Brodskij, *Ob odnom stichotvorenii* ((*Vmesto predislovija*)), in: M. Cvetaeva, *Stichotvorenii i poemy*, a. a. O., Bd. 1, S. 39).

1 Die Analyse der Anfangszeile nimmt bei Brodskij mehrere Seiten in Anspruch. »Der höchst emotionale Eindruck, der bei dieser Zeile im Leser entsteht, das Empfinden der reinen, in die Höhe schnellenden und wie sich verleugnenden (von sich lossagenden) Stimme.« Auch schreibt Brodskij von dem hier verborgenen »kurzen Aufschluchzen«, welches das Ausrufezeichen erstickt, und daß der »Neujahrsbrief« mit der »Verbindung von Stufen extremster Verzweiflung und Entfremdung« einsetze. (I. Brodskij, a. a. O., S. 46, 49)

2 »Wie in Äols leerem Turm« geht bei Zwetajewa wohl auf die Assoziation mit »Äolshöhle«, »Windröhre« oder »Äolsharfe« zurück, vgl. dazu das Gedicht »Kust« (1934, »Der Strauch«), dessen Vers »Äolsharfe des Strauchs« seit etwa 1965 in den sowjetischen Ausgaben weggelassen wurde und auch in den Übersetzungen fehlt. (Vgl. M. Zwetajewa, *Ausgewählte Werke*, a. a. O., Bd. 1, Lyrik, S. 161.)

3 Das Thema der Sterne zieht sich leitmotivisch durch Zwetajewas Briefwechsel mit Rilke.

4 Mit »ein Mann, beliebig« ist der russische Schriftsteller und Literaturkritiker Marc Slonim (1894-1976) gemeint, den Zwetajewa in Prag kennenlernte und mit dem sie lange Zeit befreundet war. Am 14. November 1936 schildert sie Anna Tesková, was diesem Vers vorausging: »Ich erinnere mich an den Tag: früh morgens am 31. kam Slonim – um mich zu Silvester in ein Restaurant einzuladen – und: ›Wissen Sie schon? R. ist tot?‹ (Er ist am 30. gestorben.) Im übrigen haben Sie vielleicht meinen ›Neujahrsbrief‹ gelesen in den Versty –, dort steht alles« (M. Cvetaeva, *Pis'ma k A. Teskovoj*, a. a. O., S. 146). In seinen Erinnerungen berichtigt Slonim ein wenig diese Briefstelle: »Meine erste Begegnung mit M. I. nach meiner Amerikafahrt fand in Bellevue, am 31. Dezember 1926, statt. Doch vollzog sie sich keineswegs so oberflächlich, wie sie es in ihrem Brief an die Tesková dargestellt hat (karikatureske, aber durchaus nicht wahrheitsgetreue – Anklänge an dieses Wiedersehen enthält auch der »Neujahrsbrief‹ [...]). Tatsächlich habe ich M. I. die traurige Nachricht von Rainer Maria Rilkes Ende überbracht (er ist am 29. und nicht am 30. Dezember gestorben, wie sie schreibt). Da ich sehr wohl wußte, wie sie ihn vergötterte, habe ich ihr seinen Tod höchst behutsam mitgeteilt – und nicht ›unter anderem‹ (das sind ihre Worte). M. I. war sehr erregt und sagte: ›Ich habe ihn nie gesehen

und werde ihn jetzt nie mehr sehen.‹« Slonim schildert im weiteren, daß er beim Abschied Zwetajewa und ihren Mann gefragt habe, ob sie nicht Lust hätten, »Silvester mit unseren gemeinsamen Bekannten«, zusammen mit dem Redaktionsstab der Volja Rossii zu feiern. »Sergej Jakowlewitsch wartete wie immer ab, was M.I. entschied, sie lehnte die Einladung ab« (M. Slonim, in: Novyj žurnal, New York, 104.1971, S. 145).

5 Gemeint sind die in Paris herausgegebenen russischsprachigen Zeitungen *Poslednie novosti* (Letzte Nachrichten 1920-1940) und *Dni* (Tage 1922-1933), die bis Mitte 1925 in Berlin erschien.

6 Das »Paradies – gemietet« –, gemeint ist das Sanatorium in Val-Mont, in dem Rilke seine letzten Tage verlebte –, kontrastiert Zwetajewa mit dem »wirklichen« Paradies, dem heutigen, wie sie meint, Verweilungsort von Rilke.

7 Alcazar ist ein Restaurant oder Café-chantant im maurischen Stil.

8 Zwetajewa läßt an dieser Stelle die Worte »deinen Tod« aus, die sie dann für den Titel ihres Rilke-Essays wählte.

9 Zwetajewa paraphrasiert hier Verse aus Rilkes »Nächtliche Fahrt. *Sankt Petersburg*«: »Damals als wir mit den glatten Trabern / (schwarzen, aus dem Orloff'schen Gestüt) –, / [...] fuhren, nein: vergingen oder flogen / und um lastende Paläste bogen / in das Wehn der Newa-Quais, //« (Rilke, *Sämtliche Werke*, a.a.O., Bd. 2, S. 601).

10 Diese Zeilen erinnern an den frühen Tod von Nadja Ilowajskaja (1882-1905), die an Tuberkulose starb und auf dem Friedhof des Neujungfrauenklosters begraben liegt. Der Tod von Nadja und ihrem Bruder Serjosha, mit denen Zwetajewa in ihrer Kindheit befreundet war, und von deren Tod sie in Freiburg durch einen Brief des Vaters erfahren hatte, erscheint für die geistige Biographie der Dichterin überaus bedeutsam: »Dies war die erste mystische Erfahrung in ihrem Leben. [...] Nadja war der erste von ihr erlittene Tod, die erste Begegnung mit der geheimnisvollen und anziehenden Welt, die erste, die den Vorhang zur Ewigkeit ein wenig für sie öffnete.« (Viktoria Schweitzer, *Byt'i bytie Mariny Cvetaevoj*, a.a.O., S. 54-55)

11 Zwetajewa spielt hier auf einen Gedanken Rilkes an, den er am 17. Mai 1926 angedeutet hatte; vgl. S. 66.

12 Vgl. hierzu Rilkes Brief vom 19. August 1926 an Zwetajewa und ihre Antwort sowie den »Postumen Brief«.

13 Kastor war als Sohn des Tyndareos sterblich, Pollux als Zeussohn unsterblich. Nach Kastors Tod lebten sie mit Zeus' Erlaubnis abwechselnd gemeinsam in der Unterwelt und auf dem Olymp. In

Zwetajewas Denken stehen sie symbolisch für den Tod und die Unsterblichkeit, für das Reale und Ideale. Nach Zwetajewa bilden der tote und lebendige Rilke, sein Körper und sein Geist ebenso eine Zweieinigkeit wie die unzertrennlichen Brüder, wie das Marmorgrabmal und das Gras auf dem Grab, wie Trennung und Wiedersehen, das Gegenwärtige und Zukünftige.

14 Vgl. Anm. 199 zum *Briefwechsel Rilke – Zwetajewa* und Zwetajewas Brief an Pasternak vom 1. Januar 1927. – Belvedere wie auch Bellevue bedeuten schöner Blick. Für Brodskij ist an dieser Stelle die »gigantische Exposition« abgeschlossen und »mit diesem Ende des Alls«, und mit dem flüchtigen Blick auf die »Gegenwart« beginnt »das Wichtigste, das zutiefst persönliche Thema ihrer Liebe zu den Adressaten« (vgl. J. Brodskij, *Ob odnom stichotvorenii* ((*Vmesto predislovija*)); in: M. Cvetaeva; *Stichotvorenija i poemy*, a. a. O., Bd. 1, S. 65).

15 Vgl. den »Postumen Brief« an Rilke.

16 In diesen Worten klingt Zwetajewas Motiv von der »Kraft« und der »ebenbürtigen Größe« zweier Dichter an. Wie schon im Vorwort angemerkt, stellte sich Zwetajewa auf die gleiche Stufe mit Zeitgenossen, Pasternak und Rilke. Zeilen aus dem Zyklus »Dvoe« (»Zwei«) die sie im Jahre 1924 an Pasternak richtete, hätten zwei Jahre später ebenso Rilke gelten können. »In der Welt, wo alles –/ Moder, Efeu ist, / Weiß ich: einer / Du gleichst im Wesen / Mir« (M. Cvetaeva, *Stichotvorenija i poemy*, a. a. O., S. 375).

17 Hier nimmt Zwetajewa erneut das Thema der »Kränkung« auf, das sie in ihrem Brief vom 3. Juni an Rilke entwickelt hatte.

18 Der Vierzeiler hebt sich rhythmisch und prosodisch schroff vom vorhergehenden und nachfolgenden Text ab. Brodskij interpretiert dies als ein Signal dafür, daß das Poem hier eigentlich abgeschlossen sei. Und »als sei der ›Neujahrsbrief‹ durch diese Strophe zurückgeworfen, wird er für eine Weile bedächtiger und kehrt dann wie ein Strom, der den unsicheren Damm beiseitefegt, oder wie ein Thema, das eine Kadenz abbricht, mit der ganzen Fülle seines Klangs zurück«. Vgl. J. Brodskij, *Ob odnom stichotvorenii* (*Vmesto predislovija*), in: M. Cvetaeva, *Stichotvorenija i poemy*, a. a. O., Bd. 1, S. 73.

19 Das Bild vom Baum, der »geradewegs in den Himmel« wächst, ist am ehesten von der ersten Zeile des ersten »Sonetts an Orpheus« inspiriert. (Vgl. dazu auch Zwetajewas Brief vom 12. Mai an Rilke. Dafür könnte auch das »Nicht wahr, Rainer« sprechen.)

20 Mit der Landschaft des »Jenseits«, des Paradieses, mit der »unbekannten Erde« hängt das für Zwetajewa wichtige Thema der Leiter zusammen oder des Wegs, auf dem man sich Rilke nähern kann.

21 Vgl. hierzu aus dem Zyklus »Stol« (1933, »Der Tisch«): »Gesegnet sei, Tischland Gelobtes, / Von Stirn, Elle, Knie – schlachterprobtes. / Ins Mark rammte sich, ins gebrannte / Mir – quer durch die Brust – deine Kante! // (M. Zwetajewa, *Sämtliche Werke*, a.a.O., Bd. 1, Lyrik, S. 156)

22 Am 15. Januar 1927 schrieb Zwetajewa Anna Tesková: »... Mein Jenseits bevölkert sich zunehmend: jetzt noch Rilke! Entsinnen sie sich Steiners:

Auf Wiedersehen! ...«

(M. Cvetaeva, *Pis'ma k A. Teskovoj*, a.a.O., S. 48)

23 »Meer« ist hier ein Kryptonym des Namens Marina, d.h. »die dem Meer Entstiegene« (vgl. auch Anm. 58 zu den *Briefen an N. Wunderly-Volkart*).

24 Brodskij hat die Idee geäußert, daß die Abschlußverse des »Neujahrsbriefes« alle Angaben enthalten, die für eine Adresse auf einem Briefumschlag notwendig sind: der vollständige Name des Adressaten, an Rainer Maria Rilke, wobei im russischen Text die beiden das Poem abschließenden Wörter »v ruki« – »zu Händen« eine in der damaligen Zeit übliche Formulierung sind, sowie die Adresse – Raron, oberhalb der Rhône (vgl. I. Brodskij, *Ob odnom stichotvorenii ((Vmesto predislovija))*, in: M. Cvetaeva, *Stichotvorenija i poemy*, a.a.O., Bd. 1, S. 80). Diesen Adressen- und damit Briefcharakter unterstreichen die Unterschrift der Autorin: Marina Zwetajewa, der Ort und die Datumsangabe.

Anmerkungen zu »Dein Tod«

Erstveröffentlichung in: Volja Rossii (Der Wille Rußlands) 1927.5/6. S. 3-27; deutsch erstmals in dieser Ausgabe.

Marc Slonim, Redakteur des literarischen Teils der Monatszeitschrift, förderte die Publikation, indem er Zwetajewa schon am 31. Dezember 1926 vorschlug, etwas über Rilke für die Volja Rossii zu schreiben. »Kurz darauf«, erinnerte er sich, »schickte sie mir ›Dein Tod‹ nach Prag, der Prosatext erschien in unserer Zeitschrift im März 1927.« Allerdings ist das Doppelheft 5 und 6 der Volja Rossii nicht im März, sondern im Mai-Juni 1927 erschienen. Slonim berichtet des weiteren, daß er im Frühjahr 1927, als er nach Paris fuhr, Zwetajewa die Korrekturfahnen von ›Dein Tod‹ mitgebracht und mit ihr die Übersetzung einiger Briefe von Rilke verabredet habe, die sie Anfang 1929 anfertigte. (Vgl. Novyj žurnal, New York, 104. 1971, S. 145 und 146.)

Sofort nach Beendigung des »Neujahrsbriefes« hat Zwetajewa mit »Dein Tod« begonnen. »Im Augenblick schreibe ich ›Prosa‹ (in Anführungsstrichen wegen des bombastischen Wortes) – d.h. einfach der Vorklang und Nachklang – seines Todes – in mir«, berichtet sie am 21. Februar 1927 Anna Tesková. »Sein Tod hat sich in meinem Leben dreigeteilt: unmittelbar vor ihm starb Alina eine alte Mademoiselle und unmittelbar danach (im Abstand von nur drei Wochen!) ein russischer Junge Wanja. Im großen und ganzen ist das *ein* Tod (eine Auferstehung). Ohne, daß ich es wählte, stiegen zwei Verse Rilkes von selbst als Leitmotiv auf.

Denn Dir liegt nichts an den Fragenden:
sanften Gesichtes
*siehst Du den Fragenden zu.**

Zu vielem (innerlich) wird mich dieser Tod noch bewegen« (M. Cvetaeva, *Pis'ma k A. Teskovoj*, a.a.O., S. 49). Zu dem Rilke-Zitat vgl. Anm. 17. Einige Wörter aus diesem Brief – »dreigeteilt«; »Vorklang«, »Nachklang« kehren auch in »Dein Tod« wieder.

Dem Datum nach zu urteilen, das unter dem gedruckten Text steht, hat Zwetajewa ihre Arbeit am 27. Februar 1927 abgeschlossen, wobei die Zahl 7 wie auch im »Neujahrsbrief« bei der Datierung ausschlaggebend gewesen sein dürfte.

In dem folgenden Brief an Anna Tesková (im April 1927) schlägt Zwetajewa ihr »Dein Tod« für eine Übersetzung ins Tschechische vor und fügt hinzu: »Inhalt: über die Nachbarschaft von Gräbern – die Erzählung vom Tod der M-elle Jeanne Robert – die Erzählung vom Tod des russischen Jungen Wanja – ein Versuch, den Tod Rilkes zu deuten. Lyrische Prosa. Der Text wird ins Franz[ösische] und ins Deutsche übersetzt, ich wäre glücklich, wenn Sie ihn ins Tschechische übertragen würden. Der Text ist außer-national, ü-b-e-r-national. Er erscheint im nächsten Heft der ›Volja Rossii‹ – ich schicke Ihnen die Fahnen. Es ist, wohl, ein guter Text. Ganz Rußland hat mit nicht dem Geringsten auf den Tod Rilkes reagiert, es war meine Pflicht.« (Ebenda, S. 52)

Zu der französischen Übersetzung von »Dein Tod« gibt ein Brief Zwetajewas vom 28. Juni 1927 an den Philosophen Lew Schestow Hinweise. Offensichtlich lag die französische Übersetzung zu dieser Zeit schon vor und sollte voraussichtlich in einer der großen französischen Zeitschriften publiziert werden, zumindest bat Zwetajewa Schestow, darüber mit dem Kritiker und Musikwissenschaftler P.P. Suwtschinskij (1892-1985) zu reden, einem der Redakteure der Zeitschrift Versty (Werstpfähle). »Es wäre schön, wenn Sie das Gespräch auf den konkreten Text und zwar auf die Prosa zu Rilkes Gedenken brächten, die sie kennen, auf den Text, den Sie gelesen und für gut befunden haben, der schon von der Nouvelle Revue Française angenommen ist, den ich jedoch wegen des Honorars lieber in der Commerce unterbringen würde.

S[uw]tschinskij muß elektrisiert werden – entweder mit dem Namen Rilke, oder mit seiner Beliebtheit bei den Franzosen, oder mit dem Text selbst, oder mit der Honorarfrage –, ich weiß nicht, was bei solch einem Ästheten wirksamer ist.

Ich glaube, der Erfolg wird nicht leicht zu erreichen sein. Ja! Noch eines: er kennt den Text nicht und wird sich damit herausreden« (*9 pisem Cvetaevoj k L'vu Šestovu*, in: Vestnik russkogo christianskogo dviženija, Paris 129.1979.3, S. 128). Weder in der Nouvelle Revue Française, noch in der Commerce ist »Dein Tod« erschienen. Was die deutsche Übersetzung anbetrifft, so hat Zwetajewa der Gedanke daran auch späterhin nicht losgelassen (vgl. ihren Brief vom 24. Januar 1932 an Ruth Sieber-Rilke). Als sie im Oktober 1935 für eine Lesung in der Schweiz (eine Reise, die nicht zustande kam) Vorbereitungen traf, schickte sie das Manuskript von »Dein Tod« nach Basel: »... ich habe ihnen meine Prosa über Rilke (1927 – Dein Tod) geschickt, vielleicht finden sie einen Übersetzer: es heißt, meine Prosa sei schwierig (NB! – *präzise*) –, ich würde sie selbst übersetzen, habe mich doch jetzt, nach 12 Jahren Frankreich, des Deutschen physisch entwöhnt, dabei beherrsche ich es tief in meinem Inneren besser als französisch, da es vertrauter ist.« (Am 18. Oktober 1935, in: *Pis'ma Mariny Cvetaevoj k Ariadne Berg*, a.a.O., S. 47f.; Zwetajewa hielt sich zu diesem Zeitpunkt nicht 12, sondern 10 Jahre in Frankreich auf.)

Die einzige, publizierte Übersetzung von »Dein Tod« hat Anna Tesková besorgt, die Zwetajewas Bitte unverzüglich nachkam. Allem Anschein nach hat sie im Herbst 1927 die Übersetzung abgeschlossen. Im November 1927 schreibt ihr Zwetajewa: »... Über Rilke: am 29. Dezember diesen Jahres jährt sich sein Todestag, könnte das nicht hilfreich sein, die Übersetzung unterzubringen? Wie gerne sähe ich diesen Text gerade in der Tschechei gedruckt. R. – der große Dichter der gesamten Gegenwart, ist doch aus Prag gebürtig! ...« Ein Jahr später, 1928, erschien die Übersetzung in der Prager Zeitschrift Lumír, in den Nummern 6 und 7, mit dem Untertitel: »Zum Tode R. M. Rilkes verfaßt«, am Textende stand vermerkt: »Nach dem Manuskript von Anna Tesková übersetzt.« Am 29. November 1928 erhielt Anna Tesková einen begeisterten Brief: »... Die Übertragung meines Rilke in die tschechische – seine zweite Muttersprache – ist für mich eine riesige Freude. (NB! Mich ((die Prosa)) hat noch keiner jemals in irgendeine Sprache übersetzt, Sie sind die erste.) Rilke ist *nach Hause* zurückgekehrt, *nach Prag*. Wieviel Gedichte gibt es über diese Stadt in seiner Jugend!« Und wenige Monate danach: »Wie froh bin ich, daß Sie mich ebenso (an der Hand) übersetzt haben – mich! mich zu Rilke! – ins Tschechische. Wofür ich Ihr Land *so* liebe!« (M. Cvetaeva, *Pis'ma k A. Teskovoj*, a.a.O., S. 56, 69 und 71)

Die tschechische Übersetzung weckte das Interesse der Prager Literaturkritikerin Clára Mágr für »Dein Tod«, die mehrfach mit deutschsprachigen Aufsätzen über Rilke hervorgetreten war. Im *Katalog der Rilke-Sammlung Richard von Mises* (bearbeitet und herausgegeben von Paul Obermüller und Herbert Steiner unter Mitarbeit von Ernst Zinn, Frankfurt am Main, 1966, S. 301) findet sich ein Hinweis auf eine »Maschinenschrift« von drei Blättern, Mágrs Übersetzung des Anfangs von »Dein Tod«, die sie nach der tschechischen Übertragung angefertigt hatte.

In der russischen Emigrantenpresse hatte »Dein Tod« einige Rezensionen zur Folge. Der bekannte Prosaautor Michail Ossorgin schrieb unter anderem: »... Marina Zwetajewa schildert sehr schön zwei Tode (den einer Französischlehrerin und des Jungen Wanja), um sich fromm vor dem dritten (Rainer Maria Rilkes) zu verneigen. Die Macht des Gefühls, des guten, weiblichen, aufrichtigen, kämpft wie eh und je in der Prosa Marina Zwetajewas mit der Macht des Wortes, das mitunter verworren und kalt (schon nicht weiblich, vielmehr damenhaft) ist« (Michail Osorgin, *Po poljam slovesnym*, in: Poslednie novosti, Paris, 1927, vom 28. Juli, S. 2).

Viel eingehender ist die Rezension von Georgij Adamowitsch. »Zwetajewa wendet sich an Rilke und spricht über seinen Tod. Bei dieser Gelegenheit erzählt sie von zwei weiteren Toden – dem einer Französin und Lehrerin und dem eines zwölfjährigen kranken Jungen. Die Erzählung ist äußerst kapriziös, unnachahmlich persönlich und hinreißend. Wie der Montblanc erhebt sie sich über die übliche Literatur in Zeitschriften. Sie ist ungewöhnlich inhaltsreich, wobei sie eigentlich keine Ideen und Gedanken enthält. Sie neigt nicht zum Logischen, sondern zur Psychologie. Zwetajewa erfaßt in einem vermeintlich einfachen Gefühl oder in einer Seelenregung eine Menge an widerstreitenden Abstufungen. Je weiter man ihr jedoch auf diesem Weg folgt, um so klarer wird, daß dieser Weg endlos ist: das innere Leben des Menschen stößt nicht auf etwas Unzerlegbares, sondern verzweigt und verfeinert sich so sehr, wieweit der Blick imstande ist, die Abstufungen zu erkennen.

Außer der ›Psychologie‹ überzeugt der Ton in Zwetajewas Grabrede. Nur sehr selten ist das Pathos eines Schriftstellers bis zuletzt gerechtfertigt und nicht im geringsten lächerlich. Selten spürt man hinter ihm nicht die Leere und ist nicht gewillt zu sagen: ›Worte, Worte, Worte!‹ Bei Zwetajewa ist das Lyrische tatsächlich lyrisch.

Deshalb, als Fazit: ungeachtet dessen, daß wir keine allzu große Sympathie für die Schriftstellerin Zwetajewa haben, ungeachtet dessen, daß sie für uns völlig, zutiefst und endgültig inakzeptabel ist, freuen wir uns dennoch über die ›Begegnung mit dem Menschen‹ – was heutzutage eine Seltenheit ist« (G. Adamovič, *Literaturnye besedy*, in Zveno 1927.2, S. 68-69).

Interessant ist auch, daß Zwetajewas Prosa einem, natürlich kleinen, Kreis in Sowjetrußland bekannt wurde. So erwähnt der Literaturwissenschaftler Dmitrij Pines (1891-1937) am 4. August 1928 in einem Brief an den Kunsthistoriker und Sammler Pawel Ettinger (1866-1948), der seinerzeit ein Bekannter Rilkes war und mit ihm von 1900 bis 1962 korrespondiert hatte, »den interessanten Aufsatz M. Zwetajewas über Rilke«, (Rukopisnyj otdel Gosudarstvennogo muzeja izobrazitel'nych iskusstv imeni A. S. Puškina, Moskau, fond 29, opis' 10, Nr. 3547).

1 Die beiden letzten Sätze kommentierte M. Osorgin bissig: »Algebra und Literatur trockneten das von Tränen benetzte Taschentuch« (Michail Osorgin, *Po poljam slovesnym*, in: a. a. O., S. 2).
2 Auf dem Friedhof des Neujungfrauenklosters in Moskau lagen Nadja und Seresha Ilowajskie begraben, vgl. Anm. 10 zum *Neujahrsbrief*.
3 Nach Zwetajewas Ankunft in Paris im November 1925 hat Ariadna Efron tatsächlich mit einer Lehrerin ihre Kenntnisse der französischen Sprache vertieft. Natalja Resnikowa erinnert sich in einem Brief vom 15. September 1981: »Alja lernte in irgendwelchen Kursen ›Jeanne d'Arc‹ oder mit einer Lehrerin (von der die Rede in ›Dein Tod‹ ist). (Viktoria Schweitzer, *Byt i bytie Mariny Cvetaevoj*, a. a. O., S. 342)
4 Gemeint ist das Chanson de Roland, das wohl zwischen 1130 und 1150 entstanden ist. Vgl. auch Zwetajewas Gedicht »Rolandov rog« (1921, »Rolands Horn«, in: M. Zwetajewa, *Ausgewählte Werke*, a. a. O., Bd. 1, Lyrik, S. 77).
5 Gemeint ist das um 1200 entstandene Epos »Renaud de Montauban«, das auch als »Chanson des Quatre fils Aymon« bekannt ist.
6 Petit-beurre ist ein Törtchen mit Schlagsahne.
7 Gemeint ist der französische Dichter Pierre de Ronsard (1524-1585).

8 Gemeint ist der französische Dichter Clément Marot (1496-1544).

9 Fabliau (Fablel) ist eine altfranzösische Verserzählung meist komischen und derb-erotischen Inhalts.

10 Gemeint ist der »Roman de Renart«, der aus etwa 30 zwischen 1176 und 1250 verfaßten Episoden besteht, wobei die Handlungsträger typisierte Tierfiguren sind.

11 Gemeint ist der von Guillaume de Lorris um 1235 begonnene (bis etwa zum 4000sten Vers) und von Jean de Meun (um 1275) vollendete »Roman de la Rose«.

12 Siehe Anm. 4 zu *Dein Tod.*

13 Übersetzung des Briefes:

Liebe Mademoiselle,

vergeblich und seit langem warten wir. An jedem Montag und Mittwoch, am Donnerstag und Samstag erwarten wir Sie. Sie sind keinmal gekommen. Meine Aufgaben sind geschrieben und gelernt, die von Olégue auch. Haben Sie unsere Einladung zum Weihnachtsfest vergessen? Ich vermute: ja, denn Sie sind am vorletzten Donnerstag, als wir unser Fest hatten, nicht gekommen. Ich habe viele Bücher bekommen: Gedichte von Ronsard, Werke von Marot, die Fabliaux, den Roman von Renard, den Rosenroman und vor allem das Chanson de Roland. Zwei Geschenke warten auf Sie, von Olégue und mir.

Schreiben Sie uns, liebe Mademoiselle, wann Sie zu uns kommen können.

Wir umarmen Sie, Ariane

14 Villette ist ein am Rand von Paris gelegenes Stadtviertel.

15 Zitiert wird die erste Strophe aus dem Volkslied »Wan'ka-Tan'ka«, das nach der musikalischen Bearbeitung durch Alexander Dargomyshskij (1813-1869) populär wurde.

16 In der Rue Denfert-Rochereau 79 organisierte der Verband junger russischer Schriftsteller und Dichter literarische Abende. Zwetajewas erste Lesung in dem russischen Klub und in Paris fand am 6. Februar 1926 statt. Sie eröffnete den triumphalen Abend mit Gedichten aus dem Zyklus »Das Lager der Schwäne«, die der Weißen Armee gewidmet sind.

17 Hier wie auch in dem Brief vom 21. Februar 1927 an Anna Tesková zitiert Zwetajewa ungenau Verse aus Rilkes »Gerüchte gehn, die dich vermuten« (aus dem »Stunden-Buch« in: Rilke, *Sämtliche Werke*, a.a.O., Bd. 1, S. 319). Genau heißt es: »Dir liegt an den Fragenden nichts. / Sanften Gesichts / siehst du den Tragenden zu.//

18 Vgl. Anm. 199 zum *Briefwechsel Rilke – Zwetajewa.*

19 Ein Gedicht von 1913 sowie der letzte Gedichtzyklus (1920) von Alexander Blok tragen den Titel »Grauer Morgen«. Intertextuelle Bezüge finden sich in Zwetajewas Gedichten »An Blok«, die nach einer Lesung von Blok am 9. Mai 1920 in Moskau entstanden sind.

20 Zwetajewa nennt hier den Namen des Hotels, in dem sie sich angeblich mit Rilke hätte treffen sollen. In ihrem Poem »Versuch vom Zimmer« (1926) hieß es »Hotel zum Rendezvous der Seelen« und »Psyches Palast«.

21 Zwetajewa paraphrasiert hier Worte aus ihrem Brief vom 22. August 1926 an Rilke.

22 Zitat aus dem Poem »Versuch vom Zimmer«.

23 Vgl. hierzu Rilkes Brief an Zwetajewa vom 17. Mai 1926.

24 Vgl. hierzu »Die Aufzeichnungen des Malte Laurids Brigge«, in: Rilke, *Sämtliche Werke*, a.a.O., Bd. 11, S. 751 f. und S. 870-878.

25 Ähnliches schreibt Zwetajewa am 15. November 1930 an R.N. Lomonossowa: »(*Wer ist dein nächster? – Der Dich am nothwendigsten braucht** ist die Deutung vom Nächsten aus dem protestantischen Religionsunterricht in meiner Jugend. Sie sehen, ich habe das Gedicht nicht vergessen, dabei sind schon über zwanzig Jahre seitdem vergangen.) Ich habe in meinem Leben immer *so* die Wahl getroffen.« (*Pis'ma Mariny Cvetaevoj k R.N. Lomonosovoj*, a.a.O., S. 237)

26 Möglicherweise paraphrasiert Zwetajewa hier eine Äußerung, die sie in einem Nekrolog zu Rilke gelesen hatte, der am 29. Dezember 1926 im »Berliner Tageblatt«, in der Abend-Ausgabe, erschienen war und im 2. Heft des »Inselschiff«, nun unter Nennung des Autors Fred Hildebrandt, wiederabgedruckt wurde: »Sein Blut war wohl allzusehr verströmt in sein Dichten, so blieb für den Leib zu wenig davon übrig.«

Anmerkungen zu »Einige Briefe von Rainer Maria Rilke«

Erstveröffentlichung in: Volja Rossii (Der Wille Rußlands) 1929.2., S. 33-45; deutsch erstmals in dieser Ausgabe.

Der Essay Zwetajewas ging den von ihr zusammengestellten und übersetzten Briefen Rilkes vorweg, die in der gleichen Nummer von Volja Rossii abgedruckt erschienen. Die Auswahl umfaßte vier Briefe an »den jungen Dichter« Franz Kappus, einen Brief Rilkes an »den

Freund« (à une amie) und den an eine »Unbekannte« aus dem Buch von Edmond Jaloux. Zu den Quellen, die Zwetajewa benutzte, vgl. die Anmerkung 81 zum Vorwort (S. 207f.).

Am 22. Januar 1929 berichtet Zwetajewa Anna Tesková von ihrer Übersetzung einiger Briefe Rilkes und betont nachdrücklich den in ihnen angesprochenen Gedanken, daß »Gott – nicht Vorfahr, sondern der Kommende« sei; dazu hatte auch Rilke Franz Kappus am 23. Dezember 1903 geschrieben. In ihrem nächsten Brief an Anna Tesková (vom 19. Februar 1929) berichtet Zwetajewa: »Ich habe gerade die Übersetzungskorrekturen von den 7 Briefen Rilkes (nicht an mich, natürlich!) und die Einleitung hierzu durchgelesen. Lesen Sie es in der nächsten (Februar) Nr. von ›Volja Rossii‹. Ich bin überzeugt, daß Sie in allem, was Rilke sagt und ich sage – Ihnen Vertrautes heraushören. Die Briefe Rilkes sind – über das Schreiben von Gedichten (*dichten**) – über die Kindheit – über Gott – über Gefühle. Ich habe sie übersetzt, so gut ich konnte, an der Einleitung habe ich drei Wochen gearbeitet« (M. Cvetaeva, *Pis'ma k A. Teskovoj*, a.a.O., S. 70 und 72). Die Erwähnung von sieben Briefen ist nicht richtig: In Volja Rossii sind insgesamt sechs von Zwetajewa übersetzte Briefe abgedruckt, nur fünf davon stammen von Rilke selbst. Zwetajewas Übersetzung war der erste Versuch, einem größeren russischen Leserkreis eine Vorstellung von der epistolaren Nachlassenschaft Rilkes zu geben. Zudem war es auch das erste (und offensichtlich einzige) Mal, daß Zwetajewa es wagte, den von ihr vergötterten Dichter zu übersetzen. In der Kritik jener Jahre fand dies jedoch nicht das geringste Echo. Im Gegenteil: W. Sirin (Pseudonym von Vladimir Nabokov), der in der Berliner Tageszeitung Rul' (Das Steuerrad) das zweite Heft des Jahres 1929 von Volja Rossii rezensierte, erklärte in aller Bestimmtheit, der Text von Zwetajewa sei eine »dunkle, ungereimte Prosa«. »Ich habe ihren Aufsatz nicht verstanden, und man muß ihn wohl auch nicht verstehen: M. Zwetajewa schreibt für sich und nicht für den Leser .« Vor allem verärgerte ihn der Brief »An die Unbekannte« der »eine gemeine Abgeschmacktheit« sei. »Der Brief ist so geschmacklos, die Begebenheit, die in ihm geschildert wird, entspricht so sehr dem Stil jener aufgeblasenen Schriftsteller, zu denen auch Jaloux selbst gehört, daß man aus Verehrung zu Rilke an der Wirklichkeit des gesamten Vorfalls zweifeln möchte« (in: Rul' vom 8. Mai 1929, S. 4).

1929 wurde Zwetajewa die Möglichkeit geboten, ihren Aufsatz über Rilke in französischer Übersetzung zu publizieren. Diese nicht von Zwetajewa angefertigte Übertragung erschien im Juli- und Augustheft der Zeitschrift Cahiers de l'Étoile. (Rainer Maria Rilke par Marina Zvétaïeva, in: Cahiers de l'Étoile 1929.10., S. 564-573) 1930 schickte

Zwetajewa die mit ihren in deutsch geschriebenen Bemerkungen und Berichtigungen reichlich versehene französische Übersetzung in die Schweiz an Nanny Wunderly-Volkart und mit folgendem Kommentar: »*Aber das Blatt ist theosophisch oder so was, merken Sie sich den fünfeckigen Stern, der Unstern! Denn der Bethlehem Stern hatte gewiss sechs Ecken.**« (Hier und im weiteren wird nach der Kopie der französischen Übersetzung zitiert, die uns Herr Professor Dr. Storck ((Marbach)) freundlicherweise überlassen hat.)

Die in den Jahren 1928 bis 1930 von Irma de Manziarly und Carlo Suarès herausgegebene Zeitschrift Cahiers de l'Étoile hatte in der Tat einen theosophischen Anstrich. Vor allem propagierte sie die Ansichten des südindischen Brahmanen Jiddu Krishnamurti (1897-1986), für den Annie Besant den »Orden des Sterns im Osten« gegründet hatte, der 1929 aufgelöst wurde. Fast in jeder Nummer der Zeitschrift, deren Titelblatt der fünfeckige Stern ziert, erschienen Gedichte oder Artikel von Krishnamurti. Bedeutende Vertreter der französischen Kultur: A. Bourdelle, A. Gleizes, F. de Miomandre, G. Monod-Herzen u.a. arbeiteten an ihr mit, ebenso Autoren aus Indien, Japan usw. Die Redaktion der Cahiers de l'Étoile hielt auch enge Verbindungen zur russischen Emigration, insbesondere zu der in Paris und Prag. »Pariser Russen« wie Boris Sajzew, Ju. Sazonowa, Lew Schestow wurden unter anderen in ihr abgedruckt. Es ist nicht weiter verwunderlich, daß sich auch Marina Zwetajewa unter den Autoren befand, die möglicherweise der in diesen Jahren mit ihr befreundete Lew Schestow empfohlen hatte. »Sie sind meine allergrößte menschliche Kostbarkeit in Paris«, schrieb sie ihm am 23. April 1926 (in: *9 pisem M. Cvetaevoj k L'vu Šestovu*, in: Vestnik russkogo christianskogo dviženija, Paris, 129. 1979. 3, S. 125). Die Wahl der Zwetajewaschen Prosa von der Redaktion der Cahiers de L'Étoile läßt sich aus thematischen Überlegungen erklären: Fast das ganze 10. Heft war der Todesproblematik und unterschiedlichen Auffassungen vom Tod gewidmet.

Ihre Kommentare zu der französischen Übersetzung schließt sie mit der folgenden ab: »*Vielleicht übertrag ich es einmal ins Deutsche – doch, ich bin eben so sehr aus der Sprache gekommen, R. war mein letztes Deutsch. Meine Lieblingssprache, mein Lieblingsland (auch während dem Krieg!) wie Russland (Volga-Welt) das Seine. Keine Freude und keinen Freund hab ich seitdem er gegangen ist.**«

Später kehrt Zwetajewa jedoch nicht mehr zu diesem Vorhaben zurück. In ihrem Brief an Ruth Sieber-Rilke (1932) wiederholt sie ihren Wunsch, zwei weitere Rilke gewidmete Texte, den »Neujahrsbrief« und »Dein Tod«, ins Deutsche zu übertragen, mit keinem Wort erwähnt sie hier jedoch ihren einleitenden Aufsatz zu Rilkes Briefen.

1 Vgl. Zwetajewas Überlegungen »über Sein und Nichtsein im Geliebten«, in den 1924 publizierten »Auszügen aus dem Buch ›Irdische Zeichen‹« (in: M. Zwetajewa, *Auf eigenen Wegen,* a.a.O., S. 162).

2 Zu Zwetajewas Deutung des »Traums« vgl. Anmerkg. 165 zum *Briefwechsel Rilke – Zwetajewa.*

3 Diese Stelle versieht Zwetajewa für Nanny Wunderly-Volkart mit dem Kommentar: »[...] *zum Wort ›l'écho‹. NB! l'écho en moi, l'agissement (retentissement) intérieur. M.Z.*«

4 Fünfzig Jahre waren für Zwetajewa die Wasserscheide, jene Grenze, die die Gegenwart von der Zukunft trennt. In einer Vorbemerkung zu ihrem dritten Gedichtband schreibt sie: »Wir alle vergehen. Nach fünfzig Jahren werden wir in der Erde sein. Neue Gesichter wird es unter dem ewigen Himmel geben« (Marina Cvetaeva, *Iz dvuch knig*. Moskau 1913, S. 3).

5 Rilke »bestand« tatsächlich darauf, daß seine Briefe »abgedruckt« würden. Davon ist die Rede in seinem Testament, das Zwetajewa bei Tschernoswitowa gesehen hatte. Im Testament heißt es: »6. Da ich, von gewissen Jahren ab, einen Theil der Ergiebigkeit meiner Natur gelegentlich in Briefe zu leiten pflegte, steht der Veröffentlichung meiner, in Händen der Adressaten etwa erhaltenen, Korrespondenzen (falls der Insel-Verlag dergleichen vorschlagen sollte) nichts im Wege« (J. R. von Salis, *Rainer Maria Rilkes Schweizer Jahre.* Ein Beitrag zur Biographie von Rilkes Spätzeit. Verlag Huber & Co. AG Frauenfeld. Dritte, neu bearbeitete Auflage 1952, S. 210f.).

6 Vgl. Zwetajewas Brief an Rilke vom 14. August 1926: »*Bin* und teile nicht«.

7 Für N. Wunderly-Volkart verbesserte Zwetajewa in der französischen Übersetzung das Wort »un homme«, das im Französischen sowohl »Mensch« wie auch »Mann« bedeutet, in »une âme« und schrieb an den Rand: »*russisch wie deutsch: einen Menschen, die Franzosen haben nur: Mann**.«

8 Gemeint ist Jeanne d'Arc, eine der Lieblingsheldinnen Zwetajewas, die der Legende entsprechend von Stimmen und Visionen getrieben, aufbricht, um Frankreich siegreich gegen die Engländer zu verteidigen.

9 Bettina (oder Bettine) von Arnim, geb. Brentano (1785-1859) hat zu Lebzeiten vier »bedeutende Briefwechsel« herausgegeben: mit Goethe (1835), mit ihrer Jugendfreundin Karoline von Günderode (1840), mit dem Bruder Clemens Brentano (1844) und mit dem »jungen Freund« Philipp Nathusius (1848).

10 »Goethes Briefwechsel mit einem Kinde« (1835) hat den Untertitel »Seinem Denkmal«. Auch hat Bettina von Arnim ein Monument des Dichters entworfen, das dann 1853 teilweise ausgeführt wurde. Goethe ist als Zeus dargestellt, zu dessen Füßen sich eine Figur verneigt, die in die Saiten seiner Harfe greift, die »junge Psyche« nennt Bettina von Arnim sie in ihrer Beschreibung des von ihr erfundenen Monuments, mit der sie den »Briefwechsel« abschließt.

11 Der Sohn von Bettina, Sigmund von Arnim (1813-1890), besuchte Goethe vom 10. bis 15. März in Weimar, 7 Tage später war der Dichter tot. Der älteste Sohn von Bettina, Johannes Freimund von Arnim (1812-1863), ist nie bei Goethe gewesen.

12 Bettina von Arnim hat nach dem Tode der Dichterin Karoline von Günderode (1780-1806), die auch Prosa und Dramen schrieb, das Buch »Die Günderode« veröffentlicht, das teils auf Dokumenten (Briefen), teils auf Phantasie beruht.

13 Günderode, die an ihrer unglücklichen Liebe zu Georg Friedrich Creuzer (1771-1853) zerbrach, hat sich am 26. Juli 1806 erdolcht. In der französischen Übersetzung fehlt das Wort »frühen«, Zwetajewa ergänzt und präzisiert es deutsch am Seitenrand: »*Einem jungen Tod. Denn der Tod selbst – nicht nur der Todte ist jung oder alt. M.Z.**«

14 Der genaue Titel lautet: »Clemens Brentanos Frühlingskranz aus Jugendbriefen ihm geflochten wie er selbst schriftlich verlangte«. In der Ausgabe von 1844 hieß es: Erster Band. Ein zweiter ist nie erschienen.

15 Der Briefwechsel zwischen Bettina von Arnim und Philipp Nathusius erschien unter dem Titel »Ilius Pamphilius und die Ambrosia«.
Philipp Nathusius (1815-1872), Sohn eines Großindustriellen und zweitrangiger Lyriker und Publizist, der Bettina von Arnim, nachdem »Goethes Briefwechsel mit einem Kinde« erschienen war und stürmisches Interesse hervorgerufen hatte, 1835 in Berlin kennenlernte, war von ihrer Persönlichkeit und ihrer Begabung begeistert. Ihr Briefwechsel brach dann endgültig nach seiner Verlobung im Jahre 1840 ab. Den Charakter ihrer Beziehung zu dem »jungen Freund« hat sie in dem Buch zu einem erhabenen, intimlyrischen Dialog umgeformt.

16 Zwetajewas Behauptung ist nur teilweise berechtigt. Auch wenn Bettina von Arnim sehr frei mit den Briefen, die sich in ihren Händen befanden, umgegangen ist, hat sie dennoch die Gestalten Goethe, Günderode, Clemens Brentano und Nathusius geschaffen. Sie alle, sogar Goethe, gaben in gewisser Hinsicht nur einen Vorwand

ab, um ihre eigenen Erfahrungen und Reflexionen zu Papier zu bringen. Andererseits treten in ihren »Helden« auch authentische Züge zu Tage; so wird »Goethes Briefwechsel mit einem Kinde« bis zum heutigen Tag als eine Quelle für die Biographie des Dichters betrachtet. Die Behauptung Zwetajewas, »diesen Goethe hat niemand gekannt« oder daß Philipp Nathusius »gänzlich von Bettina herbeibeschworen« sei, ist zweifelsohne übertrieben.

17 Es geht hier um die eigenwillige Auffassung von Liebe, die in den Büchern Bettina von Arnims immer wieder begegnet. Das Gefühl, das sie vollkommen beherrschte, war nicht in erster Linie ihre Liebe für den, an den sie schrieb, vielmehr ließ sie ihrem Bedürfnis zu lieben freien Lauf, der Liebe »als solcher«. Mehr als einmal hat Bettina hervorgehoben, nicht Verliebtheit bewege sie, sondern gerade die Liebe: »Und noch leg ich dir hier einen Brief bei aus meinem siebzehnten Jahre an jemand, der aus Eitelkeit sich weisgemacht hatte, ich sei in ihn verliebt, welches keineswegs wahr gewesen, da ich nie in meinem Leben verliebt war, aber meine große Anlage ist Lieben, das ist was anders.« (Bettina von Arnim, *Ilius Pamphilius und die Ambrosia*, in: *Werke und Briefe*. Hg. von Gustav Konrad. Wissenschaftliche Buchgesellschaft Darmstadt 1959, Bd. 2, S. 678) Rilke, ein begeisterter Anhänger Bettinas, machte sich ihre Vorstellung von der Liebe zu eigen und entwickelt sie in den »Aufzeichnungen des Malte Laurids Brigge« weiter. Wie in vielen Gedichten rühmt er in dem Tagebuchroman die »intransitive« Liebe, die kein »Objekt« kennt, auf niemanden ausgerichtet ist und »für sich selbst« lebt. »Die Liebenden« werden stets den »Geliebten« gegenübergestellt. »Schlecht leben die Geliebten und in Gefahr. Ach, daß sie sich überstünden und Liebende würden« (Rilke, *Die Aufzeichnungen des Malte Laurids Brigge*, in: *Sämtliche Werke*, a.a.O., Bd. 11, S. 924). In der Reihe der großen »liebenden« Frauen hat Bettina von Arnim einen vorrangigen Platz. Malte hatte sie durch Abelone kennengelernt, die bemüht war, ihn dem »wahren« Verständnis von Liebe näherzubringen. »Solche Liebe«, heißt es in den »Aufzeichnungen« über Bettinas Liebe zu Goethe, »bedarf keiner Erwiderung, sie hat Lockruf und Antwort in sich; sie erhört sich selbst« (ebenda, S. 898). Zwetajewa, die seit jungen Jahren Bettina von Arnim las und verehrte, hatte »Die Günderode« bereits im Mai 1911 in Gursuf am Schwarzen Meer gelesen. Und im Moskauer Archiv befindet sich »Clemens Brentanos Frühlingskranz«. Zwetajewas Verständnis von Liebe stimmte weitgehend mit Bettinas überein, schon vor der Bekanntschaft mit Rilke, hatte sie sich beständig eine »Liebende« genannt. »Ich will Ihnen die Möglichkeit

geben, der LIEBENDE zu sein [...]. Ich selbst bin die – LIEBENDE«, schrieb sie am 10. Januar 1924 an A. Bachrach (*Pis'ma M.I. Cvetaevoj k A.V. Bachrachu*, in: Novyj žurnal, New York, 181.1990, S. 132f.). »Liebe ist für mich – der Liebende«, heißt es in ihren »Auszügen aus dem Buch ›Irdische Zeichen‹« (in: Marina Zwetajewa, *Auf eigenen Wegen*, a.a.O., S. 164) und am 9. September 1928 in einem Brief an Anna Tesková: *Ich – die Liebende, nicht – die Geliebte**« (Marina Cvetaeva, *Pis'ma k A. Teskovoj*, a.a.O., S. 66). Zu dieser Zeit kannte Zwetajewa übrigens schon »Die Aufzeichnungen des Malte Laurids Brigge«, wie die abschließenden Zeilen ihres Aufsatzes und der Satz belegen: »Der Bettina, die von der ZUKUNFT verstanden wurde: von R.M. Rilke« (S. 154). Weitere Äußerungen Rilkes zu Bettina von Arnim, die insgesamt selten sind, konnte Zwetajewa damals nicht kennen. Alle ihre Überlegungen zu dem Thema »Rilke – Bettina« gehen zweifelsohne auf Rilkes Roman zurück. Diese Schlußfolgerung bestätigt auch einer der Lieblingssätze von Zwetajewa, der eigentlich Bettina gehört: »*Ich will keine Gegenliebe**«, den sie in ihrem Brief an Anna Tesková vom 30. September 1929 wiederholt: »Über die weibliche Mitwirkung an der Veranstaltung. Über Frauenhände. Ich vertraue ihnen – und kenne sie. Erinnern Sie, bei Rilke sind es – ›*Die Liebenden*‹ und bei Bettina ist es – ›*Ich will keine Gegenliebe*‹*. Frauen sind lebendig durch Mitgefühl« (Marina Cvetaeva, *Pis'ma k A. Teskovoj*, a.a.O., S. 80). In »Goethes Briefwechsel mit einem Kinde« findet sich kein Satz über die »Gegenliebe«. Dieser Gedanke, der natürlich auch Bettina nah ist, steht in aller Deutlichkeit gerade in den »Aufzeichnungen des Malte Laurids Brigge«, wo das Wort obendrein in einem der wichtigsten Abschnitte zu finden ist: »Ich weiß«, sagte Malte von Abelone, »sie sehnte sich, ihrer Liebe alles Transitive zu nehmen, aber konnte ihr wahrhaftiges Herz sich darüber täuschen, daß Gott nur eine Richtung der Liebe ist, kein Liebesgegenstand? Wußte sie nicht, daß keine Gegenliebe von ihm zu fürchten war?« (Rilke, *Die Aufzeichnungen des Malte Laurids Brigge*, in: *Sämtliche Werke*, a.a.O., Bd. 11, S. 937) Das Problem der »Gegenliebe Gottes« zum Menschen hat Rilke auch in viel späteren Jahren noch beschäftigt, wie eine Manuskriptenmappe mit der Aufschrift »Rede über die Gegenliebe Gottes« bezeugt, die möglicherweise Entwürfe eines nicht ausgearbeiteten Vortrags enthält. (Vgl. Eudo Mazon, *Rilke und Goethe*. Böhlau Verlag, Köln – Graz, 1958, S. 91-92.)

18 Mit Ausnahme einiger weniger Briefe hat Bettina Goethe immer mit Du angesprochen.

19 Zwetajewas Behauptung, daß Bettina von Goethe nicht verstanden wurde, beruht am ehesten darauf, was Rilke in seinem Roman schrieb: »Diese Liebende war ihm [Goethe] auferlegt, und er hat sie nicht bestanden.« Und es ist kein Zufall, daß Abelone Malte rät, »nicht die Antworten« zu lesen (Rilke, Die *Aufzeichnungen des Malte Laurids Brigge*, in: *Sämtliche Werke*, a.a.O., Bd. 11, S. 898 und 896). Diesem Urteil Rilkes liegt Goethes zurückhaltende Beziehung zu Bettina und ihren Briefen zugrunde. Natürlich hat Goethe Bettina gut »verstanden«, er verhielt sich ihr freundschaftlich gegenüber und zweifelsohne mit Sympathie, dennoch zog er es aus vielen Gründen vor, sie auf Abstand zu halten und beantwortete ihre »leidenschaftlichen« Briefe in der Regel in einem ruhigen alltäglichen Ton.

20 Zwetajewa zitiert den ersten Vers aus dem Lobgesang, der bei der Morgenmesse in der orthodoxen Kirche vorgetragen wird.

21 Die Quelle des Zitats ist unbekannt.

22 Bettina »nannte nicht« Gott, da ihre Religion die Liebe war. Im abschließenden Teil »Tagebuch zu Goethes Briefwechsel mit einem Kinde« heißt es im »Buch der Liebe«: »Die Liebe ist eine Metamorphose der Gottheit« (Bettina von Arnim, *Werke und Briefe*, a.a.O., Bd. 2, S. 363). Das Ideal, das heißt die »Gottheit«, war für die Autorin des »Briefwechsels« natürlich Goethe.

23 In »Goethes Briefwechsel mit einem Kinde« spricht Bettina nicht unmittelbar von ihrem Wunsch, Goethe zu »loben«, wenngleich ihr Buch genaugenommen, wie Zwetajewa richtig schreibt, ein einziger Lobgesang ist. Im Februar 1808 (?) fragte sie übrigens Goethe in einem Brief, den sie nicht in den »Briefwechsel« aufgenommen hat: »... Aber wer bin ich, daß ich Dich loben will« (*Bettinas Briefwechsel mit Goethe*. Auf Grund ihres handschriftlichen Nachlasses nebst zeitgenössischen Dokumenten über ihr persönliches Verhältnis zu Goethe. Zum ersten Mal herausgegeben von Reinhold Steig. Insel Verlag, Leipzig 1922, S. 39). Die Bereitschaft zu loben, das heißt ein Loblied auf das Höchste anzustimmen, kehrt bei Rilke immer wieder, so auch in der »Elegie« an Marina Zwetajewa-Efron: »Loben, du Liebe, laß uns verschwenden mit Lob« (S. 71).

24 Wie schon erwähnt (vgl. Anm. 17 zu *Einige Briefe von Rainer Maria Rilke*, S. 275) liegen Zwetajewas Annahme »Die Aufzeichnungen des Malte Laurids Brigge« zugrunde. Ein weiteres Beispiel, das Zwetajewa damals nicht kennen konnte, zeigt Rilkes Bewunderung für Bettina von Arnim. Als er »Goethes Briefwechsel mit einem Kinde« gelesen hatte, schrieb er seiner Frau am 4. September 1908: »Wie herrlich ist diese Bettine Arnim. [...] Was ist sie für ein Ele-

ment; was für ein Umgestalter, was für ein Ansturm in der Luft ihrer Zeit. Wie hätte man sich geliebt, face en face. Ich hätte wohl ihre Briefe beantworten mögen; das wäre wie eine Himmelfahrt geworden, ohne Scham, vor aller Augen« (R. M. Rilke, *Briefe aus den Jahren 1907 bis 1914*. Hg. von Ruth Sieber-Rilke und Carl Sieber, Insel Verlag Leipzig 1939, S. 45 f.).

25 Vgl. Bettina von Arnim, *Goethes Briefwechsel mit einem Kinde*, in: *Werke und Briefe*, a. a. O., Bd. 2, S. 11.

26 Zwetajewa denkt hier an den Gedanken Rilkes, daß »Gott – nicht Vorfahr, sondern der Kommende« sei (vgl. S. 157).

27 Tatsächlich waren es sechs Briefe.

28 Zwetajewa am 22. Januar 1929 an Anna Tesková: »Auch bin ich überzeugt, daß [Rilke], wenn ich sterbe – kommt, um mich zu holen. Er wird mich in jene Welt *übersetzen*, wie ich ihn jetzt *übersetze* (an der Hand) ins Russische. Nur so verstehe ich – Übersetzen« (M. Cvetaeva, *Pis'ma k A. Teskovoj*, a. a. O., S. 71).

29 Rilke liebte nicht so sehr die Jugend als vielmehr die Kindheit als die Zeit des »Gefühls« und der vom Menschen noch nicht vergeudeten Ganzheit.

30 Maurice Betz (1898-1946), französischer Schriftsteller und Übersetzer der Werke Rilkes. Seine Übersetzung der »Aufzeichnungen des Malte Laurids Brigge« erschien teilweise 1923 in Paris, der gesamte Text 1926.

31 Unter die französische Übersetzung hatte sie erläuternd für N. Wunderly-Volkart geschrieben: »*Das andere, über seinen Tod (Dein Tod) ist viel tiefer. Warum er starb und wohin das gute (rothe) Blut hingeraten ist. (NB! Fliesst und rauscht noch!) Sein Tod zwischen Nachbartöden (wie es eben in meinem Leben war) – einem Jungentod (Vanja hiess er, dreizehn war er) und einem Altjungferntod (M-elle Jeanne, die Lehrerin meiner Tochter. Also* { *Johann* / *Iwan* / *Vanja* } *und* { *Johanna* / *Jeanne* } *.)**«

Drittes Kapitel

Anmerkungen zu den Briefen von Marina Zwetajewa an Nanny Wunderly-Volkart

Die deutsch geschriebenen Briefe Marina Zwetajewas an Nanny Wunderly-Volkart und Ruth Sieber-Rilke werden hier erstmals veröffentlicht. Kopien der meisten Briefe sind uns von Prof. Dr. Joachim W. Storck zur Verfügung gestellt worden; der Verbleib der Originalbriefe ist unbekannt.

1 Im März 1927 war Zwetajewa von Bellevue nach Meudon im Departement Seine-et-Oise umgezogen und schloß einen Mietvertrag für drei Jahre ab. »Die Wohnung ist gemütlich und nicht teuer«, berichtet sie Anna Tesková. »Drei Zimmer (zwei ordentliche, eins – meines – ist klein), ein Badezimmer, eine winzige Küche (einem Käfig für Gorillas gleich – ich bin sehr genau) eine eigene Zentralheizung –, und das alles für 350 F[rancs] im Monat« (Brief vom 3. Ostertag 1927, in: M. Cvetaeva, *Pis'ma k A. Teskovoj*, a.a.O., S. 50). Fünf Jahre lang lebte die Familie Zwetajewas in dieser Wohnung, bevor sie aus finanziellen Gründen nach Clamart übersiedelte. »In Meudon haben wir fünf Jahre gelebt«, schrieb sie am 8. April 1932 an Anna Tesková in wehmütiger Erinnerung. »In Meudon ist Mur groß geworden. Drei Minuten von Meudon entfernt waren der Wald und der Bahnhof. In Meudon sind von zehn Häusern neun alt. In Meudon haben einst die Könige gejagt« (ebenda, S. 100).

2 Wenn Zwetajewa von Rilke spricht, bevorzugt sie die Wörter »abgegangen«, »Abgegangener«, »Abgang« usw., anstelle »gestorben«, »Verstorbener«, »Tod«. Schon darin zeigt sich, daß sie nicht gewillt war, sich mit dem Tod Rilkes abzufinden.

3 Anspielung auf Orpheus, mit dem sie Rilke vergleicht.

4 Darüber, daß Rilke nicht der Gegenwart gehört, sondern der Zukunft, hat Zwetajewa mehrfach geschrieben, so in ihrem ersten Brief an Rilke vom 9. Mai 1926.

5 Vgl. »Einige Briefe von Rainer Maria Rilke«.

6 Seit 1928 lebten Rilkes Tochter, Ruth Sieber-Rilke, und ihr Mann, Carl Sieber, in Weimar, wo sie sich tatkräftig darum bemühten, Rilkes Briefe zu sammeln und zu edieren.

7 Vgl. auch Zwetajewas Brief vom 21. Dezember 1927 an Leonid Pasternak: »All das – die Gedichte, die Briefe, die Postkarten – werde

ich, wenn ich sterbe, dem Rilke-Museum? (ein häßliches Wort) – dem *Rilke-Haus**, besser noch dem *Rilke-Hain!** vermachen, den es ganz gewiß geben wird. Ich will nicht, daß es vor der Zeit gelesen werde, und ich will nicht, daß es verloren geht. An Rußland als einen Aufbewahrungsort glaube ich nicht, ich sehe es immer noch als Brandstätte« (M. Cvetaeva, *Neizdannye pis'ma*, a.a.O., S. 253-254).

8 Vgl. einleitenden Kommentar zu *Einige Briefe von Rainer Maria Rilke*, S. 271. Die Wendung »Volga-Welt« hat Zwetajewa bei Rilke entliehen (vgl. Rilkes Brief an L. Andreas-Salomé vom 17. Oktober 1904, in: R.M. Rilke, *Briefe aus den Jahren 1902 bis 1906*, a.a.O., S. 222).

9 »Dein Tod« ist, wie auch der »Neujahrsbrief«, eine Fortsetzung ihres »Briefwechsels« mit Rilke, daher die Bezeichnung »Brief«.

10 Vgl. Anm. 13 zum *Briefwechsel Rilke – Zwetajewa*.

11 Darüber hatte Zwetajewa Leonid Pasternak am 20. März 1928 geschrieben: »Kennen Sie das geniale Gedicht eines unserer Zeitgenossen (ich selbst habe es nicht gelesen, weiß nur vom Hörensagen), es endet mit dem Refrain: ›wir haben alles: das und das, das und das, und noch das – *nur Zeit**.‹ (Ein Gedicht über die Arbeiter.) – So bin auch ich« (M. Cvetaeva, *Neizdannye pis'ma*, a.a.O., S. 258).

12 Rilkes Übertragung vom »Igorlied«, die er 1904 in Rom abschloß, ist erstmals vollständig von dem amerikanischen Slavisten André von Gronicka 1949 in den *Memoirs of the American Folklore Society*. Vol. 42. 1947. Russian Epic Studies (Ed. by Roman Jakobson and Ernest J. Simmons. Philadelphia 1949, S. 179-202) publiziert worden. Doch war schon Anfang 1930 in der Wochenbeilage zu der deutschsprachigen Zeitung »Prager Presse« am 16. Februar ein Ausschnitt aus Rilkes Übersetzung des »Igorliedes« abgedruckt erschienen. (»Dichtung und Welt«, Nr. 7, Beilage zur »Prager Presse« 1930) Ein Artikel von A.S. Magr (unterzeichnet »Mgr.«) »Zu Rilkes Übertragung des Igorliedes« begleitete den Abdruck, in dem auch Briefstellen aus dem gerade erschienenen Briefband R.M. Rilke, *Briefe aus den Jahren 1902 bis 1906*, a.a.O. zitiert werden, die vom Abschluß seiner Arbeit an dem russsischen Epos berichten.

13 Vgl. Anm. 237 zu dem *Briefwechsel Rilke – Zwetajewa*.

14 Vgl. den einleitenden Kommentar zu »Einige Briefe von Rainer Maria Rilke«.

15 Eine der Randbemerkungen Zwetajewas zu der französischen Übersetzung ihres Textes »Einige Briefe von Rainer Maria Rilke«

in den Cahiers L'Étoile lautet: »*Russisch: Tajna, der volle tiefe Klang. Und – weiblich. Deutsch: Geheimnis, es. Französisch: le mystère: Kalt, falsch, flach. Ob es ein altfränkisches Wort dafür giebt.**«

16 Unter der französischen Übersetzung ihres Rilkes-Essays steht von Zwetajewa geschrieben: »*Dennoch schlecht: zu höflich, zu ausführlich, zu literarisch. Ich klinge kurz und hart.**«

17 Nanny Wunderly-Volkart hat als einzige die letzten Tage Rilkes begleitet.

18 Zwetajewa und Rilke hatten in ihren Briefen vom 14. und 19. August »die kleine Stadt« in Savoyen, wo sie einander treffen könnten, nur beiläufig erwähnt. Eine endgültige Verabredung hat es zwischen ihnen nie gegeben.

19 So direkt fragte Rilke Zwetajewa nicht.

20 Im *Briefwechsel Rilke – Zwetajewa* fehlt diese Stelle.

21 Bei Rilke heißt es: »... Nicht bis in den Winter! ...«; Brief vom 19. August 1926.

22 Vgl. Anm. 8.

23 Sergej Efron hielt sich Ende Dezember 1929 in dem Sanatorium Schloß Arcine bei St. Pierre-de-Rumilly, Haute – Savoie auf.
In einem vermutlich Ende 1929 an Anna Tesková gerichteten Brief, klagt Zwetajewa: »[...] Infolge Erschöpfung ist S. Ja.'s alte Lungenkrankheit wieder ausgebrochen – augenblicklich nicht akut, doch um so bedrohlicher, weil er so erschöpft ist. [...] Ärztliche Hilfe ist uns zugesichert, das Wichtigste ist aber jetzt ein Sanatorium (Aufbruch, Erholung, Luft, Ruhe), d. h., viel Geld. Die ›Eurasie‹ [›Eurasia‹, Wochenzeitschrift für Kultur und Politik, von 1928 bis 1929 in Clamart herausgegeben] ist vorbei, damit auch Serjoshas bescheidenes Redakteursgehalt, wir leben von Geliehenem – an ein Sanatorium ist nicht zu denken! Und doch brauchen wir es!« (M. Cvetaeva, *Pis'ma k A. Teskovoj*, a. a. O., S. 81) Und am 1. Februar 1930 dann die gute Mitteilung an R.N. Lomonossowa: »Mein Mann ist [...] für zwei Monate in einem Sanatorium untergebracht« (*Pis'ma Mariny Cvetaevoj k R.N. Lomonosovoj*, a. a. O., S. 220). Aus einem späteren undatierten Brief an Anna Tesková wird ersichtlich, daß ihr Mann acht Monate in dem Sanatorium war und das Rote Kreuz für die Aufenthaltskosten aufgekommen ist (M. Cvetaeva, *Pis'ma k A. Teskovoj*, a. a. O., S. 84 und vgl. Zwetajewas Brief an V.N. Bunina vom 10. April 1930, in: M. Cvetaeva, *Neizdannye pis'ma*, a. a. O., S. 406).

24 »Neben dem château, wo sich das Sanatorium befindet, ein winziges Häuschen, das S. Ja. für uns auserwählt hat. Mit zwei Ziegen«,

berichet Zwetajewa R.V. Lomonossowa am 3. April 1930 (*Pis'ma Mariny Cvetaevoj k R.N. Lomonosovoj*, a.a.O., S. 229).

25 Ariadna Efron, geboren am 5. September 1912, war achtzehn Jahre, der Sohn Georgij (Mur) Efron, geboren am 1. Februar 1925, fünf Jahre und Zwetajewa 37 Jahre alt. Vgl. auch ihren Brief an Rilke vom 13. Mai 1926, in dem sie sich, ihren Mann und die Tochter ebenfalls um zwei Jahre jünger macht.

26 St. Laurent liegt in der Haute-Savoie, Kreis Bonville, Kanton La Roche.

27 Zwetajewa hatte die schon im April versprochene 10. Nummer der Zeitschrift Cahiers de l'Étoile aus dem Jahr 1929 zusammen mit ihrem Brief an Nanny Wunderly-Volkart geschickt. Auf das Umschlagblatt hatte Zwetajewa geschrieben: »*Frau Hannah Wunderly-Volkart – liebevoll Marina Zwetajewa. Meudon, am 7. Juni 1930 Frankreich.**«

28 Vgl. Anm. 16.

29 Das Schloß d'Arcine, zwischen Annemasse und Annecy, gehörte der Familie Strange, die dort eine russische Pension eröffnet hatte. Zweimal war Zwetajewa in dem Schloß zur Erholung, im Sommer 1930 und 1936. Sergej Efron war weit häufiger dort. Im Herbst 1937, als auf ihn der Verdacht fiel, an einigen politischen Aktionen beteiligt gewesen zu sein (Ermordung des Tschekisten Ignaz Reiss, Verschwinden des Generals Eugen Miller u.a.), und er aus Frankreich flüchten mußte, erschien in Paris in der russischen Zeitung Vozroždenie (Wiedergeburt) am 29. Oktober ein anonymer Artikel, in dem folgendes mitgeteilt wurde. »Vor allem müssen die engen Beziehungen, die seit den letzten Jahren zwischen Efron und Michael Strange bestehen, hervorgehoben werden. Jeden Sommer, mit Ausnahme des letzten, hat Efron bei Strange in der Nähe von Annemasse verlebt. Nach Zeugenaussagen, die sie zusammen gesehen haben, hatte er einen großen Einfluß auf Strange und dieser hört auf ihn in allem. Und Efron selbst hat nie verhehlt, daß Strange alles tut, was er ihm sagt.«
In seinem Kommentar zu dem Briefwechsel Zwetajewas mit Ariadna Berg von 1935 bis 1937 (*Pis'ma Mariny Cvetaevoj k Ariadne Berg*, a.a.O., S. 155-156) schreibt Nikita Struve in Anlehnung an N.A. Kriwoscheinas Memoiren, daß Michael Strange nach dem Krieg »plötzlich die Uniform eines sowjetischen Unterleutnants« getragen habe. Auch war in diesen Jahren das hartnäckige Gerücht im Umlauf, Schloß d'Arcine sei eines der Zentren der sowjetischen Aufklärung. Später ist Michael Strange in die Sowjetunion übergesiedelt und bekam eine Anstellung im Institut

für Weltgeschichte an der Akademie der Wissenschaften der UdSSR.

30 St. Pierre-de-Rumilly, das 1933 etwa 1100 Einwohner zählte, liegt in der Haute-Savoie, im Kreis Bonville, Kanton La Roche.

31 »Wir sehen uns fast täglich, mal kommt er zu uns, mal wir zu ihm.« (M. Cvetaeva, *Pis'ma k A. Teskovoj*, a.a.O., S. 83 f.)

32 Zwetajewa denkt an das Schlößchen Muzot, Rilkes Wohnsitz in der Schweiz.

33 Zwetajewa spielt hier mit dem Namen der Stadt Meilen am Zürichsee, wo Nanny Wunderly-Volkart lebte und Rilke einige Male zu Besuch war.

34 Gemeint ist das Buch: Lou Andreas-Salomé, *Rainer Maria Rilke*. Insel Verlag, Leipzig 1928. Vgl. den folgenden Brief und den vom 23. September 1933 an N. Wunderly-Volkart.

35 Nicht nur die Mutter, keiner der Verwandten und Freunde durften bei dem sterbenden Dichter sein, da er dieses nicht gewünscht hatte. »Seine Krankheit wollte er abgeschlossen von aller Welt durchmachen« (J. R. von Salis, *Rainer Maria Rilkes Schweizer Jahre*, a.a.O., S. 228). Die einzige Ausnahme bildete N. Wunderly-Volkart. – M. Zwetajewa hätte weniger hart geurteilt, wäre ihr dies bekannt gewesen.

36 Vgl. Rilkes Brief vom 28. Juli an Zwetajewa.

37 Vgl. die Worte des Fürsten Sergej Wolkonskij, der in der Zwetajewa (am 25. November 1923) gewidmeten Einführung zu seinem Buch *Byt' i bytie* (a.a.O.) geschrieben hatte: »Ich entsinne mich, Sie sagten einmal, Sie hätten sich zur Devise gemacht: ›Mieux vaut être qu'avoir‹. Sie haben recht. ›Avoir‹ ist das *Alltagsleben*, ›Être‹ – ist das *Sein*. Von denen, die viel ›haben‹, kennen nur wenige das wahre Sein; die wenig ›haben‹, kennen es vielleicht besser, obschon ich nicht überzeugt bin, meine Zweifel daran habe. Dafür kennen die es, denen man das weggenommen hat, was sie ›hatten‹, die kennen es, kennen es gut. Und das ist verständlich.« (Zitiert nach M. Cvetaeva, *Izbrannaja proza*, a.a.O., Bd. 2, S. 433.) Vgl. auch Anm. 107 zum *Briefwechsel Rilke – Zwetajewa* und Zwetajewas Brief vom 14. August an Rilke.

38 Zu Rilke und Bettina von Arnim vgl. Anm. 17 zu *Einige Briefe von Rainer Maria Rilke*.

39 Vgl. Anm. 8 zum *Briefwechsel Rilke – Zwetajewa*.

40 In seinem Testament, das Rilke in Schloß Muzot am 27. Oktober 1925 abgefaßt hatte, bittet er unter Punkt 2: »Geschieht es, daß ich auf Muzot oder überhaupt in der Schweiz sterbe, so wünsche ich, weder in Sierre noch etwa in Miège beigesetzt zu sein. (Dies letztere

ist es vielleicht, was wir, nach der unverständlichen Aussage der unbekannten alten Frau, nicht thun dürften, um das ruhlose Nachtwandern der armen Isabelle de Chevron nicht neu aufzuregen.)« (J.R. von Salis, *Rainer Maria Rilkes Schweizer Jahre*, a.a.O., S. 210)

Es geht hier um eine Sage, die mit dem Schloß Muzot verbunden ist und die Rilke ausführlich in einem Brief an Marie von Thurn und Taxis am 25. Juli 1925 wiedergibt. »Zu Beginn des 16ten; ein Jahr vor der Schlacht von Marignan, fand dort die Hochzeit der Isabelle de Chevron mit Jean de Montheys statt [...]. Jean de Montheys fiel bei Marignan und wurde der jungen Witwe nach Muzot zurückgebracht. Gleich darauf entzündeten sich zwei Bewerber für sie und kamen in ihrem Feuer so heftig widereinander, daß sie sich gegenseitig im Duell durchbohrten. Die unselige Isabelle [...] verlor den Verstand und verließ Muzot nur noch nachts, [...] fast jede Nacht konnte man sie, ›très-légèrement habillée‹, nach Miège wandeln sehen, zu dem Grabe ihrer beider hitzigen Bewerber, und es geht die Sage, daß sie schließlich in einer Winternacht auf dem Kirchhofe zu Miège erstarrt und tot wäre aufgefunden worden« (Rainer Maria Rilke und Marie von Thurn und Taxis. *Briefwechsel*, a.a.O., S. 677).

41 Offensichtlich besaß Jewgenija Tschernoswitowa, von der Zwetajewa die Sage hörte, eine Kopie des Testaments von Rilke, die einzusehen Zwetajewa Anne de Noailles dann versprach: »[...] je peux Vous faire parvenir son testament inédit, en Vous priant – saintement – de ne le communiquer à personne.«

42 Die »deutsch-griechische Mythologie«; vgl. die Anm. 195 und 237 zum *Briefwechsel Rilke – Zwetajewa*.

43 Gemeint ist die bekannte Photographie, die Rilke auf dem Balkon des Schlosses Muzot zeigt und in Zwetajewas Zimmer über dem Schreibtisch hing. Am 21. November 1934 schrieb sie Anna Tesková: »Ich erhebe die Augen, sie brennen von Tränen (ganze Tage lang!) und sehe durch den Tränenschleier [...]. Rilke hat sich [...] abgewandt, er schaut in die Weite, horcht – in die Ferne (es ist das letzte Photo von ihm, ein kleines, amateurhaftes – von seiner russischen Krankenschwester und Krankenpflegerin aufgenommen). Er ist auf dem Balkon: Frühling: noch sind die Zweige schwarz, und mit gespitztem, wie beim Hund, Ohr steht er da und horcht« (M. Cvetaeva, *Pis'ma k A. Teskovoj*, a.a.O., S. 116).

Tatsächlich hat Tschernoswitowa Rilke im September oder Oktober 1926 photographiert. Denn sie teilt Leonid Pasternak mit: »Vor einigen Wochen habe ich hier, in Sierre, fünf bis sechs Aufnahmen gemacht, und lege Ihnen eine davon bei, die meiner Meinung nach von allen die gelungenste ist« (Rainer Maria Rilke. Boris Pasternak. Marina Cvetaeva. *Pis'ma 1926 goda*, a. a. O., S. 201). Ob die Photographie, die Zwetajewa in ihrem Brief beschreibt, tatsächlich von Tschernoswitowa stammt, ist ungewiß. Die bekannte Aufnahme von Rilke auf dem Balkon hat Frieda Baumgartner, die Haushälterin des Dichters, im November 1923 gemacht.

44 In: Rainer Maria Rilke, *Briefe aus den Jahren 1902 bis 1906* (a. a. O.) waren Briefe von Rilke aus Meudon abgedruckt, wo er von September 1905 bis Mai 1906 bei Rodin gelebt hatte und die Dienste eines Sekretärs versah.

45 Vgl. Anm. 34.

46 Gemeint sind *Zwei Prager Geschichten von Rainer Maria Rilke*, Adolf Bonz Verlag, Stuttgart 1899.

47 Siehe Anm. 55.

48 Siehe den vorangehenden Brief Zwetajewas.

49 Die Zwetajewa gewidmete »Elegie« hat Rilke auf Schloß Muzot geschrieben und ihr von dort nach Frankreich geschickt. Vgl. Rilkes Brief vom 8. Juni 1926 an Zwetajewa.

50 Zwetajewa zitiert Rilkes Widmung für Lou Andreas-Salomé in seinem »Stunden-Buch«.

51 Der junge Freund ist Philipp Nathusius (1815-1872, vgl. Anm. 15 zu *Einige Briefe von Rainer Maria Rilke*). Bettina von Arnim erwähnt in »Ilius Pamphilius und die Ambrosia« seine Autographensammlung: »Hier lege ich die Briefe des Goethe und des Beethoven für Deine Autographensammlung bei« (Bettina von Arnim, *Werke und Briefe*, a. a. O., Bd. 2, S. 638 und auch S. 644). Daß er diese verloren habe, ist nicht belegt.

52 Vgl. Anm. 235 zum *Briefwechsel Rilke – Zwetajewa*.

53 Mit diesen Worten verabschiedete sich Rilke wohl von Tschernoswitowa, Zwetajewa maß ihnen offensichtlich einen besonderen, »jenseitigen« Sinn bei.

54 Die Begegnung zwischen Zwetajewa und Tschernoswitowa fand im Frühjahr 1927 statt, denn am 9. Februar 1927 schreibt sie an Boris Pasternak: »Bald treffe ich eine Russin, die die beiden letzten Monate seine Sekretärin war.« Und kurz danach schrieb sie Anne de Noailles, sie könne ihr eine Kopie von Rilkes Testament schikken.

55 Zwetajewa meint die gerade erschienene Briefausgabe: Rainer Marie Rilke, *Briefe aus den Jahren 1906 bis 1907*. Hg. von Ruth Sieber-Rilke und Carl Sieber, Insel-Verlag, Leipzig 1930.

56 Nanny Wunderly-Volkart hielt sich häufig in dem Gut »Seeburg« am Bodensee auf, das der Familie Volkart gehörte. In einem ihrer Briefe an Zwetajewa hat sie offensichtlich das »alte Haus im alten Garten« beschrieben. (Vgl. Brief vom 17. Oktober 1930, in: M. Cvetaeva, *Pis'ma k A. Teskovoj*, a. a. O., S. 86.)

57 In ihren Memoiren schildert Anastassja Zwetajewa ihren und Marinas Aufenthalt in dem Pensionat Brinck in Freiburg, wobei sie die Namen einiger ihrer damaligen Freundinnen nennt, eine Brunhild befindet sich darunter nicht. (Vgl. A. Zwetajewa, *Kindheit mit Marina*, a. a. O.)

58 Marina heißt in Verbindung mit Venus im Lateinischen die »dem Meer Entstiegene« (so bei Horaz). Immer wieder spielt Zwetajewa in ihren Gedichten mit dieser Bedeutung, z. B. in dem Gedicht »Duša i imja« (1911, »Seele und Name«): »Doch hat mir Gott einen anderen Namen gegeben: Vom Meer heißt er, vom Meer.« So auch in »Dve pesni« (1920, »Zwei Lieder«).

59 Im Originalbrief fehlt das Wort vor »und Lungenkrankheit«.

60 In ihrem Brief an Anna Tesková, den sie gleichfalls am 17. Oktober schrieb, erzählt sie: »S. Ja. ist ohne Arbeit – die »Eurasia« hat aufgehört, auch nicht eine Fabrik wird ihn anstellen – und es kann überhaupt nicht die Rede von Fabrik sein, da er in 8 Mon. nur ganze 5 Kilo zugenommen hat, von denen er zwei schon wieder verloren hat. Er ist ein kranker Mann« (M. Cvetaeva, *Pis'ma k Teskovoj*, a. a.O., S. 85). Dasselbe hatte sie schon am 12. Oktober R. N. Lomonossowa geschrieben: »Die Zeitung »Eurasia«, an der er redaktionell arbeitete, hat aufgehört, in die Fabrik kann er nicht wegen seiner Krankheit, auch würden sie ihn nicht nehmen, wegen seiner Ausbildung – ein Philologe« (*Pis'ma Mariny Cvetaevoj k R. N. Lomonosovoj*, a. a. O., S. 231).

61 »Die Armut, in der ich lebe, können Sie sich nicht vorstellen«, schreibt Zwetajewa am 4. April 1933 Jurij Ivask, »ich habe überhaupt keine Mittel zum Leben, außer das Schreiben. Mein Mann ist krank und nicht imstande zu arbeiten. Die Tochter verdient 5 frs. am Tag mit dem Stricken von Mützen, davon leben wir zu viert (ich habe einen achtjährigen Sohn, Georgij), d. h., wir vergehen langsam vor Hunger« (*Pis'ma M. I. Cvetaevoj Ju. P. Ivasku*, a. a. O., S. 212).

62 Zwetajewas Poem »Der Recke« (auch ein »Märchen in Versen« genannt) ist 1922 bis 1923 entstanden und erschien 1924 in Prag. Anfang 1930 begann Zwetajewa mit der französischen Übersetzung des »Recken«. Im Sommer des gleichen Jahres beendete sie die acht Monate andauernde Arbeit in Savoyen (vgl. M. Cvetaeva,

Pis'ma k A. Teskovoj, a.a.O., S. 83, 84, 88). Tatsächlich war »Der Recke«, wie Zwetajewa selbst betont, eigentlich nicht ins Französische übersetzt, sondern neu geschrieben worden. Sechzehn Illustrationen, abgesehen von dem Titel- und Abschlußblatt, entwarf 1930 Natalja Sergejewna Gontscharowa (1881-1962). Zwetajewa hatte Natalja Gontscharowa 1928 in Paris kennengelernt und, fasziniert von dieser Freundschaft, Anfang 1929 einen umfangreichen Essay »Natalja Gontscharowa (Leben und Werk)« verfaßt, der erstmals in der Zeitschrift Volja Rossii (Der Wille Rußlands 1929. 5-9) erschien. Eine Zeitlang erteilte Gontscharowa Zwetajewas Tochter Ariadna Zeichenunterricht.
Zur gleichen Zeit wie Zwetajewa hat der Schriftsteller und Übersetzer Alec Brown (1900-1962) den »Recken« ins Englische übertragen und sich darum bemüht, ihn mit den Illustrationen von Gontscharowa zu publizieren. Doch war beiden Übersetzungen kein günstiges Schicksal beschieden: keine der beiden wurde abgedruckt. In ihren Briefen an R.N. Lomonossowa schildert Zwetajewa ausführlich ihre vergeblichen Versuche, einen Abdruck in den Jahren 1930 bis 1931 zu erwirken. Sie wandte sich beispielsweise an den Schriftsteller Charles Vildrac, an die Redaktionen der Zeitschriften Nouvelle Revue Française und Commerce. »Mit dem franz. Recken ist auch gar nichts«, klagt Zwetajewa am 6. März 1931. »Ich habe ihn vorgelesen – jedem einzeln – vier Dichtern. Begeisterung – Glückwünsche – und keiner rührt auch nur den Finger« (*Pis'ma Mariny Cvetaevoj k R.N. Lomonosovoj*, a.a.O., S. 251). Ähnliches schreibt sie an Anna Tesková: »Meinen französischen Recken (Gars, eine Arbeit von 8 Mon.) braucht keiner« (vgl. M. Cvetaeva, *Pis'ma k A. Teskovoj*, a.a.O., S. 93). Bis heute ist keine vollständige Variante des französischen »Recken« erschienen.

63 »In Frankreich gehts mir schlecht: ich bin einsam, fremd, *wahre* Freunde habe ich keine«, schreibt Zwetajewa an Anna Tesková am 11. Dezember 1933. Diesen Zustand erklärte sie vor allem mit der Distanz ihr gegenüber, mit Uneinigkeit (Entfremdung). Auch gibt es in ihren Briefen mitunter arrogant-verächtliche (insgesamt übertriebene und zu verallgemeinerte) Reaktionen zur russischen Emigration. So beschuldigt sie in einem Brief vom 24. Oktober 1934 die Emigration »der tiefwurzelnden Heuchelei« und der »alleroberflächlichsten Scheinheiligkeit« (M. Cvetaeva, *Pis'ma k A. Teskovoj*, a.a.O., S. 109 und 115).
In den russischen Emigrantenkreisen, in denen Zwetajewa verkehrte, war ihre Stellung in der Tat eine besondere, vor allem – und

dessen war sich Zwetajewa wohl bewußt – wegen der Außergewöhnlichkeit und des Neuen in ihrem literarischen Werk. Vgl. Zwetajewas Brief an Rilke vom 22. August 1926. Detaillierter schreibt sie Anna Tesková darüber am 1. Januar 1932: »Von den Russen bin ich abgesondert – durch meine Gedichte, die keiner versteht, durch meine eigenwillige Denkweise, die die einen für Bolschewismus halten – die anderen für Monarchismus oder Anarchismus ...« (M. Cvetaeva, *Pis'ma k A. Teskovoj*, a.a.O., S. 97). Ein Jahr später an Jurij Ivask: »In der Emigration haben sie mich anfangs (unbedacht!) gedruckt, dann, als sie zur Besinnung kamen, haben sie mich aus dem Verkehr gezogen, ihnen schwante das nicht-Ihre: das Dortige!« (*Pis'ma M.I. Cvetaevoj k Ju.P. Ivasku*, a.a.O., S. 212) Die Äußerung Zwetajewas zeigt unmißverständlich, nicht allein künstlerische, sondern auch gesellschaftspolitische Momente haben sie der Emigration entfremdet: von Bedeutung war hierfür die prosowjetische Orientierung von Sergej Efron und ihrer Tochter Ariadna, die schon Anfang der dreißiger Jahre unübersehbar war.

»Ich bin von Geburt an verstoßen aus dem *Kreis der Menschen*, aus der Gesellschaft. Hinter mir gibt es keine lebendige Wand – da ist ein Fels: Das Schicksal«, gestand Zwetajewa in einem ihrer Briefe aus dem Jahr 1920 (vgl. M. Cvetaeva, *Sočinenija*, a.a.O., Bd. 2, S. 469). Ganz besonders nahe ist ihr die Gestalt des Dichters, der von allen zurückgewiesen, sich in seine stolze Einsamkeit verschließt und, unverstanden von den Zeitgenossen, ganz der Zukunft gehört, wie sie es auch Rilke und Pasternak zugesprochen hatte. Selbst wenn Zwetajewa über Einsamkeit klagt, innerlich hatte sie Verlangen nach ihr. Der Konflikt mit der »Umwelt« war in vielem für Zwetajewa vorherbestimmt, denn er schwelte in ihrer Nichtanerkennung des Jahrhunderts, ihrer Epoche. »Ich hasse mein Jahrhundert, weil es das Jahrhundert der *organisierten* Massen ist«, schreibt sie am 3. April 1934 an Jurij Ivask (*Pis'ma M.I. Cvetaevoj k Ju.P. Ivasku*, a.a.O., S. 212).

Tatsächlich hatte Zwetajewa in der Emigration nicht wenige ihr ergebene Freunde, glühende Bewunderer ihres Talents. Ihrem literarischen Neuerertum verschlossen sich die russischen Periodica durchaus nicht; das meiste, was sie in den zwanziger und dreißiger Jahren geschrieben hat, erschien in der russischen Emigration abgedruckt. Mehrfach hat Zwetajewa an verschiedenen Abenden und Diskussionen teilgenommen, öffentlich aus ihren Werken gelesen. Im literarischen Leben des russischen Auslands war Marina Zwetajewa unbestritten eine herausragende Gestalt. Dazu schreibt

Viktoria Schweitzer sehr richtig: »Es stimmt nicht, daß Zwetajewa in der Emigration auch nicht einen Kreis hatte: keine Freunde, Leser, Mitfühlende – selbst wenn sie hin und wieder in ihren Briefen und sogar in öffentlichen Äußerungen an diesem Gedanken festhält. Um sie herum waren Menschen, sie wurden von ihr angezogen und von ihr abgestoßen; viele hat sie selbst zurückgestoßen, da sie das Interesse an ihnen verlor. Eine vollständige Einsamkeit, die man sich vorstellt, sobald man von Zwetajewa in der Emigration spricht, hat es nicht gegeben« (V. Schweitzer, *Byt i bytie Mariny Cvetaevoj*. Sintaksis, Fontenay-aux-Roses 1988, S. 405).

64 Zwetajewas zweite Tochter Irina (1917-1920) ist in einem Kinderheim bei Moskau am 15. oder 16. Februar 1920 an Hunger gestorben.

65 Möglicherweise denkt Zwetajewa hier an Ignatij Semjonowitsch Jakubowitsch – an den »Mann, dem ich meine Ausreise aus Rußland verdanke, meine einstige Freundschaft und ewige Dankbarkeit«, wie sie Alexander Bachrach am 30. Juni 1923 schreibt (*Pis'ma M. I. Cvetaevoj k A. V. Bachrachu*, in: Novyj žurnal, New York, 180. 1990, S. 223). Auch wird in diesen Briefen deutlich, daß Zwetajewa versuchte, Jakubowitsch durch Bachrach einen Brief zu übergeben, als jener sich für einige Zeit in Berlin bei der sowjetischen Mission aufhielt.

66 Vgl. Anm. 25.

67 Wladimir Majakowskij nahm sich mit einem Herzschuß am 14. April 1930 das Leben. »Der *reine* Tod«, war Zwetajewas Reaktion auf dieses Ereignis am 21. April 1930 (M. Cvetaeva, *Pis'ma k A. Teskovoj*, a. a. O., S. 83).

Den Freitod hat Zwetajewa immer als einen heldenhaften Willensakt begriffen, zu dem nur wenige fähig sind. Dieses Thema bildet gewissermaßen den »Nerv« ihrer Weltauffassung. Sie selbst hatte 1909 oder 1910 einen Selbstmordversuch unternommen, auch gab es einen Abschiedsbrief, von dem ihre Schwester Anastassja in ihren Erinnerungen erzählt. »Der Tod ist nur für den Körper schrecklich. Die Seele denkt ihn nicht. Deshalb ist beim Selbstmord der Körper der einzige Held.« Und: »Heroismus der Seele – leben, Heroismus des Körpers – sterben« (M. Zwetajewa, *Auf eigenen Wegen*, a. a. O., S. 164 und 165). Ebenso heftig wie auf den Tod Majakowskijs reagierte Zwetajewa Anfang 1926 auf die Nachricht von Jessenins Selbstmord; sie fragte Pasternak nach den genauen Umständen dieses Todes und trug sich mit dem Gedanken, ein Poem über den Dichter zu schreiben. Der Plan wurde nicht verwirklicht, doch blieben Zeilen daraus erhalten, die ihre Einstellung zu Jessenins Schritt verraten (vgl. M. Cvetaeva, *Stichotvorenija i poemy*, a. a. O., S. 649).

68 Im Herbst 1928 gab Majakowskij einige Dichterlesungen in Paris. Am 8. November las er im Café Voltaire, wo ihn Zwetajewa hörte. Dank eines offenen Briefes von Zwetajewa, der in der russischen Wochenzeitung Eurasia in Paris am 24. November 1928 erschien, wurde der Abend zur Sensation. »Am 28. April 1922, am Tag vor meiner Abreise aus Rußland, war ich in aller Früh auf dem vollkommen menschenleeren Kusnetskij Most Majakowskij begegnet: ›Nun, Majakowskij, was soll ich Europa von Ihnen ausrichten?‹ – ›Daß die Wahrheit – hier ist!‹ Am 7. November spät abends, wir verließen das Café Voltaire, entgegnete ich auf die Frage: ›Was halten Sie von Rußland nach Majakowskijs Lesung?‹ – ohne zu überlegen: ›Daß die Kraft – dort ist!‹« (M. Cvetaeva, *Sočinenija*, a. a. O., Bd. 2, S. 625) Zwetajewas Brief, der ein begeisterter Willkommensgruß für Majakowskij war, wurde zum Vorwand genommen, Zwetajewa der Sympathie mit dem sowjetischen Staat zu bezichtigen. Die größte Pariser Tageszeitung in russischer Sprache Poslednie novosti (Letzte Nachrichten), die auch Gedichte von ihr abdruckte, brach für einige Jahre jeden Kontakt mit ihr ab. Zwetajewa, die Majakowskij davon in Kenntnis setzen wollte, beendet ihren Brief vom 3. Dezember 1928 mit den Worten: »Auf Wiedersehen! Ich liebe Sie« (ebenda, S. 518).

Majakowskij fesselte Zwetajewa zeitlebens. Auf seinen Tod schrieb sie ein Requiem in Versen, das sich aus sieben Gedichten zusammensetzt und Ende August 1930 abgeschlossen war (vgl. Marina Zwetajewa, *Gedichte · Prosa*, a. a. O., S. 70-83). Majakowskijs Rolle und Standort in der zeitgenössischen Dichtung versuchte Zwetajewa in ihren Essays »Der Dichter und die Zeit« (1932) und vor allem in »Epos und Lyrik des zeitgenössischen Rußland (Wladimir Majakowskij und Boris Pasternak)« (1932) einzukreisen: »Kämpfer im Lager der Weltsänger – Majakowskij in der poetischen Gegenwart.« Und wie auch die von ihr geliebten Dichter Pasternak und Rilke ist Majakowskij für Zwetajewa, »der erste neue Mensch der neuen Welt, der *erste künftige*« (M. Zwetajewa, *Ausgewählte Werke*, a. a. O., Bd. 2, Prosa, S. 300 und 305).

In einem Briefentwurf aus den dreißiger Jahren heißt es: »Mir war Majakowskij von allen Sängern aus der alten Welt am nächsten [...] Und die Emigration, die mich in ihren Schoß nicht aufnahm, hat recht. Wie ein schwaches verendendes Tier wittert es in mir den Feind. Denn, wenn die Kraft *immer* der Schwäche verzeiht, so verzeiht die Schwäche der Kraft niemals, ist dies doch für sie eine Frage von Leben und Tod« (zitiert nach: A. Saakjanc, Vladimir Majakovskij i Marina Cvetaeva, in: *V mire Majakovskogo*. Sbornik statej. Kniga vtoraja. Moskau 1984, S. 193-194).

69 Gemeint sind die Gedichte aus den Jahren 1917 bis 1920, in denen Zwetajewa den Zaren, den Erbprinzen Aleksej so wie »das weißgardistische Heer« rühmt. Versammelt in dem Gedichtband »Das Lager der Schwäne«, erschienen sie erstmals 1957 in München. Es gibt Zeugnisse dafür, daß Zwetajewa nicht nur einmal aus dem Zyklus öffentlich vorgelesen hat. Von einem dieser Dichterabende im Februar 1921 im großen Saal des Moskauer Polytechnischen Museums berichtet Zwetajewa in ihrem Essay »Der Held der Arbeit (Notizen zu Walerij Brjusow)« (1925): »Als ich einige Zeilen aussprach, genauer, mich daran begab, sie auszusprechen (›Ja, Hurra! Für den Zaren! Hurra!‹) war es, als flöge ich vom Berg. Ich habe sie dennoch ausgesprochen, und jetzt – schon nicht mehr kraft meines Willens, sondern der des Verses – werde ich sie aussprechen. Ich spreche sie aus. Unvermeidlichkeit.

Der Vers, den ich als letzten sprach, war auch meine, in jener Stunde, vor den Rotarmisten – den Kommunisten – den Kursanten – meine, des weißen Offiziers Ehefrau, letzte Wahrheit ...« (M. Zwetajewa, *Izbrannaja proza*, a.a.O., Bd. 2, S. 204)

70 Vgl. Anm. 12 zum *Briefwechsel Rilke – Zwetajewa*.

71 Vgl. Anm. 41.

72 Die schwedische Schriftstellerin Ellen Key (1849-1926) war seit 1902 mit Rilke bekannt, und eine der ersten, die eine Studie über Rilke verfaßt hat. Ihr ist die zweite Auflage der »Geschichten vom lieben Gott« (Leipzig 1904) gewidmet.

Den Mai und Juni 1906 verlebte die schwedische Schriftstellerin in Paris, wo sie sich häufig mit Rilke traf. In einem Brief an seine Frau vom 22. Mai 1906 erzählt Rilke: »Ellen Key ist fast gekränkt, wenn man irgendwo von ihr Geld verlangt, und von unglaublichem Mißtrauen gegen den, der es nimmt. Wie ein Kegelspieler seine Kugel, so verfolgt sie ihr Frankstück lange noch mit dem ganzen Gefühl und erwartet von jedem, daß es alle neune macht. Sie ist geizig, die gute Ellen, merk ich. [...] Ich lebe, seit sie hier ist, in ganz ungekannter Armut, soweit ich mit ihr bin. Wir warten an den verschiedensten Ecken auf die verschiedensten Omnibusse, wir essen in einem Duval zwischendurch, gleichsam heimlich, und ich vermute, sie nährt sich vor allem von dem, was sie bei irgendeinem Besuche vorgesetzt bekommt. Diese Dürftigkeit ist traurig, aber sie hat eine Freiheit zur Folge, die wir gut brauchen könnten. [...]

Aber sie ist gut und ehrlich, die liebe Ellen, und überzeugt und so rührend unberührt von aller Erfahrung. [...] Und von Innerlichem kann man auch kaum mit ihr sprechen, weil sie noch so gewisse Festtagsideale hat und lauter Sentiment, das in Wärme sofort in Rührung übergeht« (am [29. 5. 06] in: Rilke, *Briefe aus den Jahren 1906 bis 1907*, a.a.O., S. 19f.).

73 Rilkes Tagebücher sind erst zu einem Teil, postum, veröffentlicht worden. Siehe auch Anm. 124.

74 Julian Alexandrowitsch Skrjabin, der musikalisch begabte Sohn des russischen Komponisten Alexander Skrjabin, ertrank mit 11 Jahren im Dnjepr. Zwetajewa war mit seiner Mutter, Tatjana Fjodorowna Schlözer-Skrjabina (1883-1922), befreundet.

75 Nadeshda Iosifowna Golubowskaja (1891-1975) war Pianistin und erteilte Klavierunterricht.

76 Anfang 1931 empfand Zwetajewa die täglichen Erschwernisse besonders krass. Die monatliche Zuwendung, die sie als russische Emigrantin seit 1922 von der tschechoslowakischen Regierung erhalten hatte, wurde plötzlich abgebrochen, doch bald darauf wieder aufgenommen. Gleichzeitig nahm die Unterstützung des ihr während dieser Zeit nahestehenden Kritikers und Literaturwissenschaftlers Fürst Dmitrij Swjatopolk-Mirskij ein Ende, der ihr bis dahin regelmäßig kleine Geldsummen aus London zugeschickt hatte.

77 Zwetajewas Poem »Perekop«, 1929 beendet, erzählt vom Rückzug der Weißen Armee unter General Wrangel von der Krim und dem Übergang zum Angriff gegen die Roten im Sommer 1920. Zwetajewa nannte es ein »Poem des Bürgerkrieges« (vgl. M. Cvetaeva, *Pis'ma k A. Teskovoj*, a.a.O., S. 81). »Der Perekop liegt, er ist sowohl den ›Čisla‹ [Zahlen], der ›Volja Rossii‹ und den ›Sovremennye‹ unangenehm (NB! Rudnjew sagte mir: ›Bei uns steht die Lyrik, sozusagen, an allerletzter Stelle‹)« (am 3. März 1931, in: *Iz pisem Mariny Cvetaevoj k Salomee Andronikovoj-Gal'pern*, a.a.O., S. 177). Wadim Wiktorowitsch Rudnjew (1879-1940) war einer der Redakteure der Sovremennye zapiski, die ebenso wie die Čisla in russischer Sprache in Paris herausgegeben wurden. (Zum »Perekop« vergleiche auch die Briefe vom 12. September 1931 und vom 11. März 1931 in: *Pis'ma Mariny Cvetaevoj k R.N. Lomonosovoj*, a.a.O., S. 214 und 257 und den Brief vom 22. Januar 1931 in M. Cvetaeva, *Pis'ma k A. Teskovoj*, a.a.O., S. 86.)

78 Vgl. Anm. 62.

79 Mit ähnlichen Bitten hat sich Zwetajewa Anfang März auch an andere Menschen gewandt. Am 3. März 1931 bat sie Salomee Andro-

nikowa-Galpern auf Dmitrij Swjatopolk-Mirskij »einzuwirken«, denn »ohne das Geld gehen wir zugrunde« (*Iz pisem Mariny Cvetaevoj k Salomee Andronikovoj-Gal'pern*, a.a.O., S. 178). Drei Tage später schreibt Zwetajewa R.N. Lomonossowa: »... vielleicht würden Sie einigen Menschen meine Lage schildern, damit jeder etwas monatlich gibt (so haben mir die geholfen, die untreu wurden). Gerade monatlich, damit ich es weiß. In der Art eines Stipendiums.« In diesem Brief erwähnt Zwetajewa auch, daß sie sich an N. Wunderly-Volkart gewandt habe, ohne ihren Namen zu nennen. »Ich habe noch an einem Ort darum gebeten – auch eine Frau – eine große Freundin des Dichters Rilke, über den ich so viel geschrieben habe, doch ich weiß nicht, bislang schweigt sie. Ich habe das Gefühl, daß alle Orte (in den Herzen und im Leben) – schon belegt sind« (*Pis'ma Mariny Cvetaevoj k R.N. Lomonosovoj*, a.a.O., S. 252). Die Worte, »bislang schweigt sie« muß man als »diplomatischen Schritt« von Zwetajewa werten, da ihr Brief an N. Wunderly-Volkart (wenn das Datum der Wirklichkeit entspricht) an eben diesem Tag, am 6. März, abgeschickt worden war.

80 Seit November 1930 besuchte Sergej Efron, der schon 1927 und 1928 als Statist in einigen französischen Filmen mitgewirkt hatte, Kurse an der Pariser Kinematographieschule Pathé. »Nach Abschluß dieser Schule (Pathé) stehen ihm alle Wege offen, denn zum Glück gibt es Verbindungen. Obendrein ist er im Ausland jetzt der beste Kenner der sowjetischen Filmkunst, wir haben die ganze Literatur dazu – Freunde aus Rußland schicken sie« (*Pis'ma Mariny Cvetaevoj k R.N. Lomonosovoj*, a.a.O., S. 252 und 256). 1931 publizierte Sergej Efron in der Pariser Novaja gazeta (Neue Zeitung) und in der Belgrader Zeitschrift Russki archiv (Das russische Archiv) ein paar Artikel zur Filmkunst. Ein professioneller Kameramann oder Filmkritiker ist er jedoch nie geworden. Im März 1931 scheint Sergej Efron seine kinematographischen Studien »mit dem Diplom« zum Kameramann abgeschlossen zu haben. (Vgl. V. Schweitzer, *Byt' i bytie Mariny Cvetaevoj*, a.a.O., S. 418.)

81 1930 belegte Ariadna Efron die Fächer Kunstgeschichte und Geschichte der bildenden Kunst in den Cours du Louvre. Außerdem nahm sie Zeichenstunden bei Natalja Gontscharowa, in dem Studio von Wassilij Schuchajew und besuchte seit dem Herbst 1930 die Malschule Arts et Publicité.

82 Am 6. März 1931 schildert Zwetajewa mit ähnlichen Worten ihre Lage R.N. Lomonossowa; vgl. *Pis'ma Mariny Cvetaevoj k R.N. Lomonosovoj*, a.a.O., S. 252.

83 »Dieses unselige Quartalsende (am 1. April) ist meine idée fixe«, gestand sie Salomee Andronikowa-Galpern am 3. März 1931 (*Iz pisem Mariny Cvetaevoj k Salomee Andronikovoj-Gal'pern*, a.a.O., S. 178). Und am 6. März an R.N. Lomonossowa: »Von nirgendwo ist etwas zu erwarten. In drei Wochen ist Quartalsende. Wir sind erdrückt von Schulden, am Morgen in den Laden zu gehen, ist eine Qual« (am 9. März 1931, in: *Pis'ma Mariny Cvetaevoj k R.N. Lomonosovoj*, a.a.O., S. 252). Das französische Wort »terme« (Quartalsende) steht in den Briefen Zwetajewas während dieser Zeit symbolisch für ihre dramatische und ausweglose Situation.

84 Zwetajewa verallgemeinert hier das, was Rilke von Capri aus in Briefen auch an Ellen Key, so am 18. April 1907, zu begründen versuchte. »Aber der ›Demokrat‹, den er [Gorkij] herauskehrt, steht doch arg zwischen uns. Das Hindernis ist um so größer in diesem Fall, als der Revolutionär mir sowohl ein Widerspruch gegen den Künstler wie gegen den Russen scheint: beide haben so sehr viel Grund, gegen Revolutionen zu sein in ihrem Innersten, weil bei beiden nichts so wichtig ist wie die Geduld und nichts so natürlich für den einen wie für den andern.« Und an Karl von Heydt: »Sie kennen meine Meinung, daß der Revolutionär dem Russen direkt entgegengesetzt ist: d.h. der Russe eignet sich vorzüglich dazu, es zu sein, etwa wie ein Batisttaschentuch sehr nett ist zum Tinteaufwischen, [...] Nehmen Sie dazu, daß ich auch den Künstler, als den Gehorchenden, Geduldigen, auf langsame Entwicklung Eingestellten, nicht und in keinem Punkte unter den Umstürzlern mir vorstellen kann [...]« (Rilke, *Briefe aus den Jahren 1906 bis 1907*, a.a.O., S. 251f. und 253f.) Daß der russische Mensch ein »Werdender« und ein »Duldender« ist, davon schrieb Rilke auch Lou Andreas-Salomé am 15. August 1903. (Vgl. R.M. Rilke, *Briefe aus den Jahren 1902 bis 1906*, a.a.O., S. 125.) Beide Briefausgaben kannte Zwetajewa.

85 Den Gedanken, daß die Dichter von ihrer geistigen Anlage her Rebellen sind, hat Zwetajewa mehrfach geäußert. In dem Essay »Puschkin und Pugatschow« (1937) spricht sie von »der Lust eines jeden Dichters zum Aufstand« (M. Zwetajewa, *Mein Puschkin. Puschkin und Pugatschow.* Volk und Welt, Berlin 1978, S. 38). Auch in »Der Dichter und die Zeit« (1932) führt sie die Nähe des wahrhaft großen Dichters zur Revolution aus, seine innere Verbundenheit mit ihr. Von Balmonts »revolutionärer Natur« spricht sie in dem Essay »Held der Arbeit (Notizen zu Walerij Brjusow)« (1925). Und von Pasternak heißt es in »Epos und Lyrik des zeitge-

nössischen Rußland (Wladimir Majakowski und Boris Pasternak)« (1932): »Pasternak ist kein Kämpfer (*kein Umstürzler!**). Pasternak ist ein Traumgesichtiger und Hellsichtiger. Seinem revolutionären Wesen nach unterscheidet er sich durch nichts von allen großen Lyrikern, allen, einschließlich des Royalisten Vigny und des hingerichteten Chénier, die für Freiheit – anderer eintraten (der Dichter hat seine eigene Freiheit), für Gleichheit – an Möglichkeiten und Brüderlichkeit, von der jeder Dichter, trotz seiner Einsamkeit oder vielleicht gerade dank seiner Einsamkeit, übervoll ist bis an den Herzensrand« (M. Zwetajewa. *Ausgewählte Werke*, a. a. O., Bd. 2, Prosa, S. 308). Mehrfach hat sich Zwetajewa selbst als »Umstürzlerin« dargestellt, so in dem Gedicht »Ruku na serdce položa« (1918? »Die Hand aufs Herz gelegt«), was sehr wichtig für eine richtige Einschätzung ihres Verhältnisses zur russischen Revolution ist.

86 Marija Alexandrowna Meyn, die Mutter Zwetajewas, starb am 5. Juli 1906 in Tarussa, wohin man sie in einem äußerst elenden Zustand von Jalta aus gebracht hatte.

87 Bei dem Tod der Mutter zählten Anastassja Zwetajewa 12 Jahre und Marina 14 Jahre. Vgl. Anm. 25.

88 Diese Episode schildert Zwetajewa ausführlich in ihrem Brief vom 3. April 1930 an R. N. Lomonossowa: »Ein eigenartiges Spiel des Zufalls. Meine Mutter lag 1905 im Sterben, die Schwester und ich waren kleine Kinder, doch von den jungen ja frühreifen, betraf es besonders mich, die ältere – und da die Furcht: und wenn sie erwachsen sind, dann ›treten sie der Partei bei‹ und geben alles für die Zerstörung des Landes her. Das Geld wird mit der Klausel festgelegt: nicht verfügbar bis zum 40. Geburtstag der Erbinnen. Und es beginnt die zweite Revolution (unsere!), ich bin 22 Jahre alt – reichlich Zeit bis 40? Kommunisten (die ich kannte) schlugen mir vor: geben Sie uns eine schriftliche Bestätigung, wir bringen Ihnen das Geld auch vor ›vierzig Jahren‹. Besondere Verhältnisse. Es ist unmöglich. So sind mir 100 Tausend abhanden gekommen, die ich nicht nur niemals mit Augen gesehen habe, auch nicht als mein Eigen ansah (vierzig Jahre!), abgesehen von weiteren 100 Tausend oder mehr – das Erbe meiner Großmutter, die während der Revolution starb, abgesehen von zwei Häusern [...], abgesehen dann von dem gesamten Gold, von allen Edelsteinen, allen Juwelen und Pelzen, die ich Bekannten zum Verkauf anvertraut hatte – anscheinend Freunden – und die – die einen wie die anderen – auf immer verschwanden« (*Pis'ma Mariny Cvetaevoj k R.N. Lomonosovoj*, a. a. O., S. 228; 1917 war Zwetajewa allerdings schon 24).

89 In ihrem biographischen »Fragebogen« von 1926 gibt Zwetajewa an: »Erste Begegnung mit der Revolution: 1902/03 (Emigranten), zweite Begegnung 1905 (Jalta, Sozialrevolutionäre). Eine dritte gab es nicht« (*Rainer Maria Rilke. Marina Zwetajewa. Boris Pasternak. Briefwechsel*, a. a. O., S. 85). Schon am 8. April 1914 hatte sie an den Philosophen Wassilij Rosanow geschrieben: »Von meinem 14. bis 16. Lebensjahr schwärmte ich von der Revolution« (M. Cvetaeva, *Neizdannye pis'ma*, a. a. O., S. 24). Und in ihrer »Autobiographie« von 1940 berichtet sie, daß sie 1906 »revolutionäre Gedichte« geschrieben habe (M. Cvetaeva, *Stichotvorenija i poemy*, a. a. O., S. 35. Zu ihren revolutionären Stimmungen vgl. auch: Anastassja Zwetajewa, *Kindheit mit Marina*, a. a. O.).

90 Den Nibelungenschatz erwähnt Zwetajewa mehrfach. Zum Beispiel in ihrem Brief an Pasternak vom 31. Oktober 1929: »Du bist in mir begraben – wie der Rheinschatz – bis heute« (in: Voprosy literatury 1985. 9. S. 278). Auch in dem Essay »Der Dichter über die Kritik« (1932) wird deutlich, welche Bedeutung sie mit dem Rheingold verbindet: »Wir suchen das Rheingold und *wir glauben daran*. Und letzten Endes werden wir es – im Gegensatz zu den Alchimisten finden.« In einer Fußnote der Autorin steht dazu: »Ich nehme absichtlich das rätselhafte Gold im Rhein, an das nur Dichter glauben. (*Rheingold**, *Dichtergold**.) Hätte ich das Gold von Peru genommen, wäre das Beispiel überzeugender gewesen. So ist es ehrlicher« (M. Zwetajewa, *Ein Gefangener Geist*, a. a. O., S. 13).

91 Die Mutter von Marija Meyn, Maria Bernazkaja (1841-1869), entstammte einem alten, verarmten polnischen Adelsgeschlecht.

92 Zwetajewa reiste 1909 nach Paris, um in der Sorbonne einen Sommerkurs über altfranzösische Literatur zu besuchen.

93 Während dieser Zeit fesselte sie vor allem Napoleon. »[...] seit dem 12. Lebensjahr bis heute: napoleonische Ära [...]« heißt es in ihrem »Fragebogen« (*Rainer Maria Rilke. Marina Zwetajewa. Boris Pasternak. Briefwechsel*, a. a. O., S. 85). Lange Zeit war ihr Lieblingsheld Napoleons Sohn, der Herzog von Reichstadt (vgl. Anm. 11 zum *Vorwort*).

94 Marina Zwetajewa und Sergej Efron, der mehr als ein Jahr jünger war, heirateten am 27. Januar 1912.

95 Sie meint: Zaun.

96 In der »russischen Pension« in Nervi bei Genua, wo auch M. A. Meyn mit den Kindern im November 1902 abgestiegen war, lebten revolutionäre Emigranten aus Rußland. Mit einigen von ihnen befreundete sich Zwetajewas Mutter. Und Marina Zwetajewa, die aufmerksam den Gesprächen der Erwachsenen folgte, wurde schon

damals von den freiheitsliebenden, umstürzlerischen Stimmungen ergriffen. (Vgl. dazu auch: Anastassja Zwetajewa, *Kindheit mit Marina*, a.a.O.)

97 Zwetajewa denkt an den Revolutionär und Emigranten Wladislaw Alexandrowitsch Kobyljanskij, der zur gleichen Zeit wie die Zwetajewas in Nervi lebte. Es kann wohl angenommen werden, daß sich Marija Meyn in ihn verliebt hatte und sogar bereit war, seinetwegen die Familie zu verlassen. (Vgl. Viktoria Schweitzer, *Byt i bytie Mariny Cvetaevoj*, a.a.O., S. 48.) Anastassja Zwetajewa erinnert, daß Kobyljanskij, schon schwer an Tuberkulose erkrankt, nach der Februarrevolution nach Rußland zurückkehrte. Auf der Krim gab er eine Zeitung heraus und arbeitete danach im Volkskommissariat für Auslandsangelegenheiten. In Moskau hat er Marina Zwetajewa aufgesucht: »Wir begegneten uns wie Verwandte.« (A. Zwetajewa, *Vospominanija*, a.a.O.) Kobyljanskij starb 1919 in Moskau.

98 Vgl. Anm. 41.

99 Ilse Blumenthal-Weiss hat in ihrer Studie »Rainer Maria Rilke und das Judentum« (in: Deutsche Rundschau 1958.3., S. 274) Antworten auf die Frage nach dem Verhältnis von Rilke und dem Judentum versucht. »Eine Vorliebe für das A.T., ein tiefes, oft bewunderndes Interesse für die jüdische Religion ist unverkennbar. Der zweite Teil der Frage aber: wie war Rilkes Beziehung zu jüdischen Menschen, ist weit schwieriger zu beantworten. Wie in einem Kaleidoskop, das immer neue Formen und Figuren herumdreht, tauchen die verschiedenartigsten Facetten auf. Anerkennende Äußerungen stehen neben abfälligen Bemerkungen. Persönliche Wertschätzung geht über in versteckte oder offene Angriffe.«

100 Viele Jahre später erzählte Ariadna Efron von den Kieseln am Strand von St. Gilles, die ihre Mutter für Pasternak sammelte. »Ich erinnere mich, wie Mutter die von ihr gesammelten schönen flachen Kiesel in Schächtelchen aus St. Gilles verschickte. Während dieser Zeit schrieb sie für Pasternak ihr Poem« (vgl. V. Lossky, *Marina Zwetajewa dans leur vie*, a.a.O., S. 206; gemeint ist das Poem »Vom Meer«, in dem die Muscheln, die »Krabbenkorallen«, die Kiesel vorkommen). Am 23. Mai 1926 schrieb Zwetajewa ihm: »Ich spiele jetzt, in der Vendée, im Mai 1926, ununterbrochen irgendein Spiel mit Dir, ein Spiel – Spiele! Sortiere Muscheln mit Dir [...]« (*Rainer Maria Rilke. Marina Zwetajewa. Boris Pasternak. Briefwechsel*, a.a.O., S. 146). Offensichtlich hat Zwetajewa auch Rilke »Kiesel« und »Muscheln« geschickt.

101 Erstmals publiziert in: Rilke, *Sämtliche Werke*, a.a.O., Bd. 4, S. 678 f.

102 Diese Worte bezeugen, daß N. Wunderly-Volkart Zwetajewa das Rodinbuch von Rilke in der französischen Übersetzung von Maurice Betz geschickt hatte. (R.M. Rilke, *Auguste Rodin*. Paris 1928) Der Aphorismus, von Zwetajewa ungenau zitiert, stammt von dem italienischen Autor Pomponius Gauricus (um 1480-1530), der 1504 den Dialog »De Sculptura« verfaßt hat. Rilke hat den Aphorismus als ein Motto seinem Rodinbuch vorangestellt.
Indes kannte Zwetajewa das Buch schon früher, denn 1928, Anfang September, hat ihr der Dichter Nikolaj Gronskij in Paris wohl genau diese Ausgabe mit der Widmung geschenkt. »Ein Brief von Rilke, den er Ihnen über mich sendet.« Zu Rilkes Widmung vgl. Anm. 79 zum *Briefwechsel Rilke – Zwetajewa.*

103 Vgl. Anm. 56.

104 Der dritte Band der Rilke-Briefe, der die Periode von 1899 bis 1902 umfaßt, erschien Ende 1931; vgl. Anm. 124.

105 Rilkes Mutter, Sophie Rilke, geborene Entz, starb 1931.

106 Zwetajewa schickte N. Wunderly-Volkart eine tatarische Stickerei.

107 Vgl. Anm. 23.

108 Den Sommer und Herbst 1931 über war Ariadna Efron bei Wladimir Iwanowitsch und Margarita Nikolajewna Lebedjew, Freunden Zwetajewas, zu Gast (vgl. die Briefe vom 31. August und 8. Oktober 1931, in: M. Cvetaeva, *Pis'ma k A. Teskovoj*, a.a.O., 94).

109 Wörtlich: Suchformular. Gesucht wurde der verlorene Brief von N. Wunderly-Volkart, der im folgenden Brief Zwetajewas am 29. Dezember 1931 erwähnt wird.

110 Vgl. das Gedicht »Moj pis'mennyj vernyj stol!« (»Mein Schreibtisch, treuestes Ding!«) aus dem Zyklus »Stol« (1933-1935, »Tisch«):

> Mein zu-Lebzeiten-Totenbrett!
> Hab Dank, daß du wuchst und wächst
> Mit mir, mit der Schreibtisch-Arbeit
> Größer wurdest, breit.

M. Zwetajewa, *Vogelbeerbaum*. Ausgewählte Gedichte. Hg. von Fritz Mierau. Verlag Klaus Wagenbach, Berlin 1986, S. 56; (die Übersetzung ist von Rainer Kirsch).

111 Was Zwetajewa N. Wunderly-Volkart diesmal geschickt hat, ist nicht bekannt.

112 Zu Zwetajewas Weigerung, Rilkes Tod als eine Tatsache anzunehmen, vgl. »Vorwort«, S. 30f.

113 Siehe Anm. 55.

114 1931 war das fünfte Todesjahr von Rilke; wie Zwetajewa am Beginn des Briefes auch schreibt.

115 Vgl. »Vorwort«, S. 30 und Anm. 60 zum *Vorwort*, S. 220.

116 Zwetajewa hat den Grundgedanken der »Elegie« genau erfaßt, jedoch ein wenig zu vereinfacht wiedergegeben. Rilke versuchte in der »Elegie«, seinem Lieblingsgedanken Ausdruck zu verleihen, daß eine geistige Ganzheit nur auf dem Wege der einsamen und »eigentlichen« Existenz zu erreichen sei.

117 Siehe Anm. 105.

118 Zu Ruth Sieber-Rilke vgl. Anm. 141 zu dem Brief an R. Sieber-Rilke, zu Ruth und Christine Sieber-Rilke Anm. 90 zum *Briefwechsel Rilke – Zwetajewa*.

119 In Briefen an Anna Tesková Ende 1931 und Anfang 1932 heißt es dagegen: »S. Ja. hat bislang keine Arbeit – man verspricht sie –, doch ist es beim allergütigsten Willen schwierig – selbst die Franzosen haben keine.« – »S. Ja. ist wieder ohne Arbeit und die Lage ist verzweifelt.« – »S. Ja. ohne Arbeit, er sucht, man verspricht – ach!« (M. Cvetaeva, *Pis'ma k A. Teskovoj*, a.a.O., S. 95, 98, 99)

120 Gemeint ist die in Prag, seit 1927 in Paris, herausgegebene russischsprachige Volja Rossii (Der Wille Rußlands 1920-1932), die zunächst als Tageszeitung, ab 1925 als Monatszeitschrift erschien. Aus Geldmangel wurde die Zeitschrift mit dem ersten Heft (die Nummern 1 bis 3) des Jahres 1932 eingestellt. Die letzten Nummern erschienen als doppelte oder dreifache Hefte.

121 Dem Neujahrsbrief war offensichtlich eine von Ariadna Efron ausgeführte Weihnachtspostkarte beigefügt, die auch in der Archivbestandsliste der Briefe Zwetajewas an N. Wunderly-Volkart erwähnt wird (vgl. auch *Pis'ma Mariny Cvetaevoj k R.N. Lomonosovoj*, a.a.O., S. 273).

122 Auf der zweiten Seite des Briefes stehen einige von Zwetajewa auf russisch geschriebene und durchgestrichene Zeilen: »Zum Neuen Jahr, liebe Raissa Nikolajewna! Ich schreibe Ihnen auf dem letzten Blatt des Notizblocks, dessen Ränder im Verlauf des Jahres ganz ausgeblichen sind. Seit langem, langem von Ihnen ...« Es ist der Anfang eines Briefentwurfs an R.N. Lomonossowa (vgl. *Pis'ma Mariny Cvetaevoj k R.N. Lomonosovoj*, a.a.O., S. 273).

123 Vgl. Anm. 41.

124 N. Wunderly-Volkart hatte Zwetajewa den gerade erschienenen Band: Rainer Maria Rilke, *Briefe und Tagebücher aus der Frühzeit*

1899 bis 1902. Hg. von Ruth Sieber-Rilke und Carl Sieber. Insel-Verlag, Leipzig 1931, geschenkt.

125 Die Parallele von »lesen – leben« hat Zwetajewa in einem Brief vom 12. August 1923 entwickelt: »Wird es widerlich sein, diesen Brief zu lesen? Es ist mir doch nicht widerlich, ihn zu schreiben. Es wäre mir so natürlich, ihn – zu leben« (*Iz pisem Mariny Cvetaevoj k Salomee Andronikovoj-Gal'pern*, a.a.O., S. 184).

126 Zwetajewa meint das Gedicht von Konstantin Fofanow (1862-1911) »Vesna i noč« (»Frühling und Nacht«), das Rilke im Februar 1900 aus dem Russischen übersetzte. In einem Brief an Sofia N. Schill vom 23. Februar 1900 zitiert er das Gedicht auf russisch (in kyrillischen Buchstaben), in der Ausgabe von 1931, in der der Brief erstmals erschien, wurde es in lateinischen Buchstaben abgedruckt.

127 Rilkes erste Rußlandreise fand im Frühjahr 1899 statt.

128 Vgl. Anm. 25.

129 Zu Maurice Betz, siehe Anm. 30 zu *Einige Briefe von Rainer Maria Rilke*; er hat u.a. auch Rilkebriefe übersetzt. So übertrug er 1927 Auszüge aus den drei Briefen Rilkes an den »jungen Dichter« vom 17. Februar, 5. April und 23. Dezember 1903, die Zwetajewa später ebenfalls übersetzt hat. Die Übersetzung von M. Betz erschien in: Revue d'Allemagne et des pays de langue allemande, 1927.1. (November), S. 4-11.

130 Seit 1906 vertrat der Insel-Verlag (Leipzig) die Autorenrechte für das literarische und epistolarische Werk von Rilke.

131 Zu der französischen Übersetzung des »Recken«, vgl. Anm. 62. Von den anderen französischen Übersetzungen Zwetajewas, die Anfang 1932 entstanden sind, kann mit Sicherheit nur die Übertragung von Wladimir Majakowskijs Gedicht »Svoloči!« (1922, »Schurken!«) genannt werden, die in dem dreisprachigen Almanach »Vešč – Objet – Gegenstand« (Berlin 1922. 3., S. 5) erschienen ist. Efim Etkind, der diese Übersetzung analysiert hat, bemerkt, daß die Dichterin »mit der französischen Sprache recht frei und kühn umgeht« (E. Etkind, Marina Cvetaeva. Französische Texte, in: *Marina Cvetaeva. Studien und Materialien*. Wien 1981, S. 200. Wiener Slawistischer Almanach. Sonderband 3).

Ariadna Efron berichtet, daß ihre Mutter in Frankreich russische Volks- und Revolutionslieder um des Gelderwerbs willen übersetzt habe. Auch gibt es Angaben darüber, daß sich in Zwetajewas Archiv ein Teil der übersetzten russischen Volks- und Revolutionslieder befindet, die sie Mitte der 20er Jahre ins Französische übersetzt hat, insbesondere die Übertragung aus dem Jahre 1926

des Liedes »Vy žertvoju pali ...« (»Als Opfer fielet ihr ...«; vgl. hierzu Ju. P. Kljukin, Inojazyčnye proizvedenija Mariny Cvetaevoj, in: Filologičeskie nauki, Moskau, 1986. 4, S. 67.)
Allerdings teilt Ariadna Efron P.G. Antokolskij am 13. März 1963 mit, daß Lieder wie »Zamučen tjaželoj nevolej« (»Gepeinigt von drückender Unfreiheit«) und »Vy žertvoju pali« (»Als Opfer fielet ihr«) erst in den 30er Jahren von Zwetajewa übersetzt worden seien. Ihre Tochter versichert im selben Brief, daß Zwetajewa »1934 eine Reihe zeitge[nössischer] deut[scher] Rev[olutions]- und sowjetischer Lieder übersetzt hat, die noch heute in Paris gesungen werden« (A. Efron, *O Marine Cvetaevoj*, a.a.O., S. 274f.).
Die wichtigen Werke, die Zwetajewa in französisch geschrieben oder in diese Sprache übersetzt hat, datieren aus der Zeit nach 1931: »Lettre à une Amazone« (1932-1934); »Florentinische Nächte« (Winter 1932- 1933), der autobiographische Prosazyklus »Vater und das Museum« (1936) und Übersetzungen von Alexander Puschkin (1936-1937).

132 In einem Brief an Wadim Rudnjew (s. Anm. 77) erklärte Zwetajewa im Zusammenhang mit ihrer dort publizierten Prosa »Das Haus beim Alten Pimen«: »Des Dichters Prosa ist eine andere Arbeit als die Prosa des Schriftstellers, in ihr ist die Grundeinheit der Anstrengung (des Eifers) – nicht der Satz, sondern das Wort und häufig sogar – die Silbe. Dieses bestätigen Ihnen meine Erstentwürfe, und das wird Ihnen jeder Dichter bestätigen. Und jeder ernsthafte Kritiker [...]« (am 9. Dezember 1933 in: *Pis'ma Mariny Cvetaevoj k V. V. Rudnevu*, a.a.O., S. 199).

133 Zwetajewas Beherrschung und freier Umgang mit der französischen Sprache wird unterschiedlich beurteilt. Marc Slonim äußerte sich beispielsweise dazu: »Sie beherrschte sie [die französische Sprache] zur Vollkommenheit, allerdings kannte sie die Literatur- und nicht die gesprochene Sprache. Wenn sie in Gesellschaft französisch sprach, konnte man sagen, sie kennt die Sprache. Sobald sie aber einen Brief oder Essay auf französisch schrieb, kam ein Glanzstück dabei heraus. Wenngleich ihre französische Übersetzung des ›Recken‹, meines Erachtens, nicht so gelungen ist« (zitiert nach: V. Lossky, *Marina Zwetajewa dans leur vie*, a.a.O., S. 130).

134 Zwetajewa verbindet hier zwei Äußerungen Rilkes vom 10. und 17. Mai 1926 an sie zu einer; siehe dort.

135 Tatsächlich hatte Rilke die Absicht, besonders in den letzten Jahren seines Lebens, seine Eindrücke von Rußland niederzu-

schreiben. Maurice Betz berichtet, daß den Dichter 1925 in Paris der Wunsch gequält habe, in sich das »russische Wunder« seiner Jugend wiederauferstehen zu lassen (M. Betz, *Rilke in Frankreich*. Erinnerungen. Briefe. Dokumente. Wien–Leipzig–Zürich [1938], S. 137).

136 Vgl. Anm. 118 zum *Briefwechsel Rilke – Zwetajewa*.

137 Angaben zu Zwetajewas Bekanntschaft mit André Gide konnten nicht ausfindig gemacht werden.

138 Siehe Anm. 105.

139 Clara Rilke, geborene Westhoff (1878-1954), beschäftigte sich ihr Leben lang mit der Bildhauerei und war auch Malerin. Ihre Werke wurden auf verschiedenen Ausstellungen in Deutschland gezeigt.

140 Siehe die folgende Anm. und Anm. 90 zum *Briefwechsel Rilke – Zwetajewa*.

Anmerkungen zum Brief von Marina Zwetajewa an Ruth Sieber-Rilke

141 Ruth Rilke (1901-1972) war das einzige Kind von Rilke. 1922 heiratete sie den Juristen Carl Sieber, 1948 Willi Fritsche. 1972 nahmen sich beide das Leben.

142 Der erste Satz in Zwetajewas Brief vom 12. August 1936 an Anatoli Stejger lautete: »Die erste Antwort beim Anblick Ihres Briefes: ein Schlag ins Herz ...« (M. Cvetaeva, *Pis'ma Anatoliju Štejgeru*, a. a. O., S. 52)

143 In seinen Briefen Ende 1901 und Anfang 1902, die Zwetajewa im Januar 1932 las, erzählt Rilke von seiner am 12. Dezember 1901 geborenen Tochter Ruth. Er beschreibt seinen Bekannten das Kind in der Wiege und denkt über ihre Zukunft nach.

144 Wahrscheinlich denkt Zwetajewa hier an den Abschlußvers der 1. Strophe »wenn du am Fenster stehst« aus dem Gedicht »Dich wundert nicht des Sturmes Wucht, –« (Rilke, *Sämtliche Werke*, a. a. O., Bd. 1, S. 305).

145 Marc Slonim erzählt, Zwetajewa habe sich selbst einen ›Säulenheiligen‹ genannt, »der einen kleinen Fußbreit für die Bestätigung seiner Wahrheit wählte [...]« (M. Slonim, O Marine Cvetaevoj, in: Novyj žurnal, New York, 100. 1970, S. 170) Diese Erwähnung stimmt fast wortwörtlich mit Zwetajewas Äußerung in einem Brief vom 3. April 1934 überein: »Von dieser irdischen Ober-

flächlichkeit, von dieser Wenigkeit habe ich keinen *Fußbreit* – in dieser ganzen großen Welt – [...] allein deshalb, weil ich auf ihm *stehe*: fest stehe: wie ein Denkmal – durch sein eigenes Gewicht, wie ein Heiliger auf der Säule« (*Pis'ma M.I. Cvetaevoj Ju.P. Ivasku*, a.a.O., S. 214). Diesen Gedanken hat sie in ihrem Essay »Dichter mit Geschichte und Dichter ohne Geschichte« (1934) in der Opposition von »Wanderer« und »Säulenheiliger« noch weiter ausgeführt. »Denn ein Dichter ohne Geschichte ist ein Säulenheiliger, oder was dasselbe ist, ein Schläfer. Was auch rings um seine Säule vorgeht, was die Wogen der Geschichte auch erschaffen (oder zerstören), er hört nur das Seine, sieht nur das Seine, kennt nur das Seine. (Was sich auch *abspielt* – er sieht nur seine Träume.)« (M. Zwetajewa, *Ein gefangener Geist*, a.a.O., S. 121f.)

146 Vgl. dazu Rilkes Brief vom 10. und 17. Mai 1926 an Zwetajewa.

147 Wachstum als geistige Entwicklung, Vervollkommnung, »Bestätigung und Verlangen nach Höhe als erster Grundlage des Lebens« ist eines der grundlegenden Motive in Zwetajewas Gedichten und Prosa. Zu dem Zitat vgl. den Essay »Die Kunst im Lichte des Gewissens«, in: M. Zwetajewa, *Ein gefangener Geist*, a.a.O., S. 92.

148 Mit diesem Wort bricht der Satz ab.

149 Vgl. Anm. 81 zum *Vorwort*.

150 Siehe ebenda und den einleitenden Kommentar zu *Einige Briefe von Rainer Maria Rilke*, S. 269f. Der französische Romanschriftsteller und Literaturkritiker Edmond Jaloux (1878-1949), der mit Rilke bekannt war und ihn achtete, hat vieles dafür getan, damit der Name des deutschen Dichters auch in Frankreich Anerkennung fand.

151 Für Zwetajewa bedeutete dieser Glaube sehr viel. So beendete sie den »Neujahrsbrief« genau am 7. Februar 1927, 40 Tage nach Rilkes Tod. Ebenso war sie im Dezember 1934 bemüht, ihren Essay »Der Dichter-Bergsteiger» zum tragischen Tod von Nikolaj Gronskij am 31. Dezember abzuschließen – »ich hoffe zum 40. Tag« (*Pis'ma M. Cvetaevoj k V. Chodasevču*, in: Novyj žurnal, New York, 89. 1967, S. 112).

152 Marija Meyn ist nicht 1905, sondern am 5. Juli 1906 gestorben.

153 Siehe »Einige Briefe von Rainer Maria Rilke«.

154 Siehe ebenda.

155 Rilke, der Zwetajewa als Orpheus und Gottmensch erschien, konnte nach ihrer Logik keinen Sohn haben, d.h., einen Nachfolger.

156 »Blut« ist ein Schlüsselwort bei Rilke: es war für ihn der Ausdruck für die »dunkle Tiefe« des Seins, sein irrationales Wesen. Rilke verband mit dem Begriff »Blut« auch die Vorstellung von der schöpferischen Natur, von der Quelle der geistigen Energie im Menschen, von dem »göttlichen« Geheimnis des Lebens. Zwetajewa hat die Bedeutung dieses Symbols für das Werk Rilkes erkannt: »Dichter des Geschlechts und des Bluts«, nennt sie Rilke in ihrem Essay »Der Dichter-Bergsteiger« (M. Cvetaeva, *Sočinenija*, a.a.O., Bd. 2, S. 419).

157 Richtiger wäre – Frühjahr bis Sommer 1926, denn der letzte Brief von Rilke trägt das Datum vom 19. August.

158 Wann und unter welchen Umständen Rilkes Zwetajewa gewidmete »Elegie« an Pasternak gelangte, konnte nicht geklärt werden. Vgl. Anm. 113 zum *Briefwechsel Rilke–Zwetajewa.*

159 Vgl. Anm. 13 zum *Briefwechsel Rilke – Zwetajewa* und den Brief an N. Wunderly-Volkart vom 2. April 1930.

160 Vgl. Anm. 135.

161 Zwetajewa zitiert ungenau aus einem Brief Rilkes vom 13. Januar 1901 an die Malerin Paula Becker (1876-1907). (Vgl. Rilke, *Briefe und Tagebücher aus der Frühzeit 1899 bis 1902*, Insel-Verlag, Leipzig 1931, S. 94.)

162 Vgl. Anm. 8.

163 Vgl. Anm. 131 und 133.

164 Beide Pläne wurden nicht in die Tat umgesetzt.

165 Das »wir« in dem Brief von Ruth Sieber-Rilke beschloß offensichtlich nicht ihre Mutter, sondern ihren Mann, Carl Sieber-Rilke, mit ein.

166 Vgl. Rilke an Zwetajewa am 17. Mai 1926.

167 Zwetajewa meint das Goethe-Haus in Weimar.

168 Vgl. Anm. 6.

Anmerkungen zu den Briefen von Marina Zwetajewa an Nanny Wunderly-Volkart

169 Vermutlich hat N. Wunderly-Volkart Zwetajewa die folgenden im Jahr 1933 im Insel-Verlag Leipzig erschienenen Bücher von Rilke geschickt: *Briefe aus den Jahren 1907 bis 1914*. Hg. von Ruth Sieber-Rilke und Carl Sieber; *Gesammelte Gedichte*. Bd. 4; Über Gott. Zwei Briefe.

170 Am 31. März 1932 war Zwetajewa von Meudon nach Clamart übergesiedelt. Die Wohnung in der Rue Lazare Carnot bezog sie im Januar 1933. Am 7. März 1933 schreibt sie: »Wir sind umgezogen – unter größten Schwierigkeiten – in eine neue Wohnung [...] nach Clamart, sie ist sehr ruhig und geräumig, in ein Vorkriegshaus, in die 4. Etage. Ich habe ein eigenes Zimmer, in dem ich sogar auf und ab gehen kann« (M. Cvetaeva, *Pis'ma k A. Teskovoj*, a.a.O., S. 103f.).

171 Fürstin Marie von Thurn und Taxis, geborene Prinzessin von Hohenlohe-Waldenburg-Schillingsfürst (1855-1934), war Rilkes Gönnerin und eng mit ihm befreundet. Mehrfach war Rilke ihr Gast im Schloß Duino bei Triest, das erste Mal im April 1910. Den Namen Thurn erwähnt Zwetajewa in der Prosa »Der Turm im Efeu« (1933), das mit einer Erwähnung Rilkes beginnt: »Kürzlich, als ich eine der Rilkeschen Elegien aufschlug, las ich: ›Der Fürstin Thurn und Taxis gewidmet.‹ Thurn und Taxis? Das klingt bekannt« (M. Cvetaeva, *Izbrannaja proza*, a.a.O., S. 191). Rilke hatte der Fürstin die »Duineser Elegien« mit der Widmung »geschenkt«: »Aus dem Besitz der Fürstin Marie von Thurn und Taxis-Hohenlohe«.

172 Offenbar denkt Zwetajewa hierbei an die Publikation in »Das Inselschiff. Eine Zeitschrift für die Freunde des Insel Verlages«, wo im 3. Heft des Jahres 1933 der Rilke-Brief vom 27. Dezember 1913 an Marie von Thurn und Taxis abgedruckt war. Weitere Briefe aus ihrem Briefwechsel sind bis 1934 vom Insel-Verlag nicht publiziert worden.

173 Marie von Thurn und Taxis-Hohenlohe, *Erinnerungen an Rainer Maria Rilke*. München–Berlin–Zürich [1932]. Offensichtlich hat Zwetajewa dieses Buch erst nach Vollendung des »Turms im Efeu«, der am 16. Juli 1933 in den Poslednie novosti (Letzte Nachrichten) erschien, kennengelernt.

174 Gemeint ist das Buch: Lou Andreas-Salomé, *Rainer Maria Rilke*. Insel Verlag, Leipzig 1928.

175 Vermutlich fragt Zwetajewa nach dem Namen des Enkels von N. Wunderly-Volkart.

176 Zwetajewas Dankesbrief konnte trotz der Hilfe des Principe della Torre e Tasso nicht in dem Archiv der Fürstin Marie von Thurn und Taxis-Hohenlohe auf dem Schloß Duino ausfindig gemacht werden.

Inhalt

Zweites Kapitel

Drittes Kapitel

Anhang

Berühmte Paare
Liebe. Freundschaft. Konkurrenz

»Morgen nachmittag gehe ich aufs Standesamt, um mir den Ring durch die Nase ziehen zu lassen«, verkündete Hermann Hesse am 13. November 1931. Seine Frau Ninon hingegen schrieb ihm am Tag nach der Trauung: »Du bist mir soviel geworden – Geliebter, Beschützer und nun Gatte – und doch bist Du mir ein Wunder geblieben, das beglückendste Wunder meines Lebens.«

»Nur durch Dich kann ich zu wirklich Großem kommen«, bekannte der verheiratete Wassily Kandinsky im Oktober 1905 Gabriele Münter, während sie im Oktober 1926 entmutigt in ihr Tagebuch schrieb: »Ich war in vieler Augen doch nur eine unnötige Beigabe zu Kandinsky.«

Zwölf Bücher schildern Gelingen und Scheitern der Liebe und Freundschaft von Künstlerpaaren dieses Jahrhunderts.

Schreibende Paare
Liebe, Freundschaft, Konkurrenz
Von Gerda Marko
st 2805. 496 Seiten

Schreibende Paare, von der Romantik bis heute, sind das Thema des Buches. Erzählt wird die Geschichte von Liebespaaren, Eheleuten und LebensfreundInnen, deren Beziehung durch den gemeinsamen Beruf des Schreibens entscheidend geprägt wurde, u.a. von George Sand und Alfred de Musset, Else Lasker-Schüler und Gottfried Benn, Francis Scott und Zelda Fitzgerald.

Zwischen Welt und Zaubergarten
Ninon und Hermann Hesse
Von Gisela Kleine
st 2806. 644 Seiten

»Wenn man das umfangreiche Werk aus der Hand legt, so weiß man, daß der Autorin dreierlei gelungen ist: eine differenzierte Darstellung der letzten drei Jahrzehnte Hesses; die Pathographie einer historisch keineswegs untypischen Ehe mitsamt ihrer allmählichen Heilung sowie die Durchleuchtung eines interessanten Frauenlebens.« *FAZ*

Gabriele Münter und Wassily Kandinsky
Biographie eines Paares
Von Gisela Kleine
st 2807. 832 Seiten

Diese faszinierende Kunst- und Liebesgeschichte ist »mehr als die Geschichte eines Paares. Sie ist zugleich auch ein lebendiges Stück Kunstgeschichte von der Jahrhundertwende bis in die 60er Jahre, aufs sorgfältigste recherchiert und brillant geschrieben.«

Norddeutscher Rundfunk

Rainer Maria Rilke und Marina Zwetajewa
Ein Gespräch in Briefen

st 2808. 320 Seiten

»Wenn jemand uns zusammen träumt, dann treffen wir uns«, schrieb die russische Lyrikerin Marina Zwetajewa am 2. August 1926 an Rainer Maria Rilke. Im Frühjahr 1926 hatte der Briefwechsel des seelenverwandten Paares begonnen. Zu einem Treffen der beiden kam es nicht mehr, Rilke starb am 29. Dezember 1926. Das »Buch der Liebe« dokumentiert den leidenschaftlichen Briefwechsel des Dichterpaares.

Das Teesdorfer Tagebuch für Ea von Allesch

Von Hermann Broch

st 2809. 256 Seiten

In diesem Tagebuch aus dem Jahre 1920 hält Hermann Broch während eines halben Jahres die Zeit seiner heftigen Werbung um Ea von Allesch fest, der selbständigen »femme emancipée«, die zu dieser Zeit das Modereferat bei der Wiener Kulturzeitschrift ›Moderne Welt‹ und der tschechischen Tageszeitung ›Prager Presse‹ leitete und als Feuilletonistin in ihren Beiträgen zum Thema Mode einen dezidiert feministischen Ton anschlug.

Briefe an Nora

Von James Joyce

st 2810. 176 Seiten

Die etwa sechzig Briefe von Joyce an Nora, seine Freundin, Gefährtin und spätere Frau, und das gute Dutzend der Briefe von Nora an ihn gehören zu den intimsten Zeugnissen, die wir von Joyce besitzen. Sie sind ein Dokument der außergewöhnlichen Beziehung dieses Paares.

So geheim und vertraut
Virginia Woolf und Vita Sackville-West

Von Susanne Amrain

st 2811. 352 Seiten

Susanne Amrain beschreibt die leidenschaftliche Freundschaft von Virginia Woolf und Vita Sackville-West. Eine Freundschaft, die fast zwanzig Jahre dauerte, erotische Höhen erlebte, Niederungen der Eifersucht und der Enttäuschung überlebte und für das Leben und die schriftstellerische Arbeit beider Frauen höchst bedeutsam war.

Paul Valéry – Glück, Dämon, Verrückter
Tagebuch 1920-1928

Von Catherine Pozzi

st 2812. 528 Seiten

Im Juni 1920 lernt Catherine Pozzi Paul Valéry kennen. Er ist seit zwanzig Jahren verheiratet und hat drei Kinder. Es beginnen acht Jahre einer notgedrungen heimlichen, aber jeden Tag erneuerten und wieder in Frage gestellten Beziehung. Catherine Pozzis Tagesbuch ist das Dokument von »Tod und Leidenschaft« dieser Liebe.

Gertrude Stein und Alice B. Toklas
Zwei Leben – eine Biographie

Von Diana Souhami

st 2813. 368 Seiten

Gertrude Stein und Alice B. Toklas trafen sich zum ersten Mal am Sonntag, den 8. September 1907, in Paris. Von diesem Tag an waren sie unzertrennlich bis zu Gertrudes Tod am 27. Juli 1946. Sie lebten immer unter demselben Dach, reisten niemals ohneeinander. Jahrzehntelang bildeten sie ein kulturelles Zentrum in Paris. Diana Souhami schildert das anekdotenreiche Leben des charismatischen Paares und ihrer Zeit.

Ballade in g-Moll
Edvard Grieg und Nina Hagerup

Von Ketil Bjørnstad

st 2814. 384 Seiten

Unablässig waren sie unterwegs, Edvard Grieg und die Sängerin Nina Hagerup, seine Frau, gaben sie Konzerte, und sie hatten Erfolg. Es war ihr klar, daß er sie seiner Kunst opfern würde, und sie verstand seine Nöte. Aber helfen konnte sie ihm nicht. Ketil Bjørnstads Roman ist nicht nur ein Liebesroman, die Biographie eines Musikerpaars, sondern auch eine Hommage an Norwegen.

Meine Freundschaft mit Tania Blixen

Von Thorkild Bjørnvig

st 2815. 224 Seiten

Der dänische Dichter Thorkild Bjørnvig lernte Tania Blixen 1948 kennen und lebte entscheidende Jahre im Bann der berühmten Schriftstellerin. Seine Erinnerungen an diese Zeit vermitteln ein faszinierendes Bild der extrem selbstbewußten, im wörtlichen Sinne bezaubernden, aber auch verzweifelten und einsamen Person, die Tania Blixen gewesen ist.

Die realen Frauen der Surrealisten
Simone Breton, Gala Éluard, Elsa Triolet

Von Unda Hörner

st 2816. 240 Seiten

Liebe und Begehren, das waren für die Surrealisten André Breton, Paul Éluard und Louis Aragon die wahrhaft revolutionären Kräfte. Aber weil sie den weiblichen Part ausblendeten, gerieten ideale Vorstellungen und gelebte Liebe in Widerspruch zueinander. Unda Hörner geht diesem Konflikt nach und zeigt, wie sich ihre Geliebten und Ehefrauen vom Liebesideal ihrer Männer lösten.

Biographien
in den suhrkamp taschenbüchern

Amrain, Susanne: So geheim und vertraut. Virginia Woolf und Vita Sackville-West. Erstausgabe. st 2292

Ball, Hugo: Hermann Hesse. Sein Leben und sein Werk. st 385

Bell, Quentin: Virginia Woolf. Eine Biographie. Aus dem Englischen von Arnold Fernberg. st 753

Bertaux, Pierre: Friedrich Hölderlin. st 686

Bjørnstad, Ketil: Ballade in g-Moll. Edvard Grieg und Nina Hagerup. Roman. Aus dem Norwegischen von Lothar Schneider. st 2814

Bjørnvig, Thorkild: Meine Freundschaft mit Tania Blixen. Aus dem Dänischen von Gabriele Gerecke. st 2714 und st 2815

Boveri, Margret: Verzweigungen. Eine Autobiographie. Herausgegeben und mit einem Nachwort versehen von Uwe Johnson. st 2576

Brinnin, John Malcolm: Die dritte Rose. Gertrude Stein und ihre Welt. Mit einem Vorwort von John Ashbery. Aus dem Amerikanischen von Maria Wolff. st 1820

Carossa, Hans: Ungleiche Welten. Ein Lebensbericht. st 521

Chalfen, Israel: Paul Celan. Eine Biographie seiner Jugend. Mit Fotografien. st 913

Cousse, Raymond / Jean-Luc Bitton: Emmanuel Bove. Eine Biographie. Mit einem Vorwort von Peter Handke und verstreuten Texten von Emmanuel Bove. Aus dem Französischen von Thomas Laux. st 2824

Einblicke und Ausbrüche. Lebensskizzen berühmter Frauen. Herausgegeben von Susanne Gretter. st 2347

Elias, Norbert: Mozart. Zur Soziologie eines Genies. Herausgegeben von Michael Schröter. st 2198

Ellmann, Richard: James Joyce. Revidierte und ergänzte Ausgabe. st 2577

– Vier Dubliner – Wilde, Yeats, Joyce und Beckett. Aus dem Englischen von Wolfgang Held. Mit Abbildungen. st 2684

Eribon, Didier: Michel Foucault. Eine Biographie. Aus dem Französischen von Hans-Horst Henschen. st 2226

Feyerabend, Paul: Zeitverschwendung. Übersetzt von Joachim Jung. st 2722

Fischer, Jens Malte: Große Stimmen. Von Enrico Caruso bis Jessye Norman. st 2484

Fölsing, Albrecht: Albert Einstein. Eine Biographie. Mit zahlreichen Abbildungen. st 2490

Freedman, Ralph: Hermann Hesse. Eine Biographie von Ralph Freedman. Aus dem Amerikanischen von Ursula Michels-Wenz. st 1827

260/1/7.97

Biographien
in den suhrkamp taschenbüchern

Gandhi, Mahatma: Mein Leben. Herausgegeben von C. F. Andrews mit einem Nachwort von Curt Ullerich. Aus dem Englischen übertragen von Hans Reisiger. st 953

Gespräche mit Marx und Engels. Herausgegeben von Hans Magnus Enzensberger. st 716

Gibson, Ian: Federico García Lorca. Eine Biographie. Aus dem Englischen von Bernhard Straub. Mit zahlreichen Abbildungen. st 2286

Haslinger, Adolf: Peter Handke. Jugend eines Schriftstellers. Mit zahlreichen Abbildungen. st 2470

Hensel, Georg: Glück gehabt. Szenen aus einem Leben. st 2495

Hesse, Hermann: Kindheit und Jugend vor Neunzehnhundert. Hermann Hesse in Briefen und Lebenszeugnissen. 1. Band: 1877-1895. Ausgewählt und herausgegeben von Ninon Hesse. st 1002

– Kindheit und Jugend vor Neunzehnhundert. Hermann Hesse in Briefen und Lebenszeugnissen. 2. Band: 1895-1900. Herausgegeben von Ninon Hesse. Fortgesetzt und erweitert von Gerhard Kirchhoff. st 1150

Hermann Hesse in Augenzeugenberichten. Herausgegeben von Volker Michels. st 1865

Hildesheimer, Wolfgang: Marbot. Eine Biographie. st 1009 und st 2617

– Mozart. st 598

Hörner, Unda: Die realen Frauen der Surrealisten. Simone Breton, Gala Éluard, Elsa Triolet. st 2816

Kleine, Gisela: Gabriele Münter und Wassily Kandinsky. Biographie eines Paares. Mit farbigen Abbildungen. st 2807

– Zwischen Welt und Zaubergarten. Ninon und Hermann Hesse: Leben im Dialog. st 1384

Lützeler, Paul Michael: Hermann Broch. Eine Biographie. st 1578

Tomalin, Claire: Katherine Mansfield. Eine Lebensgeschichte. Aus dem Englischen von Eike Schönfeld. st 2336

Mayer, Hans: Ein Deutscher auf Widerruf. Erinnerungen. Band I. st 1500

– Ein Deutscher auf Widerruf. Erinnerungen. Band II. st 1501

Muschg, Adolf: Gottfried Keller. st 617

Paz, Octavio: Sor Juana Inés de la Cruz oder Die Fallstricke des Glaubens. Aus dem Spanischen von Maria Bamberg. Versübertragungen von Fritz Vogelgsang. Mit zahlreichen Abbildungen. st 2294

Sauvat, Catherine: Vergessene Weiten. Eine Biographie zu Robert Walser. Aus dem Französischen von Helmut Kossodo. st 2465

Schmidt, Werner: Leben an Grenzen. Autobiographischer Bericht eines Mediziners aus dunkler Zeit. st 2162

260/2/7.97

Biographien
in den suhrkamp taschenbüchern

Souhami, Diana: Gertrude Stein und Alice B. Toklas. Zwei Leben - eine Biographie. st 2813

Stein, Gertrude: Jedermanns Autobiographie. Aus dem Amerikanischen von Marie-Anne Stiebel. st 2598

– Paris Frankreich. Persönliche Erinnerungen. Aus dem Amerikanischen von Marie-Anne Stiebel. st 2594

Theodorakis, Mikis: Die Wege des Erzengels. Autobiographie (1925-1949). Herausgegeben und aus dem Griechischen übersetzt von Asteris Kutulas. Mit Abbildungen. st 2797

Unseld, Siegfried: Begegnungen mit Hermann Hesse. st 218

WahnsinnsFrauen I. Erster Band. Herausgegeben von Sibylle Duda und Luise F. Pusch. Erstausgabe. st 1876

WahnsinnsFrauen II. Zweiter Band. Herausgegeben von Sibylle Duda und Luise F. Pusch. st 2493

WahnsinnsFrauen III. Dritter Band. Herausgegeben von Sibylle Duda und Luise F. Pusch. st 2834

Weimer, Wolfram: Kapitäne des Kapitals. Zwanzig Unternehmerporträts großer deutscher Gründerfiguren. Mit zahlreichen Abbildungen. st 2464

Wilkomirski, Binjamin: Bruchstücke. Aus einer Kindheit 1939 - 1948. st 2801

Zeemann, Dorothea: Einübung in Katastrophen. Leben zwischen 1913 und 1945. st 2637

260/3/7.97